W0027591

d

Liaty Pisani

Stille Elite

Der Spion und der Rockstar

Roman

Aus dem Italienischen von Ulrich Hartmann

Diogenes

Titel der Originalausgabe:
›La spia e la rockstar‹
Umschlagfoto von Ernst Haas/
Stone/Getty Images

*Das erzählte Geschehen ist frei erfunden.
Jede Ähnlichkeit mit real existierenden Personen,
lebenden wie toten, ist rein zufällig.*

Für Benedicta und Cristiano

All rights reserved
Alle Rechte vorbehalten
Copyright © 2004
Diogenes Verlag AG Zürich
www.diogenes.ch
80/04/52/1
ISBN 3 257 06455 1

Prolog

Venedig 1654

Der Hof der Ca' Pesaro lag still und verlassen im Mondlicht. Eine große Glyzinie, deren Zweige sich um die Säulen wand, warf Schatten auf die Mauer.

Verstohlen schlich der Mann dicht an der Wand entlang die Treppe hinunter. Als er die ersten Stufen hinter sich gebracht hatte, meinte er einen Arm zu sehen, der sich nach ihm ausstreckte, und blieb erschrocken stehen. Dann erkannte er, daß nur die Nacht und seine Angst diesen gekrümmten Schatten zum Leben erweckt hatten. Er schluckte angestrengt und setzte seinen Weg fort.

An der Stelle, wo die Treppe, bevor sie den Hof erreichte, ein L bildete, hielt er inne. Reglos verharrte er kurz hinter einer Säule, in seinen Ohren pulsierte es dröhnend laut. Das zarte Mondlicht und der schwache Schein einer Fackel an der Wand ließen die elegante Architektur des Patio erkennen. Mit einer raschen Bewegung zog er einen blutigen Dolch aus dem Mantel und warf ihn zwischen die Büsche bei der Glyzinie.

Er holte tief Luft, um sich Mut zu machen, ging die letzten Stufen hinunter und überquerte eilig den Hof, spürte, wie der Schlüssel in seiner Manteltasche bei jedem Schritt gegen sein Bein schlug.

Als er den Haupteingang hinter sich gebracht hatte,

wandte er sich, wie ihm befohlen worden war, der kleinen, hinter der Kletterpflanze halb verborgenen Holztür zu. Er steckte den Schlüssel ins Schloß, und die Tür ließ sich mühelos öffnen.

Er kam auf dem Campo heraus, der um diese nächtliche Stunde verlassen dalag. Es fröstelte ihn in der feuchten Luft, er zog den Mantel enger um sich und setzte die Kapuze auf, ließ die Ca' Pesaro hinter sich und wandte sich, immer dicht an der Mauer entlanggehend, Richtung Rio di Ca' Michiel; von dort sollte ihn ein Boot zum Dogenpalast bringen, wo man ihn erwartete.

Plötzlich löste sich eine Gestalt aus dem Dunkel und stellte sich ihm in den Weg. Das Herz schlug ihm bis zum Hals. Er wollte schon fliehen, da nahm der Mann seinen Dreispitz ab und gab sich zu erkennen. Giacomo Falieri lächelte erleichtert.

»Ich hatte Euch nicht erwartet ...«, konnte er nur noch sagen, ohne den Mann hinter sich zu bemerken. Dann nahm ihm ein stechender Schmerz im Rücken den Atem, und das letzte, was er sah, bevor er zu Boden sank und starb, war der Mond hinter einem Schleier von Wolken, während sich der Schleier des Todes auf seine Augen legte.

Der Inquisitor bückte sich, um sich zu vergewissern, daß er nicht mehr atmete, dann streifte er dem Toten einen Ring vom Finger, richtete sich wieder auf und gab dem Meuchelmörder, der den Dolch schon hatte verschwinden lassen, einen Beutel.

»Wirf die Leiche in den Kanal, wenn ich weg bin«, befahl er ihm.

In diesem Moment näherte sich eine überdachte Gondel

dem Ufer. Der Inquisitor stieg ein, und das Boot entfernte sich, glitt lautlos über das schwarze Wasser.

Der Mörder leerte die Taschen des Toten und warf ihn in den Kanal. Da es sich um einen Nobile des Großen Rats handelte, war die Beute beträchtlich. Zufrieden verschwand er im Dunkel der Calle Pesaro.

In derselben Nacht begab sich der Inquisitor in den Dogenpalast und betrat durch einen der vielen Geheimgänge die *Sala dei Tre Capi*. Die drei Obersten – die *Capi* – wurden jeden Monat aus der Mitte des Zehnerrats gewählt und bildeten das höchste Gericht Venedigs, dafür zuständig, Anschläge auf die Sicherheit des Staates zu verhindern, mächtig und gefürchtet wie nichts und niemand sonst. Die Aufgabe der drei war es, Anzeigen aufzunehmen, Prozesse vorzubereiten und den Rat einzuberufen. Sie blieben einen Monat im Amt, danach wurden drei andere Capi gewählt.

Niemand würde von dieser streng geheimen Zusammenkunft erfahren. Der Mann betrat den Saal durch eine verborgene Tür neben dem großen Kamin, der fast eine ganze Wand einnahm. Dort wartete einer der drei Capi del Consiglio auf ihn.

»Alles ist nach Plan verlaufen. Die Leiche wird den Rialto bereits hinter sich gelassen haben«, sagte der Mann, setzte seinen Dreispitz ab und legte ihn auf den Tisch.

»Der Doge und der Zehnerrat werden nie erfahren, wer der Mörder von Ca' Pesaro war und warum der Mord geschah«, sagte der andere befriedigt. »Was den edlen Giacomo angeht, der uns arglos ins Netz gegangen ist, so wird man glauben, er sei das Opfer eines Raubüberfalls geworden. Unsere Verschwörung kann er nun nicht mehr aufdecken.«

»Hier ist sein Ring«, sagte der Inquisitor und reichte ihn dem Consigliere.

Der Mann lächelte. »Du bist umsichtig gewesen. Giacomo Falieri wähnte sich als Mitglied der Bruderschaft der Schlange, und dieser Ring, den er zugegebenermaßen mit Stolz trug, kehrt besser dahin zurück, woher er gekommen ist.«

Der Inquisitor lächelte ebenfalls. »Ganz Venedig wird den beweinen, der durch Giacomos Hand gestorben ist, und auch Giacomo selbst, ohne den Verdacht zu hegen, daß dieser ebenso wie wir einem höheren Staat als der Republik diente«, bemerkte er. »Jetzt, da Falieri uns von der Gefahr befreit hat, können wir ungestört weiter unsere Sache vorantreiben. Mit Hilfe der mächtigen Isis wird die Lanze des Longinus wieder in unsere Hände fallen…«

Beim Namen der Göttin neigte der Inquisitor zum Zeichen frommer Ehrerbietung den Kopf.

1

Conte Lorenzo Badoer saß im Sessel in seinem Schlafzimmer und sah sich eine der vielen Talk-Shows an, die sich seit dem Krieg im Programm häuften. Der Bildschirm wurde von dem runden, selbstzufriedenen Gesicht eines Mannes mittleren Alters ausgefüllt, der in einem professoralen Ton sprach.

Der Conte verzog mitleidig das Gesicht, als er die Worte des Journalisten hörte.

»Es gibt keine Schattenregierung, die über das Schicksal der Welt bestimmt, das sind nur politische Phantastereien.«

Badoer drückte auf die Taste der Fernbedienung, um diesen arroganten Schreiberling zum Schweigen zu bringen, stand auf, trat an das zweibogige Fenster und öffnete es. Ein paar Sekunden lang bewunderte er die in der milden Morgensonne liegende weiße Santa Maria della Salute auf der anderen Seite des Kanals, doch als ihn ein wenig zu frösteln begann, schloß er das Fernster wieder, kehrte zu seinem Sessel zurück und läutete die Glocke.

»Sie haben geläutet, Signor Conte?« fragte der livrierte Diener im Hereinkommen.

»Bring mir einen doppelten Caffè corretto.«

Der Diener nickte, deutete eine Verbeugung an und verschwand wieder. Der Conte ließ den Blick durchs Zimmer schweifen und schließlich auf einem Gemälde von Giorgione verweilen, das über dem Bett mit Baldachin hing. Eine unbesonnene Anschaffung seiner Mutter vor beinahe einem halben Jahrhundert. Dieser kniende Mönch mit der Hakennase hatte ihm nie gefallen, trotzdem hatte er ihn zur Erinnerung an sie behalten und damit eine Zuneigung vorgetäuscht, die immer nur schwach vorhanden gewesen war. Es war nun mal eine Eigenschaft seiner Rasse: unempfänglich für Gefühle zu sein. Oder wenigstens beinahe.

Eines der beiden Telefone auf dem Schreibtisch klingelte. Es war der private Anschluß. Nur wenige Menschen auf der Welt konnten über diese Nummer mit ihm Kontakt aufnehmen. Der Conte meldete sich und hörte die Stimme, die er erwartet hatte. Der Mann aus Berlin hielt sich nicht mit Höflichkeiten auf.

»Hier ist Stuart. Morgen sucht mein Stellvertreter Sie auf. Sein Name ist Ogden. Geben Sie ihm das Material, von dem Sie mir erzählt haben.«

»Gewiß«, antwortete der Conte und wollte noch etwas hinzufügen, doch sein Gesprächspartner ließ ihm keine Gelegenheit dazu.

»Von jetzt an werden Sie nur mit ihm Kontakt haben. Er kümmert sich darum, mich auf dem laufenden zu halten. Einverstanden?«

»Ja aber…«

»Ich darf mich mit den besten Wüschen verabschieden, Conte«, sagte Stuart und beendete jäh das Gespräch.

Lorenzo Badoer legte verärgert auf. Dieser Mann war kälter als ein Salamander, dachte er. Sie konnten den Chef des Dienstes mit gutem Recht als einen der Ihren betrachten. Es nutzte ihm gar nichts, daß er so ostentativ Distanz hielt. Ob es ihm gefiel oder nicht, in seinem Blut waren die Gene der Elite, zu deren vornehmsten Vertretern der venezianische Conte gehörte. Auch wenn sie sich über ihre Abstammung lustig machten: Stuart gehörte zu derselben Blutlinie – und ebenso sein Stellvertreter, der Mann, den er am nächsten Tag treffen würde und über den er natürlich schon alles wußte. Diese Herkunft Stuarts und Ogdens erklärte seiner Ansicht nach ihre außerordentlichen Fähigkeiten. Casparius, der verstorbene Chef des Dienstes, hatte sie seinerzeit nicht zufällig als seine Erben ausgewählt. Gewiß, keiner der beiden Agenten würde es je zugeben, doch das war unwichtig, dachte er zufrieden.

Diese Gedanken lenkten ihn einen Moment von den Sorgen ab, die ihn quälten, seit die Amerikaner den zweiten Krieg im Nahen Osten beendet hatten. Doch das Klingeln des Telefons holte ihn unsanft in die Wirklichkeit zurück.

Diesmal war es ein Gespräch aus Italien. Der Conte wußte schon, als er die Nummer auf dem Display sah, um wen es sich handelte. Und tatsächlich war es die angenehm klingende Stimme seines Cousins, die in sein Ohr drang.

»Guten Tag, Lorenzo. Irgendwelche Neuigkeiten?«

Giorgio Alimante, einer der mächtigsten und reichsten Männer des Planeten, begrüßte ihn in jenem typisch schleppenden Tonfall, der Schule gemacht hatte. Seit Jahren bemühten sich alle italienischen Parvenüs, das R auf französische Art zu gurren und die Worte auf lässig-elegante Weise zu dehnen.

»Guten Tag, Giorgio. Der Mann aus Berlin wird morgen endlich in Venedig sein«, sagte der Conte.

»Sehr gut. Ich komme schon heute abend. Laß mir bitte wie immer das Zimmer herrichten, das auf den Garten hinausgeht.«

»Ich habe schon Anweisung gegeben«, beeilte sich der Conte zu sagen. »Ich freue mich sehr, dich wiederzusehen, wenn auch die Umstände nicht die glücklichsten sind …«

»Ich freue mich ebenfalls«, erwiderte der andere knapp. »Mein Jet landet um sieben Uhr heute abend auf dem Marco-Polo-Flughafen. Laß mich bitte vom Chauffeur abholen. Wir essen im Gritti zu Abend, im Séparée. Haben unsere Gäste bestätigt, daß sie zur Versammlung kommen werden?«

»Ja, sie sind alle schon in Venedig.«

»Ausgezeichnet. Bis später«, verabschiedete sich sein Cousin und legte auf.

Es klopfte an der Tür, der Diener kam erneut herein und blieb mitten im Zimmer stehen.

»Wo darf ich servieren, Signor Conte?«

Badoer zeigte zerstreut auf den Schreibtisch, ohne seinen nachdenklichen Blick vom Telefon zu wenden.

Der Diener stellte das silberne Tablett auf den Tisch und verließ das Zimmer rasch wieder. Als das leise Geräusch der Tür ihm signalisierte, daß er erneut allein war, gab der Conte drei gehäufte Löffelchen Zucker in den Kaffee und fügte einen großzügigen Schluck Cognac hinzu. Die Versammlung, die sein Cousin leiten würde, sollte am Abend nach elf Uhr im Palazzo della Giudecca stattfinden. Seit dem Zweiten Weltkrieg hatte es keinen Gipfel der europäischen Elite auf diesem Niveau mehr gegeben, doch die außergewöhnlichen Umstände hatten ihn unumgänglich gemacht. So etwas wie Furcht ergriff ihn, aber er verscheuchte sie sofort. Sie hatten verschiedene Eisen im Feuer und würden sie alle nutzen, vielleicht wie niemals zuvor in der tausendjährigen Geschichte ihrer Rasse, und er würde seinen Teil dazu beitragen. Der Gedanke, zum ersten Mal in seinem Leben in der vordersten Reihe zu sein und aus dem Schatten seines Cousins herauszutreten, erregte ihn ungemein.

2

Also bitte, wer sind nun diese Verrückten?« fragte Ogden.

Stuart zuckte die Schultern. Sie waren in seinem Büro im Gebäude des Dienstes in Berlin. Draußen wütete ein Gewitter. Das Fenster, das der Chef des Dienstes halb offengelassen hatte, wurde mit Macht ganz aufgestoßen, die Gardinen blähten sich, und ein plötzlicher kalter Windstoß fegte ein paar Papiere zu Boden.

»Achte auf deine Worte«, sagte Stuart und stand vom Schreibtisch auf, um das Fenster zu schließen. »Wie es aussieht, sind sie die Herren der Welt, und der Dienst hat schon immer mit ihnen zu tun gehabt. Auch wenn wir nicht wußten, was für eine nette Bande sie sind. Nun, da sie uns mit ihren dunkelsten Geheimnissen beehren, können wir das Mosaik erst wirklich zusammensetzen«, fügte er ironisch hinzu.

Doch als er wieder zurück an seinen Schreibtisch ging und sich setzte, lächelte er nicht mehr. »Ich sage das im Ernst«, ergänzte er.

Ogden, der ihm gegenübersaß, sah ihn erstaunt an. »Erkläre mir bitte, was du meinst. Denkst du etwa an *Liebesgrüße aus Moskau*?«

Stuart nickte. »Genauso ist es. Fleming kannte sie gut,

und tatsächlich ist er ja früh gestorben. Er war kaum älter als fünfzig und hat seinen Erfolg nicht einmal genießen können.«

»Willst du damit sagen, sie haben ihn aus dem Weg geräumt?«

»Das hat mir Casparius kurz vor seinem Tod anvertraut. Schau ruhig einmal in das Dossier im Archiv.«

Ogden schüttelte den Kopf. »In Ordnung, aber zurück zu uns: Wir wissen Bescheid über die Neue Weltordnung, die mentale Manipulation der Massen, den American Patriot Act Nummer eins und Nummer zwei – und so weiter und so fort. Doch dieser pseudoesoterische Plunder ist wirklich zuviel …«, bemerkte er und zündete sich eine Zigarette an.

»Und doch ist es so. Gehen wir zurück zum Anfang. Oder zu dem, was die Elite, so nennen sie sich selbst, als den Anfang betrachtet. Hast du je von den Nephilim gehört?«

»Von den gefallenen Engeln?«

Stuart nickte. »In der Bibel ist an einer Stelle, die die Exegeten nie wirklich erklärt haben, von den Nephilim die Rede. Gewisse Wesen, Gottessöhne, vom Himmel herabgestiegen, sollen sich mit den Menschenfrauen gepaart und eine Mischrasse begründet haben, eben die Nephilim. Die Elite glaubt, von dieser Rasse von Übermenschen abzustammen …«

Ogden verdrehte die Augen. »Lieber Himmel, wieder diese Geschichte!«

Stuart lächelte. »Im Grunde ist es eine Theorie wie viele andere auch. Außerdem steht es in der Bibel, und wird die Bibel nicht von allen als Wort Gottes betrachtet? Also kann es kein dummes Zeug sein. Jedenfalls nicht für Gläubige«, fügte er hinzu und verzog das Gesicht.

»Doch wir wollen geordnet vorgehen«, fuhr er fort und nahm einige Blätter zur Hand. »Flavius Josephus, Schriftsteller und Historiker des 1. Jahrhunderts, kommentiert das, was die Genesis über die Paarung von Göttern und Menschenfrauen sagt, auf folgende Weise:

Viele Engel Gottes paarten sich mit den Frauen und zeugten Kinder, die sich dann, sich auf das Vertrauen in ihre eigene Macht stützend, als böse und verächtlich gegenüber allem erwiesen, was gut war; nach der Überlieferung begingen diese Menschen Taten, die an jene derer erinnerten, welche die Griechen Giganten nannten…

»Wie du siehst, hat sich auch die Bibel mit diesen genetischen Cocktails beschäftigt. Es scheint sogar, als könnte der Terminus ›Engel‹ mit ›nicht menschliches Wesen‹ assoziiert werden.«

»Und die Mitglieder der Elite halten sich für Nachkommen dieser Engel?« fragte Ogden ungläubig.

»Laß mich zuerst fortfahren. Du wirst die Augen verdrehen, wie ich sie verdreht habe, wenn du diese Liste der Adepten liest. Wie dem auch sei, die alten sumerischen Tafeln bringen uns bei der Erklärung dieser Kreuzungen sehr viel weiter als die Genesis. Sie beschreiben detailliert die wiederholten Versuche, eine neue Sklavenrasse zu schaffen, die später *homo sapiens* genannt wird. Sie soll ihnen helfen, ihre Pläne in die Tat umzusetzen. Diese Tafeln offenbaren, wie die angeblichen Supermenschen vor Tausenden von Jahren

Genforschung betrieben haben, mit Versuch und Irrtum, was man heute als experimentelle Methode bezeichnen würde. Da kann die moderne Wissenschaft mit dem Schaf Dolly einpacken! All dies wird erstaunlicherweise auf den Tafeln beschrieben: Sie sollen mit ihrem Sperma die Eizellen der Menschenfrauen befruchtet und sie dann in den Uterus von Frauen ihrer Rasse eingesetzt haben, die ihrerseits schließlich diese Mischwesen gebaren. Also alles in allem schlimmer als ein schlechter Film von Carpenter...«

»Um diese Geschichte zu erfinden, könnten sie sich bei ihm Anregungen geholt haben...«

»Mag sein. Doch all dies geschah vor Hunderttausenden von Jahren. Man sagt, daß die Berichte der sumerischen Tafeln auf die mythischen Kontinente Atlantis und Lemuria zurückgehen. Und daran halten sich die Adepten der Sekte getreu. Diese Sekte ist nicht sehr groß, aber ungemein mächtig, in ihr sind durch Blutrecht praktisch alle Großen des Planeten aktiv. Die Befürworter der Neuen Weltordnung natürlich...«

Ogden sah in verblüfft an: »Machst du Witze?«

»Ganz und gar nicht. Es steht alles hier, schwarz auf weiß«, sagte Stuart und schob ihm über den Schreibtisch ein Dossier zu. »Doch die aktuellen Klienten des Dienstes bilden, wie du sehen wirst, die – in Anführungszeichen – gute Hälfte dieser unseligen internationalen Clique, für die Casparius immer gearbeitet hat. Erst dadurch konnte er den Dienst zu dem machen, was er heute ist.«

»Und was bringt sie jetzt dazu, sich an uns zu wenden?«

Stuart zuckte angewidert mit den Schultern. »Sie führen untereinander Krieg, während tatsächlich ein Krieg durch die Schuld einer Fraktion der Elite ausgebrochen ist. Und zwar des Teils in Übersee, um genauer zu sein.«

Ogden konnte es immer weniger glauben. »Willst du damit sagen, daß es eine europäische und eine amerikanische Elite gibt?«

»Genau das! Wir arbeiten für die Nachfahren des schwarzen venezianischen Adels. Die vornehmste Linie, wie es scheint. Diese Dinge, die wahnsinnigen und die ernsthaften, stehen alle in dem Dossier, das ich für dich vorbereitet habe. Doch du wirst erkennen, daß der Wahn ein wesentlicher Bestandteil der Wirklichkeit ist. Und das ist ein verdammter Schlamassel. Etwas, was mit Sicherheit über deine blühende Phantasie hinausgeht. – Zusammengefaßt«, fuhr Stuart nach einer kurzen Pause fort, »sind unsere neuen Klienten also die gleichen wie früher, doch diesmal, angesichts der außergewöhnlichen Umstände, die uns auf einen dritten Weltkrieg zusteuern lassen, zeigen sie uns, in einer überraschenden Wendung, ihr wahres Gesicht, und sie präsentieren sich in einer absolut unglaublichen Formation. Vergiß die Regierungen, für die wir ab und zu gearbeitet haben; in Wirklichkeit hatten wir nur mit Marionetten zu tun. Nun werden wir den wahren Herren begegnen. Du wirst erstarren, wenn du das Dossier liest und die ungeahnten geheimen Allianzen entdeckst. Doch jetzt hat sich die Elite wegen dieses Krieges gespalten, und die alte Gemeinschaft, deren Ziel, wie es scheint, die totale Unterjochung der Menschheit war, ist zerbrochen. Die beiden Teile sind zerstritten, und es ist ein Kampf bis zum letzten Blutstropfen.«

»Würde ich dich nicht so gut kennen, ich würde glauben, du seist verrückt ...«, bemerkte Ogden.

»Ganz und gar nicht. Auch wenn es, zum Wohle der Welt, besser wäre. Wir sind mit einer außergewöhnlichen Offenbarung konfrontiert, der Enthüllung eines Geheimnisses, das bisher nur diese Leute und wenige andere kannten. Abgesehen von einigen investigativen Journalisten, die in ihren Büchern von dunklen Machenschaften berichteten und die als Irre beschimpft und ausgeschaltet wurden. Oder sogar liquidiert. Doch wir wissen, daß sie, wenn man ein paar Übertreibungen wegläßt, die Wahrheit sagen. Du mußt dir einmal vorstellen, daß die Mitglieder der Elite behaupten, daß sie alle, einschließlich der Texaner, von den Merowingern abstammen! Und daß diese ihrerseits ihren Ursprung in den genetischen Experimenten hätten, die vor undenklichen Zeiten von den berüchtigten Nephilim durchgeführt worden seien. Was sie zusammenhält, außer einer angeblichen Blutlinie, sind eine ganze Menge esoterischer Rituale, an die sie sich obsessiv halten. Es scheint auch, daß einige von ihnen von Geburt an außergewöhnliche telepathische Kräfte besitzen, Begabungen zur Hellseherei und ähnliches. Man muß zugeben, daß dies unter normalen Sterblichen keine sehr verbreiteten Talente sind, abgesehen von den Menschen, die von einigen Regierungen in geheimen Laboratorien Manipulationen verschiedener Art ausgesetzt werden. Doch vielleicht ist das alles Unsinn.«

Ein ungewöhnlich heftiger Donnerschlag ließ sie beide zusammenfahren, und das Licht der Schreibtischlampe flakkerte einen Moment. Stuart und Ogden sahen sich an.

»Merkst du, daß es nach Schwefel riecht?« fragte Ogden ironisch.

»Nein, es riecht nach Ärger. Wenn diese Geschichte wahr

ist, und ich habe, nachdem ich persönlich mit den führenden Leuten gesprochen habe, keinen Grund, daran zu zweifeln, scheint diese Elite die ganze Welt in der Hand zu haben. Jeder kennt ihre Namen, auch wenn die Allermächtigsten dem großen Publikum absolut kein Begriff sind. Sie haben die verschiedenen Präsidenten, Politiker, Bankiers, Industriellen und so weiter am Gängelband.«

Nach einer kurzen Pause, in der er sich eine Zigarette ansteckte, um sie dann nach zwei Zügen gleich wieder auszudrücken, fuhr Stuart fort.

»Irgend etwas in dieser Art hat Casparius mir kurz vor seinem Tod angedeutet. Wer weiß, vielleicht hatte er vor, mich einzuweihen, wie die Dinge wirklich stehen, hat es aber nicht mehr geschafft. Oder aber, er wollte sich aus dem Jenseits daran ergötzen, wie ich aus allen Wolken falle. Außerdem bin ich mir jetzt sicher, daß er auch einer von ihnen war…«

Er unterbrach sich, unsicher, ob er weitersprechen sollte. Dann rang er sich dazu durch. »Diesen Leuten zufolge hat Casparius sowohl dich als auch mich wegen unseres genetischen Werts ausgesucht…«, sagte er mit einer gewissen Verlegenheit. »Außerdem wird diese These angeblich durch unsere nur schwach ausgeprägten Emotionen bestätigt. Scheint so, als neigten die Wesen mit reinerem Blut weniger zu Gefühlen…«

»Man muß keine derartige Abstammung bemühen, um eine Charakterschwäche zu diagnostizieren«, meinte Ogden.

»Schade, das wäre eine schöne Entschuldigung«, versuchte Stuart zu scherzen, doch mit geringem Erfolg.

»Unglücklicherweise gibt es nicht viel zu lachen«, fuhr er nach einer kurzen Pause fort. »Diese Leute haben immer ernst gemacht. Wer weiß, wie oft wir ihnen gegenübergestanden haben, ohne auch nur im geringsten zu vermuten, daß sie sich als Sternensöhne betrachten und nicht ganz einfach als Hurensöhne. Und außerdem sieht es, nach dem zu urteilen, was wir entdeckt haben, so aus, als würden sie in höheren Sphären gewisse blutige Rituale nicht verachten.«

»Es würde genügen, irgendein Handbuch der Anthropologie durchzublättern, um zu erkennen, daß es sich dabei um ein tief verwurzeltes Laster der menschlichen Rasse handelt«, entgegnete Ogden.

»Eben. Die Elite behauptet, den Planeten seit Jahrtausenden zu bewohnen. Vielleicht ist es letztlich ihre Schuld, wenn das menschliche Geschlecht so fragwürdig ist«, gab Stuart zu bedenken.

Ogden verzog das Gesicht. »Mischwesen oder nicht, wenn die Geschichte mit der Telepathie wahr ist, sind wir gezwungen, jemanden einzusetzen, der über die gleichen Fähigkeiten verfügt«, meinte er. »Doch einmal davon abgesehen... Was genau wollen sie eigentlich von uns?«

Stuart zuckte die Schultern. »Du bist der Botschafter des Dienstes, sie werden es dir in Venedig sagen. Ich vermute allerdings, sie wollen ihrer Verwandtschaft in Übersee kräftig eins auswischen, weil es ihnen nicht gelungen ist, einen Krieg zu vermeiden, der nicht in ihre Pläne paßte. Dieser Konflikt könnte zusammen mit den anderen, die bei der amerikanischen Administration auf der Tagesordnung stehen, die Welt destabilisieren. Und das sieht die Strategie der

Europäer nicht vor. Ihrer Ansicht nach treibt die amerikanische Elite den Plan voran, auf dem Planeten jede Form der Demokratie und jedes verfassungsmäßige Recht zu beseitigen und schließlich Mikrochips in die Köpfe der Leute zu setzen. Kurz gesagt, sie verzichten auf die Fiktion von Normalität, die jahrhundertelang aufrechterhalten worden ist. Wenn ihnen nicht Einhalt geboten wird, werden sie – immer noch unseren Klienten zufolge – diejenigen, die nicht zu ihrer verdammten Rasse gehören, in jeder Hinsicht zu Sklaven machen und die Welt zu einem Gefangenenlager. All dies erreicht man, indem man Panik verbreitet: durch terroristische Akte, Kriege und Seuchen, die die Bevölkerung vor Angst durchdrehen lassen und dazu bereit machen, alles zu akzeptieren, vor allem eine Militärdiktatur. Man muß zugeben, daß die Vorzeichen dazu schon vorhanden sind. Jedenfalls haben die Europäer nicht vor, ihnen auf diesem Weg zu folgen, nicht weil sie besser sind, sondern weil sie das gleiche Ergebnis auf andere Art erreichen wollen. Frag mich nicht, auf welche, sie haben es mir nicht gesagt. Doch sie wollen die amerikanischen Brüder wieder zur Vernunft bringen, im Guten oder im Bösen. Und da sie die halbe Welt beherrschen, glaube ich, daß sie gute Chancen haben, es zu schaffen. Ich weiß, es klingt verrückt, doch wenn ein hochrangiger Vertreter der internationalen Politik so mit dir spricht, denkst du zweimal darüber nach, ob du ihn für wahnsinnig halten sollst. Vor allem, wenn er dir Beweise für seine Behauptungen zeigt. Doch lies das Dossier, wir sprechen heute abend noch einmal darüber, wenn du ebenfalls die ganze Vorgeschichte kennst. Und morgen machst du dich auf nach Venedig, um sie zu treffen.«

Stuart wirkte müde. Er stand auf, ging zur Bar und kam mit einer Flasche Whisky und zwei Gläsern zurück.

»Laß uns darauf trinken«, sagte er, goß großzügig ein und gab Ogden ein Glas.

»Diese Geschichte mit der genetischen Überlegenheit ist grotesk. Wer weiß, ob diese Supermenschen schon davon gehört haben, daß in einem kleinen italienischen Dorf alle Einwohner eine auf der Welt einzigartige genetische Besonderheit aufweisen, die ihnen ein besonders langes Leben beschert …«

»Ich habe nicht die leiseste Ahnung«, sagte Stuart.

»Wir sollten sie darauf hinweisen. Vielleicht entdecken sie ja, daß sie noch andere Verwandte haben«, bemerkte Ogden sarkastisch.

Er schwieg eine Weile nachdenklich, schüttelte dann den Kopf. »Tatsächlich hat schon Präsident Eisenhower vor der monströsen Struktur gewarnt, die sein Land zu beherrschen begann: eine immer engere Verflechtung riesiger, durch Rüstungsaufträge eingebundener Unternehmen, ein Staat, dessen Hauptfunktion darin besteht, Krieg zu führen, und eine unfaßbar große Anzahl von Laboratorien, wo Wissenschaftler, Soziologen und Techniker jeder Art arbeiten, um die Herrschaftsinstrumente zu verfeinern, ohne sich um die Zivilgesellschaft des Landes zu kümmern. Der Patriot Act, der geplante dauernde Kriegszustand und die offensichtliche Abschaffung von fundamentalen Elementen der Demokratie sind das Ergebnis. Elite hin, Elite her …«

Stuart nickte. »Eisenhower gehörte wirklich nicht zu ihrem Geschlecht, jedenfalls behaupten sie das. Einer der wenigen, wie es scheint.«

»Ich bin entsetzt«, sagte Ogden und schüttelte den Kopf. »Und ich wage nicht, mir vorzustellen, wie entsetzt ich erst sein werde, wenn ich deinen Bericht gelesen habe. Jedenfalls ist es eine Tatsache, daß man die Wende, die diese amerikanische Administration vollzieht, nur schwer wird aufhalten können. Sie ernten die giftigen Früchte, deren Samen vor langer Zeit ausgesät worden sind. Wie will die europäische Elite sie aufhalten?«

»Ich habe nicht die geringste Ahnung. Und ich kenne auch den Auftrag, den sie uns erteilen wollen, noch nicht. Tatsache ist, daß wir uns nicht zurückziehen können. Was das angeht, sind sie sehr deutlich gewesen. Doch ich beabsichtige nicht, zuzulassen, daß sie uns nach Belieben ihre Regeln aufzwingen, um uns dann vielleicht als Sündenbock auf dem Altar ihrer Lügen zu opfern. Du wirst das Bindeglied zwischen der Elite und dem Dienst sein; ich will und kann keinen direkten Kontakt zu diesen Leuten haben, denn für uns alle soll wenigstens der Schein von Freiheit gewahrt bleiben. Wenn es stimmt, daß sie es waren, die nach dem Zweiten Weltkrieg aus dem Dienst das gemacht haben, was er heute ist, kann es uns nur trösten, daß jetzt wir beide an der Spitze der Organisation stehen und nicht ihr blutsverwandter Casparius«, sagte Stuart verächtlich.

Ogden betrachtete ihn aufmerksam. »Diese Geschichte unserer mutmaßlichen Abstammung hast du noch nicht verdaut, stimmt's?«

Stuart schüttelte wütend den Kopf. »Natürlich nicht! Das sind Verrückte! Verrückte, die die Welt in ihrer Gewalt haben«, rief er aus und wurde immer aufgebrachter.

Ogden hatte Stuart noch nie so außer sich gesehen. »Beruhige dich. Ich lese jetzt das Dossier, und wir verschaffen uns später einen Überblick über die Lage. Gibt es keine Möglichkeit, den Auftrag abzulehnen?«

»Nein. Es würde bedeuten, den Dienst und auch uns zum Untergang zu verurteilen«, antwortete Stuart knapp.

Ogden nickte, nahm das Dossier und wandte sich zur Tür. Doch bevor er hinausging, drehte er sich noch einmal um.

»Der Machtkampf innerhalb der Elite erinnert mich an eine alte Redensart…«

»Welche?«

»Wenn zwei sich streiten, freut sich der Dritte«, sagte er und verließ das Zimmer.

3

Robert Hibbing betrat die Halle des Gritti Palace Hotel in Venedig allein. Eine halbe Stunde zuvor hatten sich die Musiker und das gesamte Team, das bei der Europatournee dabei war, einquartiert. Der Künstler führte ein von der Crew getrenntes Leben, und wenn er nicht das Flugzeug nahm, reiste er mit seinem eigenen Bus, während die vier Musiker der Band einen anderen für sich hatten. Hibbing mochte es nicht, Kontakt zu den Leuten zu haben, die er auf seinen langen Tourneen über Monate jeden Abend sehen mußte. Manchmal wechselte er ein paar Worte mit einem der Gitarristen, der schon länger bei ihm war, oder mit dem Roadmanager Michael Johnson, einem alten Freund, doch die anderen interessierten ihn nicht. Sie wurden auch oft ausgewechselt. Es hatte eine Zeit gegeben, da hatte er seine ganze Truppe gezwungen, sich zur Wand zur drehen, wenn er aus der Garderobe kam und durch den Backstage-Bereich ging, um auf die Bühne zu treten. Viele glaubten, dies sei eine der zahllosen Legenden, die um ihn als absoluten Meister des Rock kreisten, aber es stimmte: Lange Zeit war es ihm unerträglich gewesen, ihnen jeden Abend ins Gesicht zu sehen.

Hibbing trug Freizeitkleidung, schwarze Jeans, schwarze Dreivierteljacke und einen breitkrempigen Hut. Sein Gang war ebenso unverwechselbar wie seine schmächtige Gestalt, doch der Borsalino verbarg die Aureole aus Haaren, die – zusammen mit seinem Profil – seit vierzig Jahren eine Ikone der zeitgenössischen Musik aus ihm machten.

»Die Suite ist im dritten Stock, Robert. Sie hat einen wundervollen Blick auf den Canal Grande«, sagte der Roadmanager und gab ihm den Schlüssel.

»Danke. Laß mir bitte etwas zu trinken nach oben bringen. Ich habe vor, später ein bißchen in die Stadt zu gehen, aber ich will nicht an jeder Ecke über euch stolpern.«

Hibbing konnte es kaum erwarten, durch Venedig zu streifen. Als sie am Nachmittag angekommen waren, hatte die schwimmende Stadt sich ihm im Licht einer verschleierten Sonne gezeigt, die ihre Farben dämpfte und sie einem Pastell gleichen ließ. Während das Motorboot durch die Kanäle fuhr, hatte er eine seltsame Mischung aus Staunen und Furcht empfunden. Er war nun zum dritten Mal in Venedig, und wie bei den letzten Besuchen hatte er das Gefühl, an einen vertrauten Ort zurückzukehren. Er hätte nicht sagen können, ob diese Empfindung nun ein gutes oder ein beängstigendes Vorzeichen war. Diese Stadt auf Pfählen, mit ihren Pflanzen, die aus den Gärten über Einfriedungsmauern kletterten, um sich kopfüber in das je nach Licht klare oder bleigraue Wasser zu stürzen, hatte ihn immer angezogen. Doch sie vermittelte ihm auch ein leichtes Gefühl von Unruhe.

Als er in der Suite war, sah er sich rasch um, wie er es gewöhnlich tat. Er hatte den größten Teil seines Lebens in Hotelzimmern verbracht. Es waren Orte, an denen er Ruhe fand, die er manchmal in einer Pause zwischen einem Konzert und dem nächsten auch gezeichnet hatte: In seinem

Zeichenheft waren Fenster, die auf leere Höfe hinausgingen, auch einige schönere Aussichten sowie ein paar skizzierte Möbelstücke verewigt. Wenn er diesmal Zeit für seine zweite Leidenschaft, das Zeichnen, gehabt hätte, wäre etwas wirklich Herrliches auf dem Blatt festzuhalten gewesen.

Die ein wenig zu prunkvolle Suite war mit pompösen venezianischen Möbeln aus dem 18. Jahrhundert eingerichtet, und im Schlafzimmer thronte ein riesiges Holzbett mit schweren Seidenvorhängen. Alles antik und deshalb seiner Aufmerksamkeit würdig. Nachdem er sich vergewissert hatte, daß die Matratze nicht zu weich war, ging er zurück ins Wohnzimmer, schenkte sich ein Bier ein und aß ein Sandwich. Immer noch essend, trat er ans Fenster und sah eine Weile durch das Bleiglas auf die von Booten durchfurchten Wasser des Kanals. Auch dies ein Blick, der einer Kohlezeichnung wert gewesen wäre. Doch er spürte das Bedürfnis, hinauszugehen und durch die Calli zu spazieren; inmitten der Touristenhorden würde er unbemerkt bleiben können. Die sommerliche Temperatur war für einen, der wie er aus dem kalten Minnesota stammte, sehr angenehm. Er zog sich seine Jacke wieder an und verließ das Zimmer.

Nachdem er an der Rezeption nach dem Weg gefragt hatte, trat er aus dem Gritti Palace, wandte dem Canal Grande den Rücken zu und ging in Richtung Piazza San Marco. Er folgte den Schildern und ließ sich von der Menge mittragen, die durch die Calli wogte. Dieser Teil Venedigs, der bekannteste und touristischste, war nicht unbedingt das Viertel, das er am meisten liebte, doch er wollte jenem Ort seine Ehre erweisen, der ihn beim ersten Mal, als er hier gewesen war, in atemloses Staunen versetzt hatte.

Er ging am Eingang des Museo Correr vorbei, warf einen Blick auf die große Prunktreppe, die einst zu den Empfangssälen führte, und kam schließlich auf der Piazza San Marco heraus. Vor sich sah er San Marco mit seinen so orientalisch wirkenden Kuppeln, den Campanile zur Rechten, der, vom Stil her ganz anders, wie eine geometrische, rötliche Blume aus dem Stein hervorzubrechen schien, und, wiederum rechts, ein Stück des Dogenpalasts, der – rosig im Schein der untergehenden Sonne –, den Eindruck machte, als wollte er sich kokett verstecken. Die drei dünnen Masten mit den kleinen goldenen Löwen an der Spitze, die noch in der Sonne glänzten, strebten – drei Lanzen bei einem mittelalterlichen Turnier ähnlich – anmutig in den indigoblauen Himmel. Der Platz kam ihm wie eine riesige Bühne vor, links und rechts von den Procuratie Vecchie und Nuove begrenzt wie von Theaterkulissen aus Stein. In den Bogengängen drängten sich die Touristen vor den Läden und Cafés. Eine leichte Brise wehte den Geruch nach Salz von der Lagune herüber, denn um die Ecke der Procuratie Nuove öffnete sich der Platz zum Meer. Dort am Ufer erhoben sich die Säulen von San Marco und San Teodoro, die in der Vergangenheit, als die Stadt nur vom Meer aus zugänglich war, ihren Hauptzugang schmückten und als Tor zur Welt galten.

Hibbing wunderte sich, daß er sich noch so genau an alles erinnerte, als hätte er Venedig erst tags zuvor verlassen. Er ging auf die Basilika zu, mitten über den Platz, und hielt sich von den überlaufenen Arkaden fern.

Er setzte sich an ein Tischchen des Caffè Quadri, wo das Orchester mit dem des Caffè Florian gegenüber um die Wette spielte. Das Ergebnis war eine Mischung aus Walzern und Volksliedern. Dank des hochgeschlagenen Kragens und des in die Augen gezogenen Huts hatte ihn niemand erkannt.

Hibbing trank ein Glas Prosecco und bewunderte immer noch den Platz, ohne darauf verzichten zu können, ihn mit der so traurig kitschigen Kopie beim Hotel Bellagio in Las Vegas zu vergleichen. Eine halbe Stunde später, als ihm langsam kühl wurde, ließ er sich die Rechnung bringen und verließ das Caffè Quadri.

Inzwischen war es fast dunkel geworden, die Laternen waren angegangen; das schwache Licht der Dämmerung trat in einen Wettstreit mit dem der Lampen, die immer heller wurden, je weiter der Abend voranschritt. Calli und Palazzi schienen nun eine andere Atmosphäre auszuströmen, geheimnisvoller und flüchtiger, eine Aura der Unruhe hüllte den Platz ein.

Hibbing machte sich auf den Rückweg zum Hotel und kam dabei durch andere Calli, die um diese Zeit, da man sich gern zu einem Aperitif traf, noch voller waren als zuvor. Er konnte sich nicht an den Weg erinnern und fürchtete schon, den Roadmanager anrufen zu müssen. Doch nachdem er einen kleinen Kanal überquert hatte und gerade sein Handy aus der Tasche holen wollte, fand er sich plötzlich vor dem Eingang des Hotels wieder.

Als er eingetreten war, bemerkte er einen großen, beleibten Mann, der an der Rezeption stand und mit einem Hotelangestellten sprach. Hibbing schlug das Herz bis zum Hals.

Er war es, dieses Gesicht würde er für den Rest seines Lebens nicht mehr vergessen, er konnte sich nicht irren. Hibbing senkte den Blick und ging rasch auf den Aufzug zu. Als er endlich die Tür seiner Suite hinter sich geschlossen hatte, nahm er sich hastig Brille und Hut ab, zog die Jacke aus, warf alles auf die Couch und ging zur Bar. Er brauchte jetzt dringend einen Whisky. Er goß sich einen guten Schluck ein und wunderte sich, daß ihm die Hände zitterten. Doch der Anblick dieses Hurensohns hatte ihn selbst nach so vielen Jahren noch mit Wut und Schrecken erfüllt.

Er fragte sich, ob der andere ihn auch gesehen hatte. Wenig wahrscheinlich, er stand mit dem Rücken zu ihm und unterhielt sich. Aber wenn der Texaner auch nur den leisesten Verdacht hatte, könnte er sich Gewißheit verschaffen und sich an der Rezeption nach ihm erkundigen.

Hibbing nahm das Telefon und rief Johnson in seinem Zimmer an. »Sag dem Hoteldirektor, daß niemand, absolut niemand wissen darf, daß ich hier bin«, wies er ihn barsch an.

»Das habe ich schon getan…«, entgegnete Johnson.

»Du hast mich nicht verstanden«, sprach Hibbing weiter, mit dieser eiskalten und ruhigen Stimme, die der Manager fürchtete, weil sie immer Ärger ankündigte. »Ich spreche nicht von den üblichen Vorkehrungen, um nicht über irgendwelche Fans zu stolpern. Ich will sagen, daß, wenn jemand fragen sollte, ob das wirklich ich bin, der da vor zehn Minuten durch die Halle gegangen ist, er das verneinen muß. Sonst werde ich keinen Fuß mehr in dieses verdammte Hotel setzen. Habe ich mich klar ausgedrückt? Es ist mir Ernst, sieh zu, daß du überzeugend bist, sonst kannst du gehen.«

Johnson, erstaunt über diesen Ausbruch, machte sich

Sorgen. Er war einer der wenigen, denen gegenüber Hibbing sich liebenswürdig zeigte, und er war sich sicher, daß er ihn als Freund betrachtete. Es mußte irgend etwas geschehen sein.

»Was ist los?«

»Nichts. Tu, was ich dir sage. Und zwar sofort«, fügte Hibbing hinzu und legte auf.

Mit dem Glas in der Hand setzte er sich wieder hin. Erinnerungen stiegen in ihm auf, ohne daß er etwas dagegen tun konnte. Es war vor dreißig Jahren gewesen. In jenem Sommer hielt er sich, nach einem fürchterlichen Unfall, bei dem er fast ums Leben gekommen wäre, zur Erholung in seinem Haus auf dem Land im Topanga Canyon auf. Bei ihm waren Mary, seine erste Frau, und die beiden Kinder. Der Unfall war entsetzlich gewesen, im Morgengrauen war er mit seinem Motorrad von der Straße abgekommen und wie durch ein Wunder gerettet worden. Doch die Rekonvaleszenz erwies sich als langwierig. Vielleicht hätte seine Plattenfirma es vorgezogen, wenn er jung gestorben wäre, wie so viele seiner Kollegen. Die Verkaufszahlen seiner Platten, sowieso schon außergewöhnlich hoch, wären noch einmal nach oben geschnellt. Nichts ist dem Erfolg so förderlich wie sterben, dachte er bitter. Doch er hatte sie alle drangekriegt und war nun schon seit mehr als dreißig Jahren ein Mythos. Er hatte alle möglichen Preise bekommen, und seit zwei Jahren war er Kandidat für den Literaturnobelpreis. Wie hatte doch ein berühmter Schriftsteller gesagt: »Wenn sie ihn Robert Hibbing nicht geben, diesen verdammten Nobelpreis, wem sollen sie ihn denn dann geben?«

Das war eine nette Bemerkung gewesen, die ihm sehr gefallen hatte, auch wenn ihm der Nobelpreis und alle anderen Preise auf der Welt egal waren. Ihn interessierte einzig und allein, weiter seine Texte zu schreiben und seine Musik zu komponieren und die Verschmelzung dieser beiden Künste zu perfektionieren.

In jenem so fernen heißen Sommer hatte er, als er sich im Kreis seiner Familie erholte, von diesem Mann Besuch bekommen.

Christopher Hattwood war ein wichtiger Mann bei seiner Plattenfirma. Im ersten Moment hatte er gedacht, es handle sich um einen Höflichkeitsbesuch, der nicht mehr zu bedeuten hatte als all die unzähligen Blumensträuße, die er während seines Krankenhausaufenthalts bekommen hatte.

Doch dem war nicht so. Hibbing schloß die Augen halb und sah die Szene von damals wieder vor sich, als würde sie sich gerade jetzt abspielen. Es war heiß, sie saßen auf der Veranda und tranken einen Cocktail mit Früchten, den Mary gemacht hatte. Er meinte den Geschmack noch in seinem Mund zu spüren, er war durch zuviel Papaya ein bißchen zu süß geraten.

»Lieber Bob, du hast wirklich Glück gehabt, daß du noch einmal davongekommen bist. Ich hoffe, du hörst jetzt mit den Joints auf…«, fing Hattwood in seinem gewohnt jovialen Ton an.

Hibbing hatte ihn nie für besonders intelligent gehalten, auch wenn er tüchtig schien. Mit Sicherheit war er ein rücksichtsloser Geschäftsmann, der schon eine ganze Reihe von Sängern fertiggemacht hatte, indem er unbarmherzig das Letzte aus ihnen herausholte, um sie dann, wenn sie verbraucht waren und weniger einbrachten, als die Plattenfirma erwartet hatte, eiskalt abzuservieren. Hibbing hatte immer vermutet, daß sich hinter dieser jovialen Maske ein Sadist verbarg, der es genoß, wenn seine Opfer am Boden lagen. Aber bis zu jenem Tag hatte er diese Einschätzung für ungerechtfertigt und sogar für ungerecht gehalten. Tatsächlich war Hattwood nie in der Lage gewesen, seine psychopathische Grausamkeit, die sich hinter dem ewigen Lächeln seines runden Gesichts verbarg, an ihm auszulassen. Hibbing hatte beinahe vom ersten Moment an einen überwältigenden Erfolg gehabt, der ihn zum unumstrittenen jungen Genie seiner Generation und – wie sich mit der Zeit erweisen sollte – auch der folgenden Generationen machte.

»Ich rauche schon seit Jahren keine Joints mehr«, antwortete er verärgert.

»Um so besser für dich«, fuhr Hattwood fort. »Beim nächsten Mal würdest du vielleicht nicht so viel Glück haben …«

Da war etwas in seinem Ton, das Hibbing veranlaßte, ihn aufmerksamer anzusehen. Sein Gesichtsausdruck war noch immer jovial, doch seine Augen blitzten beinahe grausam.

»Sieh mal, Bob«, sprach Hattwood weiter, »mein Besuch ist nicht zufällig. Natürlich bin ich gekommen, um mich zu vergewissern, daß unser Genie auf dem Wege der Besserung ist. Aber ich muß mit dir sprechen …«

»Nur Mut, heraus damit!« ermunterte er ihn, weil er annahm, daß die Plattenfirma irgend etwas von ihm wollte. Er war nämlich entschlossen, ein Jahr lang nicht zu arbeiten, und hatte sich fest vorgenommen, sich nicht davon abbringen zu lassen, egal was für verlockende Angebote man ihm machte.

»Wo ist Mary?« hatte Hattwood unerwartet gefragt.

»Sie ist mit den Kindern Eis essen gegangen.«

»Gut, denn was ich dir zu sagen habe, ist streng vertraulich. Hör zu, Robert, du mußt einen anderen Ton anschlagen...« Er unterbrach sich: »Das hört sich jetzt vielleicht komisch an, aber genau das wirst du tun müssen...«, fügte er mit einem unangenehmen Grinsen hinzu.

In diesem Augenblick spürte Hibbing, wie ihm ein kalter Schauder den Rücken hinunterlief. Er hätte nie erklären können, was ihn gewarnt hatte. Ob es die von Hattwood hervorgehobene sonderbare Formulierung war oder dieses sarkastische Grinsen oder nur sein Instinkt, der ihm schon viele Male geholfen hatte.

»Was zum Teufel meinst du damit?« fragte er nervös. »Meine Platten verkaufen sich ausgezeichnet. Und wenn ich beschließe, irgendwas anders zu machen, dann bestimmt nicht, weil ihr es mir sagt...«

Hattwood schüttelte den Kopf wie ein geduldiger Lehrer. »Es gibt da Dinge, die du nicht weißt, doch es wird Zeit, sie dir zu enthüllen«, sagte er geheimnisvoll. Dann trank er seinen Cocktail aus, stellte das Glas auf den Gartentisch und sah ihm in die Augen.

»Du mußt damit aufhören, die Jugend mit deinen Protestsongs aufzuwiegeln. Anklagen nach rechts, Anklagen nach links, Namen, die den Leuten zum Fraß vorgeworfen werden, Märsche auf Washington und solche Sachen. Wir haben dich eine ganze Weile gewähren lassen, aber jetzt reicht es. Du bist ein Genie, Robert, das wissen wir sehr gut, und du bist von königlichem Geblüt. Wir haben dir den Weg zum Erfolg geebnet, und sicher hat das niemand mehr verdient als du, doch du hast übertrieben, du bist zu wichtig geworden. Du mußt damit aufhören, sonst hast du beim nächsten Mal nicht so viel Glück, das kann ich dir garantieren ...«

Hibbing erinnerte sich noch genau daran, daß es ein paar Sekunden dauerte, bis er überhaupt begriff, was er gerade gehört hatte, und wieder ein Wort herausbrachte.

Auf diese Weise hatte er von der berüchtigten Blutlinie der Elite erfahren, diesem Wahnsinn, mit dem sie ihn seit damals verfolgten.

»Bist du verrückt geworden, Hattwood? Drohst du mir etwa? Und von was für einem Geblüt schwafelst du da?« fuhr er ihn an.

Hattwood lächelte. »Es war kein Unfall, Robert. Wir hatten beschlossen, dich zu eliminieren. Doch du hast überlebt, und unsere Gesetze verbieten es uns, wegen deiner Abstammung, den Versuch zu wiederholen. Das gilt aber nicht für deine Frau und deine Kinder. Wenn du willst, daß ihnen nichts geschieht, muß deine Musik anders werden. Habe ich mich klar ausgedrückt?«

In der Folge war er noch viele Male mit der furchtbaren Realität der Elite in Berührung gekommen, ihren Regeln, ihren Ritualen, den von ihrer immensen Macht begangenen Übergriffen. Daß die Welt so ganz anders war, als sie schien, war erschreckend. Nicht minder erschreckend als die Erkenntnis, daß alle, die nicht zu der verdammten Bruderschaft gehörten, also der größte Teil der Menschheit, nicht mehr zählten als Komparsen in einem Film, bei dem wenige verborgene Regisseure den Ablauf bestimmten.

Von jenem Tag an hatte man ihn in Schach gehalten; wie

nie zuvor war sein einziger Trost die Musik gewesen. Er schrieb weiterhin Songs, doch er versteckte nun seine Botschaften in jener ein wenig dunklen Poesie, die zu einem seiner Markenzeichen wurde. Und da sie ihm nicht verboten hatten, bei seinen Konzerten die Lieder zu singen, mit denen er eine ganze Generation aufgerüttelt hatte, spielte er sie auch weiterhin. Seit mehr als dreißig Jahren fuhr er nun unermüdlich durch die Welt, in einer *never ending tour*, die erst dann zu Ende sein würde, wenn das Publikum nicht mehr käme, um ihn zu hören, oder mit seinem Tod. Und in diesen letzten Monaten, während des schmutzigen Krieges, von dem er wußte, daß er nur das Vorspiel zu weiteren Blutbädern und Gewalttaten sein würde, waren einige seiner Songs, in denen sich eine bestimmte Lebensauffassung ausdrückte, erneut zu Hymnen der Pazifisten geworden.

Robert Hibbing stand auf, um sein Glas noch einmal zu füllen. Die Erinnerungen brachen nun mit großer Heftigkeit über ihn herein. Die Bilder von sich selbst und von Hattwood, dreißig Jahre jünger, gingen ihm nicht mehr aus dem Kopf. Der Mann von der Plattenfirma hatte sich kaum verändert, aber er war älter geworden. Auch Hibbing selbst war mit sechzig Jahren nicht mehr jener Faun mit der Aureole aus lockigem Haar, der er damals gewesen war. Doch ein Journalist hatte vor kurzem geschrieben, daß sein gezeichnetes Gesicht, sobald er auf der Bühne stehe, aus der Ferne gesehen wie durch Magie seine Jugendlichkeit zurückgewinne und ihn wie den jungen fahrenden Sänger von damals aussehen lasse. Ein unsterblicher Barde, so hatte er seinen Artikel beschlossen.

Dieser Dreckskerl von Hattwood dagegen hatte noch

das gleiche Bulldoggengesicht wie damals. Doch was zum Teufel tat er in Venedig? War er vielleicht seinetwegen hier? Nein, sie hatten andere Mittel, als ihm ihre Killer durch die ganze Welt hinterherzuschicken. So viel Mühe müßten sie sich nicht geben, es hätte genügt, ihn in New York abzufangen, während der Pause, die er sich im Winter wie im Sommer verordnete, um im Studio zu arbeiten.

Hibbing nahm einen kräftigen Schluck Whisky und setzte sich wieder in den Sessel. Wahrscheinlich war es ein Zufall. Der Texaner war in Venedig, um irgendein hohes Tier aus seiner Bruderschaft zu treffen. Das königliche Geblüt, sagte er mit lauter Stimme, und der Whisky wäre ihm fast hochgekommen. Sein Leben war verschont worden, weil diese Bastarde davon überzeugt waren, daß er Abkömmling eines der reinsten Geschlechter sei, nämlich des kaukasischen. Es war verrückt!

Damals, als Hattwood ihn bedroht und seine Erniedrigung genossen hatte, war ihm auch vieles über die Elite enthüllt worden. Außerdem mußte Hibbing sehr bald feststellen, daß Hattwoods Behauptungen durchaus ernst zu nehmen waren. Als er seinen Anwalt beauftragte, ihn wegen Nötigung zu verklagen, war es, als würde er gegen eine Wand anrennen. Und die Auswirkungen ließen auch nicht auf sich warten. In der Folge wurde seine Frau angegriffen und beinahe vergewaltigt, einzig und allein zu dem Zweck, ihn einzuschüchtern. Die Polizei machte die Täter nie ausfindig. Und je weiter oben er sich beschwerte, desto mehr wurde er mit der Macht der Elite konfrontiert. Sie ließen ihn eine Weile gewähren, um ihm zu zeigen, daß er ihrem Netz nicht entkommen konnte. Bis er sich schließlich, nach weiteren Warnungen und Drohungen, klarmachte, daß er keine Chance hatte. Er mußte aufhören, Widerstand zu leisten. Da ging seine Welt in Trümmer, sein Leben wurde zu einem Alptraum, er fing an zu trinken, und auch seine Ehe zerbrach nach ein paar Jahren. Die einzige Rettung war, wie immer, die Musik. Die Musik und sein Freund Spike.

Spike war einer der wenigen Musiker, die er wirklich bewunderte. Er galt als vielleicht bester Gitarrist der Welt. Doch was Hibbing noch mehr an ihm schätzte, war seine menschliche Stärke, sein großes Einfühlungsvermögen. In Musikerkreisen waren Spikes Eigenschaften eine absolute Seltenheit. Und er hatte ihn vor dem Wahnsinn gerettet.

Hibbing stand aus dem Sessel auf und holte die Gitarre, spielte ein paar Akkorde und begann ein Lied zu proben, mit dessen Komposition er gerade beschäftigt war. Doch während seine Finger über die Saiten liefen, gelang es dem Geist nicht, sich von der Vergangenheit zu lösen.

Spike hatte ihn eines Tages im Topanga Canyon besucht. Es war ein schon lange geplanter Besuch, doch durch den Unfall hatte er sich um ein Jahr verschoben. Um diese Zeit kannten Spike und er sich noch nicht sehr gut, sie achteten sich, das ja, doch mehr verband sie nicht. Außerdem kam Hibbing die leidenschaftliche Begeisterung Spikes für die östliche Philosophie ein wenig übertrieben vor.

Als der Freund im Cottage angekommen war, war Hibbing allein, seine Frau und die Kinder waren nach New York gefahren, um Marys Mutter zu besuchen. In den ersten beiden Tagen machten sie ausschließlich Musik und aßen dazu Apfelkuchen, von dem die Köchin laufend mehr backen mußte. Spike jedoch meditierte auch noch wenigstens eine Stunde am Tag. Mit gekreuzten Beinen saß er am frühen Morgen im Garten, blieb eine Zeitlang, die Hibbing endlos schien, sitzen, ohne sich zu rühren. Im Laufe der Tage bemerkte er dann, daß Spikes Aufenthalt in Indien aus ihm einen anderen Menschen gemacht hatte. Auch als Musiker war er besser geworden.

Eines Tages saß Hibbing im Wohnzimmer und versuchte ein Buch zu lesen. Erfolglos. Er war verzweifelt, seine Anzeige gegen Hattwood hatte man versanden lassen, und die einflußreichen Leute, an die er gelangt war, hatten ihm zu verstehen gegeben, daß sie keinen Finger rühren würden.

Während er tief deprimiert mit dem Buch in der Hand dort saß, kam Spike ins Zimmer, ohne daß er ihn bemerkte. Als er plötzlich vor ihm stand, schreckte er hoch.

»Wovor hast du Angst?« fragte Spike ihn ohne Umschweife.

Da brach er zusammen und berichtete ihm unter Tränen, was geschehen war. Spike schwieg eine Weile und nickte schließlich.

»Dann ist also alles wahr... Ein Meister hat mir davon erzählt, in Rishikesh, in Indien. Ich dache, es sei nur eine metaphorische Geschichte, Gut gegen Böse, gute gegen schlechte Energien. Aber es ist also alles wahr...« Eine Weile schwiegen sie, dann legte Spike eine Hand auf seine Schulter.

»Du darfst nicht zulassen, daß sie dich zerstören.«

»Und was kann ich tun? Man müßte jeden einzelnen von ihnen töten, aber sie sind überall...«, antwortete er und spürte, wie der Haß in ihm hochkam.

»Nein!« rief Spike aus. »Wenn es stimmt, was der Meister gesagt hat, gibt deine Angst ihnen nur Energie. Sie sind arme Wesen, eingeschlossen in einer niederen Dimension, auch wenn sie die absolute Macht in Händen haben. Angst ist für sie wie Treibstoff für ein Auto.«

»Aber es sind wahnsinnige Verbrecher«, wandte er ein.

»Sicher. Und gerade deshalb dürfen wir sie nicht fürchten. Das ist kompliziert zu erklären, vielleicht habe ich es selbst nicht verstanden. Soweit ich weiß, glauben sie, daß satanische Riten ihnen große Macht verleihen. Doch es gibt keine wahre Macht ohne Liebe. Und es nutzt nichts, sie zu hassen, denn damit begeben wir uns nur auf ihre Wellenlänge und schaden uns. Statt dessen muß man alldem mit Mut und Liebe begegnen. Sie halten die Welt mit ihren Kriegen, ihren Ungerechtigkeiten und ihrer Korruption in einem Käfig aus Haß und Schrecken gefangen. Wir können nichts anderes tun, als ihnen mit dem energetischen Gegenteil zu antworten. Doch das führt jetzt zu weit. Im Augenblick geht es darum, daß du so weit wie möglich aus diesem Alptraum herauskommst. Und nach dem, was du mir erzählt hast, ist das einzige, was du tun kannst, keine Angst zu haben. Ich weiß, daß es schwierig ist, geradezu unmöglich, aber du hast keine andere Wahl.«

Von jenem Tag an lehrte ihn Spike eine Woche lang, zu meditieren und sein tiefstes Inneres gegen negative Einflüsse abzuschirmen, sich zu reinigen. Nach und nach fühlte er sich besser, und es hörte auch auf, daß der bloße Gedanke an Hattwood bei ihm Übelkeit auslöste. Er gelangte zu der Überzeugung, daß die Dinge, ob nun wahr oder falsch, die diese Wahnsinnigen ihm enthüllt hatten, ihn nicht verändern könnten. Er war Robert Hibbing aus Minnesota, Vertreter der menschlichen Spezies, von Beruf Musiker.

Der letzte Tag von Spikes Aufenthalt im Cottage von Topanga Canyon gehörte zu Robert Hibbings schönsten Erinnerungen. Stundenlang hatten sie in seinem Aufnahmestudio im Keller zusammen Musik gemacht.

Hibbing bat Spike, ihm einige Akkorde zu zeigen, und fragte ihn, wie zum Teufel er seine unglaublichen Melodien entwickle. Spike begann, übermäßige und verminderte Septakkorde zu spielen, um dann zum G-Dur Septakkord die Finger in B-Dur-Sept über das Griffbrett der Gitarre gleiten zu lassen. Hibbing lächelte, als ihm klar wurde, daß er sich an jeden Griff Spikes erinnerte. Die Melodie bildete sich wie durch Magie heraus, und Spike fing an, ein improvisiertes Lied zu singen. Es erzählte von seinem Schmerz und seiner Angst und von der Liebe, mit der er, Robert, gesegnet sei. Und daß er die verschlossene Tür zu seinem Herzen öffnen solle!

Hibbing spürte, wie es ihm vor Rührung die Kehle zuschnürte. Auch Spike war nun nicht mehr da, er war im letzten Jahr an einer unheilbaren Krankheit gestorben. Einmal, als ein Journalist ihn gefragt hatte, wie er die Zukunft der Welt sehe, hatte Spike geantwortet: »Gott sei uns gnädig!« Jetzt war er sicherlich an einem besseren Ort – zum Lohn für seine gute Seele und die wundervolle Musik, die er der Welt geschenkt hatte. Wenigstens war es ihm erspart geblieben, das zu sehen, was heute geschah. Doch er, Robert Hibbing, war noch auf der verfluchten Erde, dem Vergnügungspark der Verdammten.

Er fühlte eine Woge von Haß in sich aufsteigen, doch dann erinnerte er sich an Spikes Worte und atmete tief ein, hielt die Luft in der Lunge, wie der Freund es ihn gelehrt hatte, um sie schließlich mit einem langen Zischen auszustoßen. Er wiederholte diese Übung mehrmals, und nach einer Weile fühlte er sich besser, auch die Angst war vergangen. Es war eine Technik, die immer funktionierte. Er stand auf und ging zum Telefon.

Als sich die Rezeption meldete, fragte er nach Hattwood. Nach wenigen Klingelzeichen meldete er sich.

»Hallo, ich komme gleich runter«, sagte Hattwood ein wenig außer Atem.

»Hallo Christopher, hier ist Robert Hibbing.«

Am anderen Ende der Leitung war es einen Moment lang still. Er hatte den Bastard überrumpelt, dachte er zufrieden.

»Robert, was für eine Überraschung! Wo steckst du?«

»In Venedig«, sagte Hibbing, ohne sich erklären zu können, warum er sich, da er ihn ja selbst angerufen hatte, so vage ausdrückte.

»Aber natürlich, dein Konzert morgen! Wie geht es dir?«

»Sehr gut, danke. Und du, was führt dich nach Venedig?«

»Geschäfte.«

»Vielversprechende italienische Künstler?« fragte Hibbing, der es nach der ersten Euphorie bereute, ihn angerufen zu haben. Man soll Schlangen nicht reizen, dachte er und fühlte, wie seine Hand, die den Telefonhörer hielt, feucht wurde.

»Du weißt, daß ich mich nicht nur mit Musik beschäftige ...«, sagte Hattwood bedeutungsvoll.

»Wie könnte ich das vergessen…«, antwortete Hibbing im gleichen Ton.

»Woher wußtest du, daß ich im Gritti bin?«

»Ich bin zufällig vorbeigekommen, da habe ich dich hineingehen sehen. Ich konnte der Versuchung nicht widerstehen, dich anzurufen und dir hallo zu sagen«, log er.

»Das ist nett von dir. Sag mir, in welchem Hotel du wohnst, dann könnten wir uns auf einen Drink treffen.«

»Laß mir meine kleinen Geheimnisse, Christopher. Ich glaube nicht, daß du Lust hast, etwas mit mir zu trinken, und ich habe genauso wenig Lust dazu. Wenn du wissen willst, wo ich bin, brauchst du nur deine Spione zu fragen. Ich wollte dir nur guten Tag sagen…«

»Noch immer der alte Bob!« rief Hattwood aus und rettete sich in ein Lachen. »Immer noch das chaotische Genie. Du hast recht, wenn ich dich sehen will, kannst du sicher sein, daß ich dich finde. Jetzt muß ich gehen. Einen schönen Abend. Und alles Gute für das Konzert morgen. Nicht ausgeschlossen, daß ich komme, um dich zu hören.«

Hibbing legte auf. Nachdenklich betrachtete er ein paar Sekunden lang das Muster des Perserteppichs auf dem Boden. Er versuchte zu verstehen, warum er diesen Anruf gemacht, sich so unklug und irrational verhalten hatte. Man durfte sie nie provozieren. War er denn durch Schaden nicht klug geworden? Und doch, irgend etwas in seinem Inneren hatte, nach so vielen Jahren, rebelliert; vielleicht hatte er Hattwood zeigen wollen, daß er sich, auch wenn er gegen sie nichts vermochte, wenigstens nicht wie eine Maus verkroch.

Es war natürlich eine Dummheit gewesen. Eine Dummheit, die er vielleicht teuer bezahlen mußte. Er dachte daran, in ein anderes Hotel zu ziehen, doch das hatte keinen Sinn. Hattwood hatte ihm zu verstehen gegeben, daß er von seiner Anwesenheit in Venedig nichts gewußt hatte. Und aus welchem Grund sollten sie ihm auch Ärger machen? Sie konnten sich doch wahrlich nicht über ihn beklagen. Abgesehen von den mehr oder weniger mysteriösen Zeilen, die er in seine Songtexte einfügte und die vielleicht irgend jemand eines Tages richtig deuten würde, hatte er keinem Menschen enthüllt, was er wußte. Und wer hätte ihm schon geglaubt, wenn er in alle Welt hinausgeschrien hätte, daß nichts war, wie es schien, und daß alle Marionetten in der Hand der Elite waren?

Er beschloß, sich nicht aus dem Gritti wegzubewegen. Hattwood hatte recht, falls er es wollte, könnte er ihn jederzeit finden. Er würde auf dem Zimmer essen. Schon allein die Vorstellung, Hattwood von Angesicht zu Angesicht gegenüberzustehen, widerte ihn an.

Nachdem er das Abendessen bestellt hatte, trat er ans Fenster und sah hinaus. Der Mond schien auf den Canal Grande und die weiße barocke Santa Maria della Salute, während man zur Linken die Punta della Dogana del Mar erkennen konnte, mit dem niedrigen Turm, wo die goldene Göttin Fortuna auf dem von zwei Atlasfiguren getragenen goldenen Globus stand. Dieser Ort war wundervoll, sagte er sich; auch die Welt hätte wundervoll sein können, wenn das Böse die Menschen nicht so sehr in die Irre geführt hätte.

4

Ogden kam am späten Vormittag auf dem Flughafen von Venedig an. In der Nacht hatte er nicht gut geschlafen, das lange Gespräch mit Stuart und die Lektüre des Dossiers waren seinem Schlaf mit Sicherheit nicht förderlich gewesen. Er war mit der unangenehmen Gewißheit aus Berlin abgeflogen, daß er dabei war, sich auf ein verrücktes Abenteuer einzulassen. Ebenso verrückt wie die Leute, die er treffen würde. Verrückt, aber mächtig, ging ihm durch den Kopf. Die schlimmste Kombination.

Ihm fiel sofort auf, daß es auch für Venedig kein guter Tag war. Vom Fahrer des Motorboots erfuhr er, daß am Morgen ein verheerender Brand in dem im äußersten Westen auf der Giudecca gelegenen Mulino Stucky ausgebrochen war, einem der schönsten Beispiele für neugotische Industriearchitektur auf der ganzen Welt. Der Komplex sollte in ein Kongreßzentrum mit Luxusapartments umgewandelt werden.

Als sie sich der Stadt näherten und er die große schwarze Wolke über der Giudecca sah, kamen ihm unwillkürlich die Bilder der heftigen Bombardierung Bagdads in dem gerade beendeten Krieg in den Sinn. In der Stadt, erzählte der Fahrer, gehe schon das Gerücht um, es sei Brandstiftung gewesen, wie beim Theater La Fenice vor einigen Jahren.

Das Boot brachte ihn zur Anlegestelle des Gritti Palace Hotel. Ein Gepäckträger in Livree beeilte sich, ihm seine Reisetasche abzunehmen, und ein Hoteldiener bahnte ihm den Weg durch die Halle, in der ein außergewöhnliches Gedränge herrschte. Die Jahreszeit und das schöne Wetter lockten besonders viele Touristen in die Stadt. Die neue Krankheit versetzte zwar die Wissenschaftler in große Besorgnis, hinderte die Menschen aber nicht daran, zu reisen. Nur einige asiatische Touristen trugen Handschuhe und Atemmaske, doch sie waren die Ausnahme.

Ogden sah auf die Uhr, er hatte um drei Uhr am Nachmittag in einem Palazzo schräg gegenüber eine Verabredung mit zwei Vertretern der europäischen Elite, dem Conte Lorenzo Badoer und dessen Vetter Giorgio Alimante, der sich inkognito in der Stadt aufhielt. Er war ein mächtiger und nicht nur in Italien bekannter Mann, dem im Augenblick sicherlich nichts an Publizität lag.

Als Ogden in seinem Zimmer war, packte er die Tasche aus, duschte rasch und beschloß, im Hotelrestaurant auf der Terrasse, von wo aus man einen herrlichen Blick über den Canal Grande hatte, etwas essen zu gehen. Es waren noch ein paar Stunden bis zu seinem Termin, und er wollte sie nutzen, um ein wenig die Sonne zu genießen, bevor er seinen düsteren Auftraggebern begegnete.

Er verließ sein Zimmer. Während er sich der Bar näherte, erinnerte er sich daran, daß das Gritti nicht nur eines der schönsten Hotels der Welt war, sondern sich auch einer beachtlichen literarischen Geschichte rühmen konnte. Es war der Lieblingsarbeitsplatz von Dickens gewesen, Ruskin hatte hier seine *Steine von Venedig* geschrieben, ganz zu schweigen von Hemingway, der das Hotel als zweites Zuhause betrachtet hatte. Somerset Maugham dagegen saß immer am selben Tisch, auf ebenjener Terrasse am Wasser, um über Spione zu schreiben, die sich an den Farben des Sonnenuntergangs auf den Steinen von Santa Maria della Salute berauschten. Ogden würde gleichfalls diesen Blick genießen, wenn auch ohne Sonnenuntergang.

Er durchquerte den Salon der Bar, einen weitläufigen Raum mit Spiegeln und Stuck an den Wänden, Möbeln im venezianischen Stil und funkelndem Glas, wo sich die bessere Gesellschaft der Stadt zum Aperitif einzufinden pflegte. Kaum hatte Ogden einen Fuß auf die Terrasse gesetzt, als ein aufmerksamer Kellner ihn auch schon zu einem Tisch führte. Nachdem er Platz genommen hatte, bewunderte er eine Weile die Palazzi am anderen Ufer, den schneeweißen und rosa Marmor an dem in der Mittagssonne glänzenden Wasserlauf. Doch er betrachtete das Ufer gegenüber nicht nur, um sich an seiner Schönheit zu erfreuen. Das Treffen mit den neuen Klienten des Dienstes sollte nämlich in einem der Palazzi auf der anderen Seite stattfinden.

Obwohl seine Aufmerksamkeit ausschließlich auf die schöne Aussicht gerichtet schien, entging ihm doch nicht, daß ein Mann auf die Terrasse kam, den er kannte. Nicht sehr groß, das lockige Haar unter einem Panama versteckt, die Augen hinter einer Ray Ban mit schwarzem Rahmen verborgen, näherte sich Robert Hibbing in seinem unverwechselbaren Gang, verhalten und doch schnell, einem Tisch. Er trug ein helles Hemd mit schmalem Stehkragen, eine Lederweste und dunkle Hosen, außerdem die berühmten Lederstiefel. Ein lässig-elegantes Outfit, das gut zu einem großen Rockstar paßte. Ogden tat so, als hätte er ihn nicht erkannt. Es war vier Jahre her, seit sie beide in Ascona in ein bizarres Abenteuer verwickelt worden waren, bei dem der Sänger sein Leben riskiert hatte. Aber ihm kam es vor, als sei seitdem sehr viel mehr Zeit vergangen, und da wurde ihm bewußt, daß Stuarts Dossier über die Elite für ihn so etwas wie eine Trennungslinie zwischen früher und jetzt gezogen hatte. Dies zu erkennen gefiel ihm nicht, denn es bedeutete, daß es der Elite gelungen war, seine Sicht der Welt zu verändern, sie – wenn dies überhaupt möglich war – noch negativer zu machen.

Robert Hibbing seinerseits sah Ogden an einem der Tische nahe dem Geländer sitzen und erkannte ihn ebenfalls wieder. Dieser Spion hatte ihm das Leben gerettet, das gemeinsam durchgestandene Abenteuer war dramatisch gewesen, aber es hatte ihn auch etwas gelehrt, außerdem war der Mann ihm sympathisch. Nach kurzem Zögern beschloß er, zu ihm hinzugehen.

»Guten Tag«, begrüßte er ihn freundlich. »Ich dachte, daß nichts von dem, was sich in einem Umkreis von einem Kilometer um Sie herum ereignet, Ihnen entgehen könnte...«

Ogden sah von der Speisekarte hoch und lächelte. »Das tut es auch nicht. Doch ich weiß, wie sehr Sie es hassen, erkannt zu werden, deshalb habe ich es vorgezogen, Ihre Privatsphäre zu respektieren. – Wie geht es Ihnen?« fragte er und reichte ihm die Hand.

Hibbing drückte sie fest. »Gut, danke. Darf ich mich zu Ihnen setzen?«

»Bitte, nehmen Sie doch Platz.«

Der Sänger setzte sich ihm gegenüber hin. »Wundervolle Stadt, finden Sie nicht?«

»Es scheint fast ein Gemeinplatz, doch es ist die Wahrheit«, pflichtete Ogden ihm bei.

»Venedig ist wunderschön, aber…«, setzte Hibbing an, unterbrach sich dann jedoch.

»Genau: *aber*… Auch ich kann dieses *Aber* nicht lassen. Im Grunde finde ich Venedig ein wenig beunruhigend…«

Hibbing setzte die Sonnenbrille ab, und Ogden sah seine berühmten blauen Augen, die ihn von Jugend an zu einem Frauentyp gemacht hatten, auch wenn er kein Adonis war. Ogden fiel auf, daß sein Blick noch immer außergewöhnlich jung war, trotz des gezeichneten Gesichts.

Hibbing nickte. »Ja, das finde ich auch. Und doch ist die Stadt so schön…«

»Vielleicht ist sie allzu schön. – Ich habe gelesen, daß Sie heute abend ein Konzert auf der Piazza San Marco geben.«

»Ja, ein Konzert mit einer begrenzten Anzahl von Plätzen. Aber ich spiele übermorgen auch in Mailand in einem Stadion. Da wird das Publikum zahlreicher kommen können.«

»Ich weiß, daß Ihre Arbeit in den letzten Jahren weiterhin sehr erfolgreich gewesen ist. Herzlichen Glückwunsch zum Oscar.«

Hibbing zuckte die Achseln. »Schließlich haben sie ihn mir doch noch gegeben…«, murmelte er gleichgültig. Dann drehte er sich um und rief nach dem Kellner.

»Darf ich Sie als meinen Gast betrachten?« fragte er, wieder Ogden zugewandt.

Ogden nickte. »Danke, das ist sehr freundlich von Ihnen. Aber nur, wenn ich mich revanchieren darf, falls Sie noch länger bleiben.«

Hibbing lachte. »Gewiß, ich bin bis morgen hier. Ich will ein wenig durch die Stadt streifen.«

Der Kellner nahm die Bestellung auf, und als er sich wieder entfernt hatte, wandte Hibbing sich mit einem komplizenhaften Blick an Ogden. »Ich nehme an, Sie sind als Tourist in Italien ...«

»So ist es.«

»Entschuldigen Sie, ich weiß, daß ich kein Recht habe, mich einzumischen, nur weil ich bei einer Ihrer Missionen dabeigewesen bin. Ich denke übrigens oft an das, was in Ascona geschehen ist. Wenn Sie nicht gewesen wären, wäre der Verkauf meiner Platten sprunghaft nach oben geschnellt, aber ich wäre nicht mehr hier, um darüber zu reden.«

»Denken Sie nicht daran«, sagte Ogden, während er am Eingang zur Terrasse einen korpulenten Mann mit dichtem weißen Haar beobachtete, der einen für diesen Tag allzu dunklen Anzug trug. Der Mann sah sich auf der Suche nach jemandem um. Als er sie erblickte, verzog sich sein Mund zu einem Lächeln, und er steuerte unerwartet geschickt zwischen den Tischen durch auf sie zu.

Als hätte er den Blick dieses Mannes im Rücken gespürt, wandte Hibbing sich um, drehte sich aber sofort wieder zurück und setzte seine Sonnenbrille auf.

»Kennen Sie ihn?« fragte Ogden.

»Ja, leider«, sagte der Sänger in einem Ton, aus dem jede Spur guter Laune verschwunden war.

Der Mann stellte sich neben Hibbing und legte ihm eine Hand auf die Schulter. »Da bist du ja!« rief er in einem jovialen Ton aus. »Du bist wirklich unverbesserlich, Robert. Mich glauben zu lassen, daß du nicht in diesem wunderbaren Hotel abgestiegen bist...«, fügte er hinzu und setzte eine vorwurfsvolle Miene auf. Dann warf er einen Blick auf Ogden. »Guten Tag. Ich bin Christopher Hattwood, ein alter Freund von Robert...«, stellte er sich vor.

»Guten Tag«, antwortete Ogden lakonisch.

Hattwood erfaßte die Situation und wandte sich erneut Hibbing zu. »Ich komme übrigens heute zu deinem Konzert und schaue dann noch kurz in der Garderobe herein. Aber jetzt muß ich fort, die Geschäfte rufen. Es war wirklich eine angenehme Überraschung, Robert. Bis heute abend. Und guten Appetit«, fügte er, an beide gewandt, hinzu, bevor er sich entfernte.

Inzwischen hatte der Kellner mit dem Servierwagen das Essen an den Tisch gebracht. Während er Hibbing eine Bresaola mit Rucola und Ogden einen Meeresfrüchtesalat servierte, beobachtete der Spion den Sänger, der spürbar nervös war.

»Wer ist dieser Typ?« fragte er.

Hibbing antwortete mit einem Achselzucken: »Ein Produzent. Nun ja, eher: *der* Produzent. Ein Hurensohn...«

»Genau den Eindruck hatte ich auch von ihm. Macht er Ihnen Schwierigkeiten?«

Hibbings Mund verzog sich zu einem kümmerlichen Lächeln. »Er macht mir seit Jahren Schwierigkeiten. Er und seine verdammte Bande«, fügte er hinzu. Er wirkte aufgewühlt.

»Etwas Ernstes?« fragte Ogden.

Hibbing nickte, und als er nach dem Glas griff, kippte er es um. Seine Hände zitterten.

»Wollen Sie darüber reden?« fragte Ogden, unterbrach

sich aber sofort, da der Kellner herbeieilte, um den Schaden zu beheben und den Tisch abzutrocknen. Als er sich wieder entfernt hatte, nahm Hibbing seine Sonnenbrille ab und sah Ogden gerade in die Augen.

»Ich möchte gern mit Ihnen darüber sprechen, aber Sie würden mir nicht glauben. Dieser Mistkerl hat mir den Appetit verdorben. Es tut mir leid, beim nächstenmal werde ich eine angenehmere Gesellschaft sein. Jetzt ist es besser, ich mache einen kleinen Spaziergang, um mich ein wenig zu entspannen«, sagte er, stand auf und gab ihm die Hand.

Sie verabschiedeten sich, doch Hibbing schien noch nicht gehen zu wollen. Schließlich rang er sich durch und fragte: »Hätten Sie Lust, heute abend zum Konzert zu kommen? Ich meine, falls Sie nichts anderes vorhaben.«

Ogden nickte. »Wenn es möglich ist: mit großem Vergnügen.«

Der Sänger schien erleichtert. »Ausgezeichnet! Dann lasse ich Ihnen einen Platz auf der Pressetribüne reservieren. Nachher könnten wir in Harry's Bar etwas essen gehen. Was halten Sie davon?«

»Eine gute Idee. Soll ich bewaffnet kommen?«

Hibbing lächelte. »Vor Ihnen kann man nichts verbergen, oder?«

»Ich mag keine Erpresser. Und der eben sah mir so aus, als würde er Sie unter Druck setzen.«

»So ist es. Doch wenn Sie Lust haben, eine unglaubliche Geschichte zu hören, werden ich Ihnen heute abend alles erklären.«

»Toi, toi, toi für das Konzert«, sagte Ogden, während Hibbing zwischen den Tischen durch davonging.

5

Am Nachmittag ließ Badoer Ogden mit einer Gondel am Gritti abholen. Man hatte die Gondel einem Motorboot vorgezogen, weil die Strecke nur kurz war – und vermutlich auch, um den Gast auf typisch venezianische Weise willkommen zu heißen. Der Gondoliere trug die traditionelle Tracht: schwarzen Anzug mit kurzer Jacke und Strohhut, geschmückt mit einem blauen Band. Als Ogden auf einem der mit rotem Samt bezogenen Klappsitze saß, begann der stehende und dem Bug zugewandte Gondoliere mit dem langen Ruder die Gondel zu steuern.

Während sie, begleitet vom schwappenden Geräusch des Ruderns, das kurze Stück über den Canal Grande zurücklegten, ließen die Brise vom Meer und die heiße Sonne Ogden den Grund für seine Anwesenheit in Venedig beinahe vergessen. Er bewunderte die prächtigen Palazzi, welche die breite Wasserstraße säumten, den schneeweißen Marmor der Loggien, der mit den durch eine Salzpatina verblaßten Farben kontrastierte, und die Schornsteine, die in bizarren Formen in den Himmel ragten – große Rauchabzüge, die nach oben hin breiter wurden, andere in der Form von Würfeln oder gar Obelisken –, während die Anlegepflöcke an den Landungsstegen mit ihren bunten Streifen dem Ganzen eine heitere Note verliehen.

Doch als die Gondel die Anlegestelle des gotischen Palazzo erreicht hatte, neben dem Gebäude, das einst die Abbazia di San Gregorio gewesen war, hatte Ogden schon aufgehört, den schönen Dingen, die ihn umgaben, seine Aufmerksamkeit zu widmen. Seine Gedanken beschäftigten sich mit den beiden Italienern, die er gleich treffen würde.

Der Gondoliere half ihm beim Aussteigen, während ihm auf dem kleinen Steg ein Mann entgegenkam.

»Folgen Sie mir bitte«, sagte er und ging Ogden durch das Tor des Palazzo voran, an dessen Seiten zwei Marmorlöwen kauerten, ähnlich denen, die den Arsenale bewachen. Sie durchquerten ein halbdunkles Atrium, stiegen eine imposante Treppe hoch, bis sie durch eine massive Holztür in einen großen Saal gelangten.

»Warten Sie bitte hier«, sagte der Mann und ging wieder hinaus.

Ogden sah sich um. Einige Wandteppiche machten den praktisch leeren Raum, in dem nur ein paar kunstvoll geschnitzte Chorstühle an einer Wand aufgereiht waren, ein wenig wohnlicher. Durch das dichte, gelbe Bleiglas der zweibogigen Fenster drang das Licht der Sonne nur mit Mühe.

Der Mann kam kurz darauf zurück. »Folgen Sie mir bitte«, sagte er.

Sie verließen den Saal, gingen durch einen Korridor mit einigen Porträts aus dem 18. Jahrhundert an den Wänden und blieben schließlich vor einer anderen Tür stehen. Der Mann öffnete, gab ihm ein Zeichen einzutreten, schloß dann die Tür wieder hinter ihm.

Der Raum war in jenem Rokokostil eingerichtet, der Ende des 19. Jahrhunderts den feierlichen und prächtigen venezianischen Barock durch Möbel mit anmutigeren Linien, Lackarbeiten und raffinierten Vergoldungen abgelöst hatte. Neben einem Tisch, auf dem ein Computer lief, standen die beiden Italiener und begrüßten Ogden mit einem Lächeln.

»War Ihre kurze Fahrt über den Canal Grande angenehm, Mr. Ogden?« fragte Conte Badoer in einem Englisch mit Oxfordakzent und ging auf ihn zu.

»Sehr«, antwortete der Agent und gab ihm die Hand.

»Ich freue mich, daß Ihnen Venedig gefällt«, sagte Giorgio Alimante und trat seinerseits näher. »Aber setzen Sie sich doch bitte.«

Als alle Platz genommen hatten, musterte Alimante ihn aufmerksam.

»Sie sind alle hier vorbeigekommen, im Laufe der Jahrhunderte. Venedig bewahrt das Gedächtnis der Menschheit, zumindest unserer Welt. Was meinen Sie?«

Ogden nickte und sagte nichts. Er hatte nicht die Absicht, sich auf ein historisches Plauderstündchen über die Vergangenheit einzulassen. Sie hatten genug Probleme mit der Gegenwart.

»Ich weiß, was Sie denken: daß es nicht angebracht ist, in die Vergangenheit zu schauen, bei all dem, was heute geschieht«, sagte Alimante in einem wohlwollend-nachsichtigen Ton. »Ich teile Ihre Meinung. Doch ohne eine genaue Analyse der Vergangenheit ist die Gegenwart nicht zu begreifen. Und man läuft Gefahr, den Mächtigen dieser Welt all ihre Lügen und Manipulationen abzukaufen. Also *uns*...«, fügte er hinzu und unterstrich den Sarkasmus dieser Bemerkung mit einem amüsierten Blick.

Ogden beschränkte sich darauf, ihn aufmerksam zu betrachten. Der über sechzigjährige Alimante war ein gutaussehender Mann: das silbergraue Haar zurückgekämmt, aufblitzende blaue Augen in einem leicht gebräunten Gesicht, groß, schlank und elegant. Er trug einen Anzug der Haute Couture und wirkte insgesamt wie ein typischer Vertreter der noch über wirtschaftliche Macht verfügenden europäischen Aristokratie. Im Falle Alimantes ließen sich der Reichtum und die Geschichte seiner Familie bis in die Renaissance zurückverfolgen. Wenn man ihn sich ansah, war leicht zu verstehen, warum er in Klatschgeschichten über den Jet-Set als großer Herzensbrecher auftauchte.

»Sie sind ja nicht sehr gesprächig«, sagte der Italiener und spielte die Rolle des enttäuschten Gastgebers. »Lorenzo, laß uns doch etwas zu trinken bringen. Wie wäre es mit Champagner?«

»Für mich nicht, danke.«

Alimantes Blick wurde kälter. »Ich leite aus Ihrem Verhalten ab, daß Sie keine große Sympathie für uns hegen. Vielleicht mißbilligen Sie uns, Mr. Ogden?«

Auf dem Mund des Agenten zeichnete sich ein Lächeln ab, doch der Ausdruck seiner Augen blieb eisig.

»Ich habe erst gestern erfahren, wer Sie sind und was Sie darstellen. Das war keine angenehme Überraschung. Meine Anwesenheit hier hat nur einen einzigen Zweck, und sicher nicht den, über die Elite zu sprechen. Ich warte darauf zu erfahren, worin der Auftrag besteht...«

Obwohl Ogden sich mit diesen Worten schon fast jenseits der guten Manieren bewegte, oder vielleicht gerade deshalb, blitzte in den Augen Alimantes Interesse auf. Man hatte ihm von diesem Mann erzählt, doch er stellte sich als interessanter heraus als gedacht. Alimante nickte nachdenklich, ohne dieses selbstgefällige Lächeln aufzugeben, das so gut zu ihm paßte.

Lorenzo Badoer dagegen schien nervös, als bereite die Wendung, die das Gespräch nahm, ihm Unbehagen. Er trat näher, rieb sich dabei die Hände.

»Nun wissen Sie ja, wer wir sind, Mr. Ogden. Es ist weder klug noch höflich, wenn Sie ...«, setzte er in einem vorwurfsvollen Ton an, sprach den Satz aber nicht zu Ende.

Ogden wandte sich ihm zu. »Was soll man machen, Conte, wir Menschen haben unsere Grenzen ...«, antwortete er in einem Tonfall, als wollte er sich entschuldigen.

Alimante brach in Gelächter aus und klopfte ihm auf die Schulter.

»Nun gehen Sie nicht so auf Distanz! Stuart hat Ihnen doch sicher enthüllt, daß auch Sie beide, genetisch gesehen, zu einem beachtlichen Teil unserem Geschlecht angehören. Hören Sie also auf, sich so klein zu machen ...«

Ogden hatte genug von dieser Geschichte, doch er versuchte sich zu kontrollieren. »Das sagen *Sie*«, brachte er es auf den Punkt. »Jedenfalls ist mir meine Herkunft, genauso wie die aller anderen, gleichgültig. Im Gegensatz zu Ihnen habe ich keinerlei Zugehörigkeitsgefühl. Trotzdem muß ich zugeben, daß ich die Geschichte Ihrer angeblichen Abstammung mit einem gewissen Interesse gelesen habe. Und ich bin davon überzeugt, daß man nicht aus dem Sternbild Orion kommen muß, um etwas Besonderes zu sein ...«

Wie ein geduldiger Lehrer schüttelte Alimante den Kopf. »Nach unserer Mythologie stammt der Zweig der europäischen Elite aus dem Sternbild der Plejaden, während diejenigen, mit denen wir die Macht seit grauer Vorzeit geteilt haben und die wir jetzt bekämpfen, aus dem Sternbild Orion kommen. Doch das können Sie nicht verstehen, es sind Dinge, die mehr als fünfundvierzigtausend Jahre zurückliegen ...«

»In dieser ganzen Zeit werden wir uns ganz schön vermischt haben, meinen Sie nicht?«

Alimante musterte ihn kühl. »Wir passen da sehr gut auf, Mr. Ogden. Wie Sie sicher gelesen haben, sind alle Mächtigen der Welt miteinander verwandt, auch wenn dies geheimgehalten wird.«

Ogden nickte. »Ich weiß, ich weiß... Denn im Buch Henoch steht ja geschrieben: ›Die Geister der Nephilim werden böse handeln, Gewalttaten begehen, Verderben stiften, angreifen, kämpfen, Zertrümmerung auf Erden anrichten und Kummer bereiten.‹ Sie werden mit mir übereinstimmen, daß dies kein beruhigendes Horoskop ist. Aber lassen wir das, ich glaube nicht an diese Geschichten, tut mir leid. Könnten Sie mir jetzt bitte etwas über den Auftrag sagen, den Sie uns gerne anvertrauen würden?«

Alimante zündete sich eine Zigarette an. »Die Konditionalform ist für unsere Verhandlungen ganz unangemessen. Sollten Sie sich weigern, würde der Dienst eliminiert, und Sie auch. Wirklich schade, Sie sind die Besten ...«

Der Blick, den Ogden Alimante zuwarf, ging Conte Badoer durch und durch, doch auf seinen Vetter wirkte er ganz anders. Alimante erfaßte dank seiner telepathischen Fähigkeiten im Nu, welche Reaktion seine Worte bei dem Agenten ausgelöst hatten: ein Aufwallen furchtbarer Grausamkeit, vollkommen frei von Zögern und Angst. Es begeisterte ihn, weil er glaubte, darin das Zeichen ihrer Rasse zu erkennen. Er fixierte den Agenten und hielt seinem Blick stand. Doch auf das, was dann kam, war er nicht vorbereitet.

Ogden schob sein Jackett beiseite, zog seine Pistole aus dem Schulterhalfter und richtete sie auf den Italiener. Lorenzo Badoer rannte auf den Schreibtisch zu.

»Bleiben Sie stehen, Conte, oder ich jage Ihnen eine Kugel in Ihr edles Merowingerhirn!« warnte er ihn.

Badoer erstarrte auf halber Strecke zwischen Sessel und Schreibtisch.

Ogden nickte. »Sehr gut, und jetzt seien Sie bitte folgsam und rühren sich nicht von der Stelle. Kommen wir zu uns, Alimante. Es ist Ihnen gelungen, mich nervös zu machen. Das geschieht selten. Doch wenn es geschieht, kann ich gewalttätig und irrational werden, wie jetzt. Für diese Erpressung könnte ich Sie töten, das würde mich befriedigen, und ich würde dem menschlichen Geschlecht, das Sie so sehr verachten, einen Gefallen tun. Doch es würde nichts nützen, Sie sind zu viele. In Zukunft könnte ich aber weniger pragmatisch sein. Dies ist eine Warnung, Stuart und mich nicht mit Casparius zu verwechseln.«

Alimante konnte nur mit Mühe die Bewunderung verbergen, die Ogdens Verhalten bei ihm hervorrief. Dieser Mann hatte die Grausamkeit der Elite in sich, gemischt mit einigen menschlichen Eigenschaften: einem eigenartigen Streben nach Gerechtigkeit und einer Bereitschaft zum Mitleid. Einstellungen, die er natürlich nach sehr persönlichen Maßstäben umsetzte. Er war einzigartig, ein perfektes Mischwesen.

»Der Tod schreckt Sie also nicht?« fragte er.

Ogden verzog die Lippen zu einem Lächeln. »Lassen Sie uns doch solche Amateurphilosophie vermeiden, Alimante. Erklären Sie mir lieber, warum Sie uns Ihre absurden Märchen und Geheimnisse erzählt haben. Im Grunde war es doch überhaupt nicht nötig…«

Alimante nickte. »Sie sind wirklich ein interessanter Typ, Mr. Ogden. Nun gut, ich werde Ihnen antworten. Wir sind es gewesen, die nach dem Zweiten Weltkrieg den Dienst gegründet und Casparius an seine Spitze gestellt haben. Sie gehören uns, wie sehr Ihnen das auch mißfallen mag…«

Schon bei der Lektüre des Dossiers war ihm das gegen den Strich gegangen, es noch einmal hören zu müssen machte ihn wütend. Er bereute es, seine Waffe wieder weggesteckt zu haben, denn er hätte diese beiden mit der größten Befriedigung getötet. Doch wenn sie auch weit oben in der Hierarchie standen, so waren sie doch nur ein Teil der Hydra.

»Sie können sich gar nicht vorstellen, wie sehr mir das mißfällt«, gab er zu. »Doch diese überraschende Enthüllung beantwortet nicht meine Frage. Sie sind immer im Dunkel geblieben, haben die Menschen, die Sie an Machtpositionen gesetzt haben, wie Marionetten geführt, und diese haben – wie wir – oft nicht einmal den leisesten Verdacht gehabt, gelenkt zu werden. Aus welchem Grund haben Sie nicht auch mit dem Dienst so weitergemacht?«

»Eine Weile haben wir das getan, Casparius ist ja nun schon einige Jahre tot. Doch so konnte es nicht weitergehen. Sie haben uns einige Probleme gemacht, der Dienst hat mehr als einmal gegen unsere Interessen gehandelt. Und das konnte nicht weiter toleriert werden. Besonders Sie haben einen gewissen Hang zur Anarchie gezeigt. Also haben wir uns gedacht, daß der Augenblick gekommen ist, die Karten auf den Tisch zu legen. Entweder für uns oder gegen uns. Und Sie wissen sehr wohl, was es heißt, gegen uns zu sein.«

Ogden nickte. »Sie rufen uns zur Ordnung«, bemerkte er voller Widerwillen.

»Nennen wir es einmal so. Und hüten Sie sich in Zukunft vor solchen Wutanfällen, Sie wären niemals lebend aus diesem Raum gekommen ...«, fügte Alimante in fast freundschaftlichem Ton hinzu.

»Sie auch nicht, wenn es darum geht. Also, was wollen Sie vom Dienst?«

»Etwas anderes, als Sie sich wohl vorstellen. Unsere Operation – der gefährlichen Entwicklung der amerikanischen Elite Einhalt zu gebieten – ist schon weit gediehen. Keine leichte Aufgabe, doch es ist nur eine Frage der Zeit.«

Ogden lächelte. »Scheint Ihnen das nicht ein allzu ehrgeiziges Projekt?«

Alimante schüttelte den Kopf. »Sie können sich nicht damit abfinden, oder?« sagte er im Ton eines geduldigen Vaters, der versucht, seinem Sohn die unangenehme Wirklichkeit zu zeigen. »Sie haben sich noch nicht an die Vorstellung gewöhnt, daß es nur zwei Mächte auf der Welt gibt, hinter all dem schützenden Nebel aus Regierungen, Institutionen, Religionen und so weiter. Wir und sie. Stellen Sie sich einen in zwei Hälften geteilten Apfel vor und vergessen Sie den Rest: Das ist nur Theater fürs Volk. Wie dem auch sei, ich werde Ihnen ein paar kleine Beispiele für unsere Strategie geben. Doch dafür muß ich etwas weiter ausholen. Wie Sie wissen, soll auch England demnächst den Euro einführen. Das ist seit einer Weile beschlossen. Schon jetzt wird, nach dem Beitritt von neun Ländern zur Eurozone, das Bruttoinlandsprodukt der Europäischen Union ungefähr 9,6 Trillionen Dollar betragen, bei einer Bevölkerung von etwa 280 Millionen Menschen. Dem stehen ein Bruttoinlandsprodukt von 10,5 Trillionen Dollar und 280 Millionen Einwohner in den Vereinigten Staaten gegenüber. Aus diesem Grunde wird die europäische Elite, also Europa, in Kürze eine außerordentlich starke Konkurrenz für die Amerikaner darstellen. Denken Sie an den zweiten Golfkrieg. Natürlich ist der Terrorismus der offizielle Grund, der zur Rechtfertigung dieses Kriegs und derer, die der Präsident noch plant, angeführt wird. Die wirklichen Motive ergeben sich jedoch aus anderen Überlegungen. Gewiß, Öl ist der Auslöser, aber nicht aus den Gründen, die man gemeinhin annimmt. Der Punkt, um den es geht, Mr. Ogden, ist der im Jahre 2000 gefaßte Beschluß des Irak, bei seinen Ölgeschäften den Dollar durch den Euro zu ersetzen. Damals wurde, wie Sie sich erinnern werden, diese Entscheidung von der Weltöffentlichkeit als dumme Laune des Diktators betrachtet. Und tatsächlich machte der Irak infolge dieser scheinbar aus Prinzip getroffenen Entscheidung hohe Verluste. Doch später, nach dem anhaltenden Wertverlust des Dollars im Vergleich zum Euro, stellte sich heraus, daß der Irak durch den Wechsel von Geldreserven und Devisen bei der Vermarktung seines Öls ein glänzendes Geschäft gemacht hatte. – Natürlich waren wir es, die hinter dieser Entscheidung standen –«, fügte er zufrieden hinzu. »Seitdem hat der Euro gegenüber dem Dollar 17% an Wert gewonnen, was sich auch auf die zehn Billionen Dollar des UN-Reservefonds ›Öl für Nahrungsmittel‹ auswirkt. Die Frage, die sich die gegenwärtige amerikanische Regierung gestellt hat, ist folgende: Was würde geschehen, wenn die OPEC beschlösse, es dem Irak gleichzutun und den Ölpreis in Euro festzusetzen? Und diese Frage stelle ich auch Ihnen: Was würde geschehen?«

»Es wäre eine wirtschaftliche Katastrophe...«, antwortete Ogden.

»Genau das. Denn die Öleinfuhrländer müßten die Dollars der jeweiligen Zentralbanken durch Euros ersetzen. Der Wert des Dollars würde sinken, und die Konsequenz wäre der monetäre Kollaps: eine galoppierende Inflation wie in Argentinien, Flucht ausländischen Kapitals aus US-Papieren, Abruf der Gelder von den Banken – wie im Jahre 1930. Und all das würde nicht nur in den USA geschehen. Dies wären die potentiellen Auswirkungen eines plötzlichen Wechsels zum Euro. Ein allmählicher Übergang, wie er von uns geplant war, bevor die amerikanische Administration beschloß, uns den Krieg zu erklären, wäre eher zu lenken, auch wenn er gleichfalls das finanzielle und politische Gleichgewicht der Welt verändern würde. Denn wegen der Größe des europäischen Markts, seiner Bevölkerung und seines Bedarfs an Öl, der über dem der USA liegt, könnte der Euro schnell faktisch zur internationalen Leitwährung werden. Es gibt gute Gründe für die OPEC, trotz der abschreckenden Invasion, die soeben stattgefunden hat, dem Beispiel Irak zu folgen. Denn es besteht kein Zweifel daran, daß nach so vielen Jahren der Demütigung durch die Vereinigten Staaten und während sich der fundamentalistische

Brand gegen den wendet, der ihn geschürt hat, die OPEC sich entscheiden könnte, diesen Weg einzuschlagen. Und tatsächlich drängen wir sie in diese Richtung. Natürlich gibt es schon per se starke ökonomische Gründe, welche die OPEC auch ohne unser Zutun zu einem solchen Schritt veranlassen könnten. Ende der neunziger Jahre wurden mehr als vier Fünftel der finanziellen Transaktionen und die Hälfte der weltweiten Exporte in Dollar abgewickelt. Das Ziel des amerikanischen Krieges gegen den Nahen Osten war und ist es, sich die Kontrolle über die dortigen Ölvorkommen zu sichern und sie unter dem Zeichen des Dollars zu halten; also wird man dazu übergehen, die Produktion übermäßig zu steigern und die Preise nach unten zu drücken. Schließlich ist es die Intention der amerikanischen Regierung, mit der Androhung weiterer Kriege jedes andere Ölexportland davon abzuhalten, zum Euro zu wechseln. Denn in Wirklichkeit geht es nicht um die arabischen Länder, sondern um Europa, also um uns. Die amerikanische Elite will nicht zusehen, wie die europäische Elite nicht nur ihr Schicksal in der Hand hat, sondern auch die totale Kontrolle über die internationalen Finanzen erringt. Und um zu verhindern, daß dies eintrifft, werden sie vor nichts zurückschrecken. Wie Sie sehen, Mr. Ogden, bedeutet die Unterstützung der Sache der Elite, die ich repräsentiere, gleichzeitig, das Überleben Europas zu unterstützen. Deshalb wollen wir die Amerikaner unter allen Umständen aufhalten.«

Ogden glaubte zu träumen. Diese Art Monopoly mit zwei Spielern, die die Welt in der Hand hatten, war ein Alptraum.

»Hören Sie zu«, fuhr Alimante fort, setzte sich seine

Brille auf und ging zum Computer. »Dies ist ein Gespräch zwischen dem amerikanischen Präsidenten und dem türkischen Außenminister von Ende Februar, einen Monat vor Beginn des zweiten Golfkriegs«, sagte er und drückte eine Taste. Nach ein paar Hintergrundgeräuschen hörte man die Stimme des amerikanischen Präsidenten.

»Es gibt keinen Grund dafür, daß ihr hier bleibt. Kehrt in euer Land zurück und holt euch die Zustimmung vom Parlament.«

»Wir haben einige Schwierigkeiten. Der Krieg verursacht beträchtliche wirtschaftliche Verluste. Als Verbündete hoffen wir auf eure Unterstützung«, sagte der Türke.

»Kein Verbündeter macht mir so viel zu schaffen wie ihr«, beklagte sich der Präsident.

»Die Türkei ist eingebunden in einen europäischen Prozeß, und einige abweichende Stimmen kommen auch aus der Europäischen Union –«

Ein ersticktes Lachen war zu hören. »Gibt es die Europäische Union noch? Ich habe sie doch in drei Teile gespalten«, entgegnete der Präsident.

»Die Türkei ist ein demokratisches Land, das immer das internationale Recht respektiert hat. In diesem spezifischen Fall ist der Beschluß der Vereinten Nationen sehr wichtig für mein Land«, sagte der türkische Minister in einem bittenden Ton.

»Ich frage mich, ob die UNO im 21. Jahrhundert wirklich unverzichtbar ist. Meine Mitarbeiter denken über dieses Problem nach«, schloß der Präsident geheimnisvoll.

Alimante drückte erneut auf eine Taste und sah vom Computer hoch. Eine leichte Röte lag auf seinen Wangen.

»Es ist Zeit, diesem Wahnsinn ein Ende zu machen!« rief er aus. »Die Welt, die sie wollen, ist nicht die, die wir wollen! Die kulturelle Kluft, die uns jahrhundertelang immer getrennt hat, ist nun endgültig unüberbrückbar. Der Präsident ist eine Marionette in ihren Händen. Wie dem auch sei, jetzt gibt es keine andere Wahl: entweder wir oder sie. Ich glaube, daß die Welt, wenn sie wirklich wüßte, wie die Dinge stehen, für uns Partei ergreifen würde.«

Alimante zündete sich eine Zigarette an und sog gierig den Rauch ein. »Unser Projekt, dafür zu sorgen, daß die OPEC-Länder zum Euro wechseln, ist wegen des Krieges kurz unterbrochen worden, doch nun geht es zügig voran. Zum Glück hat die Politik dieser Administration dazu geführt, daß die Amerikaner bei den islamischen Fundamentalisten immer verhaßter werden. Und nicht nur bei ihnen. Leider stehen auf der Tagesordnung des Präsidenten eine Reihe von Konflikten, die den Terrorismus, der inzwischen ein Eigenleben hat, nur noch weiter anheizen. Es ist ein imperialistischer Plan, der unseren Interessen zuwiderläuft. Deshalb müssen wir ihm Einhalt gebieten.«

»Das wird kein einfaches Unternehmen …«

»Wie ich Ihnen schon gesagt habe, wird das Projekt OPEC, das nur einen kleinen Teil dessen darstellt, was wir augenblicklich auf den Weg bringen, in Kürze einen unumkehrbaren Prozeß auslösen. Natürlich fürchten andere arabische Länder, und dies zu Recht, die nächsten auf der Liste zu sein. Doch wir werden dafür sorgen, daß die islamischen Massen wieder zur Geschlossenheit finden.« Alimante unterbrach sich einen Augenblick, und auf seinem Gesicht erschien ein betrübter Ausdruck. »Es ist wirklich bedauerlich, daß wir unsere Brüder bekämpfen müssen. Doch es geht um das Überleben der Welt, wenigstens jener Welt, die wir als lebenswert erachten. Die Amerikaner sind vielleicht das beste Volk auf der Erde, so ehrlich und aufrichtig, doch naiv, ein Volk, daß alles und alle mit dem eigenen Maßstab mißt. Deshalb ist es so einfach gewesen, sie zu manipulieren.« Er unterbrach sich und sah über Ogden hinweg. »Einst waren wir vereint. Unser Rollenspiel hatte den einzigen Zweck, die Karten so zu mischen, daß unsere Existenz verborgen blieb, um dadurch die Welt nach Belieben gestalten zu können. Doch vielleicht glauben Sie nicht, daß wir Europäer anders sind als die amerikanische Elite...«, fügte Alimante hinzu und sah ihm fest in die Augen.

Ogden zuckte mit den Schultern. »Tja, ich kann beim besten Willen keinen Unterschied zwischen den beiden Seiten erkennen. Meine Sympathien gehören dem lachenden Dritten...«

Alimante lächelte. »Ich kann Sie verstehen. Und doch haben wir Europäer, die wir der Ursprung von allem sind, im Laufe der Jahrhunderte Gefallen an der Vorstellung von einem Menschen gefunden, der einiges zu bieten hat: der nicht nur über einen außergewöhnlich scharfen und pragmatischen Verstand verfügt, sondern auch kalt und unsensibel ist, wie es unserer Rasse entspricht, die sich dank ihrer Skrupellosigkeit und anlagebedingten ethischen Gleichgültigkeit dazu eignet, alles Erreichbare mit allen Mitteln zu erkämpfen. Gewiß, wir sind unseren Wurzeln verbunden, doch seit grauer Vorzeit haben wir durch sorgfältige Vermischung mit euch das kreative Potential des menschlichen

Geistes aufgenommen. Das hat es uns erlaubt, in unseren Reihen nicht nur tüchtige Politiker, Eroberer, Feldherren, Begründer industrieller Imperien und so weiter hervorzubringen, sondern auch Wissenschaftler, Künstler, Schriftsteller, Musiker, Maler. Viele von uns, ich eingeschlossen, lieben das Schöne und die Harmonie, auch wenn wir, um die Macht zu erhalten, fast immer gegen diese Seiten des Lebens handeln müssen. Kurz gesagt: Ogden – Sie erlauben doch, daß ich Sie so nenne, nicht wahr? –, die Welt gefällt uns, so wie sie ist. Wir wollen, daß sie uns zu Diensten ist, das schon, aber sie soll nicht von Robotern bevölkert sein, versklavt und gleichgemacht durch mentale Manipulation, durch Mikrochips im Gehirn und durch eine Diktatur, gar eine Militärdiktatur, wie es von der Elite jenseits des Ozeans beabsichtigt wird. Was sagen Sie dazu?«

Ogden zuckte die Achseln. »Was soll ich dazu sagen?« antwortete er trocken. »Wenn die Dinge so liegen, sind wir wie Mäuse, die ohnmächtig dem Kampf zweier Katzen zusehen. Egal, wie es ausgeht: Eine der beiden wird uns fressen ...«

»Aber wir haben euch bis heute nicht gefressen. Jedenfalls nicht mit Haut und Haar«, entgegnete Alimante. »Doch jetzt, da bin ich mit Ihnen einer Meinung, läuft die Menschheit Gefahr, daß es so kommt ...«

»Selbst wenn wir das einmal annehmen«, warf Ogden ein, »kann ich mir nicht vorstellen, wie Sie die amerikanische Elite stoppen wollen.«

»Ich sage es noch einmal: Sie müssen sich immer vor Augen halten, daß die Macht in der Welt auf zwei Gruppen verteilt ist, unsere und die der anderen. Und diese Gruppen sind einander ebenbürtig. Wir sind zwei Riesen, und Sie sind die Liliputaner.«

»Wie schön!« rief Ogden sarkastisch aus.

Alimante lächelte. »Nun, Sie haben doch bis heute nicht so schlecht gelebt, oder?«

»Wie es scheint, wäre es besser ohne Sie gegangen. Aber fahren Sie doch fort... Welche Methoden werden Sie anwenden, um die Oberhand zu gewinnen?«

»Viele, so viele, daß nicht einmal jemand wie Sie es sich vorstellen könnte. Und ich habe gewiß nicht die Absicht, sie Ihnen zu verraten. Neben dem wirtschaftlichen Angriff, den ich gerade beschrieben habe und der nur ein minimaler Teil unserer Strategie ist, werden wir dafür sorgen, daß der gegenwärtige Präsident nicht wiedergewählt wird und es ein Attentat auf ihn gibt. Heutzutage rechtfertigt ja der Terrorismus einen permanenten Kriegszustand. Das ist die berühmte dritte Option. Wir haben es so eingerichtet, daß hohe Funktionäre der verschiedenen Geheimdienste, Experten für paramilitärische Operationen, nunmehr davon überzeugt sind, daß Staaten die dritte Option in Betracht ziehen müssen: also die Nutzung von Guerilla, von Techniken zur Unterdrückung von Aufständen und vor allem von verdeckten Aktionen zum Erreichen ihrer politischen Ziele. All dies gehört zu dem geheimen politischen Programm, das von den beiden Eliten innerhalb der Regierungen durchgeführt wird – über ihre Leute, die in höchsten Positionen mit Entscheidungsbefugnis sitzen. Wir haben das Problem des Terrorismus geschaffen, um dann die Lösung zu liefern. Doch das Ungeheuer, das wir geschaffen haben, ist uns über den Kopf gewachsen, und nun geht das

Ganze zu weit, vor allem in den USA, wo der Terrorismus Veränderungen herbeiführt, die wir für nicht wünschenswert halten. Also werden wir eine Reihe von politisch-militärischen Operationen durchführen. Sie sind sicherlich ein Experte für Hilfsarmeen und wissen, wie nützlich sie sein können.«

Ogden nickte. »Unser Dienst ist der Beweis dafür. Doch was die Struktur angeht, gibt es nichts, was unserer Organisation ähnlich ist. Also verwechseln Sie uns nicht mit Söldnern, auf die Sie wohl anspielen wollen.«

Der Italiener lächelte. »Das war nicht im mindesten meine Absicht. Ich kenne den Dienst, wir haben ihn geschaffen, erinnern Sie sich? Und doch, nach dem Tod von Casparius haben Sie den Eindruck vermittelt, sich an gewisse Regeln zu halten, die ich als ethisch bezeichnen würde, eher ungewöhnlich für einen Geheimdienst, dessen Arbeit man ja schließlich für Geld kaufen kann.«

»Wir haben unseren Verhaltenskodex«, räumte Ogden ein, »der sich nicht ausschließlich am Gewinn orientiert. Sie müssen zu begreifen versuchen, daß Ethik, wenn auch sehr persönlich verstanden, auf uns Menschen noch immer eine Faszination ausübt ...«, fügte er ruhig hinzu.

Der Italiener musterte ihn kalt, doch zum Schluß lächelte er. »Wie dem auch sei, um wenigstens teilweise auf Ihre Fragen zu antworten: Der springende Punkt ist, daß die USA nicht über die militärischen Mittel verfügen, ihre imperialistischen Pläne umzusetzen. Die Leute, die jetzt im Pentagon befehlen, sind allesamt zivile Kriegstreiber, ehemalige Führungskräfte aus der privaten Rüstungsindustrie. Also die schlimmste Sorte. Die Militärs, die echten, haben alles versucht, sich ihnen entgegenzustellen, jedoch ohne Erfolg. Ihre Voraussagen für die Zukunft sind in der Tat mehr als düster. Den amerikanischen Stab schaudert es bei dem Gedanken daran, was geschehen wird, wenn sich diese gefährliche Entwicklung fortsetzt. In Wirklichkeit fehlen der amerikanischen Armee Tausende von Hauptleuten, also von Offizieren des entscheidenden Grads. Die Falken im Pentagon haben ihre Lösung angekündigt: Die Beförderung der Oberleutnants und der Hauptleute soll beschleunigt werden. Ein schöner Schlamassel, denn es bedeutet, unerfahrene Offiziere mit Situationen zu konfrontieren, in denen ihnen die Ereignisse über den Kopf wachsen können. Die nächsten Konflikte werden immer komplexere zivil-militärische Operationen sein. Doch die Superhirne im Pentagon, die aus der Industrie kommen, haben eine Lösung gefunden: *Outsourcing*, also private Militärunternehmen, sogenannte Private Military Corporations (PMC), die seit einigen Jahren in den USA wie Pilze aus dem Boden geschossen sind. Von Obersten und Generälen im Ruhestand gegründet, reißen sie lukrative Aufträge für Sonderoperationen und verdeckte Aktionen an sich. Die wichtigste dieser Gesellschaften ist im ersten Golfkrieg eingesetzt worden, außerdem zur Ausbildung der kroatischen Truppen, die die Krajina von den Serben erobert haben. Im Irakkrieg hingegen sind fünftausend irakische Freiwillige zum Einsatz gekommen, die in Ungarn von der Trebsand Gold trainiert wurden, einer Firma für Leihsoldaten. Ein anderes Unternehmen dieser Art führt mit Kampfflugzeugen und -hubschraubern stellvertretend für die USA den Kokainkrieg in Kolumbien. Kurz, diese Militärunternehmen können mindestens 35 000 Spezialisten für Operationen jeder Art mobilisieren, geheim, ohne Vorankündigung und natürlich ohne demokratische Kontrolle. Deshalb zieht der Berater des Präsidenten sie vor. Natürlich sind solche nur am Profit orientierten Leute nicht in der Lage, in einem eroberten Land eine Politik des *nation-building*, des Wiederaufbaus des zivilen Lebens, voranzubringen. Es versteht sich von selbst, daß ihr Einsatz in der Zivilgesellschaft, vor der die Regierungen diese Einsätze ja auch zu verheimlichen versuchen, viele Fragen aufwirft, nicht nur ethische und politische, sondern auch juristische. Was würde geschehen, wenn diese Söldner in einem der künftigen Kriege angesichts einer schlagkräftigeren feindlichen Armee auseinanderliefen? Oder wenn sie, nach Gewinn des Krieges, von den gleichen politischen Karrieremachern im Pentagon angeheuert würden, um einen Militärputsch in Amerika selbst durchzuführen? Wir wissen gut, was der Präsident und seine Leute im Sinn haben: Sie wollen die Vereinigten Staaten und dann auch den Rest der Welt in ein Gefängnis verwandeln. Dann würde das Leben keinen Spaß mehr machen, oder was meinen Sie? Also, fassen wir noch einmal zusammen: Wir werden es so einrichten, daß die OPEC die Währung wechselt; den wichtigsten arabischen Ölförderländern haben wir bereits Schutzgarantien gegeben, sollte Amerika sie angreifen. Zu diesem Zweck stehen Söldnertruppen zur Verfügung, die schlagkräftig genug sind, um auch Armeen von beachtlicher Stärke – einschließlich des amerikanischen Heers und seiner Söldner – Respekt einzuflößen. Der nächste Krieg, den der Präsident beschließt, wird kein Spaziergang, egal wohin er seine Truppen schickt. Und wenn es ein Angriff auf den Iran wäre, was eine gewisse Wahrscheinlichkeit hat, werden wir dem angegriffenen Land helfen, indem wir unsere Söldner dort hinschicken, ebenso zahlreich und ausgebildet wie die ihren. Europa ist dabei, neue Grenzen zu ziehen, und einige der Allianzen, die bisher verborgen geblieben sind, werden sich auf dieser zukünftigen geopolitischen Karte deutlich zeigen. Das letzte Attentat in Tschetschenien, das nicht zufällig die russischen Geheimdienste schwer getroffen hat, ist durchgeführt worden, damit die Situation dort explosiv bleibt, doch in erster Linie war es gegen uns gerichtet. So, wie der Tschetschenienkrieg ausgelöst und in Gang gehalten worden ist, damit das Öl aus dem Kaukasus weiterhin nicht durch Rußland fließt. Das letzte Attentat in Saudi-Arabien war die Antwort darauf. Dies ist ein geheimer Krieg, der sich eines Szenariums und eines offiziellen Drehbuchs bedient; dahinter laufen Intrigen ab, die nichts mit dem zu tun haben, was in den Zeitungen als Realität dargestellt wird. Wir sind Regisseure, einige sind Schauspieler auf unserer Gehaltsliste, und die Bürger sind Komparsen und werden das Drehbuch *niemals* kennen.«

»Und der israelisch-arabische Konflikt?« fragte Ogden.

»Was Israel angeht, den einzigen pro-amerikanischen Staat in dieser islamischen Region, so muß es den Verbündeten wechseln. Nur in dem Fall werden wir es schützen.«

Ogden spürte, daß er Kopfschmerzen bekam. Ihm war eingefallen, was der ehemalige CIA-Direktor Walter Craig vor Jahren zu ihm gesagt hatte. Damals stellte der Dienst im Auftrag der CIA Nachforschungen über die Verwicklung einer amerikanischen Gruppe in Kindesmißbrauch, Drogengeschäfte, Waffenhandel und Ritualmorde an. Sie hatten eine hervorragende Arbeit geleistet, doch als die Ermittlungen an einem entscheidenden Punkt angelangt waren, hatte Craig sie gestoppt und behauptet, er sei zufrieden. Während ihres letzten Gesprächs hatte Ogden ihn gefragt, warum er die Operation abgebrochen habe, und Craig hatte eine Antwort gegeben, die wenig überzeugend war. Doch nun, da er von der Elite wußte, erschienen Ogden diese Worte in einem anderen Licht. Damals hatte der CIA-Direktor sich zu der Aussage hinreißen lassen, daß zu mächtige Kräfte im Spiel seien und es um zu wichtige Dinge gehe, mit zu weit reichenden Konsequenzen für Personen und Institutionen, als daß – unabhängig von der großen Anzahl von Beweisen, über die man verfüge – ein Eingreifen möglich sei. Und als Ogden hartnäckig geblieben war, hatte er hinzugefügt: »Du hast deinen Teil getan, du hast versucht, verbrecherisches und gesetzwidriges Verhalten aufzudecken, und bist dadurch selbst in Gefahr gekommen. Aber du lebst noch, wenigstens bis jetzt. Ich rate dir, die Sache ruhen zu lassen, bevor sie dich töten. Manchmal«, hatte er schließlich noch hinzugefügt, »gibt es Dinge, die zu groß sind, als daß wir sie bewältigen könnten. Dann müssen wir beiseite treten und zulassen, daß die Geschichte ihren Lauf nimmt.«

Craig war ein paar Jahre danach ums Leben gekommen, bei einem sonderbaren Unfall beim Angeln, doch Ogden war sich jetzt sicher, daß seine Worte sich auf die Elite bezogen.

Alimantes Stimme holte ihn in die Gegenwart zurück. »Nun werde ich Ihre Neugierde nicht weiter befriedigen, ich habe Ihnen schon genug gesagt. Doch ich bin sicher, daß mit den Informationen, die wir Ihnen gegeben haben, die

Weltpolitik in Zukunft keine Geheimnisse mehr für Sie birgt. Und nun hoffe ich, daß Sie mit uns trinken wollen, ich habe Durst.«

Der Leibwächter kam mit einem Tablett herein, auf dem eine Flasche Pommery und drei Sektkelche standen. Er öffnete die Flasche, goß die Gläser voll und verschwand wieder.

Alimante trank in einem Zug das halbe Glas aus, sah dann Ogden an. »Ich beabsichtige, dem Dienst eine Operation anzuvertrauen, an der uns sehr gelegen ist und die wir für außerordentlich wichtig halten. Haben Sie je von der Lanze des Longinus gehört?«

Ogden nickte. »Die Lanze, die der römische Zenturio in die Seite Christi stieß, als der sterbend am Kreuz hing.«

»Genau. Man erzählt sich, daß Gaius Cassius Longinus die Seite Jesu durchstach, um seine Verstümmelung zu verhindern. In der Prophezeiung des Isaias heißt es nämlich: ›Ihr werdet ihm keinen Knochen zerschlagen‹, denn die Auferstehung Christi hätte nicht geschehen können, wenn seine Knochen gebrochen worden wären, um ihn schneller sterben zu lassen. Aus diesem Grunde behaupten die Christen, daß Longinus einige Augenblicke lang die Zukunft der Menschheit in der Hand gehabt habe. Tatsächlich würde es ohne Wiederauferstehung kein Christentum geben, so glauben sie wenigstens. Deshalb wird diese Lanze auch die Lanze des Schicksals genannt. Dies ist die Legende, die sich im Laufe der Jahrhunderte immer stärker herausgebildet hat: Wer auch immer die Lanze besitzt und ihre Kräfte erkennt, soll das Schicksal der Welt im Guten wie im Bösen bestimmen. Unabhängig vom christlichen Glauben, der uns nicht betrifft, besitzt dieser Gegenstand tatsächlich eine außerordentliche Kraft, die zurückgeht auf graue Vorzeiten und die mythischen Tuatha de Danaan, ein von den Sternen stammendes Volk, das von den alten Kelten als göttlich verehrt wurde und ihnen in einer fernen Vergangenheit die Lanze schenkte. Jetzt wollen wir sie uns zurückholen.«

Ogden zuckte die Achseln. »Dafür brauchen Sie den Dienst nicht. Engagieren Sie ein paar professionelle Diebe und holen Sie sich die Lanze. Wenn ich mich nicht irre, wird sie gut sichtbar in einem Reliquiar in der Schatzkammer der Wiener Hofburg aufbewahrt.«

Alimante lächelte und schüttelte den Kopf. »Das ist leider nicht so. Die Geschichte der Lanze ist kompliziert, doch im Laufe der Jahrhunderte haben sie, und dies nicht zufällig, die mächtigsten Männer der Welt in Händen gehabt: Kaiser Konstantin, der sie in der Schlacht am Ponte Milvio schwang, Karl Martell, Karl der Große, Otto der Große, Friedrich Barbarossa und schließlich die Habsburger. Praktisch hat sie stets uns gehört. Und sie gehört uns noch immer, jedoch der falschen Seite –«

»Sie haben jemanden vergessen«, unterbrach ihn Ogden.

Alimante seufzte: »Keineswegs. Adolf Hitler bemächtigte sich der Lanze im März 1938 nach dem Anschluß. Er ließ sie nach Nürnberg bringen, wo sie vorübergehend in der Katharinenkirche aufbewahrt wurde. In dieser Kirche hat unser Wagner eines der eindrücklichsten Stücke der Meistersinger angesiedelt. Die Lanze wurde eine Art mystisch-esoterisches Heiligtum der Nazis, Tag und Nacht bewacht und beschützt. Nach Stalingrad ordnete Hitler an, daß die Lanze an einen sichereren Ort gebracht werden solle, und zwar in einen gepanzerten Raum, der sich in einem Gang unter der Nürnberger Burg befand. Als man Nürnberg bombardierte, wurde die Obere Schmiedgasse, die Straße, wo sich der Zugang zu dem Stollen befand, vollkommen dem Erdboden gleichgemacht. Die Amerikaner jedoch, die von ihren Spionen Hinweise bekommen hatten, fanden den Eingang zum Bunker und brachten die Lanze an sich. Es war Churchill, der sie um jeden Preis haben wollte und General Patton persönlich schickte, sie zu holen, indem er ihre ›strategische Notwendigkeit‹ unterstrich – das waren seine Worte. Er hatte natürlich recht, doch die Lanze, die er bekam, war eine Fälschung. 1943 nämlich hatte Heinrich Himmler, einem Befehl von uns gehorchend, eine identische Kopie anfertigen lassen und ohne Wissen Hitlers das Original entwendet und ersetzt. Hitler war am Ende, sein Wahnsinn und seine Irrtümer hatten ihn in den Untergang geführt, die Lanze durfte nicht mehr in seinen Händen bleiben. Seitdem ist dieser heilige Gegenstand in einem geheimen Versteck geblieben, bewacht von bewaffneten Männern. Vor zwei Jahren haben sich die Amerikaner in einer Überraschungsaktion seiner bemächtigt. Die Wächter wurden getötet, und die Lanze ist verschwunden. Es ist ein sehr mächtiges Objekt, und wir wollen es zurück.«

Ogden lächelte. »Sie sind nicht nur davon überzeugt, von den Sternen zu kommen, sondern glauben auch an diese Geschichte?«

Alimante sah ihn verärgert an. »Ironie ist hier wirklich nicht angebracht. Wir sind seit grauer Vorzeit die Herren der Welt, vielleicht hat das ja etwas zu bedeuten, meinen Sie nicht? Aber wenn Sie lieber an die Evolutionstheorie glauben und denken wollen, daß Sie vom Affen abstammen, steht Ihnen das frei. Was die Lanze des Longinus angeht, so war sie seit undenklichen Zeiten im Besitz der beiden Eliten. Die Gründe für diesen Raub sind für jedermann klar ersichtlich. Einige Männer aus der unmittelbaren Nähe des Präsidenten und vielleicht der Präsident selbst glauben fest an die Macht der Lanze und setzen sie ein. Wir wollen sie nicht nur zurück, weil wir von ihrer Kraft überzeugt sind, sondern auch, weil wir wissen, daß sich die amerikanische Elite ohne sie verloren glauben würde. Wir sind eine sehr abergläubische Rasse und haben eine starke esoterische Tradition. Die Elite jenseits des Ozeans wird den Verlust der Lanze als ein in höchstem Maß unheilvolles Zeichen und wirkliches Debakel betrachten. Es wäre, wie einen Krieg zu verlieren, wenn nicht schlimmer.«

»Und Sie, wie haben Sie sich in den letzten beiden Jahren durchgeschlagen?« fragte Ogden skeptisch.

»Schauen Sie doch, wie sich die Dinge in den letzten zwei Jahren entwickelt haben – für alle, und nicht nur für uns«, antwortete Alimante.

»Nun gut. Und wo soll sie jetzt sein, diese Lanze?« fragte Ogden.

Der Italiener lächelte. »Das ist der Punkt. Ich werde Sie nun über alles unterrichten.«

6

Vor dem Palazzo stieg Ogden in die Gondel, die ihn zurück zum Gritti bringen sollte. Nicht weit entfernt wartete ein Boot mit niedriglaufendem Motor darauf, an die Anlegestelle fahren zu können.

Die Gondel bewegte sich still und schnell, während sich das Motorboot langsam näherte. Außer dem Bootsführer war noch ein Mann an Bord. Als die beiden Wasserfahrzeuge beinahe Seite an Seite lagen, erkannte Ogden in dem Passagier den Typ von der Plattenfirma, der nur wenige Stunden zuvor im Restaurant zu Hibbing und ihm an den Tisch gekommen war. Hattwood wandte sich um, als fühlte er, daß er beobachtet wurde. Obwohl er eine Sonnenbrille trug, war der Agent sicher, daß er ihn erkannt hatte. Er ließ ihn nicht aus den Augen, bis er ihn in dem Palazzo verschwinden sah, den er selbst gerade verlassen hatte.

Als er zurück im Hotel war, schickte er Stuart eine gegen das globale E-Mail-Überwachungssystem Carnivore geschützte Mail und bat ihn, nach einer Viertelstunde mit dem abgeschirmten Handy anzurufen. Während er wartete, goß er sich einen Drink ein und schaltete den Fernseher an.

Es lief gerade eine italienische Nachrichtensendung. Ogden stellte den Ton leiser und dachte darüber nach, was Alimante ihm gesagt hatte. Den Aufbewahrungsort der Lanze herauszufinden schien keine leichte Aufgabe zu sein, und diese ganze Geschichte war ein Alptraum. Die Existenz der beiden Eliten war keine wirkliche Überraschung, seit Jahren wußten Stuart und er, daß ein guter Teil der politischen und wirtschaftlichen Ereignisse auf geheime Machtgruppen zurückzuführen war; doch daß an deren Spitze eine einzige, weltweit operierende Gruppe stand, die jetzt durch interne Streitigkeiten gespalten war, das ging wirklich über seine Erwartungen hinaus. Er schüttelte den Kopf, als er daran dachte, was diese Leute glaubten. Und doch, sagte er sich, was ihm als groteske esoterische Folklore erschien, daraus zog die Bruderschaft, die die Welt regierte, tatsächlich ihre Kraft. Er mußte sich daran gewöhnen, dies zu berücksichtigen.

Wie er auch versuchen mußte, sich damit abzufinden, daß der Dienst seit seinen Anfängen der Elite gehörte. Er verfluchte Casparius und wünschte ihm, für ewig in den Flammen der Hölle zu schmoren.

Als Stuarts Anruf ihn erreichte, fuhr Ogden ihn an.

»Warum hast du mir nichts gesagt?« schrie er in den Hörer.

»Was?«

»Willst du mir weismachen, du hättest nicht geahnt, daß wir schon immer auf ihrer Gehaltsliste standen?« fuhr er fort und versuchte sich zu beherrschen.

Am anderen Ende der Leitung war es für ein paar Sekunden vollkommen still. Dann räusperte sich Stuart.

»Ich habe es vermutet, aber sie haben mir nichts davon gesagt. Ich dachte, sie wollten uns nur dieses dumme Zeug mit der gemeinsamen Abstammung enthüllen. Doch ihre Glanznummer haben sie sich für dich aufgehoben. Gute Strategie ...«, bemerkte er. Dann fügte er, so leise, daß Ogden Mühe hatte, es zu verstehen, hinzu: »Casparius hat uns verarscht, wie immer ...«

»Das wird ja immer schöner«, knurrte Ogden.

»Welchen Auftrag würden sie uns denn gerne anvertrauen?« fragte Stuart.

»Kein Konditional! Darauf hat Alimante mich hingewiesen, als ich den gleichen Fehler beging.«

»Verstehe. Wir können uns nicht entziehen und werden es auch in Zukunft nicht können ...«

»Und alle anderen auf diesem verdammten Planeten, wie es scheint, auch nicht. Bis heute haben wir in einer virtuellen Welt gelebt ...«

»Wir können immer noch alles stehen- und liegenlassen und weggehen ...«

Ogden seufzte. »Und wohin? Der italienische Freund war in diesem Punkt ganz eindeutig: Entweder wir akzeptieren den Auftrag, oder wir werden eliminiert. Offen gesagt habe ich keine Lust, die Hälfte der Geheimdienste auf dieser Welt, die ja unter ihrem Kommando stehen, gegen mich zu haben. Besonders jetzt, wo es ein Kinderspiel wäre, uns als Unterstützer irgendeiner Phantombande von Terroristen oder etwas in dieser Art hinzustellen. Außerdem können wir den Dienst und unsere Leute nicht einfach im Stich lassen. Das würde ein schlimmes Ende nehmen.«

»Du hast recht. Also, was wollen der große Alimante und seine verdammte europäische Elite?«

»Nichts Politisches, jedenfalls sieht es zunächst einmal nicht so aus, auch wenn sie den Auftrag als solchen betrachten. Den Kampf gegen die amerikanische Elite wollen sie allein ausfechten. Von uns wollen sie die Lanze des Longinus, die ihnen vor zwei Jahren von den Amerikanern geklaut wurde. Die in der Hofburg ist eine Fälschung. Wer weiß, am Ende verdankt es der Präsident der Lanze, daß er die Wahlen gewonnen hat«, fügte er bissig hinzu.

»Was?« rief Stuart ungläubig aus.

»Du hast richtig verstanden. Sie sind abergläubisch und glauben wie seinerzeit Hitler, daß die Lanze eine enorme Macht hat.« Ogden seufzte. »Es kommt einem vor wie ein Indiana-Jones-Film, verrücktes Zeug!«

»Das ist alles so vollkommen hirnrissig, daß die Vorstellung, für diese Hurensöhne ein archäologisches Stück suchen zu müssen, mir fast gute Laune macht. Und wo soll sich das fragliche Objekt befinden?« fragte Stuart.

»Sie wissen es nicht. Sie haben mir ein paar schwache Hinweise gegeben, wo ich mit der Suche anfangen kann, doch die Lanze wird nicht leicht zu finden sein. Wie dem auch sei, wir sprechen morgen darüber, ich komme am späten Nachmittag in Berlin an. Laß bitte alle Dokumente über die Entstehung des Dienstes und seine Leitung durch Casparius für mich heraussuchen. Jetzt versuchen wir, die Neuigkeiten von heute zu verdauen. Ich wünsche dir einen schönen Abend.«

»Gleichfalls. Bis morgen.«

Ogden beendete die Verbindung und trank sein Glas aus. Die Bilder im Fernsehen zeigten den Brand des Mulino Stucky vom Morgen. Der Mulino war fast ganz zu Asche geworden. Im Fernsehen zeigten sie einige Archivbilder. Der noch intakte riesige Industriebau wirkte vor dem Hintergrund der Giudecca ein wenig massig und düster. Die

Stucky waren Waffenschmiede schweizerischen Ursprungs, die sich Ende des neunzehnten Jahrhunderts der industriellen Verarbeitung von Getreide zuwandten. Damals eine mächtige Familie, wie es die Alimante im Italien von heute waren. Ogden fragte sich, ob auch bei diesem Feuer, bei dem man schon Brandstiftung vermutete, die Elite ihre Finger im Spiel gehabt hatte. Gleichgültig, was auf der Welt geschah: Von jetzt an würde er immer mutmaßen, daß die eine oder die andere Elite dafür verantwortlich war.

Der Bürgermeister von Venedig und ein paar Referenten wurden interviewt, dann folgte ein Beitrag über das große Konzert, das heute abend auf der Piazza San Marco stattfinden sollte. Als Robert Hibbing im Bild erschien, stellte Ogden den Ton lauter. Der Sänger antwortete auf ein paar Fragen, sagte, er freue sich, in Venedig zu sein, da er die Stadt liebe, und lud alle zu dem Konzert auf der Piazza San Marco ein, das in drei Stunden beginnen sollte. Als eine Waschmittelwerbung Hibbing vom Bildschirm verdrängte, schaltete Ogden den Fernseher aus und trat ans Fenster. Auf der anderen Seite des Canal Grande sah er den Palazzo, in dem er am Nachmittag die beiden Vertreter der Elite getroffen hatte. Er war nun vollkommen dunkel und schien verlassen. Jetzt in der Dämmerung ließen Scheinwerfer das Weiß von Santa Maria della Salute gegen den kobaltblauen Himmel erstrahlen, während in den Fenstern der Palazzi nach und nach die Lichter angingen.

Er löste sich vom Fenster, griff zum Telefon und rief in der Rezeption an.

»Hat Mr. Hibbing etwas für mich hinterlassen?« fragte er den Hotelangestellten.

»Gewiß, Signore. Wir haben einen Umschlag für Sie. Der Hoteldiener wird ihn sofort zu Ihnen hinaufbringen.«

Ogden lächelte bitter. Während die Welt und sein Leben in Scherben gingen, würde er zur Piazza San Marco gehen und Robert Hibbing hören, wie er es vor dreißig Jahren auf der Isle of White getan hatte. Zum Teufel mit der Elite!

7

Es war dunkel geworden. Auf der Piazza San Marco, erhellt nur von den Lampen in den Bogengängen der Procuratie, waren die Scheinwerfer auf der Bühne noch nicht eingeschaltet. Ogden saß in der Mitte der zweiten Reihe auf einem der Plätze für die Presse und ließ den Blick schweifen. Das Publikum hatte jeden Winkel der Piazza gefüllt – vom Museo Correr bis zum Campanile, wo sich die Bühne befand, herrschte ein unglaubliches Gedränge. Die Szenerie war atemberaubend: Hibbing hatte eine Bühne ohne Hintergrund gewollt, so daß die Zuschauer hinter ihm die herrliche Kulisse der Basilica di San Marco und des Dogenpalasts sehen konnten, während die Bühne nur von schwachen Lämpchen eingerahmt war. Wem es gelungen war, in einen der Palazzi zu kommen, schaute nun von den Fenstern der Procuratie aus zu, während die vielen Menschen, die in die Cafés geströmt waren, in den Arkaden eng beieinanderstanden. Vor dem Quadri und dem Florian hatte man nur zwei Reihen Tische stehen lassen, um den Durchgang für das Publikum an den Seiten der langen Stuhlreihen nicht zu behindern.

Die Männer der Crew waren auf der Bühne zugange, schafften die Instrumente herbei und steckten Kabel zusammen, während der Mann am Mischpult zwischen den Zuschauerreihen seine Konsolen vorbereitete. Die im Hintergrund gespielte klassische Musik war kaum zu hören, wurde überdeckt vom Raunen der Menge. Das Publikum war sehr gemischt, Menschen jeden Alters, junge und sehr junge Leute, auch Eltern mit kleinen Kindern auf den Schultern, die sie zum Konzert mitgenommen hatten, damit sie diese Rocklegende mit eigenen Augen sehen könnten.

Dann erloschen die Lichter auf der Piazza fast vollständig und wichen den Scheinwerfern. Die vier Musiker der Band kamen auf die Bühne und nahmen mit den Instrumenten ihre Plätze ein: zwei Gitarristen, ein Bassist und ein Schlagzeuger. Kurz darauf betrat Robert Hibbing die Bühne und wurde von tosendem Beifall empfangen. Der Künstler verbeugte sich fast unmerklich, vielleicht zum Zeichen des Grußes, doch wie immer schien sein Blick das Publikum zu ignorieren. Ohne Zeit zu verlieren, griff er zur Gitarre und begann zu spielen.

Das erste Lied, das er sang, war die berühmte Hommage an sein Vorbild Woody Guthrie, den großen Folksänger, ein Stück, das er nur selten vortrug. Dann spielte er nacheinander einige seiner härtesten Protestsongs, die das Publikum förmlich in Ekstase versetzten. Ogden hatte das Gefühl, einen Sprung zurück in die Vergangenheit zu tun und sich wieder wie dreißig Jahre zuvor auf der Isle of Wight zu befinden, inmitten einer Menge von begeisterten Jugendlichen, die dem jungen Hibbing wie einem Messias zujubelten.

Ogden sah den Mann neben sich an: ein ungefähr fünfzigjähriger Deutscher, der wie hypnotisiert wirkte, berührt und in irgendeiner Erinnerung versunken, während auf seinen Lippen ein wehrloses Lächeln erschien, das ihn jünger aussehen ließ. Ähnlich erging es auch den übrigen Zuhörern, etwa dem Mädchen, das auf der anderen Seite von ihm saß, und dem Jungen mit der Punkfrisur hinter ihm, oder der Dame, die aus Zürich kam, mit der er ein paar Worte gewechselt hatte und die dem Sänger auf seiner gesamten Italientournee folgen würde. Hibbing sang, und auf den Gesichtern seiner Zuhörer lag Freude, Respekt, Erinnerung, Verbundenheit, aber auch Erstaunen. Und alle erschienen wie durch einen seltsamen Zauber jung und unschuldig. Während die Melodie seines letzten erfolgreichen Songs auf dem Platz erklang und viele Zuschauer sich zu einer *standing ovation* erhoben, sah Ogden Christopher Hattwood kommen. Der Plattenboß blieb in der ersten Reihe stehen, direkt vor der Bühne, und klatschte mit großer Begeisterung in die Hände.

Auch Hibbing hatte ihn gesehen. Er umklammerte die Gitarre fester, drehte sich zu den Musikern um und murmelte irgend etwas. Das Stück, das sie daraufhin spielten, war eines seiner geheimnisvollsten und poetischsten; die Kritiker hatten sich bei dem Versuch, seinen Symbolgehalt zu interpretieren, die Finger wund geschrieben. Es erzählte von der Göttin Isis und davon, wie es einem Mann und einem Jungen, die ihr in die Falle gegangen waren, schließlich gelang, sich zu befreien, nachdem ihr Zauberblick sie hundert Jahre gefangengehalten hatte, ihr Volk gestorben und der Leviathan in den blutroten Himmel geflogen war.

Hibbing sang dieses Lied mit großer Intensität und – jedenfalls kam es Ogden so vor – ohne den Blick von Hattwood zu wenden, doch wegen der Scheinwerfer war er sich dessen nicht sicher.

Das Konzert dauerte zwei Stunden. Am Ende wurde laut nach Zugaben gerufen, und Hibbing sang drei weitere Songs. Dann verabschiedete er sich unter rauschendem Beifall vom Publikum.

Die Leute begannen ihre Plätze zu verlassen, und die Piazza leerte sich langsam, als sich die Menge in den Bogengängen und in Richtung der Piazzetta des Dogenpalasts verlief.

Ogden suchte Hattwood. An seiner Seite war ein schwarzgekleideter Typ aufgetaucht, offenbar ein Leibwächter. Sie wechselten ein paar Worte, und schließlich bahnte der Typ seinem Boß einen Weg durch die Menge und hielt andere Leute fern.

Ogden wartete eine Weile, ging dann zur Bühne und wandte sich an einen aus der Crew.

»Ich muß zu Hibbing, wo finde ich ihn?«

Der Mann stellte die Box ab, die er gerade hatte wegtragen wollen, und sah ihn an, als habe er nach dem kürzesten Weg zum Mond gefragt.

»Du machst Witze, Freund«, sagte er grob.

»Vergeude nicht meine Zeit, dein Chef erwartet mich.«

Ogdens Ton brachte den anderen aus dem Konzept. Als er ihn wieder ansah, war seine Miene nicht mehr so sicher.

»Wie heißt du?«

»Ogden.«

»Ich schaue mal nach.«

Der Mann ließ die Box stehen, kletterte hinten von der Bühne und verschwand. Inzwischen war keine Spur mehr von Hattwood und seinem Bodyguard zu sehen. Nach einer Weile kam der Typ von der Crew auf die Bühne zurück.

»Der Manager hat gesagt, du kannst durch. Komm mit«, sagte er und begleitete seine Worte mit einer weit ausholenden Armbewegung. Ogden ging um die Bühne herum zu ihm hin und folgte ihm zu den Bogengängen der Procuratie Vecchie und dem Caffè Quadri.

Das elegante Gran Caffè e Ristorante Quadri, ein historisches Lokal und Inbegriff venezianischer Tradition, war wegen des Konzerts geschlossen geblieben. Nur einige Tische im Freien hatte man für Stammkunden reserviert, jedoch ohne Bedienung. Der Inhaber, ein großer Bewunderer von Hibbing, hatte seinem Idol das Lokal als Backstage und Garderobe angeboten. Er selbst begrüßte Ogden, als dieser das Lokal betrat.

»Kommen Sie, ich begleite Sie. Der Meister ist in der Sala Correr«, fügte er in einem beflissenen Ton und ziemlich korrektem Englisch hinzu.

Als sie durch das Caffè gingen, bewunderte Ogden die kleinen Räume mit Stuck und Wandgemälden aus dem 18. Jahrhundert. Sie zeigten idyllische ländliche Szenen mit Damen in Krinolinen und tief ausgeschnittenen Kleidern, die mit noblen Herren plauderten, die weiße Perücken trugen, Spitzenhemden, Glockenjacken, Kniebundhosen und blendendweiße Strümpfe. Die zahllosen Spiegel mit antiker Patina nahmen das schwache Licht des verlassenen Lokals auf und reflektierten es ins Unendliche. Venedig ist ein Widerschein im Schatten der Zeit, ging Ogden zu seiner eigenen Überraschung durch den Kopf, während er dem Inhaber ins obere Stockwerk folgte.

Als sie vor dem ersten Saal des Restaurants standen, trat der Italiener beiseite. »Gehen Sie bitte hinein, der Meister trinkt einen Bellini, den ich ihm persönlich gemacht habe. Er wollte niemanden aus der Crew um sich haben und ungestört die Sicht auf den Platz von dem Fenster meines Lokals aus genießen«, murmelte er stolz und entfernte sich diskret.

Im ersten Stock herrschte eine ganz andere Atmosphäre als unten. Der Saal, groß und elegant eingerichtet, war mit rotem Atlas ausgeschlagen und mit dunkler Boiserie geschmückt. Die Kristallüster brannten und erhellten das Chaos, das Hibbings Truppe hinterlassen hatte. Während Ogden noch an der Tür stand, hörte er einen erstickten Klagelaut und ein dumpfes Geräusch, als fiele etwas zu Boden.

Schnell und geräuschlos durchquerte er den ersten Saal. Als er die Sala Correr erreicht hatte, sah er Hibbing auf dem Boden liegen. Hattwoods Bodyguard kauerte auf seinen Schultern, hielt seinen Kopf nach hinten und drückte ihm die Klinge eines Messers an die Kehle. Daneben stand Hattwood und beobachtete höhnisch grinsend die Szene.

Ogden zog seine Pistole aus dem Halfter und richtete sie auf den Bodyguard. »Weg von ihm, und laß das Messer fallen!« befahl er.

Der Leibwächter und Hattwood wandten sich gleichzeitig um, und auf Hattwoods Gesicht zeichnete sich Enttäuschung ab. Doch er gab dem Bodyguard ein Zeichen.

»Tu, was er sagt, Tony«, befahl er und machte einen Schritt auf Ogden zu.

»Halt!« warnte Ogden ihn. »Hibbing, kommen Sie zu mir, schnell.«

Der Sänger stand auf. Neben dem Plattenboß und dessen Leibwächter wirkte er noch schmächtiger.

»Sie sind mein Lieblingsfan«, murmelte er mit einem müden Lächeln, als er bei Ogden stand.

»Sieh mal an, so trifft man sich wieder«, sagte Hattwood zu Ogden, in einem arroganten Ton und mit einem starken Yankee-Akzent.

Der Agent ignorierte ihn und wandte sich dem Leibwächter zu. »Leg deine Hände auf den Kopf und komm langsam auf mich zu. Nicht bewegen, Hattwood, oder ich jage dir eine Kugel in den Kopf.«

Tony setzte sich in Bewegung, und als er einen halben Meter von Ogden entfernt war, hielt dieser ihn auf. »Jetzt dreh dich um.«

Während Tony gehorchte, versetzte Ogden ihm mit dem Pistolenknauf einen Schlag ins Genick, und der Mann sank bewußtlos zu Boden. Dann sah Ogden sich um, die Pistole immer noch auf Hattwood gerichtet. Die Fenster des Restaurants waren mit Damastvorhängen geschmückt, von dicken Kordeln aus geflochtenem Atlas gehalten. Genau so etwas brauchte er jetzt.

»Hibbing nehmen Sie die Vorhangkordeln, ich brauche vier«, sagte er.

Der Sänger machte sich an den Vorhängen zu schaffen und kam mit den Kordeln zurück. Ogden näherte sich Hattwood. »Umdrehen!« befahl er ihm.

»Was hast du vor, bist du verrückt geworden? Das wirst du mir teuer bezahlen!« drohte ihm der Plattenboß.

»Entweder du drehst dich um, oder ich schieße. Entscheide dich.«

»Dieser Typ ist verrückt! Robert, sag ihm, daß wir nur Spaß gemacht haben...«

»Scheißkerl«, zischte der Sänger nur.

Ogden fesselte Hattwood an den Handgelenken, ließ ihn sich hinsetzen und band seine Füße an den Stuhl. »Und denk erst gar nicht daran, um Hilfe zu rufen, wenn dir nicht das gleiche passieren soll wie deinem Kumpan«, warnte er ihn, während er auch dem Bodyguard Hände und Füße fesselte.

Als er fertig war, wandte er sich Hibbing zu. »Und jetzt rufen wir die Polizei ...«

»Sag ihm, er soll aufhören, Robert!« brachte Hattwood in einem Befehlston hervor. »Es könnte sonst ganz übel für dich ausgehen.«

Ogden sah den Sänger an. »Wer ist dieser Mann und warum hat er Sie angegriffen?«

»Du weißt sehr gut, wer ich bin, du Arschloch!« sagte Hattwood. »Ich habe dich heute nachmittag gesehen, wie du aus dem Palazzo unseres gemeinsamen Freundes gekommen bist«, fügte er im Ton einer Anspielung hinzu.

Beunruhigt sah Hibbing Ogden an. »Von welchem gemeinsamen Freund spricht er?«

Ogden betrachtete zuerst den einen und dann den anderen. Hibbing machte ein beunruhigtes, mißtrauisches Gesicht. Doch das zufriedene Grinsen Hattwoods überzeugte den Agenten, daß der Plattenboß oder wer auch immer er war, es darauf anlegte, ihn in den Augen des Sängers verdächtig zu machen.

»Bist du sicher, daß der Mann, von dem du sprichst, dein Freund ist?« fragte er. Dann nahm er das Handy und wählte Alimantes Privatnummer. Der Italiener meldete sich nach dem ersten Klingelzeichen.

»Ogden. Ich habe hier einen Gangster vor mir, der meinen Freund Robert Hibbing, den berühmten Rockstar, angegriffen hat. Außerdem behauptet er, Sie gut zu kennen. Ein gewisser Christopher Hattwood.«

Alimante antwortete nicht gleich. Hattwood war am Nachmittag als Botschafter der Amerikaner bei ihnen gewesen und hatte eine wenig freundschaftliche Nachricht und eine sehr konkrete Drohung überbracht. Alimante verstand nicht, wie und warum er dem Mann des Dienstes begegnet war.

»Und der Grund Ihres Treffens?« fragte er knapp.

»Ein Zufall, was mich angeht«, antwortete Ogden. »Hattwood ist heute abend zum Konzert von Robert Hibbing gegangen, und ich ebenfalls. Nach dem Konzert habe ich ihn und seinen Begleiter dabei überrascht, wie sie Hibbing drohten, ihm die Kehle durchzuschneiden.«

»Ah! Dann sollten Sie wissen, daß Hibbing vor dreißig Jahren Opfer der amerikanischen Elite geworden ist, die ihn sogar zum Tode verurteilt hatte. Seit damals haben sie ihn in der Hand. Sie haben keinen Anschlag auf sein Leben mehr unternommen, weil unsere Gesetze festlegen, daß einer von königlichem Blut, der unser Todesurteil überlebt, auch für uns unantastbar wird. Was Hattwood angeht, so ist er lediglich ein Feind, der nach Venedig gekommen ist, um eine Botschaft zu überbringen. Deshalb war er heute bei uns.«

»Verstehe. Wir hören voneinander.«

»Ogden!« hielt Alimante ihn zurück. »Was haben Sie vor?«

»Die Polizei zu rufen.«

Alimante lachte. »Ausgezeichnete Idee. Es wird mich amüsieren, den Bericht in der Zeitung zu lesen. Gute Nacht.«

Ogden schaute zuerst Hibbing und dann Hattwood an. »Wie es aussieht, hast du keine Freunde«, sagte er zu dem Plattenboß.

»Robert«, rief Hattwood wütend aus, »wenn dieser Idiot die Polizei ruft, mußt du alles zurücknehmen. Wenn die Italiener kommen, darfst du keine Anzeige erstatten. Du wirst sagen, daß wir Freunde sind und eine kleine Auseinandersetzung gehabt haben, und dieser Typ hier hat das Schlimmste angenommen und übertrieben reagiert. Laß alles versanden. Andernfalls wirst du es bereuen. Du weißt, was das heißt. Egal, was du unternimmst, es wird zu nichts führen. Und jetzt sag diesem Scheißkerl, er soll mich augenblicklich losbinden!« fügte er wie jemand hinzu, der gewohnt ist, daß man ihm gehorcht.

»Worauf spielt er an?« fragte Ogden Hibbing.

Der Sänger schüttelte den Kopf. »Sie sind unantastbar, keine Polizei der Welt kann ihnen etwas anhaben. Auch wenn ich sagte, daß sie mich angegriffen haben, würde sich die Sache in zwei Tagen zu ihren Gunsten entscheiden. Sie haben vor Jahren meine Frau beinahe vergewaltigt und meine Kinder mit dem Tod bedroht, nur um mich einzuschüchtern, und es ist mir nie gelungen, mir Gerechtigkeit zu verschaffen. Man kann nichts gegen sie ausrichten ...«

»Hatten Sie nicht gerade eben ein Messer an der Kehle?«

Hibbing zuckte die Achseln. »Er hat sich amüsiert. Er ist ein verrückter Sadist, wie sie alle. Ich glaube, ihm hat das Konzert nicht gefallen. Er meint, ich hätte es zu weit getrieben«, fügte er bitter hinzu.

Ogden fixierte Hattwood lange, ohne etwas zu sagen.

»Ist er direkt für das verantwortlich, was Ihrer Frau vor dreißig Jahren geschehen ist?« fragte er Hibbing, immer noch den Blick starr auf Hattwoods Augen gerichtet, der langsam Anzeichen von Unruhe erkennen ließ.

Hibbing nickte. »Er hat sich angeboten, den Job persönlich zu erledigen. Ist es nicht so, Christopher?« sagte er und sah ihn haßerfüllt an. »Er hat Spaß daran, Menschen fertigzumachen. Aber das können Sie nicht verstehen«, fügte er hinzu und schlug die Augen nieder.

»Sie irren sich«, war alles, was Ogden sagte, während er sich dem Amerikaner näherte. Der Bodyguard auf dem Boden begann Klagelaute von sich zu geben. Ogden versetzte ihm im Vorbeigehen, ohne ihn eines Blicks zu würdigen, einen Tritt gegen den Kopf. Er fixierte Hattwood weiter. Bei jedem Schritt, den er ihm näher kam, spürte Ogden die Wut stärker in sich aufsteigen, und zum ersten Mal in seiner ganzen Karriere konnte oder wollte er sie nicht kontrollieren. Es war diese Wut, die er zurückgehalten hatte, seit er in Berlin das Dossier gelesen und seit Alimante ihm offenbart hatte, daß Stuart und er in der Hand der Elite waren und nichts dagegen tun konnten. Offensichtlich war das, was sie Hibbing angetan hatten, der Tropfen, der das Faß zum Überlaufen brachte. Diese irren Verbrecher glaubten, daß er zu ihrer verdammten Sippe gehörte? Nun gut, jetzt würde er ihnen einen Grund mehr für diese Annahme liefern, sagte er sich, blieb vor Hattwood stehen und fixierte ihn mit einem grausamen Lächeln.

»Was willst du tun?« fragte Hattwood mit ruhiger Stimme und erwiderte seinen Blick. »Hör auf, dich einzumischen, oder es wird ein böses Ende mit dir nehmen…«, fügte er hinzu, mit der Sicherheit und Arroganz des Unantastbaren, der weiß, daß er ungestraft jedes Verbrechen begehen kann.

»Wirklich?« fragte Ogden, ging um ihn herum und blieb hinter ihm stehen.

»Du weißt, wer wir sind. Und wir wissen jetzt, wer du bist. Einer von Alimantes Leuten. Wenn du mich nicht sofort losbindest, bist du tot. Du armer Phantast, bildest du dir wirklich ein, du könntest uns entkommen?« sagte Hattwood höhnisch.

Ogden lachte auf eine Art, daß Hibbing das Blut in den Adern gefror. Er dachte, daß Hattwood es nicht gewagt hätte, so zu reden, wenn er den Ausdruck in den Augen des Agenten gesehen hätte.

»Ich habe keine Frau und keine Kinder, die man bedrohen kann. Und ich bin ein Mörder wie du«, sagte er sehr ruhig und legte die Hände auf die Halsschlagader Hattwoods. Es dauerte nur einen Augenblick. Bevor Hattwood bemerkte, was vor sich ging, war er schon tot. Ogden band ihn schnell los und legte ihn auf den Boden, brachte seine Kleidung in Ordnung. Dann griff er zum Handy und rief Alimante an. Als der Italiener abnahm, gab er ihm keine Zeit, auch nur eine Silbe zu sagen.

»Ich bin im Restaurant des Caffè Quadri. Hattwood hat einen Infarkt gehabt, der Arme. Sorgen Sie dafür, daß dies die offizielle Version ist. Er war gekommen, um Hibbing guten Tag zu sagen, aber dann hat er sich schlecht gefühlt.«

»Was ist passiert?« fragte Alimante.

»Das, was ich Ihnen gesagt habe.«

»Ich verstehe... Ich schicke sofort jemanden vorbei.«

»Man muß sich auch um seinen Begleiter kümmern. Ein Killer, amerikanische Version. Ich glaube nicht, daß Hattwood seinen Leuten mitgeteilt hat, daß er mich bei Ihnen gesehen hat, heute nachmittag, doch sorgen Sie trotzdem dafür, daß sein Begleiter nicht reden kann. Je später ihnen bekannt wird, daß der Dienst für Sie arbeitet, um so besser.«

Alimante seufzte. »In Ordnung. Jetzt bringen Sie Hibbing weg. Ihm darf nichts geschehen. Trotz unserer Gesetze traue ich den Amerikanern nicht. In spätestens einer Viertelstunde ist das Quadri wieder sauber, um den Inhaber kümmere ich mich. Rufen Sie mich noch einmal an, wenn Sie im Hotel sind.«

Ogden beendete die Verbindung und wandte sich Hibbing zu. Der Rockstar sah ihn bestürzt an. »Sie haben ihn getötet«, murmelte er mit dünner Stimme.

»Tut Ihnen das leid?«

Hibbing schüttelte den Kopf. »Nein, er war ein verdammter Hurensohn, er hat bekommen, was er verdiente. Doch er war nur einer von vielen…«

»Ich weiß, aber irgendwo muß man ja anfangen«, sagte Ogden und beugte sich über den Mann auf dem Boden, der langsam wach wurde. »Man hat mir gesagt, daß Sie nicht mehr in Gefahr sind, getötet zu werden.«

»So ist es. Wegen diesem Unsinn mit der Blutlinie. Aber Hauptsache, sie glauben daran«, sagte Hibbing. »Sie haben mir schon wieder aus dem Schlamassel geholfen«, fuhr er fort, und goß sich ein Glas Whisky ein. »Wollen Sie auch einen?« fragte er und zeigte Ogden die Flasche. Ogden nickte.

Der Sänger drehte sich zu ihm hin und reichte ihm ein volles Glas. »Was meinte Hattwood, als er von Ihrem Treffen heute nachmittag sprach?«

Ogden trank und stellte das Glas auf den Tisch. »Ich kenne die ganze unglaubliche Geschichte, Hibbing: die Elite, ihre Mitglieder, die satanischen Riten, die gewaltsame mentale Manipulation von Kindern, den esoterischen Müll, an den sie glauben, die neue Weltordnung und all den Kram. Ich weiß davon seit achtundvierzig Stunden, und ich habe immer noch das Gefühl, kotzen zu müssen. Wir können nicht viel tun, der Dienst wird ebenso erpreßt wie Sie, wir müssen für den europäischen Teil arbeiten. Sie sind vielleicht nicht ganz so schlimm wie die da…«, sagte er und wies auf Hattwood und den anderen Mann auf dem Boden. »Aber das ist kein Trost.«

»Hatten Sie Befehl, Hattwood zu töten?« fragte der Sänger.

»Nein.«

»Warum haben Sie es dann getan?«

»Einer weniger«, sagte Ogden nur.

8

In Begleitung zweier Männer Alimantes kehrten Ogden und der Sänger ins Gritti zurück. Der Agent ging mit Hibbing in dessen Suite, die auf demselben Stockwerk lag wie sein Zimmer.

»Was für Pläne haben Sie für morgen?« fragte er den Sänger.

»Ausruhen. Der nächste Auftritt in Mailand ist übermorgen.«

»Um so besser. Jetzt versuchen Sie zu schlafen. Es war ein aufwühlendes Konzert.«

»Nicht zum erstenmal.«

»Wirklich?«

Hibbing seufzte. »Vor zwanzig Jahren wurden bei einem Konzert in Frankreich zwei Zuschauer ermordet. Es war ein Open-air-Festival. Einer von ihnen fiel von der Tribüne, dem anderen versetzten sie einen tödlichen Stromschlag über die elektrische Anlage, wobei sie sich zunutze machten, daß es in Strömen regnete. Sie stellten es als zwei schreckliche Unfälle hin, doch es war eine Einschüchterung, die mir galt. Sie hatten Witterung davon bekommen, daß ich versuchen wollte, sie anzuzeigen, also meiner Stimme Gehör zu verschaffen, aber nicht nur als Sänger. Im Grunde bin ich eine Person des öffentlichen Lebens, bekannt in der ganzen Welt, ich hoffte, daß irgend jemand mich anhören würde. Ich hatte entdeckt –« Hibbing unterbrach sich und machte eine Bewegung mit der Hand, als wollte er irgend etwas verscheuchen, was ihn störte. »Doch es hat keinen Sinn, darüber zu sprechen. Jedesmal, wenn ich versucht habe, mich aufzulehnen, ist irgend jemandem etwas Furchtbares geschehen. Seit jener Nacht in Frankreich habe ich den Tod dieser beiden armen jungen Menschen auf dem Gewissen. Seit damals habe ich es nicht mehr versucht …«, fügte er wütend hinzu.

»Was hatten Sie noch entdeckt?« hakte Ogden nach.

»Wissen Sie, wie sie das Gehirn der Menschen von jüngsten Jahren an manipulieren?« platzte der Sänger heraus. »Mit gewaltsamen Methoden jeder Art! Sie suchen sich Kinder aus zerrütteten Familien oder gehen in Waisenhäuser, in Kindergärten und Schulen, denn sie haben sich überall eingeschlichen, haben überall Komplizen, sogar in sozialen Einrichtungen. Und diese Kinder werden auf jede nur denkbare Art mißbraucht. Später, wenn sie herangewachsen sind, perfektionieren sie das Ganze mit psychologischen oder chemisch-pharmazeutischen Methoden der Gehirnwäsche und verschaffen sich so eine große Zahl von Leuten, die mental versklavt und vollkommen abhängig von ihren Drogen sind. Diese Leute können sie für ihre finsteren Machenschaften einsetzen: Ermordung einflußreicher Personen, Attentate, Operationen, bei denen man einen Sündenbock braucht, der, hat man ihn erst gefaßt, als bedauernswerter Verrückter dargestellt wird. Sicher, verrückt werden sie, diese armen Teufel, doch es ist eine von außen herbeigeführte Verrücktheit. Über manche von ihnen, die das Glück gehabt haben, da herauszukommen, sind Bücher geschrieben worden, in denen angeprangert wird, was geschehen ist, aber niemand will es glauben. Sie wissen besser als ich, daß Ermittlungen wegen Pädophilie, wenn sie in allzu hohe Kreise vordringen, regelmäßig im Sande verlaufen. Viele Musiker in Amerika haben eine solche Vergangenheit, doch fast niemand von ihnen ist sich dessen auch nur bewußt. Wenn die Erinnerungen daran wieder hochkommen, nehmen sich viele das Leben, oder sie werden umgebracht. Das ist die Wahrheit.«

Ogden nickte und dachte wieder an Craig und seinen weit zurückliegenden Auftrag für die CIA.

»Ich weiß, ich habe es vor Jahren bei einer Mission in den Vereinigten Staaten erfahren müssen. Ich kann mir vorstellen, daß es heute noch schlimmer ist. Doch nun versuchen Sie zu schlafen, es war ein schlimmer Tag für Sie.«

Hibbing lächelte. »Für Sie doch auch. Jemanden umzubringen, und sei es auch einen Scheißkerl wie Hattwood, dürfte nicht leicht sein.«

»Sie können ganz beruhigt sein, deswegen habe ich keine schlaflosen Nächte. Doch jetzt lasse ich Sie allein: Schließen Sie das Zimmer ab und öffnen Sie niemandem, auch Ihrem Manager nicht, wenigstens heute nacht. Doch zögern Sie nicht, mich anzurufen, wenn Ihnen irgend etwas verdächtig vorkommt. Ich habe Zimmer 229.«

»Meinen Sie, sie schicken jemanden, um Hattwood zu rächen?«

»Nein, Hattwood war aus anderen Gründen in Venedig. Doch es ist besser, vorsichtig zu sein. Vielleicht weiß jemand, daß er beim Konzert gewesen ist. Wir werden es auf jeden Fall bald herausfinden. Ich komme morgen früh um neun zu Ihnen und organisiere für die nächsten Tage einen Personenschutz für Sie.«

»Ich habe meine Security-Leute …«, warf Hibbing ein.

»Das hilft uns sicher, genügt aber nicht. Vielleicht müssen wir jemanden fernhalten, der gefährlicher ist als irgendein Fan.«

Der Sänger nickte. »Einverstanden. Und noch einmal vielen Dank.«

Der Agent lächelte. »Ich danke Ihnen, das Konzert war phantastisch. Gute Nacht.«

Ogden ging in sein Zimmer und rief Stuart an. Als der Chef des Dienstes sich meldete, informierte er ihn über das, was geschehen war.

»Schöner Schlamassel. Doch Alimante hat sich gut verhalten. Aber du – ist es nicht allzusehr mit dir durchgegangen?« fragte Stuart.

»Du meinst den Plattenboß?«

Der Chef des Dienstes hüstelte verlegen. »War das unbedingt nötig?«

»Er hätte verraten können, daß wir auf der Gehaltsliste von Alimante und den Europäern stehen.«

»Aber das wissen die doch bestimmt«, wandte Stuart ein.

»Natürlich. Doch es besteht die Möglichkeit, daß sie noch nicht wissen, daß wir, gerade in diesem Moment, mit einer Mission gegen sie beschäftigt sind. Und es wäre besser, sie erführen es so spät wie möglich. Das ist einer der Gründe dafür, warum ich diesen Mann eliminiert habe. Zufrieden?« schob Ogden gereizt nach.

»Ich wollte dir keinen Vorwurf machen«, beeilte sich der Chef des Dienstes zu erklären. »Du hast richtig gehandelt. Doch mich interessieren eben auch die anderen Motive ...«, fügte er ein wenig maliziös hinzu.

»Es sind die gleichen, weswegen auch du ihm das Fell abgezogen hättest, hättest du Gelegenheit dazu gehabt. Oder irre ich mich?«

Stuart entfuhr ein Lachen. »Du hast vollkommen recht. Jetzt sag mir, was du für deinen hochverehrten Hibbing tun willst.«

»Ich will zwei Männer, die ihn auf seiner Tournee begleiten, bis er nach Amerika zurückkehrt. Außerdem liegt Hibbing auch Alimante sehr am Herzen.«

»Sie glauben, er hat königliches Blut«, sagte Stuart. »Deshalb haben sie ihn vor dreißig Jahren nicht getötet.«

»Was für eine feine blaublütige Gesellschaft!« platzte Ogden angewidert heraus. »Aber besser so, dann kann Alimante nichts gegen die Kosten einwenden.«

»Kommst du wie geplant morgen nach Berlin zurück?«

»Sicher, falls nicht noch irgend etwas anderes dazwischenkommt.«

9

Der Mann, der den ganzen Abend über in der Bar des Gritti gesessen und auf die Rückkehr Ogdens gewartet hatte, seufzte erleichtert auf, als er sah, daß der Nachtportier auf seinen Tisch zukam. Er warf einen Blick auf die Uhr: Es war Viertel nach eins. Im Laufe das Abends hatte er wenigstens drei Viertel einer Flasche Champagner getrunken, die auf dem Tisch stand, und er fühlte sich ein bißchen überdreht. Aber sein Vorhaben erforderte eine gute Dosis Mut, und ein wenig Alkohol konnte da nicht schaden. Er hatte lieber hier in der Bar als in seinem Zimmer gewartet, denn Alleinsein machte ihn immer nervös.

Der Nachtportier, dem er ein übertrieben hohes Trinkgeld für diese Gefälligkeit gegeben hatte, beugte sich zu ihm hinunter und murmelte etwas in sein Ohr. Der Mann nickte, sagte im Aufstehen »gut gemacht« und ließ noch einmal einen Schein auf dem Tisch liegen. Dann ging er in die Halle und nahm den Aufzug.

Der Amerikaner war siebzig Jahre alt, hieß Donald Todd und galt als einer der wichtigsten Männer in der Kautschukindustrie der Vereinigten Staaten. Er stammte aus New York, hatte aber einen guten Teil seines Lebens in Washington verbracht, eng verbunden mit der politischen Macht, zu der er als Senator gehörte. Durch seine Herkunft von Geburt an Teil der Elite, war er jedoch ganz und gar nicht glücklich mit der aktuellen Administration. Als Demokrat hatte er sich gewisse Überzeugungen bewahrt.

Die amerikanische Elite hatte auf ungewöhnliche Art erfahren, daß Alimante plante, die Lanze des Longinus zurückzuerobern. Der Italiener wußte nicht, daß er weit oben in der Hierarchie einen Maulwurf hatte, der Washington über seine Vorhaben informierte. Wenn auch nur über Pläne, welche die Lanze des Longinus betrafen. Einigermaßen überraschend war dabei, daß der Informant – jemand, der Giorgio Alimante sehr nahestand – anonym bleiben wollte und sich unter einem übertrieben dramatischen Pseudonym gemeldet hatte: Baphomet. Er hatte erklärt, die Informationen über die Lanze seien die einzigen, die er den Amerikanern liefern werde. Später, hatte er hinzugefügt, wenn die Zeit dafür reif sei, werde er das Geheimnis um seine Identität lüften und für sich eine Position in der Elite von Washington fordern, die seiner Herkunft entspreche. Er mußte also eine Figur höchsten Ranges sein. Bei einem so speziellen Verrat hatte man auch gemutmaßt, es könne eine Falle sein. Doch Willington, dem Berater des Präsidenten, und seinen engsten Mitarbeitern war die Lanze als Zeichen der Macht so wichtig, daß sie beschlossen hatten, das Risiko einzugehen. Als der Maulwurf sie vor einigen Tagen darüber informiert hatte, daß der Dienst mit der Wiederbeschaffung der Lanze beauftragt worden sei, hatte die amerikanische Elite eine engmaschige Überwachung organisiert. Hattwood war mit einer fiktiven Botschaft zu Alimante geschickt worden, nur um gleichzeitig mit dem Mann des Dienstes in Venedig zu sein und ihn zu beschatten. Doch dann war etwas Unvorhergesehenes geschehen: Hattwood und sein Bodyguard waren noch am selben Tag verschwunden.

Da er in Washington eine hohe Position innehatte, war Todd von Anfang an über die Ereignisse auf dem laufenden gewesen und hatte beschlossen, ebenfalls nach Venedig zu kommen. In den Tagen vor seiner Abreise hatte er für eine glaubwürdige Tarnung seiner Reise gesorgt. Das war nicht schwierig gewesen, da man allgemein wußte, daß er intensive Geschäftsbeziehungen zu Europa unterhielt und außerdem alte Meister sammelte, weshalb er zur weiteren Tarnung einen Besuch bei einem venezianischen Antiquitätenhändler eingeplant hatte, den er seit Jahren kannte.

Denn nicht nur Alimante hatte einen Maulwurf, auch der Präsident hatte einen, und das war er, Donald Todd. Nach dem 11. September, als Gesetze erlassen worden waren, die die Verfassung Schaden nehmen ließen und die Demokratie, auf der das Land gründete, Tag für Tag schlimmer unterminierten, war sein Widerwille unerträglich geworden. Monatelang hatte er mit seinem Gewissen gerungen, doch als er von der Eliminierung der fünfzehn Mikrobiologen erfahren hatte und von dem furchtbaren Plan, der langsam verwirklicht wurde, war seine Entscheidung gefallen. Im Alter von siebzig Jahren konnte er nicht mehr viel tun, doch die Gelegenheit hatte sich mit der Lanze des Longinus geboten. Für den Berater des Präsidenten und seine Umgebung war dieses Objekt von höchster Bedeutung. Man raunte sogar, Willington führe die umstrittene Wahl seines Chefs auf die Lanze und nicht auf den Wahlbetrug zurück. Jedenfalls wäre ihr Verlust ein ungeheuer schwerer Schlag für sie, dessen war sich Todd gewiß. Viele im Weißen Haus schweißte der Aberglaube zusammen, sie waren durch Rituale verblendet, und diese Männer, die zum totalitaristischen Flügel der Elite gehörten, würden ihr Verschwinden als unheilvolles Zeichen betrachten. Es könnte ihre Moral schwächen und sie vielleicht dazu verleiten, ein paar falsche Schritte zu tun. Todd würde dieses Argument gebrauchen, um an den Mann des Dienstes heranzutreten: Um glaubhaft zu sein, wollte er die Identität des Maulwurfs enthüllen und den Ort verraten, wo die Lanze verborgen war.

Der Aufzug erreichte den zweiten Stock, und die automatischen Türen öffneten sich mit einem leisen Zischen. Todd ging den Gang hinunter auf Ogdens Zimmer zu. Doch bevor er an die Tür klopfte, wählte er vom Etagentelefon aus die Nummer des Agenten.

Als das Telefon läutete, hatte Ogden gerade das Handygespräch mit Stuart beendet. Er dachte, es sei Hibbing, und nahm den Hörer ab. Doch am anderen Ende meldete sich eine ihm unbekannte Stimme.

»Hier ist Senator Donald Todd«, sagte der Amerikaner leise. »Sie kennen mich nicht, doch ich weiß, daß Sie heute Alimante einen Besuch abgestattet haben, bei dem es um die Lanze ging. Ich komme, um Ihnen Informationen von größter Wichtigkeit zu geben.«

Ogden überlegte sehr schnell. Die Stimme gehörte zu einem nicht mehr jungen Mann. Er beschloß, Zeit zu gewinnen.

»Von wo rufen Sie an?«

»Aus dem Gritti. Ich bin nur wenige Schritte von Ihrem Zimmer entfernt.«

Es konnte eine Falle sein. Einen alten Mann schicken, um ihn aus der Deckung zu locken. Eine durchaus denkbare Methode.

»Haben Sie eine Uhr?«

»Natürlich, warum?« fragte Todd überrascht.

»Rühren Sie sich nicht von der Stelle, und rufen Sie mich in exakt zwei Minuten wieder an.«

Als der andere aufgelegt hatte, wählte Ogden die Nummer der Rezeption. »Lassen Sie mir sofort eine Flasche Mineralwasser bringen«, schimpfte er verärgert los. »In der Minibar ist keine einzige Flasche mehr, das ist unmöglich!«

Nicht zufällig war das Gritti eines der besten Hotels der Welt. Darauf vertraute Ogden. Und tatsächlich klopfte es nach genau einer halben Minute an seiner Tür.

Durch den Türspion sah er den Kellner mit einem Tablett und öffnete. Während er ihn eintreten ließ, warf er einen Blick in den Gang. Ganz in der Nähe stand ein beleibter älterer Mann, der sehr amerikanisch wirkte, neben dem Etagentelefon. Ogden ging auf ihn zu.

»Senator Todd?« fragte er.

Der Angesprochene nickte, sah zuerst Ogden an, dann das Telefon.

»Ein kleiner Trick, um mich zu vergewissern, daß Sie allein sind. Kommen Sie bitte«, sagte er und zeigte auf sein Zimmer.

Nachdem sich der Kellner zurückgezogen hatte und sie eingetreten waren, bat er den Amerikaner, im Sessel Platz zu nehmen, und setzte sich ihm gegenüber hin.

»Sie haben eben einige sonderbare Dinge behauptet«, sagte er, um das Terrain zu erkunden.

Todd nickte. Er hatte ein gutmütiges Gesicht, und wenn er lächelte, wie in diesem Moment, bildete sich um seine Augen herum ein Netz feiner Fältchen. Ansonsten hatte er für einen Mann seines Alters eine erstaunlich glatte Haut.

»Mr. Ogden, es ist überflüssig, um das Thema herumzureden. Ich weiß, wer Sie sind und aus welchem Grund Sie sich in Venedig aufhalten. Auf gewisse Weise nehme ich Ihnen die Arbeit weg, denn ich bin tatsächlich dabei, ein Spion zu werden. Ich gehöre zur amerikanischen Elite. Sie wissen gut, wovon ich spreche. Damit wir uns recht verstehen: zu jener Elite, gegen die mein Freund Giorgio Alimante und unsere europäischen Brüder den Kampf aufgenommen haben…« Er unterbrach sich und sah Ogden in die Augen. Doch der Agent beschränkte sich darauf, diesen forschenden Blick mit einem ermutigenden Ausdruck zu erwidern.

»Bitte fahren Sie doch fort.«

Todd lächelte. »Man hat mir von Ihnen erzählt, und ich sehe, daß man nicht übertrieben hat… bei der Beschreibung Ihrer Professionalität und Ihrer Kaltblütigkeit…«, sagte er und betonte dieses letzte Wort.

Ogdens Lächeln erstarb. »Ich bitte Sie, fangen Sie nicht auch noch mit diesem genetischen Kram an, mit dem Sie sich diesseits und jenseits des Atlantiks die Zeit vertreiben. Kommen Sie zur Sache. Was haben Sie mir zu sagen?«

Todd schien nicht beleidigt zu sein. Im Gegenteil. »Ich denke ebenso, trotz meiner Herkunft«, gestand er. »Meine Einschätzung ist ähnlich, wenn nicht identisch mit der von Giorgio Alimante. Leider entwickeln sich die Dinge in meinem Land ganz und gar nicht gut, und wenn man keine Abhilfe schafft, wird es immer schlimmer werden. Nicht nur in den Vereinigten Staaten, sondern in der ganzen Welt. Ich bin gekommen, um Ihnen zu sagen, wo die Lanze des Longinus versteckt ist, und um Alimante zu warnen, daß es in der europäischen Elite einen Maulwurf gibt, durch den sie in Washington von der Einbeziehung des Dienstes erfahren haben. Aber vor allem bin ich hier, um Ihnen von einer furchtbaren Sache zu berichten. Ich weiß nicht, wie weit mein Verrat hilft, aber ich kann nicht einfach weiter zusehen. Vielleicht kann der Dienst irgend etwas unternehmen, damit dieser ungeheuerliche Plan scheitert, auch wenn ich wenig Hoffnung hege. Doch wenn Sie für die europäische Elite arbeiten, könnte sich Ihnen auch die Möglichkeit bieten, etwas zu unternehmen, wer weiß ...«

»Wovon sprechen Sie?« fragte Ogden.

»Haben Sie Geduld, ich werde Ihnen alles erklären. Es ist nicht so einfach für mich. Außerdem ist es ein schrecklicher Moment, zum erstenmal in unserer Geschichte stehen zwei Fraktionen der Elite gegeneinander, und schuld daran ist eine Gruppe Verrückter ...«

»Aha!« bemerkte Ogden schroff. Doch er bereute fast seine Härte, als er den betrübten Ausdruck auf dem Gesicht des alten Senators sah.

»Es ist nicht leicht für mich gewesen ...«, murmelte Todd. »Doch ich will Sie nicht mit einem Bericht darüber langweilen, wie ich mich damit quäle. Morgen werde ich Alimante sehen und ihm sagen, daß ich heute abend hiergewesen bin. Doch er wird nur erfahren, daß ich über die Lanze gesprochen habe und über Baphomet, den Maulwurf. Ich werde ihn sicher nicht darüber informieren, daß ich vielleicht auch die europäische Elite verrate. Dies herauszufinden wird Ihre Aufgabe sein«, fügte er mit dünner Stimme hinzu. »Eine solche Entscheidung zwingt mich, die Brükken hinter mir abzubrechen. Ich werde nicht mehr in die Vereinigten Staaten zurückkehren, bis die Dinge sich geändert haben. Doch vielleicht bin ich bis dahin tot.«

»Versuchen wir geordnet vorzugehen«, sagte Ogden. »Wenn ich richtig verstanden habe, haben Sie noch weitere Enthüllungen zu machen, die nicht die Lanze betreffen ...«

Todd nickte, antwortete aber nicht gleich. Bedächtig zog er eine Zigarre aus seiner Jackentasche und begann sie vorzubreiten. Als er sie angezündet hatte, sah er Ogden wieder in die Augen.

»Ich liebe mein Land, doch wir sind inzwischen eine große imperialistische Republik geworden, die beabsichtigt, die ganze Welt zu kontrollieren und zu formen, wie es nie zuvor geschehen ist, nicht einmal zu Zeiten des römischen Imperiums. Und die Mittel, die wir einsetzen, sind furchtbar. Das amerikanische Volk wurde mehr als alle anderen manipuliert und getäuscht. Wenn man ehrlich ist, glaubt man oft, daß auch die anderen ehrlich sind; wenn man an gute Gefühle glaubt, gibt man sich der Illusion hin, daß auch die anderen sich davon leiten lassen. Doch die Elite hat keine guten Gefühle ...«, fügte er mit einem müden Lächeln hinzu. »Nach dem 11. September hat die Regierung mit dem *Patriot Act*, dessen genaue Bezeichnung *Uniting and Strengthening American Act* ist, Maßnahmen von beeindruckender Tragweite durchgesetzt, wie sie bisher in unserer Geschichte einmalig sind. Sie hat die Überwachung des normalen Bürgers ausgeweitet, hat die Geheimdienste zur

Inlandspionage ermächtigt, hat Militärgerichte für mutmaßliche Terroristen eingerichtet, hat erlaubt, daß *federal agents* die Gespräche zwischen Angeklagten und ihren Anwälten abhören, und die CIA ermächtigt, jeden, der verdächtigt wird, in den Terrorismus verwickelt zu sein, zu töten. Und vor allem richtet die Regierung ein gigantisches Personenidentifikationssystem ein, mit einer kolossalen Datenbasis, um detaillierte Informationen über jeden Bürger zu sammeln. Der *Patriot Act* wird von vielen zu Recht als Rückfall in den McCarthyismus betrachtet: Die Regierung hat heute freie Hand, Oppositionelle zum Schweigen zu bringen, denn um in ihren Augen ein Terrorist zu sein, genügt es, daß man verdächtigt wird, Dinge zu tun, ›die darauf gerichtet scheinen, die Politik einer Regierung mit Einschüchterung oder Zwang zu beeinflussen‹. Es scheint unglaublich, doch dies ist eine der Definitionen, die die Regierung für Terrorismus gibt. Der Pressesprecher des Weißen Hauses hat kürzlich seine Mitbürger gewarnt, indem er wörtlich sagte, ›daß die Leute darauf achten müssen, was sie sagen und was sie tun …‹ Es gibt noch immer ein paar Menschen, die denken, Gott sei Dank, doch es sind wenige. Tatsächlich werden gewaltfreie Aktionen und Terrorismus über einen Kamm geschoren, es werden überzogene Maßnahmen getroffen, um die individuellen Rechte zu beseitigen oder einzuschränken, und davon betroffen sind auch die Unschuldsvermutung, das Recht auf einen fairen Prozeß, der Schutz der Privatsphäre, die Meinungs- und Versammlungsfreiheit und das Asylrecht.«

Todd sog den Rauch der Zigarre ein, sah versunken vor sich hin, blickte dann wieder Ogden an.

»Nun, Mr. Ogden, es stimmt, daß hinter dem, was in der Welt geschieht, schon immer wir von der Elite standen, doch alles hat seine Grenzen. Wie Sie wissen, ist vor kurzem das *Total-Information-Awareness*-Paket TIA verabschiedet worden. Dabei geht es um die totale Erfassung von Information. Es muß da irgendeinen schlechten Dichter in der Administration geben, dem es gelingt, für jedes freiheitsfeindliche Projekt einen schönen Titel zu finden. Jeden Tag kommen neue Einzelheiten darüber ans Licht, wie dank TIA kleinste Details über das Leben des einzelnen Bürgers und all seine Transaktionen gesammelt und gespeichert werden. Dieses großangelegte Projekt, gesponsert vom Pentagon, sieht die Verknüpfung der unterschiedlichsten Datenbestände vor, die Hunderttausende von Daten über die Bürger enthalten: von Gesundheitsinformationen bis zu Reisen, von Kreditkartengeschäften bis zu biometrischen Daten wie Netzhautstruktur, Fingerabdrücken und sogar Merkmalen des Ganges einer Person. TIA wird allein in diesem Jahr 9,2 Milliarden Dollar kosten – in den Jahren 2004 und 2005 jeweils 20 Milliarden – und ausschließlich dem Verteidigungsministerium zugänglich sein. Auf diese Weise kann man über jedermann Daten sammeln, ohne irgend jemandem Rechenschaft über die Gründe der Überwachung geben zu müssen. Beunruhigend, nicht wahr? Vor dem 11. September waren diese Informationen durch das *fourth amendment* geschützt, und um sie zu erhalten, mußte die Regierung nachweisen, daß sie helfen könnten, ein Verbrechen aufzuklären oder zu verhindern. Heute ist das anders. Das letzte Projekt ist die *National Strategy to Secure Cyberspace*, wodurch die Möglichkeit geboten wird, den Datenverkehr im Internet vollkommen zu kontrollieren. Es ist kein Zufall, daß Bin Laden in Afghanistan seine Mitteilungen von Boten auf Maultieren hat überbringen lassen. Dabei können Kriminelle noch immer die modernen Technologien anwenden, ohne Spuren zu hinterlassen, indem sie etwa eine Prepaid-Card benutzen oder eine Mail von einem Internetcafé aus verschicken. Doch das alles ist wohl nichts Neues für Sie. Echelon ist inzwischen Prähistorie. Das Allerneuste ist *Genoa*, eines der Projekte der DARPA, der *Defence Advanced Research Projects Agency*, einer Agentur des Pentagon, die seit den sechziger Jahren die Entwicklung des Internets finanziert und schon immer eine doppelte Rolle gespielt hat: auf der einen Seite die fortgeschrittene Erforschung kriegstauglicher Anwendungen zu fördern, auf der anderen das High-Tech-Primat der USA durch ernorm hohe öffentliche Mittel im militärischen Bereich voranzutreiben. Die verschiedenen Projekte umfassen die Stimmerkennung, was bedeutet, Millionen Stunden von Telefongesprächen durchzusieben, schnelle Übersetzung in alle Sprachen und Aussonderung der für Ermittlungen interessant erscheinenden Passagen. Andere Gelder werden für Techniken der Gesichtserkennung durch ein im ganzen Land ausgebautes Kameranetz verwendet. Es heißt also, achtzugeben auf das, was man sagt, und darauf, was für ein Gesicht man macht! Und so weiter und so fort. Es liegt auf der Hand, daß die totale Kontrolle der Gesellschaft möglich wird, wenn Computer lernen können, eine Person durch Videokameras oder andere Systeme zu identifizieren. Oder wie es der Präsident der Southeast Legal Foundation ausgedrückt hat: ›All dies ist ein Angriff auf die bürgerlichen Freiheiten von einem vorher nie erlebten Ausmaß.‹ Und all dies haben wir natürlich gewollt. Doch das ist noch gar nichts ...«, fügte er geheimnisvoll hinzu. Todd seufzte. »Wir haben immer die Kontrolle ausgeübt, und das wollen wir auch weiterhin tun, doch diese irrsinnige Übertreibung elektronischer Überwachung, die, zusätzlich zum Terrorismus, die Welt langsam zu einem unbewohnbaren Ort macht, gibt es, weil es zu einem Bruch zwischen den zwei Eliten gekommen ist. Um uns gegenseitig zu bekämpfen, benötigen wir Waffen und Strategien, die nicht nötig wären, wenn sich unsere Arbeit darauf beschränkte, die normalen Bewohner des Globus unter Kontrolle zu halten, also euch, um es ganz klar zu sagen. Wenn dies nicht gestoppt wird, ist die Existenz des Planeten und der Zivilisation, wie wir sie heute kennen, gefährdet. Zu dem, was ich bisher genannt habe, kommt des weiteren der unglückselige Mikrochip, der alle Informationen, die ein Individuum betreffen, enthalten wird. Doch wichtiger ist noch, und das machen sich die Dummköpfe, die ihn schon haben installieren lassen, nicht klar, daß der Mikrochip auch ohne Wissen seines Trägers einen Input empfangen kann. Botschaften, die nach Gutdünken dessen, der die Operation leitet, den psychischen, physischen und mentalen Zustand des Trägers verändern können. Und so werdet ihr zu Mikrochip-Robotern in der Hand des berühmten Großen Bruders. Inzwischen sind diese Dinger so unendlich klein, daß sie mit einer einfachen Injektion eingesetzt werden können. Und jetzt kommen wir zum springenden Punkt. Um der Weltbevölkerung ohne ihr Wissen Mikrochips einzupflanzen, wird in Kürze eine Massenimpfung bereitstehen, notwendig gemacht durch eine Grippepandemie globalen Ausmaßes. Genau wie die, die im Augenblick China heimsucht. Denn es gibt noch Schlimmeres, Mr. Ogden, als das, was ich Ihnen bisher gesagt habe. Es handelt sich um einen schrecklichen Plan, den die amerikanische Elite seit einer Weile schon zu verwirklichen gedenkt: eine künstlich ausgelöste Epidemie, die sich auf dem ganzen Planeten ausbreitet.« Todd unterbrach sich, sein Blick schweifte über Ogden hinweg, ein paar Sekunden lang schien er unfähig weiterzusprechen. Doch dann faßte er sich, seufzte und sah dem Agenten in die Augen. »Ich gehöre zu denen, die diese Welt so lieben, wie sie ist, und die Menschen für das, was sie sind: naiv und manipulierbar, doch lebendig. Während ihr Plan eine drastische Reduzierung der Weltbevölkerung mit sich bringt, verwirklicht durch ein künstlich geschaffenes Virus, das für Millionen Menschen den Tod bedeutet, eine Pandemie, die sehr viel schlimmer wird als die Spanische Grippe von 1918. Diejenigen, die überleben, werden dann Mikrochips in sich tragen, injiziert bei den Massenimpfungen. Aids hat offensichtlich ihre Erwartungen nicht erfüllt. Ich kann Ihnen nicht sagen, in welchem Maß die Europäer noch in diese Operation verwickelt sind, ich habe eine hohe Position, doch sie ist nicht hoch genug, um über alles informiert zu sein. Was uns angeht, weiß ich, daß es eine Taskforce von Mikrobiologen gibt, in einem streng geheimgehaltenen Labor, die seit einer Weile die Arbeit voranbringt. Auf jeden Fall – unabhängig davon, wer den Kampf gewinnt – dürfen Sie nicht vergessen, daß beide Eliten einen drastischen Bevölkerungsrückgang auf dem Planeten wollen, auf die eine oder die andere Weise und in kurzer Zeit.«

Todd hielt inne und betrachtete den Agenten, in Erwartung eines Kommentars, der nicht lange auf sich warten ließ.

»Was für verdammte Hurensöhne!«

Todd nickte. »Erinnern Sie sich an die fünfzehn Mikrobiologen, die kürzlich, einer nach dem anderen, unter mysteriösen Umständen gestorben sind? Einige sind ganz offensichtlich getötet worden, andere bei sonderbaren Unfällen ums Leben gekommen. In Wirklichkeit sind alle von uns eliminiert worden. Der Grund dafür ist, daß jeder von ihnen mit der Pandemie zu tun hatte, die sie auslösen wollen, vielleicht schon vom nächsten Herbst an.«

»Auf welche Weise waren diese Wissenschaftler in die Sache verwickelt?« fragte Ogden.

Todd zuckte die Achseln. »Normalerweise werden Wissenschaftler umgebracht, wenn sie etwas wissen und bevor sie dieses Wissen enthüllen können. Das Virus und die Bakterien wachsen nicht auf Bäumen, man braucht eine ganze Reihe von Wissenschaftlern, um sie entwickeln zu können. Und wenn sich die ersten krankhaften Erscheinungen zeigen, wissen diese Wissenschaftler Dinge, die sie besser nicht wüßten. Als die Arbeit zu Ende war, hat man sie eliminiert. Viele von ihnen haben in gutem Glauben gehandelt, andere nicht unbedingt.«

Ogden stöhnte. Das war ein Alptraum, aus dem er nie mehr aufwachen würde. Todd saß vor ihm, es gab ihn wirklich, genauso wie Alimante vor wenigen Stunden, und schrecklich real war auch das Dossier, das er in Berlin gelesen hatte.

Eine Weile schwiegen sie. Dann stand Ogden auf.

»Möchten Sie etwas trinken, Senator?«

Todd lächelte. »Während ich auf Sie gewartet habe, habe ich fast eine Flasche Champagner ausgetrunken. Ich glaube, in meinem Alter ist das genug.«

Ogden ging zur Minibar, nahm ein Soda heraus und machte sich einen Gin Tonic, dann setzte er sich wieder dem Amerikaner gegenüber hin.

»Hat irgend jemand einen Verdacht, daß Sie Ihr Wissen über das Projekt Pandemie weitergeben könnten?«

Todd schüttelte den Kopf. »Ich glaube nicht, sonst hätten sie mich schon eliminiert. Alimante sagen wir nur, daß ich Ihnen das Versteck der Lanze und den Verrat von Baphomet enthüllt habe. Ich sage es noch einmal: Ich weiß nicht, wie weit die europäische Elite nach der Trennung von den Amerikanern noch in das Projekt verwickelt ist. Es wäre jedenfalls absurd, mit ihm darüber zu sprechen, bevor man weiß, wie die Dinge wirklich stehen. Auf jeden Fall stelle ich mich unter seinen Schutz. Wir sind alte Freunde, und er wird mir für meine Informationen dankbar sein.«

Todd steckte eine Hand in die Jackentasche und zog einen quadratischen Umschlag heraus.

»Hier sind zwei DVDs. Auf der einen finden Sie alle Informationen über die in die Sache verwickelten und ermordeten Wissenschaftler. Sie sollten bei den Nachforschungen mit ihnen beginnen. Das Virus der Pandemie ist im Labor hergestellt worden und es gibt – wie immer in solchen Fällen – einen Impfstoff, mit dem sich die Angehörigen der Elite und die wenigen, die sie retten wollen, schützen werden«, sagte Todd und gab ihm die DVDs.

Ogden nahm sie. »Der Dienst wird da vielleicht nicht

viel ausrichten können«, sagte er und sah dem Senator in die Augen.

Todd nickte. »Ich weiß, doch Sie sind die einzige Hoffnung. Bei der Arbeit für Alimante gelingt es Ihnen vielleicht, etwas zu tun. Wenn die Europäer aus dem Projekt Pandemie herausgehalten worden sind, würde dies bedeuten, daß sich die Amerikaner auch von ihnen befreien wollen. In diesem Fall würde er reagieren, glauben Sie nicht? Sie werden das herausfinden müssen, doch ich rate Ihnen, sehr vorsichtig zu sein, Alimante ist kein Dummkopf. Auf der anderen DVD finden Sie jedenfalls viele interessante Informationen, angereichert mit Filmmaterial, das Sie benutzen können, um führende Persönlichkeiten in den USA in Schwierigkeiten zu bringen. Ich weiß, daß Sie in der Vergangenheit für den armen Craig gearbeitet und über die Verbindung einiger Machtgruppen mit satanischen Sekten und Kindesmißbrauch ermittelt haben. Sie müssen wissen, daß Craig recht hatte, auch wenn er gezwungen wurde, die Ermittlungen versanden zu lassen.«

»Sie meinen –«, setzte Ogden an, doch Todd unterbrach ihn mit einer Handbewegung.

»Es ist alles auf diesen beiden DVDs, ich bin sicher, Sie werden die Informationen klug einsetzen.« Todd erhob sich aus dem Sessel.

»Sie riskieren viel«, sagte Ogden und stand ebenfalls auf. »Fürchten Sie nicht um Ihr Leben?«

Der Senator lächelte müde. »Wir riskieren alle unser Leben. Ich habe mein Leben damit zugebracht, einer Sache zu dienen, die die Welt in den Untergang führt. Und das kann ich mir nicht verzeihen. Wenn ich sterben muß, werde ich wenigstens in dem Bewußtsein sterben, etwas versucht zu haben. Viel Glück, Mr. Ogden«, sagte er und reichte ihm die Hand.

10

Verena Mathis spielte Tennis mit ihrer Freundin Sigrid. Sie war bei ihr in Berlin zu Besuch. Seit Kindertagen waren sie befreundet, und wie viele Freundschaften, die auf der Schulbank geschlossen wurden, hatte sich auch diese als beständiger als andere erwiesen.

Als Kind ist man treuer, dachte Verena oft, deshalb sieht man alten Freunden mehr nach als solchen, die man erst im Erwachsenenalter kennengelernt hat.

Sigrid Knopf lebte in Berlin, seit sie vor zwanzig Jahren einen Architekten geheiratet hatte, und Verena besuchte sie häufig, besonders seit Ogden mehr Zeit in Berlin als in seiner Wohnung in Bern verbrachte.

Nach dem letzten Satz begaben sich die beiden Freundinnen auf einen Drink in die Bar des Clubs. Während sie auf ihren Aperitif warteten, wählte Verena Ogdens Nummer, doch wieder einmal schaltete sich der Anrufbeantworter ein. Seit drei Tagen versuchte sie vergebens, mit ihm Kontakt aufzunehmen, und langsam begann sie sich Sorgen zu machen. Schon vor ihrer Abreise aus Zürich hatte sie mehrmals erfolglos versucht, ihn zu erreichen. Vielleicht hatte sie deshalb Sigrids Einladung angenommen und war gleich nach Berlin geflogen. Sie hatte Bedenken, Stuart anzurufen, doch wenn sie Ogden auch am nächsten Tag nicht erreichen sollte, würde sie sich nicht mehr zurückhalten und mit dem Chef des Dienstes Kontakt aufnehmen.

Der Kellner brachte die Aperitifs. Die beiden Freundinnen plauderten noch ein wenig, und als Sigrid ihren Longdrink ausgetrunken hatte, stand sie auf.

»Ich war wirklich fast am Verdursten!« sagte sie mit einem zufriedenen Lächeln und zeigte ihre weißen, regelmäßigen Zähne. Sigrid, die in der Kindheit dazu bestimmt schien, mit ihren feinen Zügen, dem leuchtendblonden Haar und den großen blauen Augen eine ausgesprochene Schönheit zu werden, war als erwachsene Frau einfach nur hübsch. Doch ihr einnehmendes Wesen, ihre natürliche Lässigkeit und ihre auffallend gute Figur machten sie zu einer Frau, die Männer sehr attraktiv fanden.

»Ich gehe jetzt unter die Dusche«, fuhr sie fort. »Nimm du dir nur Zeit. Wir sehen uns dann im Umkleideraum.«

Als ihre Freundin gegangen war, trank Verena langsam ihren Drink aus und grübelte über das unerklärliche Verhalten Ogdens nach. Schließlich änderte sie ihre Meinung und beschloß, Stuart sofort anzurufen. Es hatte keinen Sinn, länger zu warten, so viele Tage des Schweigens rechtfertigten einen Anruf.

Es galt die Abmachung, daß sie nur in absoluten Notfällen beim Dienst anrufen sollte, und sie hatte sich stets an diese Regel gehalten. Doch es gibt immer ein erstes Mal, sagte sie sich und verdrängte ihr unbehagliches Gefühl. Schließlich hatte sie wegen des Dienstes schon mehrmals ihr Leben aufs Spiel gesetzt. Das gab ihr das Recht, auch wenn sie keine von ihnen war, wenigstens mal anzurufen.

Stuart meldete sich nach wenigen Klingelzeichen. Er

klang freundlich, doch gleichzeitig besorgt. »Verena! Wie schön, deine Stimme zu hören! Ist irgend etwas passiert?«

»Ich freue mich auch, daß ich mit dir sprechen kann, Stuart. Seit drei Tagen versuche ich vergeblich, Ogden zu erreichen ...«

Stuart antwortete nicht gleich. Die Ereignisse in Venedig hielten seinen Stellvertreter in Atem, doch er wunderte sich, daß Ogden für Verena nicht zu erreichen war.

»Er ist in einer Mission unterwegs«, antwortete er lakonisch.

»Ich verstehe. Wann kommt er zurück nach Berlin?«

»Er sollte morgen zurück sein.«

»Sollte?« fragte Verena in einem inquisitorischen Ton.

Stuart segnete den Augenblick, da er beschlossen hatte, niemals eine Beziehung einzugehen.

»Es ist ein sehr heikler Moment, Verena ...«

»Das ist nichts Neues ...«, entgegnete sie.

»Doch es ist wirklich so. Ich bitte dich, mir zu glauben.«

Der Ton Stuarts ließ bei ihr die Alarmglocken schrillen. »Ist er in Gefahr?«

Stuart seufzte gereizt. Verena bemerkte es, tat aber so, als sei nichts. Sie wollte ihm die Sache nicht leichter machen. Er sollte sagen, was er zu sagen hatte.

»Nicht unbedingt, oder besser: nicht mehr als sonst«, sagte Stuart schließlich. »Du kannst ganz beruhigt sein. Ogden geht es gut. Wenn er dich nicht angerufen hat, dann wohl deshalb, weil er es für nicht angebracht hielt.«

»Mehr wollte ich nicht wissen«, sagte sie sachlich. »Wenn er sich wieder bei dir meldet, sag ihm doch bitte, er soll mich mal anrufen. Ich bin in Berlin.«

»In Ordnung, es hat mich sehr gefreut, von dir zu hören.«

Verena stellte das Handy aus, warf es in ihre Handtasche und ging in den Umkleideraum, um zu duschen. Mit diesen beiden Männern zu tun zu haben war ein Alptraum. Wie immer, wenn sie wütend auf Ogden war, fragte sie sich, ob es nicht schädlich für ihr inneres Gleichgewicht sei, enge Beziehungen mit einem Spion zu unterhalten, der ständig damit beschäftigt war, irgendwelche Machenschaften aufzudecken und sein Leben zu riskieren.

Natürlich war es das, gab sie sich selbst zur Antwort. Wie es auch der immer latente Verdacht war, daß all diese Geheimnisse bei passender Gelegenheit eine ausgezeichnete Tarnung wären, wenn er sie betrügen wollte. Außerdem konnte man ihre Beziehung nun sicherlich nicht als normal bezeichnen: Sie lebten in verschiedenen Städten und sahen sich nur unregelmäßig. Alle beide hätten sie ein Doppelleben führen können, ohne daß der andere es bemerkt hätte, so selten waren ihre Begegnungen. Seit sie ihn kannte, hatte sie das Gefühl, in einem Film zu leben. Gewiß, langweilig wurde es nicht, doch auf die Dauer konnte es schon ihre innere Ausgeglichenheit erschüttern.

Was Verena sich nicht eingestehen wollte, war der Anflug von Eifersucht, den sie in sich spürte. Ein heimtückisches und unkontrollierbares Gefühl, das begann, sich ein kleines verborgenes Loch in ihrem Geist zu graben, von wo aus es ungestört seine Tentakeln ausstrecken konnte. Es war tatsächlich das erste Mal, daß Ogden nicht umgehend auf ihre Nachrichten antwortete und daß er sie vor allem für so lange Zeit unbeantwortet ließ. Vor vier Tagen hatten sie miteinander telefoniert und abgemacht, sich am Abend wieder anzurufen. Sie wollten eigentlich ein gemeinsames Wochenende irgendwo organisieren. Doch er hatte sich nicht wieder gemeldet. Das war wirklich neu, zu rechtfertigen nur durch eine gefährliche Situation. Doch Stuart hatte klar gesagt: Ogden ging es ausgezeichnet.

Warum dann dieses Schweigen?

Verena war nie eine Frau gewesen, die sich fügte. Sie hatte einen leidenschaftlichen Charakter, dem sie normalerweise keinen freien Lauf ließ, der jedoch mit einer nur schwer kontrollierbaren Kraft in ihr arbeitete. Wenn ein Zweifel erst einmal begonnen hatte, in ihr zu keimen, wurde sie ihn schlecht wieder los. Und wenn die Umstände eine sofortige eindeutige und erschöpfende Erklärung unmöglich machten, nährte dies ihr charakterbedingtes, tief verankertes Mißtrauen, das schließlich unmäßig anwuchs, bis sie sich am Ende ganz und gar verschloß. In diesen Tagen des Schweigens waren solche Gefühle entstanden, ohne daß sie sich dessen bewußt gewesen war. Und nachdem nun Stuart zugegeben hatte, daß es keine schwerwiegenden Gründe für Ogdens Verhalten gab, wurde nach und nach die Erleichterung darüber, daß Ogden nicht in Gefahr war, verdrängt von einem Gefühl des Grolls.

Sie fand das selbst kindisch. Es gab tausend wichtigere Probleme als Eifersucht in der Beziehung mit einem so unbeständigen Partner, dachte sie. Seit sie Ogden und Stuart kannte, hatte sie Gelegenheit gehabt, der Wahrheit sehr nahe zu kommen: Die Wirklichkeit war nicht so, wie sie schien, und alle lebten, mehr oder weniger bewußt, in einer großen Lügenwelt, die von den Mächtigen geschaffen wurde. Ein Theater, gespickt mit politischer Kriminalität, finanziellen Machenschaften und anderen Verbrechen, bei dem es von vitaler Bedeutung war, sich sein Stück eigene normale Welt herauszulösen, wenn man überleben wollte. Und in letzter Zeit war die Situation erheblich schlimmer geworden. Gerade war ein Krieg vorbei, doch weitere kündigten sich an, ein unbekanntes Virus verbreitete sich und drohte, eine weltweite Seuche auszulösen, wenn es nicht gelingen würde, einen Impfstoff zu finden. Ganz zu schweigen von den täglichen Tragödien, die sich ohne Unterbrechung überall auf der Welt abspielten. Verena war sich darüber im klaren, daß diese übertriebene Sorge um ihre Gefühlsangelegenheiten auch nur eine Art war, sich von der Angst, die die Welt ihr machte, abzulenken. Trotzdem gelang es ihr nicht, diese Gefühle von Wut und Frustration, die Ogdens Verhalten bei ihr auslösten, zu kontrollieren. Aber, sagte sie sich und versuchte, vernünftig zu sein, was konnte sie schon von einem Liebhaber erwarten, der einen Söldnergeheimdienst leitete – vielleicht daß er sich verhielt wie ein Mann mit einem normalem Leben, mit dem man ein Wochenende planen konnte? Das war natürlich lachhaft.

Und doch, trotz dieser Anwandlungen von Vernunft spürte sie Angst in sich aufsteigen, begleitet von einem Stich im Magen. Wenn dies geschah, war es ihr beinahe unmöglich, die Ereignisse einfach abzuwarten. Sie mußte handeln, nur so konnte sie die bange Unruhe besänftigen und eindämmen.

Doch was sollte sie tun? Zum Gebäude des Dienstes gehen, da sie ja nun schon einmal in Berlin war, und es im Auge behalten? Oder vor Ogdens Wohnung warten, bis er nach Hause kam? Viele Frauen reagierten so, und einige waren erfolgreich damit. Im Grunde gefiel es den Männern, wenn man ihnen hinterherlief und unterwürfige Liebe demonstrierte. Doch diese Art von Bespitzeln war ihr zuwider, und allein bei dem Gedanken, sie würde vor dem Haus ihres Geliebten wachen, um ihn abzupassen und ihm bei seiner Rückkehr eine Szene zu machen, war so lächerlich, daß ihre gute Laune zurückkehrte.

»Worüber lächelst du?« fragte Sigrid, als sie aus der Dusche kam.

»Ich dachte daran, wie komisch wir Menschen doch sind«, antwortete Verena.

Sigrid lächelte ebenfalls. »Komisch? Du wirst dich wundern, wie komisch mein Mann wird, wenn er sich darüber ärgert, daß wir mit unglaublicher Verspätung zum Abendessen beim Präsidenten des Rotary Clubs kommen!«

Beide lachten und kleideten sich fertig an.

11

Franz und Jeremy, die beiden Männer des Dienstes, kamen um neun Uhr am Morgen im Gritti an. Ogden hatte Stuart tags zuvor gebeten, sie so bald wie möglich von Berlin aus loszuschicken, damit sie Robert Hibbing möglichst früh zur Verfügung standen. Deshalb waren sie am frühen Morgen mit einem Privatjet des Dienstes nach Venedig geflogen.

Als sie in Ogdens Hotelzimmer kamen, telefonierte er gerade mit Verena und ließ sie deshalb draußen auf dem Gang warten.

Franz lächelte seinem Kollegen verschwörerisch zu, während er die Tür wieder schloß. »Der Chef hat schlechte Laune, sei auf der Hut«, warnte er ihn.

Jeremy war erst seit kurzem beim Dienst und hatte noch nicht direkt unter Ogden gearbeitet. Obwohl er ein Berufskiller war, spürte er eine leichte Nervosität. Ogdens Missionen wurden in der Ausbildung als Lehrbeispiele herangezogen, und die Agenten des Dienstes sprachen von ihm wie von einem Star. Er war stolz darauf, bei dieser Mission dabeizusein, zumal noch eines seiner Idole in den Fall verwickelt war: Robert Hibbing.

Unterdessen ging Ogden mit dem Handy im Zimmer auf und ab.

»Du mußt entschuldigen«, sagte er zu Verena, »doch es ist etwas geschehen, was es mir schwergemacht hat, dich anzurufen.«

»Etwas Ernstes, nehme ich an...«

»Sehr ernst«, sagte er nur.

Es war das erste Mal, seit Verena ihn kannte, daß Ogden von irgend etwas wirklich niedergedrückt schien.

»Du kannst nicht mit mir darüber sprechen?« fragte sie.

»Im Augenblick nicht. Und schon gar nicht am Telefon.«

»Wann können wir uns sehen?«

»Ich komme heute nach Berlin zurück. Sobald ich da bin, rufe ich dich an.«

»Laß mich nicht zu lange warten. Ich mache mir Sorgen.«

»Das mußt du nicht. Ich umarme dich«, verabschiedete sich Ogden herzlich von ihr.

Er steckte das Handy wieder in die Tasche und dachte, daß Verena sich zu Recht gekränkt fühlte, doch er hatte ein wenig Zeit gebraucht, um die Ereignisse der letzten Tage zu verarbeiten. Sie nicht anzurufen hatte ihm das Gefühl gegeben, sie irgendwie von dieser Welt fernzuhalten. Er hatte es fast nicht bemerkt, daß seit ihrem letzten Gespräch drei Tage vergangen waren.

Ogden ging zur Tür und ließ die beiden Agenten hereinkommen. »Grüß dich, Franz. Wie war die Reise?«

»Wunderbar. Diese kleinen Jets sind bequem. Und heutzutage ist es schon angenehmer, keine Mitreisenden zu haben. Nirgendwo Schutzmasken und Handschuhe.«

»Gewiß«, stimmte Ogden ihm zu. »In Zukunft benutzen wir wenn möglich nur noch unsere Flugzeuge. Der Jet, mit dem ihr gekommen seid, bringt mich heute abend zurück nach Berlin, während Hibbing, der ja auch ein Privatflugzeug hat, in Italien mit seinem Tourbus unterwegs sein wird und ihr ihm im Auto folgt. – Du bist sicher Jeremy«, sagte er dann und wandte sich dem neuen Agenten zu. »Willkommen. So, und jetzt stelle ich euch unserem Rockstar vor.«

»Robert Hibbing!« rief Jeremy voller Bewunderung aus. Franz warf ihm einen bösen Blick zu, doch Ogden lächelte.

»Bist du ein Fan von ihm?«

»Natürlich! Er ist der Größte!«

»Ich habe immer gesagt, daß die Agenten des Dienstes Kultur haben«, bemerkte Franz, als sie aus dem Zimmer gingen.

Robbert Hibbing hatte gerade das Frühstück beendet. An diesem Morgen war er entgegen seiner Gewohnheit früh aufgestanden, um fertig zu sein, wenn Ogden kam.

Als sie an die Tür der Suite klopften, ließ der Roadmanager sie eintreten. Er hatte von Hibbing keine befriedigenden Erklärungen über diese Neuzugänge erhalten und betrachtete sie mit wenig Sympathie.

»Nehmen Sie bitte Platz«, sagte er zu den Agenten.

Hibbing saß im Salon und trank seine dritte Tasse Kaffee. Das Konzert und die Ereignisse des Abends sowie eine schlaflose Nacht hatten ihn erschöpft.

»Guten Tag«, sagte Ogden. »Wie fühlen Sie sich?«

Hibbing hob den Blick zu ihm. Seine Augen waren zwei Schlitze.

»Erstaunlich gut«, antwortete er, unterbrach sich aber gleich und wandte sich seinem Roadmanager zu. »Das sind

Freunde von mir«, fuhr er fort und zeigte auf die Agenten, ohne jedoch ihre Namen zu nennen. Die Männer gaben sich die Hand.

»Bitte setzen Sie sich doch«, sprach er weiter und wies auf die anderen Stühle. »Darf ich Ihnen einen Kaffee anbieten? Er ist ausgezeichnet.«

»Nein danke, wir haben schon gefrühstückt«, sagte Ogden und beobachtete amüsiert Jeremy, der sein Idol unentwegt anstarrte. »Wir sollten uns unterhalten«, fügte er hinzu.

»Michael, kannst du uns bitte allein lassen?« sagte Hibbing zu seinem Roadmanager.

Johnson nickte widerwillig. »Wir müssen noch den heutigen Tag planen«, wandte er ein.

»Sicher, doch das tun wir später. Ich möchte in Venedig bleiben und vielleicht einen Ausflug in die Umgebung unternehmen. Aber wir reden nachher noch darüber«, sagte er und gab zu verstehen, daß das Gespräch beendet war.

Als Johnson die Tür hinter sich zugezogen hatte, sah Hibbing Ogden an. »In den Zeitungen steht kein Wort darüber, was gestern abend geschehen ist«, sagte er perplex.

»So soll es auch sein«, meinte Ogden, dachte an Alimante und fragte sich, wo seine Männer die Leiche Hattwoods hingeschafft hatten und wo wohl der Bodyguard abgeblieben war.

»Das ist Franz, meine rechte Hand. Sie haben sich vor Jahren in Ascona kennengelernt. Und das hier ist Jeremy, ein weiterer Agent des Dienstes. Die beiden werden ein bißchen bei Ihnen bleiben, mindestens bis zum Ende der Europatournee.«

Hibbing sah zuerst den einen, dann den anderen an. »Freut mich sehr. Ich hoffe, das Leben auf Tournee wird nicht zu langweilig für Sie.«

»Keine Sorge«, sagte Franz. »Wir sind beide seit Jahren große Bewunderer von Ihnen. Nicht wahr, Jeremy?«

Der Agent, der um die Dreißig sein mußte, lächelte verlegen. »Jemanden wie Sie gibt es in der ganzen Geschichte der Rockmusik nicht mehr, Mr. Hibbing. Es ist eine Ehre für mich...«

Der Sänger lächelte zufrieden. Es freute ihn immer, wenn junge Leute seine Musik liebten. »Ich danke Ihnen beiden.«

»Ich vertraue Sie ihnen an. Sie sind in besten Händen«, sagte Ogden. »Ich bitte Sie, weniger unabhängig als gewöhnlich zu sein, Franz und Jeremy müssen Ihnen vierundzwanzig Stunden am Tag auf den Fersen bleiben. Verstehen Sie, was ich meine?«

Hibbing nickte. »Machen Sie sich keine Sorgen. Die Erfahrung von gestern abend genügt mir...«

»Dann darf ich mich von Ihnen verabschieden. Ich fliege nach Berlin zurück. Was den heutigen Tag angeht: Wenn Sie wirklich durch Venedig streifen wollen, können Sie das gerne tun, aber nicht ohne die beiden«, sagte er und zeigte auf die zwei Agenten.

Hibbing nickte. »Einverstanden. Und noch einmal vielen Dank.«

Ogden wandte sich der Tür zu, und der Sänger begleitete ihn.

»Was wollen Sie jetzt mit diesen Leuten tun?« fragte er leise.

»Für den Augenblick haben wir Sie von Hattwood befreit. Und es sieht so aus, als würde man sehr weit oben viel Wert auf Sie legen.«

»Besser so…« Hibbing macht eine gereizte Bewegung mit der Hand, als wollte er irgend etwas verscheuchen, das ihn störte. »Wann sehen wir uns wieder?«

»Vielleicht am Ende Ihrer Tour durch Italien. Doch zögern Sie auf keinen Fall, mich zu jeder Zeit anzurufen, ganz egal, worum es geht. Viel Glück.«

»Gleichfalls. Ich kenne diese Leute, seien Sie auf der Hut«, ermahnte er ihn.

Ogden nickte und drückte die Hand, die der Sänger ihm reichte, dann sah er noch einmal Franz an.

»Informiere mich täglich über eure Tournee«, sagte er mit einem Zwinkern, bevor er das Zimmer verließ.

Hibbing schloß die Tür und wandte sich den beiden Agenten zu. »Also, Jungs, was wollt ihr hören?« fragte er und griff zur Gitarre.

12

Der Präsident ist ein Mensch, der über außergewöhnliche Macht verfügt, die er jedoch mit außergewöhnlichen Beschränkungen ausübt.«

Die Worte John Fitzgerald Kennedys gingen Richard Willington, dem Berater des Präsidenten, nicht aus dem Kopf, als er mit schnellem Schritt in den Westflügel vom Weißen Haus eilte, um in sein Büro zu gelangen. Nichts, das wahrer und nichts, das ewiger wäre, sagte er sich. Hätte Kennedy sich nicht darauf beschränkt, diese Worte zu sagen, sondern sich auch wirklich daran gehalten, dann hätte er es vielleicht vermeiden können, daß sie ihn wie einen Hund in Dallas töteten.

Schnee von gestern. Heute hatten sich die Dinge wirklich verändert; nur das ausgesprochen geschmackvolle Mobiliar, das Jacqueline Kennedy damals ins Weiße Haus hatte bringen lassen, etwa die 1817 in Frankreich hergestellten, wundervollen Empiremöbel im Blue Room, waren noch da. Doch diese Frau, dachte er mit einem Anflug von Verachtung, war im Grunde eine Europäerin.

Noch nie waren die Beziehungen zu Europa so katastrophal schlecht gewesen wie im Augenblick. Krieg bis zum letzten Blutstropfen, das war etwas anderes als die verbalen Scharmützel zwischen dem amerikanischen und dem französischen Präsidenten, um die es in der internationalen Presse ging. Die europäische Elite hatte der amerikanischen den Krieg erklärt – und Krieg würde es geben.

Die Ereignisse des Vortages in Venedig waren für Willington von nicht geringer Bedeutung. Als Berater des Präsidenten war er einer der glühendsten Verfechter der Meinung, daß die Heilige Lanze wichtig für das Gelingen ihrer Pläne sei, und bereit, alles dafür zu tun, daß sie in ihrem exklusiven Besitz blieb. Es hatte keine Bedeutung, ob zu diesem Zeitpunkt ernstere Vorkommnisse die amerikanische und internationale Politik erschütterten und seine totale Aufmerksamkeit erforderten; dessen ungeachtet war er entschlossen, sich persönlich um das Problem zu kümmern. Alimante und die Seinen würden für diesen dilettantischen Versuch, die Lanze zurückzuholen, teuer bezahlen müssen. Das hieß jedoch nicht, daß er vorhatte, den Präsidenten über die ganze Angelegenheit ins Bild zu setzen.

Willington betrat sein Büro, und nach wenigen Sekunden kam Cary Brown, der Stabschef, zu ihm, der gerade ein Gespräch mit dem Präsidenten gehabt hatte.

Die beiden Männer gaben sich die Hand, und Willington lächelte. »Alles in Ordnung, Cary?«

Der andere nickte. »Alles in Ordnung. Ich glaube, es wäre gut, wenn wir uns heute abend beim Essen miteinander unterhielten. Wir könnten uns bei mir zu Hause treffen. Gegen sieben. Kannst du das einrichten?«

»Auf jeden Fall. Wir haben keine Zeit zu verlieren. Hast du Kontakt mit den Personen aufgenommen, von denen wir gestern gesprochen haben?« fragte Willington.

»Natürlich. Außerdem habe ich eine Neuigkeit. Todd ist

nach Venedig geflogen, um bei dem Antiquitätenhändler seines Vertrauens Gemälde zu kaufen. Deine Tochter wird also noch warten müssen, bis sie ihm ihren kleinen Pissarro zur Prüfung vorlegen kann«, fügte er mit einem Zwinkern hinzu.

»Wie schade! Eleonor hat es sehr eilig zu erfahren, ob sie einen wertlosen alten Schinken gekauft oder das Geschäft ihres Lebens gemacht hat«, bemerkte Willington mit einem Anflug von Zärtlichkeit in der Stimme, der für die Mikrophone gedacht war.

»Ja die Frauen«, rief Brown aus, der ein eingefleischter Junggeselle war. »Jetzt muß ich aber gehen, ich habe noch einige Dinge zu erledigen. Wir sehen uns später.«

Die beiden wechselten einen einverständlichen Blick. Ihre kurze verschlüsselte Unterhaltung war für den Augenblick beendet. Doch sie würden in wenigen Stunden weiterreden, in Willingtons Haus, wo keine fremden Ohren mithören konnten.

13

Am frühen Nachmittag erreichte Ogden den Sitz des Dienstes in Berlin. Als er Stuarts Büro betrat, telefonierte dieser gerade. Er gab ihm ein Zeichen, sich zu setzen, und beendete das Gespräch nach kurzer Zeit.

»Da bist du ja endlich. Gute Reise gehabt?«

Ogden nickte. »Ja, war sehr angenehm. Ich beginne die Präventivmaßnahmen gegen die asiatische Epidemie langsam zu schätzen.«

Stuart lachte. »Um so besser, dieser Jetpark hat uns ein Vermögen gekostet! Also dann: Was weißt du über die Lanze und dieses Dossier zu Senator Todd, das mir heute morgen gebracht worden ist?« fragte er und hob eine Akte hoch.

»Die Lanze ist im Augenblick weniger wichtig. Die unangenehmen Neuigkeiten sind, daß die amerikanische Elite sich anschickt, die Erdbevölkerung durch eine Pandemie zu dezimieren, und daß Alimante einen Maulwurf hat, der den Amerikanern Informationen zuträgt. Bisher hat er sich darauf beschränkt zu hinterbringen, daß wir damit beauftragt worden sind, die Lanze zu beschaffen. Aber ich würde mir keine Illusionen machen. Auf jeden Fall bin ich enttarnt, und der Dienst mit mir.«

Stuart sah ihn besorgt an. »Wann hast du das erfahren?«

»Vergangene Nacht, von Todd«, antwortete Ogden und erzählte ihm von der Unterredung, die er mit dem Amerikaner gehabt hatte.

»So steht es also«, sagte er zum Schluß. »Es könnte alles ein Bluff sein, das neue Virus und der Hinweis auf den Ort, wo sich die Lanze befinden soll. Aber ich glaube es nicht, der alte Senator kam mir aufrichtig vor. Deshalb habe ich heute nacht unser Archiv angerufen, damit sie mir sein Dossier heraussuchen. Jedenfalls, egal ob er blufft oder nicht, sie wissen offenbar, daß wir in die Sache verwickelt sind.«

Stuart nickte nachdenklich. »Was die Pandemie angeht, ist leider alles wahr, das weiß ich aus sicheren Quellen. Sie wollen die Weltbevölkerung dezimieren, weil es dann leichter ist, sie zu kontrollieren. Daß die amerikanische Elite weiß, daß wir mit im Spiel sind, beunruhigt mich nicht so sehr. Früher oder später mußten sie das erfahren, es ist nicht mehr wie in alten Zeiten. Heutzutage stehen fünfzig Prozent der Geheimdienste im Sold der amerikanischen Elite gegen die anderen fünfzig Prozent im Sold der europäischen Elite. Ich hatte erwartet, daß irgend jemand ausplaudern würde, daß wir den Job übernommen haben, auch wenn ich zugegebenermaßen nicht so früh damit gerechnet habe. Doch so absurd das scheinen mag, es spielt gar keine so große Rolle«, schloß Stuart und zuckte die Achseln.

Ogden schien nicht überzeugt. »Mag sein, doch als ich Franz und Jeremy mit ihrem Auftrag losgeschickt habe, hatte ich das unangenehme Gefühl, sie direkt ins Unheil zu jagen.«

»Du übertreibst«, versicherte Stuart. »Sie hatten uns

schon vorher im Visier, nur daß wir jetzt mehr Verbündete haben. Gewiß, diesen Hattwood zu eliminieren war möglicherweise ein bißchen voreilig…«

Ogden verzog die Lippen zu einem eisigen Lächeln. »Vielleicht wäre ich nicht so drastisch vorgegangen, wenn ich gewußt hätte, daß wir schon enttarnt waren. Vielleicht…«

Stuart sah ihn ironisch an. »Du hättest es trotzdem getan«, beendete er die Diskussion. »Erzähl weiter.«

»Natürlich habe ich Alimante, gleich nachdem Todd gegangen war, über den Maulwurf informiert, jedoch verschwiegen, was der Senator mir über die Pandemie gesagt hat. Bevor wir ihn darüber unterrichten, müssen wir sicher sein, daß die Europäer da nicht mitmischen.« Ogden reichte Stuart den Bericht, den er auf dem Flug von Venedig nach Berlin geschrieben hatte. »Hier ist der detaillierte Bericht über meinen Aufenthalt in Venedig, einschließlich der Enthüllungen von Senator Todd.«

»Wie hat Alimante reagiert?«

Ogden lächelte bei der Erinnerung daran. »So unbeeindruckt er sich auch geben mochte: Der Merowinger ist fast vom Stuhl hochgesprungen, als er von Todd und dem Informanten erfahren hat, der sich Baphomet nennt.«

»Baphomet?« rief Stuart entgeistert aus. »Wie lächerlich!«

»Na ja, wenn du dich einmal in ihre Sichtweise hineinversetzt – Baphomet war die mysteriöse Kultfigur der Tempelritter, von denen zumindest wir normalen Sterblichen wenig oder nichts wissen. Genauso wenig wie von dem Informanten übrigens. Wir müssen uns an ihren Glauben, ihre Gottheiten, Riten und diversen Merkwürdigkeiten gewöhnen. Denn die Welt wird offensichtlich im Zeichen dieser Dinge regiert.«

Stuart nickte. »Man muß sich wohl tatsächlich damit abfinden«, gab er widerwillig zu. Dann schlug er Todds Akte auf und überflog sie rasch.

»Der Senator scheint vertrauenswürdig zu sein«, meinte er, als er wieder hochsah.

»Ja, meiner Ansicht nach ist er das. Und er setzt bei dem, was er tut, sein Leben aufs Spiel. Er gehört zu der Elite alter Schule, und es gefällt ihm nicht, wie sich die Dinge entwickeln. Außerdem erwartet er, daß der Dienst etwas dagegen unternimmt, daß noch massiver Viren über die Welt verbreitet werden, als es jetzt schon in China geschieht.« Ogden gab Stuart zwei DVDs. »Hier findest du das gesamte Material über die Mikrobiologen, die man eliminiert hat, und die anderen, die noch leben, doch Gefahr laufen, das gleiche Schicksal zu erleiden. Außerdem enthält eine DVD so explosive Enthüllungen, daß sie, sollten sie verbreitet werden, viele wichtige Leute hochgehen lassen würden, vielleicht sogar die gegenwärtige amerikanische Regierung. Am besten siehst du dir alles möglichst bald an.«

Stuart nahm die DVD. »Willst du damit sagen, Todd erwartet tatsächlich von uns, daß wir uns gegen diese Leute stellen?« frage er überrascht.

»Er hat uns unter Lebensgefahr diese Beweise zukommen lassen und hofft, daß wir etwas unternehmen …«

Stuart starrte ihn bestürzt an. »Sag mir, daß es nicht wahr ist!« rief er aus. »Du willst doch nicht etwa auf diesen verrückten alten Mann hören? Es gibt nichts, was wir machen können, ohne selbst vernichtet zu werden.«

»Mir scheint klar, daß man angesichts des Projekts der Elite höchstwahrscheinlich sowieso durch ihre ekelhafte Krankheit eliminiert wird. Also habe ich die Absicht, die Informationen zu nutzen, die Todd uns geliefert hat. Wenn ein Virus – wie in diesem Fall – im Laboratorium erzeugt worden ist, dann ist auch eine Impfung vorbereitet worden, mit der sich diese Hurensöhne immunisieren. Ich habe vor, es so zu machen, daß sie nicht die einzigen sind, denen diese Impfung zugute kommt. Natürlich ohne Mikrochip.«

Stuart drehte die Augen zum Himmel. »O Gott! Du mußt verrückt geworden sein ...«

Ogden sah ihn ernst an. »*Du* bist verrückt geworden, wenn du lieber nichts tust, während die sich anschicken, die halbe Welt zu verseuchen, uns eingeschlossen! Wir werden die Lanze beschaffen, ohne daß unsere Auftraggeber ahnen, daß wir dabei etwas ganz anderes suchen. Wir sind geschützter, wenn wir für sie arbeiten, das hast du ja selbst gesagt ...«

Stuart sprach eine Weile kein Wort. Dann nickte er. »Ich nehme an, daß es sinnlos ist, dich davon abbringen zu wollen ...«

»So ist es.«

»Na gut. An irgend etwas muß man ja sterben ...«

»Besser durch eine Kugel als an einem Virus«, meinte Ogden.

»Was wird Todd tun?« fragte Stuart.

»Er hat mir gesagt, daß er in Italien bleibt, unter dem Schutz von Alimante, der sehr dankbar dafür ist, daß Todd ihm verraten hat, wo sich die Lanze befindet. Auf diese Art wird er – indem er sich die Freundschaft zunutze macht, die ihn mit dem Italiener verbindet – versuchen herauszufinden, ob auch die Europäer in das Pandemie-Projekt verwickelt sind. Wir beschaffen die Lanze, und wenn es Todd nicht gelungen ist, etwas herauszubekommen, kümmern wir uns darum, Alimante zum Sprechen zu bringen. Der Senator wird unser Maulwurf bei der europäischen Elite sein«, sagte Ogden.

Stuart schüttelte den Kopf. »In achtundvierzig Stunden ist es dir gelungen, ein vierfaches machiavellistisches Spiel zu inszenieren. Ich denke langsam, daß Alimante nicht so ganz unrecht hatte, dich quasi als Verwandten zu betrachten. – Und der große Rockstar?«

»Es steht einiges über ihn in meinem Bericht. Er ist jahrelang ihr Opfer gewesen, eine unglaubliche Geschichte. Er hat eine beachtliche Stärke gezeigt und nicht mit der Wimper gezuckt, als ich Hattwood eliminierte«, sagte Ogden.

Stuart lächelte. »Ich sehe, er ist dir sympathisch. Erinnerst du dich noch an die Isle of Wight?«

Ogden nickte. »Natürlich erinnere ich mich, damals schienen viele Dinge möglich. Die Welt ist schon immer eine Kloake gewesen, doch nach dem, was wir erfahren haben, stinkt diese Kloake mehr, als selbst Leute wie wir annehmen konnten. Das einzige, was sie lebenswert macht, ist die Kunst und alles, worin sie sich ausdrückt. Also versuchen wir doch wenigstens sie zu erhalten, indem wir die Künstler beschützen.« Ogden machte eine wütende Handbewegung. »Wenn ich könnte, würde ich jeden eliminieren, der zu dieser Scheißelite gehört, angefangen bei den einfachen Laufburschen, die auf ihrer Gehaltsliste stehen. Doch da ich nicht Gott bin – der nicht existiert, sonst würde er dieses Gemetzel nicht zulassen –, tue ich, was ich kann. Deshalb habe ich Hattwood getötet. Ich war erbittert, und er war allzu sicher, unantastbar zu sein. Durch ihre Arroganz werden sie zum Schluß verlieren. Alimante und Todd haben recht: Die neue Generation der Mächtigen leidet unter dieser Dummheit, die mit der Machtfülle gekommen ist. Deshalb werden sie früher oder später besiegt werden. Wenigstens hoffe ich das«, fügte er mit wenig überzeugter Miene hinzu.

Stuart hatte ihn bei diesem Ausbruch aufmerksam beobachtet. Seit den Ereignissen in Wien und der Geschichte mit Veronica Mantero war es immer schwierig, wenn nicht unmöglich gewesen, Ogden in die Logik des Dienstes einzubinden. Doch nun, da die Karten auf diese absurde Weise neu gemischt worden waren, gab es keinerlei Logik mehr, die ihn bändigen konnte.

»Ich verstehe dich«, gab er zu, und das stimmte. »Doch du mußt deine Wut zurückstellen, sie macht ebenso unvorsichtig wie die Arroganz.«

Ogden nickte. »Mach dir keine Sorgen, Hattwood wird ein Einzelfall bleiben. Doch um auf Hibbing zurückzukommen: Ich will nicht, daß ihm irgend etwas geschieht, und Alimante will das übrigens auch nicht. Franz und Jeremy werden Hibbing im Auge behalten, bis er in die Vereinigten Staaten zurückkehren kann.«

»Immer angenommen, daß er zurückkehren kann…«, bemerkte Stuart.

»Gewiß, wir werden sehen. Dann laß uns jetzt damit anfangen, uns um die verdammte Lanze zu kümmern. Sie zahlen übrigens ausgesprochen gut. Alimante ist tatsächlich von unserer Zugehörigkeit zu ihrer Rasse überzeugt, und wahrscheinlich verdanken wir auch diesem Umstand die astronomische Summe, mit der wir entlohnt werden«, sagte er amüsiert.

»Endlich eine gute Nachricht!« rief Stuart aus.

14

Nachdem er Stuart verlassen hatte, ging Ogden in seine Wohnung im Nikolaiviertel, nicht weit vom Sitz des Dienstes entfernt. Verena würde ihn dort in Kürze besuchen.

Die Wohnung war in Ordnung, und dem Angestellten des Dienstes, der sich um das Haus kümmerte, fehlte es auch nicht an Sinn für freundliche Aufmerksamkeiten. Er hatte Blumen gekauft und sie geschmackvoll in dem fast leeren großen Raum plaziert, der als Wohnzimmer diente. Auch das Reinigungspersonal war – wie jeder, der im Umfeld der Agenten mit irgendeiner Routineaufgabe beschäftigt war – dem Dienst direkt unterstellt und strengen Sicherheitsregeln unterworfen.

Ogden sah nach, ob es im Kühlschrank etwas zu trinken gab, und schaltete dann den Computer ein. Er hatte von den DVDs, die Senator Todd ihm gegeben hatte, Kopien angefertigt und die Originale bei Stuart gelassen. Es war das erste Mal, daß er sich so verhielt, normalerweise nahm er in seine Wohnung nichts mit, was mit Arbeit zu tun hatte. Doch er wollte die DVDs in Ruhe ansehen, denn in Venedig hatte er nur einen Blick auf sie werfen können. Eine der DVDs enthielt eine große Anzahl Daten, Namen von Personen, die leitende Positionen in der amerikanischen und europäischen Elite innehatten, und Angaben über ihre Beziehungen auf internationaler Ebene; Leute von der Spitze der Pyramide bis hinunter zur Basis, eingeschlossen die ahnungslosen Handlanger, die für die Elite arbeiteten, ohne auch nur zu ahnen, daß es sie überhaupt gab. Die Liste umfaßte auch die fünfzehn innerhalb kürzester Zeit unter verdächtigen Umständen ums Leben gekommenen Mikrobiologen. Die andere DVD hingegen enthielt hochgradig kompromittierende, von wer weiß wem und wer weiß wie aufgenommene Bilder einiger Spitzenvertreter der internationalen Politik und Finanzwelt in verfänglichen Situationen. Nachdem Ogden diese zweite DVD in den abgeschirmten Laptop gesteckt und einen Blick darauf geworfen hatte, nahm er sie wieder heraus und ersetzte sie durch die mit der Namensliste. Während er sie durchging, klingelte es an der Haussprechanlage. Ogden holte die DVD aus dem Computer, nahm auch die andere und ging zur Stereoanlage, wo er ein paar Musik-CDs stehen hatte. Er entschied sich für eine von Robert Hibbing, zog sie aus der Hülle und legte sie in eine Schublade, steckte dann die beiden DVDs des Dienstes in die Plastikhülle und ging zur Sprechanlage, um zu öffnen.

Verena war noch im Aufzug, als ihr Handy läutete. Es war Sigrid, die gerade vom Café Kranzler kam, wo sie einen Tee getrunken hatte.

»Hallo, meine Liebe«, begrüßte die Freundin sie mit fröhlicher Stimme. »Ich möchte dir einen Rat geben. Kannst du reden?«

»Natürlich. Ich bin noch im Aufzug. Was für einen Rat?«

»Ich kenne dich. Ich weiß, was du in diesem Moment denkst.«

»Nämlich?« fragte Verena, die sich ertappt fühlte.

Sigrid lachte auf. »Welche Haltung ist eher angebracht? Soll ich die Beleidigte spielen, weil er ein Mistkerl ist und sich tagelang nicht gemeldet hat, oder ist es besser, ich sehe darüber hinweg?« sagte sie und machte dabei Verenas Stimme nach.

Verena antwortete nicht sofort. Sigrid hatte Ogden nie kennengelernt, und sie hatte natürlich nicht die leiseste Ahnung, was er wirklich von Beruf war. Verena hatte ihr erzählt, er sei Kunstbuchverleger, und ihre Vertraulichkeiten auf kleine harmlose Geschichten über ihre Beziehung beschränkt. Außerdem war Ogdens Tarnung hieb- und stichfest. La Nova Caledonia war ein real existierender Verlag mit regelmäßigen Veröffentlichungen.

»Du kannst ganz beruhigt sein«, antwortete sie. »Ich werde mich damit zufriedengeben, ihn spüren zu lassen, daß er sich schlecht benommen hat. Doch ohne eine Szene zu machen...«

»Weißt du, meine Liebe«, fuhr Sigrid in mütterlichem Tonfall fort, »die Männer sind anders als wir, falls du das noch nicht bemerkt haben solltest. Für sie zählt die Arbeit mehr als alles andere. Für uns Frauen dagegen kommt zuerst die Liebe...«

Verena seufzte, als sie diese Banalitäten hörte. Es war ein Thema, das Sigrid und sie schon mehr als einmal besprochen hatten. Ihre Freundin war davon überzeugt, daß für die meisten Frauen die Beziehungen zum anderen Geschlecht absolute Priorität hätten. Verena hatte versucht, ihr zu erklären, daß es leider oder zum Glück bei ihr nicht so sei. Die Welt der Gefühle war ein unsicheres Terrain, auf dem sie sich vorsichtig bewegte, und sie hatte dieser Welt nicht erlaubt, den wichtigsten Platz einzunehmen. Ihre Beziehungen zu den Männern, angefangen bei dem Verhältnis zu ihrem Vater, hatten sich immer als schwierig erwiesen. Vielleicht hatte sie deshalb vor vielen Jahren beschlossen, sie in ihrer persönlichen Rangordnung mindestens auf den zweiten Platz zu verbannen, wenn nicht gar auf den dritten. Der Liebe zwischen Mann und Frau zog sie das Gefühl der Freundschaft vor, gefolgt von der Leidenschaft für die Kunst. Sie wußte gut, daß eine solche Einstellung nicht normal war, doch sie hatte sich nie der Illusion hingegeben, normal zu sein. Sie war sich allerdings darüber im klaren, daß die Rangfolge deutlich anders gewesen wäre, wenn sie Kinder gehabt hätte. Wahrscheinlich hätte dann der erste Platz ihnen gehört. Doch sie hatte keine Kinder, also blieb sie bei dieser Rangverteilung.

Bis Ogden in ihr Leben getreten war. Vielleicht hing es damit zusammen, daß er ihr und ihrem Neffen Willy das Leben gerettet hatte. Durch den Umgang mit ihm war außerdem ihre Sicht der Welt buchstäblich auf den Kopf gestellt worden: Alles, was ihr einst richtig vorgekommen war, hatte sich als falsch herausgestellt, was seltsamerweise dazu führte, daß sich ihr Gefühl, mit dem Rest der Menschheit nur wenig gemein zu haben, deutlich abschwächte. Wenn sie nicht normal war, als was konnten sich dann diese Verbrecher, die die Welt regierten, begreifen? Seit ihr klar war, daß nichts war, wie es schien, hatten die Gewißheiten von einst dieser neuen Realität Platz gemacht, die noch beunruhigender erschien. Denn auf gewisse Art war es immer noch weniger beängstigend zu denken, daß mit ihr selbst etwas nicht stimmte, als zu entdecken, daß das ganze System auf einer großen Lüge beruhte.

Der Aufzug kam oben an, während Sigrids Stimme erneut aus dem Handy drang.

»Bist du noch dran, Liebes?«

»Ja, ja«, antwortete Verena. »Mach dir keine Sorgen, ich werde nicht alles mit einer meiner eiskalten Szenen ruinieren, wenn es das ist, was du fürchtest ...«

»Dann ist gut!« sagte die Freundin erleichtert. »Ich sehe, daß du dich kennst, denn die Bezeichnung ›eiskalt‹ für deine Auftritte ist passend. Also leg den Armen nicht auf Eis, wenn dir das möglich ist! Und grüße ihn unbekannterweise von mir.« Sie beschloß das Gespräch mit einem Kichern und legte dann auf.

Als Verena gerade klingeln wollte, öffnete Ogden lächelnd die Tür. Sie umarmten sich, dann gingen sie in die Wohnung.

»Viele Grüße von Sigrid«, sagte Verena und ließ ihre Handtasche auf die Couch fallen.

»Von wem?« fragte er, gleich voller Argwohn. Er hatte es immer vermieden, Verenas Freunde kennenzulernen. Von Anfang an hatte er ihr, ohne es offen auszusprechen, zu verstehen gegeben, daß niemand etwas von ihrer Beziehung wissen dürfe. In der ersten Zeit war es für sie einigermaßen schwierig gewesen, diese Abschottung zu akzeptieren, doch dann schien sie sich daran gewöhnt zu haben.

»Nur keine Panik«, sagte Verena und trat näher zu ihm hin, »sie ist eine alte Freundin, wir kennen uns seit unserer Kindheit. Sie weiß, daß ich einen Liebhaber habe, der Verleger ist, aber sie hat keine Ahnung, wer es sein könnte.«

»Sehr gut«, sagte Ogden mit einer gewissen Verlegenheit. Im Augenblick wurde ihm mehr denn je klar, daß dieses Leben, das einzige, das er ihr zu bieten vermochte, sie nicht glücklich machen konnte. Er hatte es von Anfang an gewußt, und sie hatten oft darüber gesprochen, doch Verena hatte immer behauptet, es sei kein Problem, ihr Leben sei so in Ordnung: Sie hatte ihre Freunde, die Literatur, ihre Interessen, und sie spürte nicht das Bedürfnis, eine feste Beziehung vorzeigen zu müssen, und erst recht nicht einen Ehemann. Doch es war unbestreitbar, vor allem im Augenblick, daß ihre Beziehung für sie ein Risiko bedeutete. Verena war noch jung, sie könnte sich noch ein Leben mit jemandem aufbauen, der nicht ständig in Lebensgefahr schwebte und sie mit hineinzog.

»Ich bin froh, dich zu sehen«, sagte Verena. »Wenn du darüber sprechen kannst, würde ich mich freuen zu erfahren, was geschehen ist. Wenn nicht, macht es auch nichts«, fügte sie in einem beruhigenden Ton hinzu, als hätte sie seine Gedanken gelesen.

Ogden sah sie an. Sie war schön, wie immer. Auch wenn ihm schien, daß ihr Blick, stets irgendwie traurig, an diesem Tag noch ein wenig trauriger war. Doch vielleicht war es bloß ein Eindruck, verursacht durch das neue und unangenehme Gefühl der Ohnmacht, das er gegenüber allen und allem empfand, seit diese verdammte Geschichte begonnen hatte.

»Ich bitte dich noch einmal um Verzeihung dafür, wie ich mich dir gegenüber verhalten habe. Wie ich dir schon am Telefon gesagt habe, war ich mit einer ziemlich schwierigen Sache beschäftigt«, fing er an. Doch er unterbrach sich gleich, angewidert von dieser Schönfärberei. Er seufzte und setzte noch einmal an. »In Wirklichkeit ist es so, daß ich etwas erfahren habe, was mich zutiefst erschüttert hat.«

Sie sah ihn erstaunt an. So etwas hatte er noch nie gesagt. Und daß er so etwas überhaupt zugab, war wirklich neu. Verena begann sich ernsthaft Sorgen zu machen, doch sie sagte kein Wort.

»Mein Schweigen ist wahrscheinlich aus der Illusion zu erklären, daß ich meinte, ich könnte dich dadurch heraushalten«, fuhr er fort. »Wie dumm von mir! Was ich erfahren habe, betrifft nicht nur eine Gruppe, einen Kreis von Leuten, eine Nation, eine Sekte oder irgend etwas in der Art, sondern alle Bewohner dieses verdammten Planeten, dich eingeschlossen. Es war keine angenehme Entdeckung...«, schloß er in einem Ton, der keinen Zweifel an dem Ernst der Lage ließ.

Verena empfand seine Nervosität, die so ungewohnt war, und wurde davon angesteckt. Sie bedauerte es, daß er sie nicht ganz banal betrogen hatte. Schließlich hatten sie ja keinen Treuevertrag miteinander geschlossen. Sie spürte das Bedürfnis, diesen Gedanken zu äußern, in dem ungeschickten Versuch, dadurch die Spannung zu verringern.

»Wenn es wirklich so schlimm ist, dann tut es mir leid, daß du nicht wegen einer anderen Frau geschwiegen hast«, sagte sie mit einem Lächeln.

Ogden nickte und lächelte ebenfalls. »Das wäre ein Problem normaler Menschen...«, meinte er und sah ihr in die Augen. »Doch leider sind wir ja keine normalen Menschen. Auch wenn ich möchte, daß zumindest du wieder normal leben kannst.«

Eine Alarmglocke schrillte in Verenas Kopf. Sie antwortete nicht gleich, sondern ging zum Servierwagen und schenkte sich einen Cognac ein.

»Willst du auch einen?« fragte sie und wandte sich ihm zu.

Ogden nickte. »Ja, gern. Das ist kein Scherz, Verena. Für deine Sicherheit wäre es besser, wenn du nichts mehr mit mir zu tun hättest, und auch nichts mit alldem, was mich umgibt...«

Verena drehte sich wieder zu ihm hin und reichte ihm ein Kristallglas, das sie viel zu voll gegossen hatte.

»Versuchst du mich loszuwerden?« fragte sie, setzte sich in einen Sessel und schlug die Beine übereinander.

Ogden nahm ihr gegenüber Platz. Draußen war es inzwischen dunkel geworden, er knipste eine Tischlampe an, und ein schwaches Licht füllte das Zimmer mit Schatten. Er fühlte sich müde, todmüde.

»Ich fürchte um dein Leben, Verena. Das ist keine Neuigkeit, ich habe immer Angst gehabt, daß dir wegen mir irgend etwas zustoßen könnte. Doch jetzt ist alles viel schlimmer geworden, und ich bin mir nicht mehr sicher, ob ich oder der Dienst in der Lage sind, dich zu beschützen...«, gestand er mit leiser Stimme.

Verena schob eine lange Haarsträhne zur Seite und sah ihn weiter still an. Eine Weile blieben sie so sitzen, ohne zu sprechen, dann trank sie ihren Cognac aus und stellte ihr Glas auf das Tischchen.

»Was ist los?« fragte sie nur.

»Ich kann nicht darüber sprechen. Je weniger du weißt, desto besser ist es...«

»Mein Gott, das hört sich an wie der Dialog in einem drittklassigen Film!« rief sie gereizt aus.

»Tut mir leid, daß das Drehbuch der Situation nicht gerecht wird, doch das kann ich nicht ändern.«

»Sag mir wenigstens, wo du gewesen bist«, forderte sie und brachte ihn damit erst recht in Verlegenheit.

Ogden sah sie überrascht an, dann lächelte er und schüttelte den Kopf. Diese Frau war wirklich unglaublich. Sie waren dabei, ihre Beziehung abzubrechen, und sie wollte von ihm wissen, wo er gewesen war.

»Ist das wichtig?« fragte er.

Verena zuckte die Schultern. »Alles ist wichtig. Wenigstens das könntest du mir sagen. Oder nicht?«

»In Venedig«, war alles, was er sagte.

»Wirklich? Warst du bei dem Konzert von Robert Hibbing?« fragte Verena, nur um irgend etwas zu sagen.

Er war verblüfft. Es war typisch für sie, daß sie ins Schwarze traf oder doch jedenfalls erstaunlich nahe herankam.

»Bist du ein Fan von ihm?« wollte er wissen und wich ihrer Frage aus.

»Natürlich! Hibbing ist der Mozart der modernen Musik! Habe ich dir nie gesagt, wie genial ich ihn finde?«

Ogden lachte, und sie freute sich darüber. Sie hatte die Atmosphäre auflockern wollen, und es war ihr gelungen.

»Nein, das hast du mir nie gesagt.«

»Aber du hast nicht auf meine Frage geantwortet...«, hakte Verena nach.

Ogden seufzte. »Ja, ich bin beim Konzert gewesen. Hibbing ist ein alter Freund von mir.«

Verena war zu intelligent, um nicht die Verbindung zu ahnen, die zwischen dieser Antwort und dem bestehen könnte, was sie bis dahin besprochen hatten. Sie sah ihn an und riß vor Überraschung die Augen auf.

»Sag mir nicht, daß auch er in deine Mission verwickelt ist!«

Ogden seufzte verärgert. »Verena, laß das bitte! Und hören wir auf damit, um das eigentliche Problem herumzureden, ich meine: uns beide.«

Es folgten einige Sekunden des Schweigens, dann erhob sie sich aus dem Sessel und setzte sich auf seine Knie.

»Genau, hören wir auf, darum herumzureden...«, sagte sie und küßte ihn.

Die Gefühle, die Ogden für Verena empfand, waren eine Mischung aus Leidenschaft und Zärtlichkeit, ein Cocktail, der ihm gefährlich vorkam, gegen den er jedoch nichts tun konnte, er mußte es einfach aushalten. Leider war sie sich dessen nicht recht bewußt, denn in ihrer zwanghaften Unsicherheit hatte sie nie geglaubt, daß er sie wirklich lieben könnte, was auch immer das heißen mochte. Doch wenn sie zusammen waren, vergaßen sie alle beide ihre eigene Unfähigkeit. Und dies war mehr, als sie je mit irgendeinem anderen Menschen erreicht hatten.

Ogden nahm sie auf den Arm und trug sie ins Zimmer. Er legte sie aufs Bett, küßte sie innig und zog sie dabei langsam aus. Verena schien versunken, weit weg, doch ihr Körper reagierte voller Leidenschaft auf sein Verlangen. Sie liebten sich lange, ohne zu sprechen, bisweilen mit wilder Lust. Am Ende, ohne daß Ogden es bemerkte, stahlen sich ihr ein paar Tränen aus den Augen, als sie ihm in die Schulter biß.

Die Leidenschaftlichkeit Verenas war durch den Groll gegenüber diesem Mann, der sich anschickte, sie zu verlassen, noch angestachelt worden. Er verstand es, ließ es sie aber nicht merken. Er wußte, daß es keine Worte dafür gab, die das, was er tun wollte, weniger schmerzhaft gemacht hätten. Er beließ es dabei, sie lange zärtlich zu streicheln, und als er glaubte, daß sie eingeschlafen sei, ging er in die Küche und richtete eine Kleinigkeit zu essen. Nachdem er aus dem Zimmer gegangen war, blieb Verena, die sich nur schlafend gestellt hatte, noch eine Weile liegen und starrte zur Decke, ohne sich zu rühren. Sie verabscheute diese Situation und mußte sich zu all dem, was ihr geschah, ein wenig Distanz schaffen. Das beherrschte sie ausgezeichnet. Die Technik bestand in einer Art Meditation, mit der es ihr über tiefes Atmen gelang, im Geist Ruhe einkehren zu lassen, indem sie alles, was Schmerz bereitete, von sich wegschob. In diesem Fall Ogden und alles, was er bis zu diesem Augenblick für sie dargestellt hatte.

Nachdem sie geduscht hatte, zog sie sich wieder an und ging zurück ins Wohnzimmer. Durch ihr Gespräch über Robert Hibbing hatte sie Lust bekommen, etwas von ihm zu hören. Vielleicht würde ein wenig Musik ihr helfen, die Unterhaltung fortzusetzen, die sie unterbrochen hatten. Sie ging zur Stereoanlage, suchte unter den CDs eine von Hibbing heraus und machte sie auf. In der Hülle waren zwei, doch es waren keine offiziellen CDs, denn sie hatten keinerlei Beschriftung, vermutlich handelte es sich um irgendwelche Bootlegs. Sie griff zu der ersten und schob sie in den CD-Spieler. Sie wartete ein paar Sekunden, und als sie merkte, daß sich nichts tat, nahm sie die CD wieder heraus und sah sie sich genauer an. Wenn man sie nicht im CD-Spieler spielen konnte, war es vielleicht ein Video, eventuell heimlich gemachte Aufnahmen eines Konzerts. Schon lange hatte sie keines mehr gesehen. Sie ging zu dem eingeschalteten Computer und legte die CD dort ein. Nach kurzer Zeit erschien auf dem Schirm statt Robert Hibbing eine Namensliste.

Verena wurde klar, daß sie unwillentlich eines der ehernen Gesetze gebrochen hatte, die ihre Beziehung mit Ogden regelten. Sie wollte die CD gerade herausnehmen, als ihr Blick auf einen vertrauten Namen fiel. Im ersten Moment dachte sie, daß es sich um eine Namensgleichheit handelte, dann wurde ihr klar, daß die Daten stimmten, einschließlich Anschrift und Telefonnummer. Es gab keinen Zweifel, es ging tatsächlich um den Mann von Anne Redcliff, den Mikrobiologen.

»Was machst du da?« Ogdens Stimme erklang hinter ihrem Rücken.

Erschrocken fuhr Verena herum. »Nichts, ich suchte eine CD von Hibbing, dann habe ich das hier gefunden. Ich dachte, es sei vielleicht ein Konzertmitschnitt«, verhaspelte sie sich und schwieg. Die technische Erklärung war zu kompliziert, und Ogdens Blick verhieß nichts Gutes.

Er holte die DVD aus dem Computer und schaltete ihn aus, ärgerlicher über sich selbst als über sie. Es war tatsächlich das erste Mal, daß er nicht die gewohnten Vorsichtsmaßnahmen getroffen hatte.

»Wir müssen reden«, sagte er zu ihr.

Verena nickte. »Mit leerem Magen?« fragte sie, in dem Versuch, das von ihr gefürchtete Gespräch hinauszuschieben.

Er lächelte, ging in die Küche und kam mit einem Tablett zurück, das er auf das Tischchen zwischen den beiden Sesseln stellte. Räucherlachs, Brot und eine Flasche Veuve Cliquot im Eiskübel.

Ogden öffnete die Flasche, füllte zwei Sektflöten und reichte ihr eine. »Ich hoffe, du hast Lust auf Lachs, ich habe sonst nichts im Haus, und er ist wirklich erstklassig.«

Sie nickte und begann sich langsam ein Brot zu belegen. Ogden beobachtete ihre gemessenen Bewegungen und versuchte darauf zu kommen, woran ihn diese Szene erinnerte. Dann sah er das Bild wieder vor sich, und ebenso plötzlich empfand er den Schmerz. Vor vielen Jahren hatte Veronica Mantero die gleichen exakten Gesten gemacht, kurz bevor sie starb. Er legte das Buttermesser, das er in der Hand gehalten hatte, hin, stand mit einem Satz auf und trat ans Fenster.

Verena blickte auf. »Was ist los?« fragte sie besorgt.

Ogden antwortete nicht. Das Bild Veronicas hatte sich endgültig über das Verenas gelegt. Jetzt war ihm klar, warum er, seit sich die Elite offenbart hatte, trotz seiner Gefühle für Verena wieder frei sein wollte, ohne Verantwortung, ohne die ständige Befürchtung, daß jemand für ihn zahlen müßte.

»Verena, wir müssen aufhören, uns zu sehen«, sagte er brüsk. »Ich kann nicht zulassen, daß du dein Leben aufs Spiel setzt«, fügte er hinzu, ohne sich zu ihr umzudrehen.

Verena aß ihr Brot zu Ende und nahm einen großen Schluck Champagner. Er hat die richtige Temperatur, dachte sie, während sie Ogdens Worte aufnahm. Es gehörte zu ihren Eigenheiten, daß sie sich, wenn ihr etwas Schlimmes geschah, hartnäckig durch die kleinen Dinge in der Realität verankerte; als könnte die physische Welt, die sie umgab, auf irgendeine Weise als Damm gegen den Schmerz dienen. Doch sie mußte antworten, deshalb stieß sie einen langen Seufzer aus und stellte ihr Glas ab.

»Würde es dir etwas ausmachen, mir ins Gesicht zu sehen, wenn du mit mir sprichst?« fragte sie sehr ruhig.

Ogden drehte sich um. Er schien es zutiefst zu bedauern, und er gab sich keine Mühe, dies zu verbergen.

»Es ist das letzte, was ich tun möchte, doch ich bin dazu gezwungen«, fügte er, mit einem Anflug von Härte in der Stimme, hinzu.

Verena hätte nicht sagen können, wie groß der Schmerz über das, was ihr geschah, war. Viele Male hatte sie gedacht, daß ihre Beziehung früher oder später durch den Dienst zu Ende gehen würde, oder einfach nur, weil alle Liebesgeschichten einmal enden. Doch im Schmerz war sie niemals leidenschaftlich gewesen, sie hielt es für eine Schwäche, sich von Gefühlen mitreißen zu lassen oder sie gar nach außen zu zeigen. Vielleicht war es deshalb so, daß sie, wenn jemand oder etwas sie verletzte, im ersten Moment mit erstaunlicher Ruhe reagierte; wie die Haut, die sich bei einem Schlag nur oberflächlich rot färbt, während die blauen Flecken erst viel später kommen. Ihr Schmerz würde sich eine Zeitlang nicht bemerkbar machen, um dann zu explodieren, wenn sie sich schon der Illusion hingegeben hätte, die Gefahr überstanden zu haben. So war auch in diesem Augenblick das einzige Gefühl, das sie empfand, verletzter Stolz, während ihr Geist klar blieb und angestrengt einen erträglichen Ausweg aus dieser demütigenden Situation zu finden suchte. Schließlich war sie es ja, die verlassen wurde. Ogden schuldete ihr nicht nur eine Erklärung, sondern auch einen ehrenvollen Abschied.

»Sollte nicht ich selbst entscheiden, ob ich mein Leben riskieren will oder nicht?« fragte sie, als sie endlich zu sprechen beschloß.

Ogden sah sie an. Inzwischen waren sie und ihre Reaktionen für ihn wie ein offenes Buch. Doch diesmal würde er ihr nicht helfen.

»Nein«, sagte er einfach. »Ich will nicht, daß unsere Beziehung weitergeht, auch wenn sich meine Gefühle für dich nicht verändert haben.«

»Heißt das, daß du zu meinem Besten auf mich verzichtest?« entgegnete sie sarkastisch.

»Ja, so ist es. Auch wenn du mir nicht glauben willst.«

Verena schwieg eine Weile, dann murmelte sie leise etwas.

»Was hast du gesagt?«

»It's all over, sad sad baby...«, wiederholte sie die berühmte Zeile aus einem Song von Robert Hibbing.

Ogden lächelte. »Du bist kein trauriges Mädchen...«, versuchte er in Anspielung auf den Text zu entdramatisieren.

»O doch, das bin ich!« brach es gereizt aus ihr heraus. »Aber vielleicht nicht traurig genug für dich. Jedenfalls nicht wie jene Veronica Mantero oder Alma oder wie zum Teufel sie hieß...«, fügte sie mit vor Wut bebender Stimme hinzu.

Ogden, der gerade das Tischchen abräumen wollte, ließ das Kristallglas fallen, als er diesen Namen hörte. Es fiel aufs

Parkett und zerbrach. Er kümmerte sich nicht darum und starrte sie weiter an. »Wer hat dir diesen Namen genannt?« fragte er sie schroff.

Verena zuckte die Schultern. »Ist das wichtig?« sagte sie und hielt seinem Blick stand. »Sie ist tot, wie auch Klaus tot ist. Du kannst nicht den Anspruch erheben, auf die Geheimnisse anderer ein Monopol zu haben, ohne daß sie etwas über dich wissen. Das ist lächerlich – und langweilig dazu. Doch ich habe keine Lust zu streiten. Ich nehme zur Kenntnis, was du gesagt hast. Also sage ich dir auf Wiedersehen und wünsche dir alles Gute«, sie stand auf und nahm ihre Tasche.

»Verena, warte. Ich bin gezwungen, mich so zu verhalten, verstehst du das nicht?«

»Nein. Und laß uns bitte nicht mehr darüber reden. Nur noch etwas: Auf der Liste, die ich eben kurz gesehen habe, steht jemand, den ich kenne: Donald Redcliff. Er ist der Mann einer ehemaligen Mitschülerin; wir waren Klassenkameradinnen im Gymnasium. Wenn ich dir nützlich sein kann, laß es mich wissen.«

Nachdem sie das gesagt hatte, wandte Verena sich entschlossen zur Tür, öffnete sie und verließ die Wohnung, ohne ihn noch eines Blickes zu würdigen.

15

Robert Hibbing verließ das Hotel in Begleitung von Franz und Jeremy. Der Sänger hatte darauf bestanden, sich von Venedig zu verabschieden, und alle von Franz vorgebrachten Einwände hatten nichts gefruchtet. Der Agent fühlte sich nicht wohl in dieser Stadt, in der man nur zu leicht in eine Falle geraten konnte. Auch wenn der Dienst inzwischen wußte, daß die amerikanische Elite aufgrund ihrer bizarren Überzeugungen keinen Anschlag auf das Leben Robert Hibbings unternehmen würde, war Franz doch beunruhigt.

Es war jedoch gar nicht so einfach, den Rockstar an der Leine zu halten. Als Hibbing den Wunsch geäußert hatte, ein letztes Mal die Piazza San Marco zu sehen, hatte Franz ihn lediglich überreden können, den Wasserweg zu nehmen, auch wenn es sich nur um eine kurze Überfahrt handelte. Sie waren also in das Motorboot des Gritti gestiegen und hatten nach wenigen Minuten den Landungssteg von San Marco erreicht.

Hibbing wußte nicht, warum er beschlossen hatte, noch einmal diesen Ort aufzusuchen. Venedig hätte ihm auch andere schöne, weniger überlaufene Sehenswürdigkeiten bieten können, doch es zog ihn unerklärlicherweise zu diesem Platz.

Er hörte auf, darüber nachzudenken, als er aus dem Motorboot gestiegen war und sich die Piazzetta vor ihm öffnete, angekündigt durch ihre Säulen mit den Wächtern der Stadt. Das Rosa des Verona-Marmors am Dogenpalast und die weißen spitzbogigen Arkaden aus istrischem Stein erstrahlten im hellen Licht der Sommersonne und vermochten ihn wieder zu begeistern. In seinen Augen hatte Venedig zwei Gesichter: leuchtend bunt, frisch und sonnig das eine. Das andere jedoch war erfüllt von Schatten, von dekadenter Schönheit und nahe am Verfall, eingehüllt in die Schwaden, die von den Kanälen aufstiegen, sich mit einer feuchten und ungesunden Mattigkeit auf die Sinne legten und sie abstumpften. Hier hatte Thomas Mann seinen Gustav Aschenbach sein Leben aushauchen lassen, hatte ihn in den todbringenden Dämpfen, die aus dem Hades in die Stadt drangen, erstickt. Und doch, die beiden Gesichter existierten gleichzeitig, waren wie zwei Seiten einer Medaille.

Hibbing schüttelte diese Gedanken ab und wandte sich Franz zu. »Ein wunderbarer Anblick, nicht wahr?«

Der Agent nickte, ohne seine Aufmerksamkeit von dem abzuwenden, was um sie herum vorging. Für ihn reduzierte sich die Pracht der Palazzi, Calli und Kanäle auf einen Stadtplan mit außergewöhnlichen Gefahrenstellen, die seine ganze Aufmerksamkeit erforderten.

Es war fast fünf, die brütende Hitze hatte die Besucher nicht abgehalten, in die Stadt zu kommen. Gruppen asiatischer Touristen, einige von ihnen mit Mundschutz, strömten in den Dogenpalast und wieder heraus, geleitet von Führern, die bunte Schirmchen schwenkten, hoch über dem Kopf, damit die Truppe nicht auseinanderlief.

Sie überquerten den Platz und kamen bei San Marco heraus, wo die Menge so dicht war, daß die gesamte Piazza eine dunkle, wogende Masse schien; ein beeindruckender Effekt, bei dem Schwarz die dominierende Farbe war. Der größte Teil der dort zusammengedrängten Menschen waren nämlich japanische oder jedenfalls asiatische Touristen; ihre dunklen Köpfe wirkten nebeneinander wie eine dunkle Welle, die statt des Hochwassers über die Piazza schwappte.

Sie ließen den Campanile hinter sich und bahnten sich einen Weg durch die Menge. Franz faßte den Sänger am Arm. »Lassen Sie uns sofort von hier weggehen«, sagte er. Und seinem Ton konnte man entnehmen, daß er sich diesmal nicht umstimmen lassen würde.

Der Sänger pflichtete ihm bei und nickte. »Es ist tatsächlich besser, wir gehen zurück zum Landungssteg und nehmen das Motorboot. Es sind zu viele Leute hier, das war keine gute Idee …«

Doch als Hibbing sich umdrehte, um einen letzten Blick auf die Piazza zu werfen, sah er mitten in dem Meer dunkler Köpfe etwas Blondes aufblitzen. Er kniff die Augen zusammen und nahm die Sonnenbrille ab, um besser sehen zu können. Es gab keinen Zweifel, dieser lange Kerl mit dem wallenden, fast albinoweißen Haar war tatsächlich Tom Beatty. Ihm fiel ein, daß der Kollege, der auch ein lieber Freund war, in diesen Tagen in der Arena von Verona bei einem Musikfestival auftrat. Er hob einen Arm und winkte, um seine Aufmerksamkeit auf sich zu ziehen. Auch Beatty hatte ihn gesehen und kämpfte sich mit einem breiten Lächeln durch die Menge zu ihm durch.

Die beiden Agenten und Hibbing standen noch nahe am Campanile, bei den Procuratie Nuove, wo die Menschenmenge weniger dicht war. Der Sänger wandte sich an Franz. »Da kommt ein alter Freund von mir, ich will ihn begrüßen. Es dauert nur eine Minute«, versicherte er ihm und sah wieder zu Beatty, der sie inzwischen erreicht hatte. Franz beobachtete einen Mann und eine Frau, die sich angeregt unterhielten. Vielleicht waren sie harmlos, aber sie hatten zu viele Fotoapparate... Plötzlich erkannte er hinter den beiden einen Mann, den er kurz zuvor schon bemerkt hatte, als er direkt nach ihnen am Landungssteg von San Marco aus einem Motorboot gestiegen war.

Er gab Jeremy ein Zeichen; der schob eine Hand in den Rücken, um die unter dem Jackett verborgene Pistole zu packen, während Franz das gleiche tat, ohne die Augen von dem Mann zu wenden.

In der Zwischenzeit war Beatty vor Hibbing stehengeblieben, doch er lächelte nicht mehr, sein Blick fixierte irgend etwas hinter dem Freund. Es geschah sekundenschnell: Beatty und Franz warfen sich gleichzeitig auf den Sänger. Alle drei stürzten zu Boden, während ein mit Schalldämpfer abgegebener Schuß leise durch die Luft zischte, Jeremy streifte und den Touristen traf, den Franz ungerechterweise verdächtigt hatte. Der Mann schrie auf und griff sich mit einer Hand an die Schulter. Franz kam gerade noch früh genug wieder hoch, um zu sehen, wie der Attentäter seine Pistole unter der Jacke verschwinden ließ und Richtung Dogenpalast rannte, wo er von der Menge verschluckt wurde.

»Bring sie zum Motorboot, ich kümmere mich um diesen Hurensohn!« schrie er Jeremy zu und nahm die Verfolgung auf.

Jeremy half Hibbing und Beatty aufzustehen, während sich um den verletzten Touristen herum ein kleiner Menschenauflauf bildete.

»Nichts wie weg!« flüsterte der Agent und schob die beiden Musiker in Richtung der Säulen, um zum Landungssteg zu gelangen.

Inzwischen bahnte Franz sich einen Weg durch die ihm entgegenströmende Menschmenge und heftete sich dem Killer an die Fersen. Er sah ihn an den Statuen von Adam und Eva mit der Schlange vorbeilaufen und durch den Haupteingang im Dogenpalast verschwinden.

Als Franz ebenfalls dort hineinlief, war die Distanz, die sie trennte, nur noch minimal. Die beiden Männer rannten an der Kasse vorbei, ignorierten die Proteste des Angestellten und kamen zusammen im Hof heraus, wo nach dem Halbdunkel des Atriums das Sonnenlicht auf dem weißen Marmor noch intensiver wirkte.

Der Mann drehte sich um, lief dann auf die monumentale *Scala dei Giganti* zu. Er mochte um die Dreißig sein, und Franz kannte dieses Gesicht, doch ihm fiel kein Name dazu ein, auch wenn er sicher war, daß es sich um einen professionellen Killer handelte.

Statt auf die von den Marmorstatuen von Mars und Neptun überragte *Scala dei Giganti* zu laufen, rannte der Killer darum herum, und Franz blieb ihm stets auf den Fersen. Die Verfolgung ging weiter, bis sie die Loggia zu Füßen der *Scala d'Oro* erreicht hatten, wo sich gerade eine Touristengruppe aufhielt, in die sie fast hineingerannt wären.

Nach einem Augenblick des Zögerns beschloß der Mann, sich zu der Schar zu gesellen. Und Franz konnte nicht anders, als es ihm nachzutun.

Eine junge Frau erklärte den Touristen, was sie bei der Führung gleich zu sehen bekommen würden. Als sie die beiden Neuankömmlinge bemerkte, musterte sie die Männer mit fragender Miene.

»Für diese Besichtigung ist eine Voranmeldung erforderlich, und es sind nicht mehr als zwanzig Personen in der Gruppe erlaubt. Haben Sie sich angemeldet?« fragte sie freundlich.

Franz, der ziemlich gut Italienisch sprach, wollte gerade zu einer Antwort ansetzen, als man den Klingelton eines Handys hörte. Die Frau entschuldigte sich und nahm ihr Handy aus der Tasche, um sich zu melden. Sie führte leise ein kurzes Gespräch und nickte dabei ein paarmal. Dann beendete sie die Verbindung und sah die beiden Männer an.

»Zwei Voranmeldungen haben sich gerade erledigt. Sie können sich uns anschließen. Doch damit die Besichtigung nicht zu spät anfängt, lösen sie die Eintrittskarten bitte beim Hinausgehen«, sagte sie zu ihnen, diesmal auf englisch.

Dann wandte sie sich wieder auf italienisch an die Gruppe. »Die Besichtigungstour, die wir unternehmen wollen, trägt den Titel ›Die Geheimgänge‹. Sie wird uns in die verborgenen Räume des Dogenpalasts führen, wo wir seine verstecktesten Winkel erkunden. Wir werden die *Sala dei Tre Capi* besuchen, von der aus man einst direkt die *Piombi* erreichen konnte, die berühmten Gefängnisse, die deshalb Bleikammern genannt werden, weil sie sich unter einer Bleidecke befinden. Aus einer dieser Zellen entkam Casanova bei seiner berühmten spektakulären Flucht im Jahre 1755. Danach besichtigen wir die *Camera del Tormento*. Hier war es während der *Repubblica della Serenissima* üblich, die Verdächtigen beim Verhör an den Händen aufzuhängen. Doch wir werden noch viele andere interessante Dinge sehen, die ich Ihnen dann unterwegs erkläre. Bitte folgen Sie mir.«

Franz und der Killer gingen hinter der Gruppe her und blieben in gebührendem Abstand voneinander, ohne sich einen einzigen Moment aus den Augen zu verlieren. Die Stimme der Führerin war als angenehmer Singsang im Hintergrund wahrzunehmen, doch Franz hörte nicht wirklich zu. Er wunderte sich darüber, daß die Frau, die erneut italienisch sprach, sich ihnen beiden nach dem Telefonat auf englisch zugewandt hatte. Wie konnte sie wissen, daß sie nicht Italiener waren wie die anderen? Irgend etwas stimmte hier nicht. Er zählte, aus wie vielen Leuten die Gruppe bestand, und wurde in seinem Verdacht bestätigt: Mit ihm und dem Killer waren sie zweiundzwanzig, also hatte niemand abgesagt, und die Führerin hatte gelogen. Offensichtlich wollte jemand sie abfangen. Er besah sich den Killer und versuchte herauszufinden, ob er die gleiche Überlegung angestellt hatte. Doch dieser hielt sich ausgesprochen nahe bei der Führerin und tat so, als interessiere ihn die Führung sehr.

Franz witterte den Hinterhalt, jemand wollte ihn oder den Killer oder alle beide. Er mußte etwas tun, um ihn möglichst bald hier herauszubringen.

Franz bemerkte kaum die Schönheit um sich herum: Der vergoldete Stuck, die Marmortreppen, die reichverzierten

Räume und Hallen – all dies verschwand angesichts der undurchdringlichen Maske des Attentäters, der mit ihm zusammen durch den Dogenpalast ging. Die Situation war nicht nur grotesk, sondern auch außergewöhnlich gefährlich. Doch bis jetzt hatte der Agent wegen der Gruppe, die sie umgab, nicht eine einzige Möglichkeit gehabt, den Killer zu fassen. Er hätte sich vielleicht ihm nähern und ihn mit der Pistole zwingen können, ihm zu folgen, doch niemand konnte ihm garantieren, daß der Mann nicht zu schreien anfangen würde. Und Franz durfte nicht riskieren, daß die italienische Polizei eingriff.

Inzwischen stiegen sie den zweiten Teil der *Scala d'Oro* hoch – der prächtig mit Stuck und Verzierungen geschmückten Treppe, die in den dritten Stock führte. Dort durchquerten sie die *Sala delle Quattro Porte* mit ihren Säulenportalen von Palladio und den Fresken von Tintoretto; dann erreichten sie die prunkvolle *Sala del Consiglio dei Dieci*. Dieser Rat der Zehn stellte das gefürchtete, ungemein mächtige venezianische Gericht dar, geschaffen 1310, um bei Verbrechen gegen die Staatssicherheit zu ermitteln. Nachdem die Führerin erklärt hatte, daß der Consiglio vom Dogen geleitet wurde, der ihm mit der Signoria vorstand, lenkte sie die Aufmerksamkeit der Besucher auf zwei Gemälde von Veronese, die einzigen der von Napoleon aus diesem Saal geraubten, die man Italien zurückgegeben hatte. Sie setzten die Besichtigung mit der *Sala della Bussola* fort, wo die Angeklagten in Erwartung des Urteils blieben, und dann mit der *Sala dei Tre Capi*. Die Räume waren immer kleiner geworden, bis im Zimmer der Inquisitoren schließlich alles gedrängt und bedrückend erschien.

In diesem Moment erinnerte sich Franz plötzlich an den Namen des Mannes, der versucht hatte, Hibbing umzubringen. Er hieß Lazbo, ein Profikiller mit dem Ruf, niemals vorzeitig aufzugeben; man erzählte sich, er habe ein Opfer liquidiert, indem er dessen Kopf zwischen Tür und Pfosten zerquetschte, weil seine Waffe eine Ladehemmung hatte.

Nachdem sie die *Sala dei Tre Capi* verlassen hatten, gingen sie in die enge *Camera del Tormento*, deren Wände mit Holz verkleidet waren und wo eine lange Schlinge von der sehr hohen Decke hing. Hier geschah etwas Seltsames: Nachdem die Führerin über die Rolle der Inquisitoren in der Serenissima gesprochen hatte, forderte sie die Besucher auf, ein Experiment zu machen.

»Jetzt werde ich Ihnen zeigen, wie schalldicht diese Wände sind. Bei geschlossener Tür konnten die Schreie der Gefangenen, die gefoltert wurden, um ihre Verbrechen zu gestehen, nirgendwo sonst im Palast gehört werden.«

Ihr Blick blieb auf Franz und Lazbo haften. »Wollen Sie mir helfen, eine kleine Demonstration durchzuführen, indem Sie bitte in diesem Raum bleiben?« fragte sie mit einem gewinnenden Lächeln.

Die beiden sahen sie entsetzt an. Doch die Frau ließ ihnen keine Zeit zu einer Entgegnung. »Wir wollen unsere Freunde kurz hier zurücklassen«, sagte sie auf italienisch und schob die anderen Mitglieder der Gruppe aus dem Raum. Doch bevor sie hinausging, wandte sie sich an Franz. »Ich bitte Sie, sehr laut zu schreien, so daß deutlich wird, wie schalldicht der Raum ist…«, forderte sie ihn auf und schloß dann die Tür.

Franz verlor keine Zeit. Er wandte sich Lazbo zu und wollte ihm einen Jiu-Jitsu-Schlag in den Magen versetzen. Aber der Killer war genauso schnell und wich ihm aus. Die beiden Männer begannen langsam um die von der Decke hängende Schlinge zu kreisen und beobachteten sich. Doch das Geräusch einer sich öffnenden Tür und eine männliche Stimme ließen sie innehalten.

»Kompliment an beide«, sagte ein Mann und trat durch eine in der Holzverkleidung verborgene niedrige Tür in den Raum. Franz erkannte ihn sofort, sein Foto war in dem Dossier, das er auf dem Flug von Berlin nach Venedig durchgesehen hatte. Doch er hätte ihn auch sonst erkannt. Es war der berühmte Giorgio Alimante, vor dem die internationale Finanzwelt auf den Knien lag und nicht nur seinen immensen Reichtum, sondern auch seine Eleganz und Kultur bewunderte. Eine der Spitzenpersönlichkeiten der europäischen Elite. Mit ihm kam noch ein zweiter Mann herein, sicherlich einer seiner Bodyguards aus der ehemaligen Sowjetunion.

»Ich sehe, Sie haben mich erkannt«, sagte Alimante zu Franz, mit seinem berühmten, unzählige Male in Illustrierten auf der ganzen Welt verewigten Lächeln. Er schien sich vollkommen wohl zu fühlen, als wäre er nicht mit zwei Killern konfrontiert, sondern führe eines seiner Salongespräche.

»Ja, ich weiß, wer Sie sind«, antwortete Franz zurückhaltend.

»Kümmere dich um ihn«, befahl Alimante seinem Leibwächter und zeigte auf Lazbo.

Der Mann gehorchte, entwaffnete den Killer, der noch

kein Wort gesagt hatte, legte ihm Handschellen an und schob ihn zu der Tür, durch die sie gekommen waren.

»Wohin bringen Sie ihn?« fragte Franz.

Alimante trat zu ihm. »Es tut mir leid, Ihnen Ihre Beute wegzunehmen, ich bin sicher, Sie wären mit ihm fertig geworden. Doch ich kann ihn ohne Aufsehen wegbringen, was Ihnen nicht möglich wäre. Unsere reizende Führerin hat schon genug getan…«

»Was haben Sie mit ihm vor?«

»Wir werden ihn verhören. Mit dem Attentat auf Hibbing hat irgend jemand die Regeln gebrochen. Ich bin davon überzeugt, daß Lazbo uns bald seinen Namen nennen wird«, fügte er seelenruhig hinzu.

Franz sah auf die kleine, in der Holzverkleidung verborgene Tür. »Ein Geheimgang?«

Alimante nickte. »Einer der vielen, deren sich unsere Vorfahren zu Zeiten der Serenissima bedienten. Und die wir weiterbenutzen. Nicht einmal die Stadtverwaltung weiß etwas von ihrer Existenz.«

Franz wollte noch etwas sagen, doch Alimante stoppte ihn mit einer Handbewegung. »Machen Sie sich keine Sorgen, ich werde mich darum kümmern, den Dienst über die Aussagen Lazbos zu informieren.«

»Sie sind gut organisiert«, sagte Franz.

Alimante lächelte. »Ihr Spaziergang über die Piazza San Marco war videoüberwacht. Als wir gesehen haben, daß Sie in Schwierigkeiten waren, haben wir etwas unternommen. Doch worüber wundern Sie sich? Venedig ist die Wiege der Spionage. Die Liebe für Hintergründiges und Geheimes hat die venezianische Politik seit der Einsetzung des *Consiglio dei Dieci* im Jahre 1310 stets durchdrungen. Zwar wurde er Rat der Zehn genannt – in Anlehnung an unsere Zahlensymbolik –, doch in Tat und Wahrheit hatte er ungefähr dreißig Mitglieder und war für die Staatssicherheit zuständig. Seine Aufgabe bestand darin, Verräter zu eliminieren, im Dienst der Serenissima eine straffe Kontrolle über Fremde auszuüben und Verhandlungen zu führen, die zu geheim waren, als daß sich der Senat darum hätte kümmern können. Um dies zu erreichen, bediente er sich eines Korps von Spionen und Informanten, hatte seine eigenen Waffen und ein Spezialgefängnis. Die drei Capi – die Inquisitoren, die sich in dem Zimmer versammelten, das Sie eben besichtigt haben, waren die höchsten Träger der zu einem guten Teil verborgenen Macht. Klingt das für Sie nicht vertraut? Man kann sagen, daß Venedig die Spionage erfunden hat, oder besser: *Wir* haben sie erfunden. Aber ich glaube, Sie haben genug von dieser Besichtigung. Gehen Sie zurück ins Gritti und sorgen Sie dafür, daß Hibbing noch heute abend Venedig verläßt. Ich habe guten Grund anzunehmen, daß dieses Attentat von einem Einzelkämpfer ausgegangen ist, und wenn Lazbo geredet hat, werden wir Gewißheit haben. Ich muß Sie jetzt verlassen, gehen Sie den gleichen Weg zurück, niemand wird Sie mehr behelligen«, schloß er mit einem freundlichen Lächeln und verschwand hinter der Tür.

Franz blieb noch einen Moment neben der langen Schlinge stehen, dann verließ er den Raum. Draußen war keine Spur mehr von der Führerin und der gesamten Touristengruppe. Mit eiligen Schritten wandte er sich zum Ausgang.

16

Nachdem Verena gegangen war, blieb Ogden in seiner Wohnung. Die Art und Weise, wie sie sich getrennt hatten, hatte bei ihm einen bitteren Nachgeschmack hinterlassen. Doch er konnte es nicht zulassen, daß sich die Ereignisse wiederholten, die Veronica und Vincent in Wien das Leben gekostet hatten.

Er gebot seinen Gedanken Einhalt und nahm die DVDs wieder zur Hand. Am nächsten Tag würde er mit einer Mannschaft des Dienstes nach Washington reisen, um die berühmte Lanze wiederzubeschaffen. Es war keine Zeit zu verlieren, er mußte die Dossiers noch einmal durchsehen und die letzten Änderungen an dem Plan vornehmen, den Stuart und er ausgearbeitet hatten.

Als er gerade die DVD in den Computer stecken wollte, läutete das Handy, über das er ständig Kontakt mit dem Dienst hielt.

»Hibbing ist soeben einem Attentat entgangen«, sagte Stuart und berichtete, was Alimante ihm am Telefon erzählt hatte.

»Die Italiener verhören diesen Lazbo, den Killer«, fuhr Stuart fort. »Sie sind davon überzeugt, daß das Attentat nicht auf das Konto der amerikanischen Elite geht, sondern auf das des berühmten Maulwurfs ...«

»Und warum sollte er das getan haben?« fragte Ogden.

»Alimante zufolge, um der amerikanischen Elite seine Ergebenheit zu zeigen. Er scheint mir sehr überzeugt von dem, was er sagt; es kann also sein, daß das Attentat eines ihrer verdammten Rituale ist...«

»Das ist möglich«, war Ogdens Kommentar. »Jedenfalls wird der Mann schnell reden, wenn die Italiener ihn in der Mangel haben. Es ist nur eine Frage der Zeit, bis wir erfahren, wie die Sache sich abgespielt hat. Doch nun zur Lanze: Ich fliege morgen mit vier Agenten nach Washington. Du schickst in der Zwischenzeit einen fähigen Mann, um Franz in Italien zu ersetzen; ich will, daß er zu mir nach Washington kommt. Bei Hibbing bleiben Jeremy und ein Mann deiner Wahl. Wenn Alimante recht hat, dürfte der Sänger nicht mehr in Gefahr sein. Doch es ist mir lieber, daß er noch eine Zeitlang bewacht wird.«

»In Ordnung, ich organisiere die Sache. Ich rufe dich wieder an, sobald ich etwas über Lazbo weiß. Gute Nacht«, sagte Stuart und legte auf.

Ogden ging zurück an die Arbeit. Die Operation *Ghost*, wie die Wiederbeschaffung der Lanze genannt wurde, würde nicht allzu schwierig sein. Todd hatte sie großzügig mit Informationen versorgt, sie wußten jetzt nicht nur, wo sie die Lanze suchen mußten, sondern auf gewisse Weise auch, wie sie sie an sich bringen konnten. Natürlich gab es, wie bei allen Operationen dieser Art, eine ganze Menge Risiken. Deshalb sollten außer Franz weitere vier Männer des Dienstes daran teilnehmen.

Es war noch keine Stunde vergangen, als Stuart erneut anrief.

»Lazbo hat geredet; wie Alimante schon vermutet hatte, ist das Attentat auf Hibbing das Werk des Maulwurfs, der auf eigene Faust gehandelt hat. Die Amerikaner haben nichts damit zu tun.«

»Und wer soll dieser Maulwurf sein?«

Stuart räusperte sich verlegen. »Alimante hat es mir nicht gesagt«, gab er zu.

»Was? Und warum nicht?«

»Er behauptet, es habe nichts mit unserem Auftrag zu tun. Jetzt, wo er enttarnt sei, könne er keinen Schaden mehr anrichten, daher sei es nicht nötig, daß wir uns darum kümmern«, sagte er verärgert.

»Das sagt *er*!« protestierte Ogden. »Aber ich kann mir vorstellen, daß es unmöglich war, diesen Namen aus ihm herauszubringen.«

»So ist es. Angesichts seiner Verschwiegenheit habe ich den Eindruck, daß es jemand aus seiner nächsten Umgebung sein muß. Auf jeden Fall ist sicher, daß von jetzt an niemand mehr etwas an die Amerikaner verrät.«

»Hoffen wir es«, sagte Ogden gereizt. »Hast du Franz informiert?«

»Ja. Er wird einen Tag nach dir in Washington ankommen. Zu Hibbing schicke ich dann Raymond. Er und Jeremy sollen bei unserem Rockstar bleiben, solange du es für nötig hältst.«

»Eine sehr gute Wahl. Für den Augenblick geht das so in Ordnung. Ich traue dem, was Alimante uns erzählt, nicht ganz.«

»Ich glaube, daß er die Wahrheit gesagt hat. Außerdem liegt diese Lanze auch ihm am Herzen, und zwar sehr«, sagte Stuart. »Was Senator Todd angeht, so steht er nun unter dem Schutz der europäischen Elite, auch wenn Alimante es vorzieht, solange wir die Lanze noch nicht wieder beschafft haben, sein möglichstes zu tun, damit die Amerikaner nichts davon bemerken, daß er abtrünnig geworden ist. Also hält Todd sich offiziell in Venedig auf, um Antiquitäten zu kaufen. Auf diese Weise kann er weiter mit den Vereinigten Staaten in Kontakt bleiben.«

»Um so besser. Wenn es irgendeine Neuigkeit gibt, ruf mich noch einmal an. Ansonsten melde ich mich aus Washington.«

»In Ordnung. Hals- und Beinbruch.«

17

Lorenzo Badoer saß an einem Tisch in Harry's Bar und betrachtete die junge Frau, die lustlos an einem Sandwich knabberte. Sie war wirklich schön, dachte er, und heute abend würde er sein Bestes geben.

Er trank einen kräftigen Schluck Bellini und sah auf die Uhr. Es war fünf – wenn alles nach Plan gegangen war, würde Lazbo ihn in Kürze anrufen und über den Erfolg der Operation informieren. Er war einer der besten Killer auf dem Markt und kannte Venedig wie seine Westentasche. Die Eliminierung Hibbings würde die Amerikaner davon überzeugen, daß er es ernst meinte. Eine Verbeugung vor den Freunden jenseits des Atlantiks, eine Demonstration der Treue seinerseits, auch wenn er damit das Gesetz der Blutlinie verletzte. Doch nun, da Krieg zwischen den beiden Gruppen herrschte, waren von beiden Seiten viele Regeln gebrochen worden. Vom Rituellen her betrachtet würde das Opfer perfekt sein: Am siebzehnten Juni, möglichst um siebzehn Uhr am Nachmittag würde Lazbo Hibbing töten. Ein Opfer, das Richard Willington sehr zu schätzen wüßte.

Die junge Frau lächelte ihn an und lenkte ihn von seinen Gedanken ab. »Wohin führst du mich heute abend zum Essen aus?« fragte sie.

»Ins Cipriani natürlich«, antwortete er und nahm ihre Hand. »Doch vorher muß ich noch einige Dinge erledigen. Wenn du mit deinem Cocktail fertig bist, hast du ein wenig Zeit für dich. Ich hole dich dann später im Hotel ab.«

Die Frau, ein französisches Model, war für ein Fotoshooting in Venedig und hatte ihre Arbeit am Nachmittag beendet, doch im Unterschied zum Rest der Truppe würde sie noch ein paar Tage als Gast Badoers im Hotel Danieli bleiben.

»Okay, das heißt, ich gehe noch ein bißchen shoppen, bis es Zeit zum Abendessen ist«, sagte sie mit gelangweilter Miene.

»Hervorragende Idee, meine Liebe. Und nimm bitte die Kreditkarte, die ich dir gegeben habe. Ich lasse dich nur für kurze Zeit allein. Ich verspreche dir, daß wir einen wundervollen Abend verbringen werden. Ich habe etwas zu feiern ...«

»Wirklich?« rief die Blondine interessiert aus. »Und was?«

»Ich habe Geburtstag«, antwortete Badoer aufs Geratewohl und winkte dem Kellner.

Als sie Harry's Bar verließen, gingen sie aus der Calle Vallaresso auf die Landungsbrücke von San Marco zu, wo ein Motorboot auf Badoer wartete. Das Model würde inzwischen eine Einkaufstour durch die elegantesten Boutiquen unternehmen, auf diese Weise wäre sie Badoer nicht im Wege, wenn Lazbos Anruf kam.

Vor den Giardini Reali drückte er ihr einen Kuß auf die Lippen und sah sie mit einem Lächeln an. *»A plus tard«*, sagte sie mit einer graziösen Geste. Badoer beobachtete, wie sie davonging, und bewunderte ihren eleganten und ein wenig schlaksigen Gang. Wirklich schön, dachte er erneut und wandte sich wieder der Landungsbrücke zu.

Während er in das Motorboot stieg, hörte er eine Sirene und sah ein Ambulanzboot Richtung San Marco fahren, gefolgt von einem Wasserfahrzeug der Polizei. Er lächelte in sich hinein. Vielleicht bedeutete diese Aufregung, daß Lazbo seinen Auftrag ausgeführt hatte, auch wenn er dessen nicht sicher sein konnte. Abgemacht war nämlich, daß er Hibbing folgen und die beste Gelegenheit abpassen sollte, ihn irgendwo zu töten, doch auf jeden Fall gegen siebzehn Uhr. Wenn das nicht möglich wäre, sollte er es verschieben. Die Zahlen waren wesentlich für die Botschaft, die er Richard Willington schicken wollte, deshalb hatte er den Killer mit einer sehr hohen Prämie angespornt: Wenn es ihm gelänge, den Sänger um Punkt siebzehn Uhr oder um siebzehn Uhr siebzehn zu eliminieren, würde er das doppelte Honorar bekommen.

Als er an Bord des wertvollen alten Riva-Motorboots war, wandte er sich an den Bootsführer. »Fahr mich ein wenig herum, ich will ein bißchen Luft schnappen«, wies er ihn an und ließ sich in den weichen Ledersitz fallen. Das Motorboot fuhr hinaus auf den Canale di San Marco und nahm Kurs auf die Isola di San Giorgio.

Der Blick aufs offene Meer und die untergehende Sonne war für Badaoer wie ein plötzlicher Energieschub. Er dachte daran, daß sein Vetter Giorgio Alimante, in dessen Schatten er sein ganzes Leben lang gestanden hatte, ihn bald als Verräter betrachten und zum Tode verurteilen würde. Doch was bedeutete das schon? Er würde dann weit weg sein, beschützt von den Amerikanern, die ihn behandeln würden, wie es seinem Rang entsprach. Zu lange hatte er dem großen Alimante gedient, und trotzdem hatte er in der Bruderschaft der Schlange nie die Stellung erreicht, die ihm von seiner Geburt her zustand. Jahrelang war er im Schatten seines Cousins geblieben, sei es im internationalen Jet-set, sei es im Geheimleben ihrer Sekte. Jetzt endlich würde er seine Revanche haben.

Er sah auf die Uhr, es war Viertel vor sechs. Er spürte, wie sein Magen sich vor Anspannung zusammenkrampfte. Warum hatte Lazbo noch keinen Kontakt mit ihm aufgenommen? War irgend etwas schiefgegangen? Er wollte diese Möglichkeit nicht einmal in Betracht ziehen. Die mit Lazbo vereinbarte Deadline war halb sieben. Wenn der Killer sich bis dahin nicht bei ihm gemeldet hätte, würde er zum Flughafen fahren und nach New York fliegen, er hatte das Ticket bereits in der Tasche. Schon seit einer ganzen Weile hatte er sich einen Fluchtweg eingerichtet, falls der Plan scheitern sollte. Seine Ankunft würde von Richard Willington begrüßt werden, dem einzigen, der wußte, daß er der Maulwurf war, und der sich ihm gegenüber als unendlich dankbar erwies. Alimante und die ganze europäische Elite waren schwach geworden, hatten ihre Rasse verraten und sich dem Rest der Menschheit immer mehr angeglichen. Das »Vieh« wußte nicht, daß es nur existierte, um der Elite zu dienen, wie zu den Zeiten von Babylon, Atlantis und Lemuria: als einfache Sklaven ohne Bewußtsein. Doch irgend etwas war im Wandel begriffen, und manch einer begann zu mutmaßen, daß sich hinter der seit Jahrhunderten überlieferten Geschichte der Menschheit eine andere

Wahrheit verbarg. Das Geheimnis der Elite lief Gefahr, durch Menschen wie seinen Vetter Giorgio Alimante enthüllt zu werden. Deshalb unterstützte er die scharfe Wende der amerikanischen Elite, die diesen beginnenden Aufstand hinwegfegen und jede Rebellion im Keime ersticken würde. Das Schicksal der europäischen Elite war es zu unterliegen, doch er würde auf der Seite der Sieger sein. Denn dort war sein Platz.

Endlich läutete sein Handy. Es war Lazbo.

»Alles okay«, sagte der Killer, »die Zielperson ist um Punkt siebzehn Uhr eliminiert worden.«

Badoer spürte einen Adrenalinstoß durch seinen ganzen Körper gehen, doch er kontrollierte sich und gab dem Killer mit ruhiger Stimme Anweisungen für ihr nächstes Treffen. Dann beendete er die Verbindung und entspannte sich, er war zufrieden.

»Laß uns zurückfahren«, sagte er zu dem Fahrer, der daraufhin wendete und wieder Richtung Stadt fuhr. Badoer fühlte sich euphorisch, sein Leben war dabei, sich zu verändern. Er sah Venedig in seiner ganzen Schönheit auf sich zukommen und fragte sich, ob es ihm fehlen würde.

Lazbo gab Alimante das Handy zurück. Dieser nickte. »Gut gemacht. Sie sind ein vernünftiger Mann, und man wird Sie dafür belohnen.«

Er gab einem seiner Männer ein Zeichen. »Bezahl ihn, bring ihn zum Flughafen und setze ihn in das erste verfügbare Flugzeug«, befahl er. Dann wandte er sich erneut an Lazbo. »Es ist möglich, daß ich Ihre Dienste in Zukunft erneut in Anspruch nehme. Wenn Sie allerdings versuchen, sich mit meinem Vetter in Verbindung zu setzen, sind Sie tot, bevor Sie mit ihm sprechen können. Doch ich bin mir sicher, daß Sie sich Ihren Glückstag nicht verderben wollen. Ist es nicht so?«

Lazbo nickte, er war überzeugt, und es gelang ihm nicht, sich dem bannenden Blick Alimantes zu entziehen. Der große Finanzier betrachtete ihn mit fast amüsiertem Ausdruck.

»Sehr gut«, sagte er dann und gab ihm einen Klaps auf die Schulter. »Dann verabschiede ich mich von Ihnen und wünsche Ihnen eine gute Reise.«

Alimante verließ das Zimmer, und der Killer holte tief Luft. Vielleicht war er davongekommen. Doch er kannte die Gerüchte, die in seinen Kreisen über diese Leute die Runde machten: Deshalb war er, bis er in einem Flugzeug saß, in Gefahr, das gleiche Ende zu nehmen, das viele vor ihm genommen hatten. Man raunte etwas von geheimen Riten und Menschenopfern. Vielleicht nur Legenden, doch der Ort, wo er sich befand, war für eine Vorstellung dieser Art perfekt.

Er hatte schnell aufgegeben. Vor allem, nachdem man ihn, ohne den Dogenpalast zu verlassen, durch einen schmalen Gang in ein Zimmer mit gepolsterten Wänden gebracht hatte. Er war ein Profi, ihm war Alimante, dessen Macht er kannte, ebenso gleichgültig wie Badoer, von dessen Abhängigkeit er wußte. Auftragsmorde waren sein Job, und dafür wurde er ausgezeichnet bezahlt. Doch es war nicht im Preis inbegriffen, daß er sich opfern müßte.

Die beiden Männer banden ihn los und brachten ihn aus dem Zimmer. Ihr Weg führte noch einmal durch einen unterirdischen Gang, der in einem halbdunklen Gäßchen hinter einem Kanal endete. Sie gingen mit ihm zu einem Motorboot, das sie schon erwartet hatte, fuhren den Canal Grande hinunter, um dann in den Canale di Cannaregio einzubiegen. Erst als er die winzige Isola Carbonera sah, begriff Lazbo, daß sie ihn wirklich zum Flughafen Marco Polo brachten und daß er nicht den Fischen in der Lagune zum Fraß vorgeworfen würde.

18

Tom Beatty sah Hibbing verstohlen an. Seit dem Anschlag auf der Piazza San Marco hatte der Sänger kein einziges Wort gesagt. Erst im Hotel, kurz vor der Abreise nach Mailand, hatte er endlich das Schweigen gebrochen.

»Wie sieht es bei dir mit Konzerten aus?« fragte er ihn.

Er antwortete, daß seine Europatournee vor zwei Tagen in der Arena von Verona zu Ende gegangen und er in Italien geblieben sei, um Venedig und Treviso zu besuchen, aber am nächsten Tag nach New York fliegen wolle.

»Kannst du nicht bleiben? Wir könnten in ein paar Tagen zusammen in die Staaten zurückkehren ...«, bat er ihn.

Beatty, ebenso wortkarg wie sein Freund, beschränkte sich auf ein Nicken. Er verstand, daß Hibbing jetzt jemanden brauchte, den er gut kannte, einen Freund wie ihn, um über diese Sache hinwegzukommen. Er zückte sein Handy und regelte ein paar Angelegenheiten. Es standen keine weiteren Konzerte in Amerika an, jedenfalls nicht bis zum Ende des kommenden Monats, und der Rest konnte warten. Hibbing war nicht nur ein Freund, sondern auch sein Lehrer. Sie hatten oft zusammengearbeitet, und er mochte ihn gern. Und außerdem, sagte er sich, läßt man ein Genie nicht im Stich, wenn es Hilfe braucht.

Noch am selben Abend brachen sie nach Mailand auf.

Und als Beatty merkte, daß die beiden Männer von der Piazza San Marco nicht mit im Bus waren, bat er den Freund um Erklärungen. Er war neugierig zu erfahren, wer sie waren, auch wenn er sich bis zu diesem Moment nicht getraut hatte, Fragen zu stellen.

Hibbing zeigte mit einer Handbewegung nach hinten. »Sie sind hinter uns. Wenn du durchs Rückfenster schaust, wirst du einen schwarzen BMW sehen. Er folgt uns, seit wir Venedig verlassen haben.«

Beatty tat es – und wirklich: Der BMW fuhr wie ein Geleitfahrzeug hinter dem Tourbus her.

»Wer sind sie?« entschloß er sich zu fragen. Statt einer Antwort nahm Hibbing die Gitarre und begann ein Lied zu spielen, das Spike vor Jahren für ihn geschrieben hatte. Es war ein gefühlvolles Stück, das Beatty schon lange nicht mehr gehört hatte. Die Erinnerung an Spike rührte ihn, denn auch ihm war es sehr nahegegangen, als Spike gestorben war.

»Ein großer Musiker«, murmelte er. »Und ein außergewöhnlicher Mensch…«

Hibbing antwortete nicht und spielte weiter. Während er zuhörte, erinnerte Beatty sich daran, was Hibbing einmal in einem Interview über die Musik gesagt hatte, wie er sie sich vorstellte und verwirklichen wollte. Er hatte versucht, dem Journalisten diesen scharfen und metallischen, irgendwie wilden, quecksilbrig hellen Ton zu erklären; seinen Sound, den zu erreichen ihm, wie er zugegeben hatte, nicht immer gelang. Doch in diesem Tourbus, der unterwegs nach Mailand war, stellte sich dieser Sound ein, Musik und Text fanden in perfektem Einklang zusammen. »Die

Worte überlagern die Musik nicht, sondern sie heben sie hervor«, pflegte er über seine Texte zu sagen.

Hibbing spielte länger als eine Stunde, dann legte er sich zum Schlafen in seine Koje und gab bis Mailand kein Lebenszeichen mehr von sich. Beatty mußte seine Neugierde zügeln, unsicher, was er denken sollte, auch wenn er davon überzeugt war, daß die beiden Männer nicht zur Truppe gehörten.

Als sie Mailand erreicht hatten und im Hotel Principe di Savoia abgestiegen waren, wurden Hibbing und Beatty in einer Suite mit zwei Schlafzimmern untergebracht, so daß Beatty seinem Freund nahe sein und seine Moral ein wenig heben konnte. Dies hatte einer der beiden mysteriösen Männer durchgesetzt. Der Tourmanager fühlte sich zwar arg zurückgesetzt, wagte jedoch nicht zu protestieren.

Sie aßen in einem Privatraum des Hotels und zogen sich bald in die Suite zurück, wo sie einen Western im Fernsehen anschauten. Gegen zehn klopfte der Mann, der Franz hieß, an die Tür der Suite und teilte ihnen mit, daß er am nächsten Morgen abreisen werde. Seine Stelle werde ein gewisser Raymond einnehmen.

Beatty verstand immer weniger, doch auch nachdem sich Franz von ihnen verabschiedet hatte, stellte er keine Fragen. Er wartete lieber, bis Hibbing von sich aus sprach.

In den Abendnachrichten brachten sie die Meldung über die mysteriöse Verletzung eines Touristen auf der Piazza San Marco. Die offizielle Version lautete, daß eine Kugel, abgeschossen von einem bisher unbekannten Ort und einem ebenso unbekannten Schützen, einen deutschen Touristen getroffen hatte, der auf der Hochzeitsreise war. Als der Sprecher gleich darauf meldete, daß sich ein im internationalen Jet-set sehr bekannter venezianischer Adliger in seinem Palazzo am Canal Grande umgebracht hatte, bat Beatty Hibbing, den Fernseher auszuschalten. Er wollte nicht, daß diese Nachrichten seinen Freund noch mehr deprimierten.

Doch Hibbing war nicht deprimiert. Seit dem Nachmittag, als Jeremy ihn von der Piazza weg und im Gritti in Sicherheit gebracht hatte, trug er sich mit einer Idee, die während der Reise nach Mailand immer mehr Gestalt angenommen hatte.

»Weißt du, wie weit Mailand vom Schweizer Kanton Tessin entfernt ist?« fragte er Beatty und schaute ihn mit einem Blick aus seinen berühmten blauen Augen an.

Mit Beattys Geographiekenntnissen war es nicht weit her, nicht einmal, was sein eigenes Land anging, geschweige denn, was Europa betraf. Er machte ein ratloses Gesicht und zuckte mit den Schultern.

»Ich habe keine Ahnung. Aber wir könnten ja mal fragen.«

»Nein!« rief Hibbing aus, erhob sich aus dem Sessel und ging zum Schreibtisch, auf dem ein Computer thronte. »Das Schöne an 5-Sterne-Hotels ist, daß sie wirklich alles bieten«, sagte er, setzte sich hin und schaltete den Computer ein. Er ging ins Internet und begann zu surfen. Nach einer Weile gab er Beatty ein Zeichen, daß er näher kommen solle.

»Sieh mal«, rief er aus. »Wir sind ganz in der Nähe von Montagnola. Wir brauchen eine Stunde mit dem Auto, mehr nicht!«

Mit einem Mal schien er wieder guter Laune zu sein. Lächelnd ging er im Zimmer auf und ab. Beatty freute sich darüber, auch wenn er den Grund für diese Begeisterung nicht verstand.

Vorsichtig versuchte er eine Antwort zu bekommen. »Warum interessiert dich dieses Montanetta so?«

»Montagnola!« verbessert Hibbing ihn. »Erinnerst du dich nicht? Das ist der Ort, an dem Spike das letzte Jahr seines Lebens verbracht hat. Ich glaube, seine Asche ist im Park der Villa, die er sich gekauft hatte, verstreut worden. Als ich zum letztenmal am Telefon mit ihm sprach, hat er mir gesagt, daß er, wenn er die Krankheit überleben sollte, weiter dort leben wolle, ein paar Schritte vom Hermann-Hesse-Museum entfernt. Stell dir nur vor: Er wollte sogar Italienisch lernen!«

»Hermann Hesse, der hat doch den *Steppenwolf* geschrieben, oder?«

Hibbing nickte. »Und *Siddharta*. Auch einer, der eine Leidenschaft für Indien hatte, wie Spike.«

Er hörte auf, im Zimmer hin- und herzugehen, blieb vor Beatty stehen, sah ihm in die Augen und sagte nur: »Ich will dahin.«

Beatty wußte, daß sich Hibbing, wenn er sich etwas in den Kopf gesetzt hatte, von niemandem davon abbringen ließ. Doch er versuchte es trotzdem.

»Dieser Typ, Franz, hat gesagt, daß du bis zum Konzert das Hotel nicht verlassen sollst.«

Der Sänger schien von diesen Worten nicht sonderlich beeindruckt. »Ich weiß. Doch ich werde trotzdem fahren. Kommst du mit?«

Hibbing war ein schlechter Autofahrer. Beatty wußte es aus eigener, leidvoller Erfahrung, weil sie vor vielen Jahren bei einer Tournee ein paarmal fast von der Straße abgekommen wären. Es kam also keinesfalls in Frage, ihn allein fahren zu lassen.

»Natürlich komme ich mit, soll ich dich vielleicht Auto fahren lassen? So verantwortungslos bin ich nicht...«, antwortete er resigniert.

»Ich habe tatsächlich auf dich gezählt«, sagte Hibbing verschmitzt. »Und jetzt erkläre ich dir, wie wir der Bewachung durch unsere Schutzengel entkommen...«

»Doch wenn diejenigen, die dich heute umbringen wollten, es noch einmal versuchen?«

»Beruhige dich, das wird nicht passieren«, sagte Hibbing und versuchte überzeugend zu klingen.

In Wirklichkeit war er sich keineswegs sicher, doch es war ihm gleichgültig. Diese verdammte Bande würde ihn nicht mehr daran hindern zu tun, was er wollte. Sollten sie ihn doch töten, im Grunde hing er nicht so sehr am Leben, vor allem nicht an diesem abgesonderten Leben, zu dem sie ihn seit Jahren gezwungen hatten. Er fühlte das Bedürfnis, dort hinzugehen, wo Spike die letzten Stunden seines Lebens verbracht hatte und wo seine Asche ruhte, an jenen Ort, von dem der Freund ihm gesagt hatte, er liebe ihn so sehr, daß er ihn als letzte Zuflucht wähle.

Als es mit Spike zu Ende ging, hatte Hibbing es nicht geschafft, ihn zu besuchen – wegen seiner Verpflichtungen, aber auch aus Feigheit. Er ertrug es nicht, ihn an der Schwelle des Todes zu sehen, ohne etwas tun zu können, um ihn zu retten. Doch sie hatten oft miteinander telefoniert, und er wußte, wie sehr Spike diesen Ort mit dem unaussprechlichen Namen im Süden der Schweiz liebte. Der Freund hatte ihm erzählt, daß er die Villa durch puren Zufall gefunden habe. Eines Tages hatte er sich aufgemacht, das Hermann-Hesse-Museum zu besuchen, da er diesen Schriftsteller sehr schätzte. Dort in der Nähe hatte er über die Einfriedungsmauer hinweg eine große Villa gesehen, gebaut im gleichen Stil wie das Haus, das das Museum beherbergte, und hatte sich danach erkundigt. Die Villa war zu kaufen, und kurz darauf gehörte sie ihm.

Das Klingeln des Handys riß ihn aus den Erinnerungen. Es war Ogden.

»Tut mir leid wegen heute –«, fing der Agent an.

»Es ist alles gutgegangen, machen Sie sich keine Sorgen«, unterbrach ihn Hibbing.

»Es dürfte Ihnen nichts mehr geschehen. Der Attentäter war ein Einzelgänger, wir haben ihn neutralisiert. Die amerikanische Elite hat nichts damit zu tun. Es war jemand, der sich bei ihr einschmeicheln wollte.«

»Die üblichen Spielchen dieser Wahnsinnigen …«, bemerkte Hibbing angewidert. »Ein armer Kerl ist an der Schulter verletzt worden.«

»Er hätte auch getötet werden können, und das gilt auch für Sie. Auf jeden Fall wäre es mir lieber, wenn Sie sich in Zukunft an das halten, was meine Männer Ihnen sagen.«

»Okay, okay«, sagte Hibbing und fühlte sich ein wenig schuldig wegen seiner Pläne.

Ogden bemerkte etwas Überdrehtes in der Stimme des Sängers, doch er schrieb es der Erregung zu, die sich oft einstellt, wenn man einer Gefahr entronnen ist.

»Richten Sie Ihrem Freund mein Kompliment aus, er hat Franz wirklich geholfen.«

»Tom ist auf Draht. Ich werde ihm sagen, daß er sich die Hochachtung eines Profis erworben hat. Er ist hier ...«

Ogden lachte. »Dann grüße ich Sie alle beide. Wenn Sie mich brauchen, zögern Sie nicht, mich anzurufen. Ich fliege morgen nach Washington, doch ich bin immer zu erreichen.«

»Ich weiß wirklich nicht, wie ich Ihnen danken soll. Für alles, auch für die moralische Unterstützung«, sagte Hibbing ernst. »Meine Tournee in Amerika beginnt in einer Woche, und zwar ausgerechnet in Washington. Wir können uns dort wiedersehen.«

»In Ordnung. Ich werde mich bei Ihnen melden. Bis bald«, sagte der Agent und beendete die Verbindung.

»Wer war das?« fragte Beatty.

»Noch ein Schutzengel.« Als er sah, daß sein Freund ihm diese Antwort übelnahm, klopfte er ihm auf die Schulter.

»Wie du gesehen hast, gehören manche von denen, die mich beschützen, nicht zur Truppe. Im Augenblick kann ich dir nicht mehr sagen. Aber du kannst beruhigt sein, es ist alles in Ordnung, und es wird sich nicht wiederholen, was in Venedig geschehen ist. Sie haben mir gesagt, ich soll dir ihre Hochachtung ausrichten ...«, fügte er hinzu.

»All diese Dinge hat dir der Schutzengel gesagt?« fragte Beatty ironisch.

»Ja, und ich werde ihn bitten, auch dich zu beschützen. Mit deiner letzten Platte hast du die multinationalen Plattenkonzerne verärgert, weil du sie der Korruption und Unmoral anklagst. Und sie haben die Platte boykottiert und die Kritik gezwungen, schlecht darüber zu schreiben, während sie in Wirklichkeit zum Besten gehört, was du je gemacht hast. Es sind Scheißkerle, das weißt du schon lange, aber du weißt nicht, daß viele Plattenbosse zu einer internationalen Sippschaft gehören, die die Macht in Händen hat …« Hibbing machte eine ungeduldige Geste mit der Hand. »Doch lassen wir das«, schloß er mit einem Schulterzucken, »es ist zu kompliziert. Vergiß, was ich gesagt habe. Jetzt wollen wir überlegen, wie wir nach Montagnola kommen.«

Am nächsten Morgen gegen sieben, während Franz am Flughafen Malpensa Raymond in Empfang nahm, die Anweisungen an ihn weitergab und in das Flugzeug des Dienstes nach Washington stieg, verließen Hibbing und Beatty das Principe di Savoia, riefen ein Taxi und ließen sich zum nahen Hauptbahnhof bringen. Dort mieteten sie bei Hertz einen mit GPS ausgestatteten Wagen. Das einzige Auto, das um diese Zeit und ohne Reservierung zur Verfügung stand, war ein zweitüriger Jeep Toyota in einem furchtbaren Violett. Nachdem sie die Papiere auf den Namen Beatty ausgefüllt hatten, brachen die beiden Freunde gegen halb neun Richtung Schweiz auf.

Sie erreichten ohne Probleme die Autobahn, weil sie mit Hilfe des ausgezeichneten GPS in kurzer Zeit die Stadt hinter sich gelassen hatten. Beatty, der ein guter Fahrer war, hielt sich an die vorgeschriebene Geschwindigkeit und war doch trotz des morgendlichen Verkehrs in weniger als einer Stunde bei Chiasso-Brogeda an der Grenze.

Hinter der Grenze behielten sie die Richtung Lugano

bei, verließen nach zwanzig Minuten die Autobahn, und ohne in die Stadt hineinzufahren, nahmen sie die Abfahrt nach Montagnola.

Die Berge um sie herum waren in ein sattes Grün gebettet, und der See spiegelte das intensive Blau des Himmels wider. Nachdem sie die Kantonsstraße hinaufgefahren waren und den Luganer Teil des Sees rechts hatten liegen lassen, passierten sie Sorengo und Gentilino. Dort führte links eine von schlanken, sehr hohen Zypressen gesäumte Allee hinauf zur Kirche. Hibbing mußte an die Toskana denken; eine Zeitlang hatte er vorgehabt, dort ein Haus zu kaufen.

Die weibliche Stimme des GPS gab Beatty Anweisungen, wo und wann er abbiegen mußte. Zum Schluß, nachdem sie an einer Bruchsteinmauer entlanggefahren waren, hinter der ein Park lag, erreichten sie den Hauptplatz von Montagnola, und die mysteriöse, ein wenig metallische Stimme sagte im Rhythmus eines Roboters: »Sie – haben – Ihr – Ziel – erreicht.«

»Wo mag diese Villa sein?« fragte Beatty, nachdem er geparkt hatte.

»Keine Ahnung. Laß uns jemanden fragen. Spike hat ein Jahr lang hier gelebt, er war berühmt, die Leute wissen sicher, wo er gewohnt hat! Er hatte seinen ständigen Wohnsitz in der Schweiz, wußtest du das?« fragte Hibbing, als er aus dem Auto stieg.

Beatty schloß die Wagentür und folgte ihm. »Tatsächlich? Dann war es ihm ja wirklich ernst…«

»Allerdings. Er hatte die Nase voll von den Engländern und Amerikanern, wie es scheint. Komm, wir gehen in die Bar dort und fragen.«

Hibbing setzte sich Sonnenbrille und Hut auf und ging mit entschlossenem Schritt auf einen an der Piazza liegenden Crotto – ein typisches Tessiner Restaurant – zu.

»Wir könnten auch etwas trinken«, sagte er, als sie sich an einen der Tische unter der Markise setzten. Kurz darauf erschien ein Kellner. Er sprach jedoch kein Englisch und machte ihnen mit einer Geste klar, daß sie warten sollten, während er wieder ins Lokal ging und bald darauf mit einem Jungen zurückkam.

»Was wünschen die Herren?« fragte der Junge in seinem Schulenglisch.

»Wir hätten gern zwei Kaffee und ein paar Auskünfte«, antwortete Hibbing, der mit seinem Hut und der Sonnenbrille wie die moderne Version eines Cowboys aussah.

Der Junge sah ihn mit Interesse an, schien ihn aber nicht zu erkennen.

Hibbing fragte ihn, ob er wisse, wo Spikes Haus sei, und der Junge nickte.

»Natürlich, es ist nur ein paar Schritte von hier«, antwortete er. »Sie müssen auf diesem Sträßchen hier links in den alten Ortskern gehen und bis zum Ende darauf bleiben, dort ist dann rechts das Hermann-Hesse-Museum. Sie halten sich links und gehen wieder hinunter Richtung Kantonsstraße, bis Sie zu einem großen Tor aus schwarzem Eisen kommen, ebenfalls auf der linken Seite. Dort ist der Eingang zur Villa. Aber jetzt ist nur der Mann da, der auf das Haus aufpaßt.«

»Danke für die freundliche Auskunft«, sagte Hibbing. »Könnten Sie uns nun bitte noch ein Mineralwasser und zwei Kaffee bringen?«

Der Junge verschwand wieder im Lokal, und Hibbing schwieg und sah vor sich hin. Er fragte sich, ob Spike je in diesem Restaurant gewesen sei, doch das schien ihm unwahrscheinlich, er war damals schon sehr krank und verließ das Haus nur, um sich zur Behandlung ins Krankenhaus zu begeben.

Der Junge kam mit dem Kaffee, stellte ihn auf den Tisch und sah Hibbing an. »Man hat mir gesagt, Mr. Spike sei ein sehr sympathischer Mann gewesen. Kannten Sie ihn?«

Hibbing antwortete nicht gleich, da er befürchtete, erkannt zu werden. Dann sah er sich um: An diesem sonnigen Sonntag und um diese morgendliche Stunde lag der Hauptplatz von Montagnola verlassen da. Auch wenn der Junge ihn als den legendären Robert Hibbing erkennen sollte – was machte es schon aus? Er würde ihn höchstens um ein Autogramm bitten, und damit wäre die Sache erledigt.

»Ja, wir waren eng befreundet«, gestand er.

Der junge Kellner lächelte, weil er sich freute, den beiden Fremden etwas erzählen zu können. »Ein Bekannter von mir, der im Krankenhaus in Bellinzona arbeitet, hat ihn kennengelernt. Er hat mir erzählt, daß er ein außergewöhnlicher Mensch war, ganz unkompliziert und sehr nett. Er hat mir auch gesagt, daß er immer, wenn er mit Mr. Spike geredet hat, das Gefühl hatte, er wäre –«. Er unterbrach sich, schien nicht weiterzuwissen, wobei nicht klar war, ob es mit der Sprache oder mit dem Inhalt dessen zu tun hatte, was er sagen wollte. Dann hob er einen Arm, hielt die Hand ein gutes Stück über den Kopf, als ginge es um jemanden, der größer war als er. »Mein Freund hat gesagt, daß er, wenn er mit ihm sprach, das Gefühl hatte, Mr. Spike sei irgendwie weiter, also auf einer höheren Stufe...«

Hibbing hob den Kopf und sah den Jungen mit Interesse an. »Er hatte recht«, murmelte er. »Spike war wirklich ein besonderer Mensch, der eine höhere Bewußtseinsebene erreicht hatte...«

Der Kellner, der schon seit einer Weile das Gefühl hatte, daß diese beiden eigenartigen Männer bekannte Gesichter hätten, betrachtete sie genauer und versuchte dabei, nicht unverschämt zu sein. Es waren mit Sicherheit Künstler, dachte er, das sah man an ihrer Art, sich zu kleiden, exzentrisch und nicht nullachtfünfzehn. Doch er war wohlerzogen und diskret, daher fragte er nur: »Sie sind Musiker, nicht wahr?«

Die beiden Freunde nickten und lächelten, doch sie verstanden, daß nun der Augenblick gekommen war aufzubrechen. Sie bedankten sich für die Information, bezahlten die Rechnung, legten ein üppiges Trinkgeld dazu und standen auf, um in die angegebene Richtung zu gehen.

Sie verließen den Platz auf einer engen Gasse, die zu einer Straße des alten Dorfs führte. Auf dieser blieben sie, bis sie einen kleinen Platz erreichten, wo zur Linken eine Art Backsteinkastell mit roten Fensterläden das zweistökkige Gebäude des Hermann-Hesse-Museums überragte, ohne es zu stören. Zwei knorrige alte Platanen standen, wie zu Hesses Zeiten, am Eingang Wache. Die Torre Camuzzi, Sitz des Museums, war mit einem Haus verbunden, das mit seinem Putz in einem rosé schimmernden Gelb und den blauen Fensterläden mediterran wirkte. Dort hatte Hesse eine Zeitlang gewohnt, bevor er in ein anderes

Haus in Montagnola gezogen war. Vor dem Eingang zum Museum lagen auf einem Tischchen einige Exemplare von Hesses Büchern in verschiedenen Sprachen. Darum herum standen kleine Fauteuils für alle, die sich an diesem kühlen und schattigen Plätzchen aufhalten und lesen wollten.

Hibbing und Beatty sahen sich ratlos an.

»Der Junge hat gesagt, wir sollten links hinuntergehen, Richtung Hauptstraße…«, sagte Beatty.

Hibbing nickte und ging entschlossen auf die einzige Straße zu, die zur Kantonsstraße zu führen schien, gefolgt von Beatty.

Sie ließen die Torre Camuzzi und das kleine rote Kastell rechts hinter sich und kamen zu einer uralten Platane an der Ecke eines Hauses. Sie gingen darum herum und erblickten schließlich in einer Entfernung von wenigen Metern das schmiedeeiserne Tor.

Auch wenn die Einfriedungsmauer niedrig war, lag die Villa doch hinter der Vegetation des Parks verborgen, und nicht einmal durch das Tor konnten sie etwas entdecken. Auf einer Säule neben dem Eingang war eine videoüberwachte Sprechanlage, die aussah wie das Auge von HAL, dem mörderischen Computer aus *2001 – Odyssee im Weltraum*.

Hibbing trat näher heran und klingelte lange, doch niemand antwortete. Das Haus schien verlassen.

»Was machen wir jetzt?« fragte Beatty und spähte durch den Schlitz zwischen dem Tor und der Säule.

»Ich bin sicher nicht für nichts und wieder nichts hierhergekommen«, rief Hibbing aus und begann, auf die niedrige Mauer zu klettern. »Hilf mir mal«, sagte er, und Beatty schob ihn hoch.

Als er auf dem Mäuerchen war, drehte er sich zu seinem Freund um. »Na, kommst du?« fragte er. Er hatte die Brille abgenommen, und seine blauen Augen lachten.

Beatty kam er plötzlich jung vor, wie am Anfang seines Ruhms, als er ein Faun oder mittelalterlicher Barde schien und einem magischen Spielmann gleich die Massen mitriß. Da hockte er, der Rockstar, und war mit seinen sechzig Jahren noch dazu bereit, das Gesetz zu brechen.

»Das ist Hausfriedensbruch«, gab Beatty ihm zu bedenken, obwohl er sich sicher war, daß dieser Einwand keinerlei Wirkung haben würde. Dann zuckte er mit den Schultern und kletterte ebenfalls hoch.

Mit einem kleinen Sprung waren sie im Garten. Sie gingen auf der Allee zur Villa, einem Bau im gleichen Stil wie das Hesse-Museum. Sogar die Fensterläden, so gut wie alle geschlossen, waren vom selben Blau.

Das Haus war groß, aber nicht auffällig, und es hatte durch die bemalten Kacheln, die die Terrasse und den Innenhof schmückten, etwas Maurisches. Doch Hibbing kümmerte sich nicht um die Villa, er stellte sich in die Mitte des englischen Rasens vor dem Eingang. Er betrachtete die großen Magnolien, die Weiden, die Tannen, die Libanonzedern mit den dichtbesetzten Ästen, die sich wie lange Arme zur Erde streckten. Hibbing wußte von der Liebe Spikes zu Pflanzen, sie hatten lange darüber gesprochen, und auch bei ihrem letzten Telefonat hatte der Freund ihm erzählt, wie er sich, wenn seine Kräfte es zuließen, persönlich um den Garten kümmerte und daß ihm diese Arbeit große Freude machte.

Sie saßen auf einem Holzbänkchen und schwiegen lange, bis sie das Knirschen von Schritten auf dem Kies hörten und sich umdrehten. Ein Mann kam auf sie zu, seine Miene war nicht gerade freundlich, und er hatte einen Schäferhund an der Leine.

»Was tun Sie hier?« fuhr er sie auf englisch an.

Hibbing stand auf, und der Hund begann zu knurren. Beatty zog an seiner Jacke, doch Hibbing achtete nicht auf ihn.

»Ich bin ein Freund von Spike. Ich habe eine halbe Stunde lang geläutet, doch niemand hat geöffnet. Und wer sind Sie?« fragte er seinerseits streng.

»Zuerst sagen Sie mir, wer *Sie* sind«, gab der Mann zurück, während der Hund unruhig wurde.

Hibbing nahm seine Brille ab und sah ihm direkt in die Augen. Auch wenn er klein und schmächtig war, hatte er doch eine unmißverständliche Präsenz, die mit dem Alter nicht schwächer geworden war, ein Auftreten, das ihn als Mittelpunkt des Universums erscheinen ließ, gleichgültig ob er sich auf der Bühne, mitten auf der Straße oder, wie in diesem Augenblick, in einem Garten befand.

»Ich bin Robert Hibbing. Und das ist Tom Beatty«, antwortete er.

Der Mann sah sie genauer an, alle beide, dann schüttelte er den Kopf. »Da soll mich doch der Schlag treffen«, rief er aus und zog den Hund an sich.

»Sei brav, mach Platz!« befahl er dem Schäferhund. Der Hund winselte und legte sich zu seinen Füßen hin.

»Entschuldigen Sie, Mr. Hibbing, ich habe Sie nicht erkannt…«, rief er verlegen aus. »Ich bin der Gärtner und hüte die Villa. Ich komme aus Liverpool«, erklärte er, als könnte dieses Detail seine Zerstreutheit rechtfertigen. »Ich habe die Klingel nicht gehört, weil ich im Garten war...«

Wieder einer, der im Recht war und sich verpflichtet fühlte, sich bei Hibbing zu entschuldigen, dachte Beatty belustigt. Niemand konnte sich seinem Charisma entziehen.

»Wir sind es, die sich entschuldigen müssen«, sagte Hibbing. »Ich bin auf der Durchreise und wollte Spike die Ehre erweisen. Erlauben Sie uns, daß wir uns eine Weile hier aufhalten?« fuhr er mit seinem schönsten Lächeln fort.

Der Gärtner nickte. »Aber natürlich. Die Hausherrin wird sich sehr darüber freuen. Wenn sie heute abend aus London anruft, werde ich ihr sagen, daß Sie gekommen sind. Kann ich Ihnen etwas zu trinken anbieten?«

»Nein danke, wir haben gerade einen Kaffee getrunken. Wir bleiben einfach ein wenig hier, wenn es Sie nicht stört...«

»Bitte, tun Sie das nur. Falls Sie irgend etwas brauchen: Ich bin im Haus«, sagte der Gärtner.

Als der Mann gegangen war, machten Hibbing und Beatty einen Spaziergang durch den Garten und gaben sich Erinnerungen hin. Es hatte eine Zeit in ihrer Jugend gegeben, in der sie mit einer gut aufeinander eingespielten Band, die aus ihnen beiden, Spike und weiteren Musikern bestand, durch die Welt gezogen waren. Es war eine phantastische Erfahrung gewesen, und nicht nur unter professionellem Gesichtspunkt.

Doch Hibbing hatte auch andere Erinnerungen, die sich mit dem verbanden, was in Venedig geschehen war. Er hatte es Spike und seinem Zuspruch im Topanga Canyon zu verdanken, daß er die Angst und die Depression überwunden hatte und es ihm gelungen war, trotz der Übergriffe der Elite einigermaßen anständig zu leben. Dank Spike hatte ihm diese verdammte Bande keine Hirnwäsche verpassen können, er war nicht zur Marionette verkommen, die sie nach Belieben benutzen konnten. Und weiter war es auch Spikes Verdienst, wenn er in Venedig nicht erneut von Angst und Verzweiflung überwältigt worden war. Sie hatten versucht ihn zu töten, ja gewiß, doch jetzt fürchtete er sie nicht mehr. Durch irgendeine sonderbare Alchimie hatte dieses Attentat ihn für immer von ihnen befreit. Hibbing wußte, daß das Verdienst dafür dem toten Freund zukam, seinen Worten, die ihm nach so vielen Jahren geholfen hatten, richtig zu reagieren.

»Vielleicht ist seine Asche in diesem Garten verstreut«, sagte er zu Beatty. »Deshalb wollte ich hierherkommen. Ich weiß, daß er woanders ist, doch manchmal hat es Sinn, sich dorthin zu begeben, wo die sterblichen Überreste derer sind, die wir geliebt haben. Wir können die Dimension, in der sich die Toten aufhalten, nicht erreichen, deshalb müssen wir uns damit begnügen, den Ort ihres Begräbnisses zu besuchen. Einfach nur, um auszudrücken, daß wir uns an sie erinnern und daß sie uns fehlen.«

»Ich denke genauso darüber...«, stimmte Beatty zu.

Mittag war vorbei, als die beiden Musiker sich nach einem letzten Gruß an Spike wieder dem Tor zuwandten.

Von weitem sahen sie die beiden Agenten des Dienstes. Sie kamen ihnen entgegen, in einigem Abstand folgte ihnen der Gärtner. Der Hund war nirgendwo zu sehen.

»Da sind sie! Wie zum Teufel haben sie uns gefunden?« rief Beatty verwundert aus.

Hibbing lächelte. »Das ist ihr Beruf. Wie du siehst, verstehen sie sich sehr gut darauf.«

»Mr. Hibbing, das war keine gute Idee!« sagte Raymond, als die beiden Gruppen sich trafen.

»Finden Sie?« entgegnete Hibbing ganz ruhig. Doch es war ihm anzumerken, daß es ihn wütend machte, von einem, den er zudem noch nie gesehen hatte, auf diese Weise zurechtgewiesen zu werden.

Jeremy, der den Rockstar vergötterte, griff ein. Er stand in der Hierarchie des Dienstes höher als Raymond und brachte diesen mit einer Geste zum Schweigen.

»Es ist alles in Ordnung, Raymond«, sagte er in einem Ton, der keinen Widerspruch duldete. »Mr. Hibbing wollte vor dem Konzert ein wenig Zeit ohne uns verbringen. Wir können ihm keine Vorwürfe machen. Kommen Sie, Mr. Hibbing, wir fahren mit dem BMW nach Mailand zurück, und Raymond liefert den Toyota bei Hertz ab.«

»Wir müssen Ogden informieren …«, wandte Raymond ein.

»Darum kümmere ich mich.« Jeremy hatte beschlossen, den Ausflug seines Idols zu verschweigen. Schließlich fragte er freundlich: »Mr. Beatty, würden Sie bitte die Schlüssel des Toyota meinem Kollegen geben?«

Beatty tat es, und alle vier verließen Spikes Garten, während ein Falke sich hoch in den Himmel erhob.

19

Sobald er in Washington angekommen war, nahm Ogden Kontakt mit David Cummings auf, einem Mann, der schon so lange auf der Gehaltsliste des Dienstes stand, daß Stuart und Ogden ihm vernünftigerweise trauen konnten. Obwohl der Agent und seine Mannschaft im Hotel Willard abgestiegen waren, fand die Unterredung mit Cummings in einem *safe house* in unmittelbarer Nähe der Pennsylvania Avenue statt, einem Apartment, das Stuart in aller Eile von der amerikanischen Sektion hatte einrichten lassen.

Cummings war einer der Verantwortlichen in der Security des gegenwärtigen Präsidenten, doch – dies zählte mehr, und Ogden hatte es erst kürzlich erfahren – er war auch ein Mann der europäischen Elite und einer der Maulwürfe Giorgio Alimantes in Washington.

Die Tatsache, daß einer der Agenten des Dienstes – und sei es auch ein externer – Mitglied der Elite war, hatte ihm zutiefst mißfallen. Doch da ja der Dienst selbst der Elite gehörte, mußte er die Kröte schlucken und schweigen. Daher hatte er seine Wut gedämpft und sich auf die Mission konzentriert. Die Lanze wiederzubeschaffen würde es Stuart und ihm ermöglichen, die Elite von innen kennenzulernen; danach würden sie darüber nachdenken, wie sie sich diese Kenntnisse, wenn irgendwie möglich, zunutze machen könnten.

Dank seiner Stellung in der Security war Cummings nicht nur über die Aktionen des Präsidenten und dessen engster Mitarbeiter auf dem laufenden, sondern auch über alles, was das Weiße Haus betraf, einschließlich der baulichen Gegebenheiten im Umkreis von einigen Kilometern – und zwar über wie unter der Erde. Für den Dienst waren das äußerst wichtige Kenntnisse. Der Ort, wo nach Senator Todds Angaben die Lanze des Longinus verwahrt wurde, war nämlich das Octagon House und befand sich zwischen der 18th Street und der New York Avenue, nur zwei Häuserblocks vom Weißen Haus entfernt. Aus den Informationen des Senators ergab sich außerdem, daß das Octagon House mit dem Weißen Haus über einen der unzähligen unterirdischen Gänge verbunden war, die vom Sitz des Präsidenten abgingen. Todd hatte erklärt, daß ebenjene Möglichkeit, ungesehen vom Weißen Haus unter das Octagon House zu gelangen, einer der Gründe dafür gewesen war, dieses historische Gebäude als Versteck auszuwählen. Doch es war nicht nur eine Frage der Logistik, die den Männern der amerikanischen Elite diesen Ort passend erscheinen ließen. Die Lanze des Longinus war von Präsidentenberater Richard Willington und Verteidigungsminister Cary Brown in der Nähe vom *oval office* versteckt worden, da sie mit ihrer starken Ausstrahlung der Regierung Kraft geben und ihr zu militärischem wie politischem Erfolg verhelfen sollte. In ihrem Glauben an den Einfluß der Lanze waren die beiden nicht allein: Viele im Stab des Präsidenten glaubten daran – wie sechzig Jahre zuvor Hitler und seine Anhänger.

Willington und Brown waren am stärksten von der immensen Macht dieses heiligen Relikts überzeugt. Den Angaben Senator Todds zufolge war die Lanze im Rahmen einer Zeremonie in den Bunker unter dem Octagon House gebracht worden, bei der einige der ältesten Riten wiederbelebt wurden, um das Ereignis gebührend zu begehen.

Nachdem er den Bericht des Senators gelesen hatte, war Ogden zu seinem Verdruß klargeworden, daß religiöse und esoterische Aspekte bei dieser Mission von grundlegender Bedeutung sein würden und daß er sich nicht erlauben könnte, sie zu ignorieren. Aus diesem Grund hatte er zur Washingtoner Mannschaft auch einen Experten für Religion und Esoterik hinzugezogen: einen externen Mitarbeiter des Dienstes, dessen sie sich schon in der Vergangenheit bedient hatten.

Als es an der Tür läutete, öffnete Ogden und stand David Cummings gegenüber. Er erkannte sein offen und ehrlich wirkendes Gesicht wieder – und die Killeraugen, die in einem starken Kontrast dazu standen. Als Cummings ihm die Hand drückte, erinnerte er sich auch an diesen Zangengriff, so amerikanisch und fest.

»Bitte, setz dich doch …«, sagte er und bat ihn herein.

Cummings trat ein. »Wir haben uns ja eine ganze Weile nicht gesehen …«

»So ist es«, bemerkte Ogden nur, während er auf einen Sessel im Wohnzimmer wies. Die Wohnung gehörte zu den *safe houses*, die der Dienst überall auf der Welt unterhielt. Normalerweise wurde sie von einem Agenten der amerikanischen Sektion bewohnt, der zur Tarnung als Lehrer an einer Sporthochschule unterrichtete. Man hatte ihn in Ferien geschickt, nach Wisconsin zum Forellenangeln. Dort würde er so lange bleiben, wie der Dienst seine Wohnung benötigte.

Als er sich in den Sessel setzte, fragte sich Ogden, ob Cummings sich ihm gegenüber wegen seiner Zugehörigkeit zur Elite überlegen fühle. In der Vergangenheit war der Mann nur – jedenfalls hatten Stuart und er selbst dies geglaubt – ein Aushilfsagent des Dienstes gewesen, der Ogden unterstand.

Doch seine Befürchtungen erwiesen sich als unbegründet, denn Cummings kam gleich auf das Problem zu sprechen.

»Ich weiß, was Sie denken. Doch die Rangordnung bleibt dieselbe wie zuvor. Ihr Geschlecht steht über meinem. Obwohl ich informiert worden bin, daß Sie diesen Dingen keine Bedeutung beimessen, ist es meine Pflicht, Ihnen zu sagen, daß ich, auch wenn ich zur Elite gehöre, nicht von königlichem Blut bin, wie Sie und Stuart ...«, sagte Cummings mit einem Lächeln.

Ogden glaubte seinen Ohren nicht trauen zu können. War es möglich, daß dieser unerbittliche Mann, mit dem zusammen er einige schwierige Fälle gelöst hatte, wirklich einen solchen Schwachsinn von sich gab? Er holte tief Luft und erwiderte den direkten Blick des anderen.

»Um so besser. Daß du weißt, wie ich darüber denke, erspart uns irgendwelche Spitzfindigkeiten, die mir fremd sind, insbesondere diese Geschichten mit Blut und Abstammung. Reden wir nicht mehr darüber«, beendete er das Thema mit Entschiedenheit.

Cummings zuckte mit den Schultern. »Wie Sie wollen.

Doch mir lag daran klarzustellen, daß ich Ihnen genauso unterstehe wie früher, da wir ja zusammenarbeiten.«

»Gut, dann laß uns jetzt an die Arbeit gehen. Hast du das Material mitgebracht?«

»Natürlich. Hier sind die DVDs mit den Plänen des Octagon House und des Weißen Hauses, einschließlich Kellergeschossen.«

»Ausgezeichnet«, sagte Ogden und schaltete den abgeschirmten Computer ein, den er aus Berlin mitgebracht hatte.

Cummings hatte detailliertes Material zum Octagon House beschafft. Das Haus, das inzwischen ein Museum beherbergte, war von 1789 bis 1800 für den reichsten Plantagenbesitzer Virginias, Colonel John Tayloe – der politische Ambitionen hatte und in der Nähe seiner politischen Freunde in Washington wohnen wollte –, vom selben Architekten gebaut worden, der das Capitol entworfen hatte. 1814 hatte der Colonel sein Octagon House Präsident James Madison zur Verfügung gestellt, nachdem das Weiße Haus durch einen von den Engländern gelegten Brand zerstört worden war. Das Haus hatte Präsident Madison als Residenz gedient, bis die Schäden am Weißen Haus beseitigt waren. In seinem ovalen Büro gleich über dem Eingang des Octagon House – ähnlich dem des Weißen Hauses, wenn auch kleiner – hatte Madison 1814 den Frieden von Gent unterzeichnet und damit den Krieg gegen die Engländer beendet.

Ogden erkannte, wie sehr das Octagon House von der Architektur her zum Symbolismus der Elite paßte. Trotz seines Namens hatte das Gebäude nur sechs Seiten, und sein

Grundriß, der einen Kreis, zwei Rechtecke und ein Dreieck zu einem Ganzen von höchst eigenwilligen Räumen kombinierte, war nicht zufällig entworfen worden – und ebensowenig zufällig hatte man es als Versteck der Lanze ausgewählt. Alimante hatte ihm erklärt, daß an seinem Standort starke energetische Kräfte wirkten und daß auch der Bau selbst ausgesprochen geeignet dafür sei, die Macht der Lanze zu vergrößern. Nach Madisons Zeit war das Octagon House lange Jahre verlassen gewesen und von Eigentümer zu Eigentümer gegangen. Während des Zweiten Weltkriegs hatte es die Büros des OSS beherbergt, des damaligen amerikanischen Geheimdienstes, Vorläufer der CIA. Um 1960 hatte man schließlich begonnen, es in das Museum für Architektur und Design zu verwandeln. Heute war es das älteste Museum der Vereinigten Staaten.

In dem Haus gingen angeblich auch etliche Gespenster um, und es wurde von amerikanischen Geisterjägern als das am stärksten heimgesuchte Gebäude in Washington DC und vielleicht den gesamten Vereinigten Staaten betrachtet. Es sah so aus, als hätte alles mit dem Tod einer der Töchter Colonel Tayloes begonnen, die infolge eines tätlichen Streits mit ihrem Vater nach ihrer Rückkehr von einem Schäferstündchen mit einem englischen Soldaten die Treppe hinuntergestürzt war. Seitdem beklagte die Ärmste, vielen Zeugnissen zufolge, immer wieder ihr Schicksal. Manche Besucher schworen, gesehen zu haben, wie ein Kerzenschimmer die Treppe heruntergekommen sei, und gleich darauf den Schrei einer Frau gehört zu haben, gefolgt von einem schrecklichen Krach, als wäre jemand vom oberen Stockwerk die Treppe hinunter in die Vorhalle gefallen.

Auch das Gespenst der First Lady Dolly Madison war oft gesehen worden, begleitet von einem Duft nach Flieder, der ihr stets der liebste von allen gewesen war. Die Frau des Präsidenten zeigte sich sehr elegant gekleidet, mit einem Turban auf dem Kopf, den sie trug, um größer zu erscheinen. Manche behaupteten, auch den Lärm der Kutschen gehört zu haben, welche die Gäste zu den prunkvollen Empfängen brachten. Als die Madisons das Octagon House verlassen hatten, um ins Weiße Haus zurückzukehren, war der Colonel mit seiner vielköpfigen Familie erneut dort eingezogen. Unglaublicherweise war eine weitere seiner Töchter nach einem Streit mit dem Vater durch einen Sturz auf der Treppe gestorben, auf gleiche Art wie die Schwester. Und noch mehr Geister bevölkerten das Gebäude: etwa der eines Mädchens, das man wahrscheinlich lebendig eingemauert hatte und dessen Leiche bei den Restaurierungsarbeiten hinter einer Wand gefunden worden war. Die Ärmste hielt noch die Fäuste geballt, mit denen sie – in dem Versuch, auf sich aufmerksam zu machen – gegen die Wand getrommelt hatte. Jahrhundertelang war in dieser Wand ein geheimnisvolles Klopfen zu vernehmen gewesen, das ein Ende hatte, als die Leiche würdig bestattet worden war. Ein weiteres Gespenst hingegen hätte der Protagonist einer Ballade von Robert Hibbing sein können. Es handelte sich um einen Berufsspieler, der in den ersten Jahren des zwanzigsten Jahrhunderts Gast im Hause gewesen war. In einer Nacht war er von jemandem getötet worden, dem er durch Falschspielen viel Geld abgenommen hatte. Man sagte, dieses Gespenst sei oft zu sehen, wie es die Pistole ziehe, um sich zu verteidigen.

»Nicht gerade ein heimeliges Haus«, bemerkte Cummings.

»Sieht ganz so aus«, stimmte Ogden ihm zu.

»Aber ein großer Teil von diesen Geschichten sind Märchen…«, warf der Amerikaner ein.

»Natürlich sind es Märchen!« sagte Ogden, amüsiert über die Klarstellung.

Cummings sah ihn an. »Ich meine, daß die Geräusche, die man hört, und die seltsamen Dinge, die dort drinnen seit Jahrhunderten geschehen, nicht alle das Werk von Gespenstern sind…«

Ogden verstand augenblicklich, worauf Cummings anspielte, doch er verhielt sich äußerst vorsichtig. Schließlich – auch wenn er nicht von königlichem Blut war – gehörte dieser Kerl doch immerhin zu der Bande, und dies konnte ein Trick sein, um herauszubekommen, wieviel er von den Riten der Elite wußte.

»Willst du damit sagen, daß die seltsamen Dinge das Werk der Lebenden und nicht der Toten sind?« fragte er lediglich.

»Genau«, bestätigte Cummings. »Manche Riten sind grausam, was natürlich nicht ohne Lärm abgeht. Und in der Nacht kann man, auch in einer Stadt wie Washington, etwas hören…«

Cummings warf ihm einen Köder hin, doch Ogden hütete sich anzubeißen. Er nickte, ohne eine weitere Bemerkung dazu zu machen.

»Auf jeden Fall ist die Lanze in diesem Bunker«, fuhr Cummings fort und wies auf den Bildschirm. »Genau unter dem Haus. Wir wissen, daß es ein gewisses Hin und Her dort unten zwischen dem Weißen Haus und dem Octagon House gibt, und zwar durch diesen unterirdischen Gang, der von der Küche des Weißen Hauses bis hierher führt«, sagte er und zeigte auf den Monitor. »Vom Octagon House dagegen muß man, um in den Bunker, wo die Lanze verwahrt wird, zu gelangen, in den Keller hinunter. Hier, sehen Sie«, fuhr er fort und wies mit dem Zeigefinger auf eine Stelle. »Genau hier, in diesem Raum, wo einst der Weinkeller war und heute ein Abstellraum des Museums ist, gibt es einen Gang. Der Bunker kommt gleich danach. Was den Weg angeht, der vom Weißen Haus dorthin führt, so wird er immer von zwei Männern bewacht, und es gibt es ein ausgefeiltes Sicherheitssystem. Doch für den Gang vom Octagon House zum Bunker liegt die Sache anders. Dies ist der schwächste und am wenigsten geschützte Teil. Außerdem wissen nur sehr wenige, daß es dort unten ein unglaubliches Labyrinth von Gängen gibt. Doch wir werden uns dank dieses Materials sicher zurechtfinden«, sagte Cummings und zeigte auf die Pläne am Bildschirm.

»Also werden wir unter dem Octagon House durchgehen und so zum Bunker gelangen«, murmelte Ogden nachdenklich. »Doch auch diese Seite ist von elektronischen Überwachungsanlagen geschützt, die direkt bei euch im Weißen Haus Alarm auslösen.«

»So ist es«, gab Cummings zu. »Hier werde ich tätig werden, indem ich es, sobald ihr euch entscheidet loszuschlagen, so einrichte, daß das System einen vorübergehenden Blackout erleidet. Ich werde im Weißen Haus sein und während der Wiederbeschaffungsaktion mit euch in Verbindung bleiben, damit ich euch über jeden Zwischenfall unterrichten kann. Wenn notwendig, kann ich mich zweier junger Kollegen bedienen, die ich wegen einiger Kleinigkeiten in der Hand habe. Im Augenblick wissen sie noch nichts, doch sie werden tun, was ich sage. Danach werde ich mich ihrer entledigen, und es bleiben keine Zeugen zurück.«

Ogden sah ihn aus den Augenwinkeln an. Cummings sprach davon, zwei junge Männer der Security zu eliminieren. Dabei verzog er keine Miene, als kündige er einen einfachen Wachwechsel an und nicht einen Doppelmord. Es war seltsam, daß Ogden die Sache berührte, da im Notfall jeder operative Agent so handelte. Und doch, der Umstand, daß Cummings zur Elite gehörte, machte alles, was er sagte oder tat, zu einer schwerwiegenderen Angelegenheit.

Cummings war auf jeden Fall für einen Erfolg der Operation unverzichtbar, denn dank seiner Position in der Security kannte er jeden Winkel im Weißen Haus, auch den verborgensten.

»Wann wollt ihr losschlagen?« fragte Cummings.

Ogden antwortete nicht gleich. Sie würden wenigstens drei Tage brauchen, um einen perfekten Plan auszuarbeiten, trotz der Hilfe Todds und der Mitarbeit Cummings –, es gab immerhin Wachtposten im Bunker, und er wollte es nicht riskieren, Verluste zu erleiden. Wenn irgend etwas schiefginge, käme niemand von ihnen lebend aus dem Bunker heraus.

»Innerhalb von drei Tagen arbeiten wir eine Operation aus, die einen Fluchtplan beinhaltet«, antwortete er. »Aber du wirst mit uns kommen ...«

Cummings sah ihn erstaunt an. »Ich bin im Weißen Haus viel nützlicher für euch!« gab er zu bedenken.

Ogden lächelte. »Natürlich bist du dort nützlich. Doch wenn der Moment gekommen ist, wirst du dich uns anschließen. Wir treffen uns im Tunnel, wie Arbeiter bei einem Durchstich. Siehst du diese ringförmige Umführung?« Ogden zeigte mit dem Finger auf den Bildschirm. »Also, dieser Ring, der von dem Gang abgeht, kommt vom Weißen Haus her und vereinigt sich nach einigen Metern mit dem Tunnel unter dem Octagon House, wobei er um den Bunker herumführt. Wenn wir bereit sind loszuschlagen, und dies wird natürlich in der Nacht sein, nachdem der Blackout vorgetäuscht worden ist, wirst auch du nach unten kommen und dich uns anschließen. Zusammen nehmen wir die Lanze, gelangen durch das Octagon House, das um diese Zeit nur von Gespenstern bewohnt ist, nach draußen, und jeder geht seines Weges. Du wirst also in der Schaltzentrale viel zu tun haben und schnell handeln müssen.«

»Soweit ich sehe, wollen Sie unbedingt, daß ich bei Ihren Leuten bin. Vertrauen Sie mir vielleicht nicht?«

»Wir haben in letzter Zeit einige Fälle von Verrat gehabt, ich möchte nicht, daß sich die Luft von Washington als ungesund für uns Europäer herausstellt. Ich rate dir, deinen beiden jungen Kollegen sehr genau zu erklären, wie sie dich ersetzen können«, schloß Ogden.

Cummings sah ihn an und lächelte. »Okay, das scheint mir in Ordnung. Doch Sie müssen mich dem Rest des Teams vorstellen.«

»Alles zu seiner Zeit«, sagte Ogden und schob eine DVD in den Computer. »Jetzt machen wir uns erst einmal an die Arbeit.«

20

Sigrid Knopf wußte nicht, was sie noch tun sollte, um ihre Freundin aufzuheitern. Am Abend vorher war Verena ziemlich angespannt von ihrem Rendezvous zurückgekehrt. Sie hatten noch ein Glas zusammen getrunken, dann war Verena schlafen gegangen, ohne ihre Neugierde zu stillen. Und Sigrid hätte doch allzugern gewußt, was zwischen ihr und ihrem mysteriösen Liebhaber vorgefallen war.

Doch auch wenn Verena ihr Herz nicht ausschüttete: Sigrid kannte sie seit Jahren, und sie spürte sofort, wenn irgend etwas nicht in Ordnung war.

Am Morgen, als sie am Tisch saßen und frühstückten, hatte Verena Sigrid die Eröffnung gemacht, daß sie am nächsten Tag abreisen werde.

»Kehrst du nach Zürich zurück?« fragte Sigrid und versuchte den Eindruck von Zudringlichkeit zu vermeiden.

»Nein«, antwortete Verena in einem Ton, der keinen Raum für weitere Nachfragen ließ. Doch Sigrid gab nicht auf.

»Kannst du mir um Himmels willen bitte sagen, was passiert ist? Du glaubst doch nicht etwa, ich gebe mich mit deinen kryptischen Antworten zufrieden? Habt ihr gestritten?«

Verena hob den Blick und lächelte. Die Zuneigung Sigrids rührte sie; es war ehrliches Bedauern, was sie in ihren Augen sah. Sie ist wirklich eine Freundin, dachte sie, und sie hat diese Geheimnistuerei nicht verdient. Also entschloß sie sich zu reden.

»Er hat mich verlassen«, sagte sie einfach, in einem Ton, der eher für ein kleines Geplänkel als für eine Trennung angemessen gewesen wäre.

»Was?« rief Sigrid empört aus. Sie konnte nicht glauben, daß ein Mann so dumm war, eine Frau wie Verena zu verlassen, eine Frau, die in ihren Augen absolut phantastisch war. Gewiß, sie hatte ihre Eigenheiten, doch dies machte ihre ein wenig geheimnisvolle Schönheit noch faszinierender. Und außerdem war sie wirklich intelligent. Allerdings war sich Sigrid nicht so sicher, ob diese Eigenschaft von den Männern geschätzt wurde. Im allgemeinen fühlten sie sich von Frauen, die ihre »kleinen grauen Zellen«, wie der große Detektiv Hercule Poirot sie zu nennen pflegte, einsetzten, eher eingeschüchtert, als daß sie sie bewunderten.

»Er muß entweder verrückt oder dumm sein!« brach es aus ihr heraus, während sie gleichzeitig zuviel Kaffee in die Tasse goß und Flecken auf das Tischtuch machte.

Verena entging nicht, daß Sigrid wirklich wütend war. Wenn Ogden dagewesen wäre, dachte sie amüsiert, hätte sie ihn ganz schön fertiggemacht. Wenn sie wollte, konnte sie ungeheuer spitzzüngig sein.

»Also los, erzähl mir, was passiert ist!« fuhr Sigrid fort. »Es schien doch alles in Ordnung, als du gestern nachmittag gegangen bist. Falls du überhaupt darüber reden willst…«

Natürlich konnte Verena Sigrid nicht viel sagen, erst recht

nicht, daß sie einen Spion liebte, den schlimmste Skrupel plagten. Die Geschichte, auf die Ogden angespielt hatte, war mit Sicherheit real, er hätte kein derartiges Märchen zu erzählen brauchen, nur um einen Vorwand zu haben, sie zu verlassen. Oder doch? Im Grunde wurden alle Männer in solchen Fällen kindisch und feige. Aber nicht Ogden, sagte sie sich. Er hatte Willy und ihr in Montségur das Leben gerettet; deshalb war sie es ihm schuldig, wenigstens die Möglichkeit in Betracht zu ziehen, daß er ehrlich war. Doch sie wußte nicht, was sie Sigrid antworten sollte.

»Solche Dinge passieren eben«, sagte sie beschwichtigend. »Zum Schluß bemerkt man, daß man nicht viel gemeinsam hat...«

Sigrid sah sie aufmerksam an. Offensichtlich wollte Verena nichts erzählen, und schon gar nicht die Wahrheit. Sie beschloß, sich langsam heranzutasten.

»Was für ein Typ ist denn dieser Mann? Du hast mir wirklich nie etwas über ihn erzählt.«

»Einer, der weiß, wo's langgeht.«

Sigrid zuckte die Achseln. »Das kommt mir nicht so vor. Wenn er eine Frau wie dich verläßt, muß er ein Idiot sein!«

Verena lachte, und Sigrid freute sich, mit dieser Bemerkung die Stimmung ihrer Freundin gehoben zu haben.

Und wirklich tat es Verena gut zu lachen. Sie hatte das Gefühl, in die Wirklichkeit zurückzukehren. Sie würde jetzt für sich selbst handeln, sie war wieder frei. Vielleicht stimmte es, was Ogden erzählt hatte, und alle schwebten in großer Gefahr. Doch was änderte das eigentlich? War es nicht schon immer so gewesen, seit sie denken konnte? Hatte sie nicht schon immer das Gefühl gehabt, jeden Moment könnte die kleine Welt, in der sie lebte, zusammenbrechen? Und wie oft hatten ihre Gefühle sich in nichts aufgelöst und sie allein zurückgelassen, so allein, wie es schlimmer nicht ging. Also, leben Sie wohl, Mr. Ogden, und viel Glück. Er würde es brauchen.

»Aber warum willst du denn morgen abreisen? Bleib doch noch ein bißchen. Ich verspreche dir, wir bringen dich auf andere Gedanken und du vergißt diesen dummen Kerl ...«, sagte Sigrid.

»Du sprichst wirklich wie eine Dame der guten Gesellschaft des 19. Jahrhunderts. Sag doch ruhig: dieses Arschloch, daran stoße ich mich bestimmt nicht«, sagte Verena.

Unterdessen dachte sie jedoch an den Namen, den sie auf Ogdens Computer gelesen hatte. Sie fragte sich, was Anne Redcliff wohl machte und ob sie immer noch mit Donald verheiratet sei. Sie hatte schon eine ganze Weile nichts mehr von ihr gehört, mindestens ein paar Jahre lang. Das letzte Mal hatten sie sich bei der Hochzeit einer gemeinsamen Freundin gesehen.

Sigrid redete weiter, und bei einer eindringlicheren Frage zuckte Verena zusammen.

»Was hast du gesagt?«

»Ich habe dich gefragt, was für Pläne du für die nächste Zukunft hast. Warum kommst du nicht am Wochenende mit uns nach St. Moritz? Du wirst dich amüsieren, das verspreche ich dir!«

Vielleicht war es diese Einladung zu einem Wochenende in mondäner Gesellschaft, die Verena auf die Idee brachte, Anne in London zu besuchen. Die Vorstellung, in St. Moritz zu sein, wenn auch zusammen mit Sigrid, doch umgeben von Leuten aus dem Jet-set, die sich krampfhaft bemühten, die Langeweile zu vertreiben, schien ihr eine trostlose Aussicht. Nein, sie fühlte sich im Moment eher Anne verbunden. Wenigstens der Anne, an die sie sich erinnerte. Betrachtete die Psychoanalyse nicht Verlassenwerden im gleichen Maß wie Trauer als etwas, was verarbeitet und nicht verdrängt werden sollte? Wenn sie nach St. Moritz gefahren wäre, hätte sie sich vermutlich amüsiert, doch auch jenen Prozeß der Verdrängung ausgelöst, den sie verhindern wollte. Nein, sie würde Anne in London anrufen, und wenn sie einverstanden wäre, würde sie nach London reisen, um sie zu besuchen.

»Ich danke dir, Sigrid, aber ich habe keinerlei Lust auf mondäne Vergnügungen, jedenfalls im Moment nicht. Entschuldige mich, doch ich muß einen Anruf erledigen...«, sagte sie und stand vom Tisch auf.

Zurück im Gästezimmer suchte sie Annes Nummer heraus und rief sie an. Nach einigen Klingelzeichen antwortete eine Frauenstimme.

»Hier spricht Verena Mathis. Ist Mrs. Redcliff zu Hause?«

Vom anderen Ende der Leitung kam ein Seufzen, sonst nichts.

»Hallo! Hören Sie mich?« fragte Verena.

»Ich bin es, Verena. Anne...«, antwortete die Freundin mit schwacher Stimme.

Verena erschrak, als sie nach diesen unter Anstrengung herausgepreßten Worten ein nur mühsam zurückgehaltenes Schluchzen vernahm.

»Heiliger Himmel, Anne! Was ist los?«

»Entschuldige bitte, Verena. Ich dachte, es wäre Donald…«

»Fühlst du dich nicht gut?« fragte Verena, die immer besorgter wurde.

»Donald ist verschwunden. Ich habe seit zwei Tagen keine Nachricht von ihm…«

»Aber wie ist das möglich? Was sagt denn die Polizei?«

»Sie können ihn nicht finden«, antwortete Anne und brach in Schluchzen aus.

»Beruhige dich, ich bitte dich. Ist denn niemand bei dir?« fragte Verena, die sich erst in diesem Moment daran erinnerte, daß Anne Redcliff Waise war und ihre einzigen Verwandten in den Vereinigten Staaten lebten.

»Nur Miss Helen, die Haushälterin.«

Verena überlegte schnell. Sie mußte etwas tun, sie konnte die Ärmste nicht allein lassen, in einem so furchtbaren Augenblick.

»Anne, willst du, daß ich zu dir komme?«

»O ja, gern! Ich glaube, ich halte es nicht mehr lange aus, die Anspannung ist zu groß«, murmelte sie.

»Ist Helen im Augenblick bei dir?«

»Ja, sie ist hier.«

»Hör zu, Anne, ich suche mir jetzt einen Flug und komme so bald wie möglich nach London. Ich rufe dich noch einmal an, wenn ich weiß, mit welcher Maschine ich fliege. Jetzt gib mir bitte Helen.«

Die Haushälterin kam ans Telefon. »Guten Tag, gnädige Frau.«

»Guten Tag, Helen. Ich bin Verena Mathis, eine Freundin von Mrs. Redcliff. Ich werde so schnell wie möglich nach London kommen, vielleicht sogar noch heute. Doch ich möchte Sie bitten, Anne in der Zwischenzeit nicht allein zu lassen«, sagte sie.

»Machen Sie sich keine Sorgen«, beruhigte sie die Haushälterin, die aufrichtig betrübt klang. »Ich werde nicht von hier weggehen, bis Sie angekommen sind. Was für eine schreckliche Sache! Es stimmt hier schon länger einiges nicht«, fügte sie mit einem Anflug von Wut in der Stimme hinzu.

»Was meinen Sie damit?« fragte Verena.

»Ich erzähle Ihnen alles, wenn Sie in London sind. Es ist besser, darüber nicht am Telefon zu sprechen.«

»Einverstanden, Helen. Geben Sie mir bitte noch einmal Mrs. Redcliff... Und danke.«

Als Anne wieder am Apparat war, schien sie ruhiger. »Entschuldige, Verena, ich wollte dich nicht beunruhigen. Vergiß, was ich dir gesagt habe. Ich kann dich nicht bitten, alles stehen- und liegenzulassen und hierherzukommen«, fügte sie hinzu, doch es klang wenig überzeugt.

»Red kein dummes Zeug. Ich komme, und damit Schluß. Doch du mußt versuchen, ruhig zu bleiben.«

Gleich nachdem sie das Gespräch mit Anne beendet hatte, rief Verena am Flughafen an und reservierte einen Flug nach London. Der einzige verfügbare Platz war in einer Maschine um zwei Uhr am Nachmittag. Sie hatte genug Zeit, die Koffer zu packen und sich in Ruhe von Sigrid zu verabschieden.

Sie fragte sich, was dem armen Donald passiert sein könnte. Und warum er auf dieser Namensliste des Dienstes stand. Vielleicht hatten die beiden Dinge etwas miteinander zu tun, dachte sie und spürte einen Stich im Magen. Donald war ein wichtiger Wissenschaftler, ein Mikrobiologe von internationalem Ruf, es war normal, daß er auf irgendwelchen Listen der Geheimdienste auftauchte. Doch es war ganz und gar nicht normal, daß er seit zwei Tagen verschwunden war.

Sie ging zurück ins Eßzimmer. Sigrid, die sie in gespannter Unruhe erwartete, weil sie dachte, sie habe mit dem Mann telefoniert, der sie verlassen hatte, wollte etwas sagen, doch Verena hielt sie mit einer Geste zurück.

»Vergiß es«, sagte sie nur, setzte sich an den Tisch und goß sich eine Tasse Kaffee ein.

»Was soll ich vergessen?« fragte ihre Freundin und tat verwundert.

»Ich habe nicht ihn angerufen, wenn du das meinst«, antwortete sie und blickte dabei Sigrid in die Augen. »Das würde ich niemals tun. Das solltest du eigentlich wissen, du kennst mich doch schon ein Leben lang.«

Sigrid nickte nachdenklich. Ihr war plötzlich eine Idee gekommen, sie überlegte ein paar Sekunden, dann versuchte sie den Gedanken in Worte zu fassen. Doch sie war keine große Rednerin.

»Ich weiß, wie du bist«, sagte sie liebevoll. »Vielleicht wäre es unter gewissen Umständen besser, den Stolz beiseite zu lassen. Vielleicht sollte man manchmal die Waffen strecken und sich geschlagen geben. Ich glaube, das gefällt den Männern ...«, fügte sie hinzu und sah Verena aus ihren großen blauen, erstaunt wirkenden Augen an.

Verena beantwortete ihren Blick mit einem skeptischen Ausdruck. »Du hast recht«, gab sie zu. »Vielleicht gefällt das manchen Männern. Aber die gefallen mir nicht...«, schloß sie und biß in eine Scheibe Toast. Dann setzte sie Sigrid von ihrer unmittelbar bevorstehenden Abreise in Kenntnis.

21

Giorgio Alimante hatte viele offizielle Gründe, sich nach Washington zu begeben, ohne Verdacht zu erregen. Eigentlich verlief das Leben, auch wenn sich die europäische und die amerikanische Elite miteinander im Krieg befanden, nach außen hin wie zuvor, und die Dekkung, die Politik, Wirtschaft und das mondäne Leben boten, funktionierten tadellos. Der schwarze venezianische Adel an der Spitze der europäischen Elite bewegte sich – genauso wie die amerikanische Elite – durch die Welt, als ob nichts sei.

Alimante, der vielfältige Finanzinteressen auf dem amerikanischen Markt und eine Reihe über das ganze Land verstreuter industrieller Unternehmen hatte, die sich in seinen Holdings bündelten, war – nachdem er die Rechnung mit seinem Cousin endgültig beglichen hatte – an Bord seines Privatjets in die amerikanische Hauptstadt geflogen, weil er bei der Wiederbeschaffung der Lanze an Ort und Stelle sein wollte.

Der Tod Lorenzos – von ihm selbst beschlossen – hatte ihn nicht mitgenommen, sie beide hatten sich nie gemocht. Schon als sie noch Jungen waren, hatte sein Cousin ihm gegenüber immer ein zwiespältiges Verhalten an den Tag gelegt und dabei oft erkennen lassen, daß er unter beträchtlichen Minderwertigkeitsgefühlen litt. Mit den Jahren waren diese Gefühle stärker geworden, und Lorenzo hatte ihn mehr und mehr um sein Durchsetzungsvermögen und seinen Erfolg beneidet. Er war immer anders gewesen, eigenartigerweise ohne jene Kälte, die all diejenigen gemeinsam hatten, die wie sie edlen Geblüts waren. Es sah ganz so aus, als wäre er menschlicher gewesen als die einfachen Sterblichen, die er so sehr verachtete.

Seine Schwäche hatte keinen Schaden angerichtet, wenigstens so lange nicht, bis er beschlossen hatte, sie zu verraten. An diesem Punkt hatte Alimante, da die Mitglieder der Elite sich eher von primären Überlebensinstinkten als von Skrupeln und Gefühlen leiten ließen, keinen Moment gezögert, seinen Tod herbeizuführen. Sein Cousin, von Alimantes Männern in dem Palazzo am Canal Grande gestellt, war gezwungen worden, Zyanid zu trinken. Neben seiner Leiche hatte die Polizei einen Brief gefunden, in dem er erklärte, des Lebens überdrüssig zu sein. Alimante war froh, sich endlich von einem Feigling befreit zu haben, von einem würdigen Vertreter der amerikanischen Elite, an die er sich verkauft hatte.

Doch neben der Wiederbeschaffung der Lanze gab es noch einen anderen Grund dafür, daß der Magnat sich in Washington aufhielt. In den letzten Tagen, nach den Ereignissen von Venedig, war ihm ein verlockender Gedanke gekommen. Es handelte sich um eine neue Intrige, die die übrigen von der europäischen Elite zur Destabilisierung des Gegners schon ins Werk gesetzten politischen und wirtschaftlichen Maßnahmen unterstützen sollte. Er hatte die Absicht, einen gigantischen Skandal auszulösen, bei dem die beiden Personen, die dem Präsidenten am nächsten standen, nämlich Willington und Brown, in einem solchen Sumpf versinken würden, daß sie die gesamte Administration des Texaners mit in den Untergang zögen. Wenn es ihm gelänge, sie in diese Falle zu locken, würde nicht nur das amerikanische Volk, sondern auch der Rest der Welt erfahren, wer die Männer, die über ihr Schicksal entschieden, wirklich waren.

Gewiß, der Plan barg auch Risiken. In der Tat hatte die europäische Elite mehr oder weniger die gleichen Sitten und Gebräuche wie die amerikanische, doch einige Riten, die auf Okkultismus und schwärzeste Magie zurückgingen, hatten sie schon vor langer Zeit aufgegeben. Trotzdem bestand die Gefahr, daß bei einer Enthüllung der geheimen Rituale, unter denen Amerika seit seiner Gründung zu leiden hatte, ein Dominoeffekt einsetzen und auch die europäische Elite in den Skandal hineingezogen werden könnte. Doch wenn man die Operation geschickt durchführte, würde das Übel nur in den Vereinigten Staaten zum Vorschein kommen. Jedenfalls war die Sache der Mühe wert. Er hatte sie bei der letzten Versammlung des Großen Rates der Bruderschaft schon angesprochen, und seine Idee hatte keinen Widerspruch erregt.

Alimante stieg aus der Limousine, die ihn zu seinem Haus in Washington gebracht hatte. Ein ganzes Stockwerk in einem der elegantesten Wohnhäuser der Stadt war sein Quartier, wenn er sich in der amerikanischen Hauptstadt aufhielt.

Antonio, der Butler, der den Haushalt das ganze Jahr über in Gang hielt, kümmerte sich darum, daß die große Wohnung vom Personal so in Ordnung gehalten wurde, daß man den illustren Hausherrn jederzeit empfangen konnte. Alles mußte perfekt sein, auch die Blumen waren immer frisch und kunstvoll in den zahlreichen großen und kleinen Räumen arrangiert. Der Diener begrüßte seinen Herrn mit einem aufgesetzten Lächeln.

»Guten Tag, Antonio. Bring mir bitte einen Martini in den roten Salon«, sagte Alimante, eilte den langen Korridor aus kostbarem Marmor hinunter und betrat den Raum, in dem er sich bevorzugt aufhielt, wenn er in dieser Wohnung war.

Er setzte sich auf eine Couch aus weichem, elfenbeinfarbenem Leder und zog sein Handy aus der Tasche. Er wählte eine Nummer und gab, als er das verabredete Signal hörte, einen Code ein. Schließlich antwortete die Stimme seines Kontaktmannes.

»Ist für heute abend alles vorbereitet?« fragte er.

»Jawohl. Es wird eine solche Zeremonie sein …«

Alimante kannte besagte Zeremonien. Vor der Trennung der beiden Eliten hatte er in jungen Jahren ein paarmal an einigen davon teilnehmen müssen. Sie beschränkten sich nicht darauf, die alten Rituale nachzuahmen, sondern arteten oft sehr unangenehm aus. Er hatte diese Obsession für Rituale und Symbolik immer als eine große Schwäche betrachtet, die sie früher oder später zu Verlierern machen würde. Und genau so würde es kommen, jedenfalls für die Elite der *stars and stripes*, dachte er, ohne sich einer verächtlichen Grimasse erwehren zu können.

Der Mann, mit dem er am Telefon sprach, stand in seinen Diensten. Vor einem Jahr hatte er sich in die amerikanische Elite eingeschlichen und hielt ihn ständig darüber auf dem laufenden, welche und wie viele hoch- und höchstrangige Personen in die geheimen Zeremonien verwickelt waren. Er war einer von denen, die für die Instandhaltung der Tempel, wo die Riten vollzogen wurden, zuständig war.

»Hast du die Kameras angebracht?«

»Ja, alles in Ordnung. Bibì und Bibò müßten auch teilnehmen«, sagte der Mann und benutzte die Codenamen, die Alimante sich für Willington und Brown ausgedacht hatte. »Aber mit Gewißheit ist das nicht zu sagen, Sie wissen ja, daß aus Sicherheitsgründen niemand die Namen der Anwesenden vorher kennt ...«

»Gut, Steve, wir sprechen später noch einmal miteinander.«

»Einen Moment bitte ...«, hielt der Mann ihn zurück.

»Was gibt es noch?«

»Ich möchte heute abend – noch vor der Zeremonie – gehen. Technisch ist alles vorbereitet, Sie werden die Filme empfangen, ohne daß ich in der Nähe sein muß. Dank ihrer Obsession für Rituale besteht keine Gefahr, daß sie zu einer anderen als der vorgesehenen Zeit anfangen. Ich werde die Kameras per Fernauslöser starten, und von diesem Moment an werden Sie die Bilder live empfangen können. Selbst wenn man später die Minikameras entdecken sollte, lassen sich die Empfänger niemals ausfindig machen. Was mich betrifft, werde ich um diese Zeit bereits auf einem Nachtflug sein, der mich weit weg von den Vereinigten Staaten bringt. Ist mein Honorar schon auf der Bank auf den Cayman Islands?«

Alimante seufzte. »Natürlich. Aber glaubst du nicht, daß du mit den Vorsichtsmaßnahmen übertreibst?« fragte er.

Steve räusperte sich. »Nein. Sollte ich entdeckt werden, würden sie nicht zögern, mich vor dem Washington Monument zu pfählen. Sobald ich diesen Knopf gedrückt habe, werde ich verschwinden und nie wieder einen Fuß in die Vereinigten Staaten setzen.«

»In Ordnung, Steve, ich kann es dir nicht verdenken. Viel Glück.«

»Danke. Und auch Ihnen viel Glück«, sagte Steve und beendete die Verbindung.

Gleich darauf klingelte das abgeschirmte Handy erneut. Es war Ogden.

»Wir sind gut vorangekommen. Übermorgen schlagen wir zu«, sagte der Agent.

»Ausgezeichnet. Doch ich habe über etwas nachgedacht, das ich mit Ihnen besprechen möchte. Könnten Sie zu mir kommen?«

Ogden wußte, daß Alimante sich in Washington aufhielt, der Italiener hatte es ihm vor seiner Abreise aus Venedig mitgeteilt. Die Vorstellung, seinen Auftraggeber in allernächster Nähe zu haben, begeisterte ihn nicht gerade. Doch dann war ihm durch den Kopf gegangen, daß dieser Mann mit seiner immensen Macht ihm nützlich sein könnte, falls Schwierigkeiten auftreten sollten. Wenn sie die Lanze erst einmal in ihren Besitz gebracht hätten, wollte er versuchen, mehr über die Pandemie zu erfahren, und deshalb mußte er eine Möglichkeit finden, eine engere Beziehung zu dem Italiener herzustellen.

»Einverstanden, ich werde in Kürze bei Ihnen sein.« Er legte auf und verließ eilig das Hotel, nachdem er Franz und die Männer im *safe house* unterrichtet hatte.

Vom Willard Hotel aus erreichte er zu Fuß die nur zwei Häuserblöcke entfernte Wohnung Alimantes. Als der Butler ihn in den Salon führte, gaben die beiden Männer sich die Hand, und Alimante ließ auch dem Agenten einen Aperitif bringen. Es war fast Mittag.

»Wie gehen die Vorbereitungen voran?« fragte er.

»Sehr gut«, antwortete Ogden. »Wenn alles wie vorgesehen läuft, werden wir übermorgen in den Bunker unter dem Octagon House eindringen.«

»Ich bin sicher, daß es keine Probleme geben wird.«

»Wie geht es Todd?« fragte Ogden.

»Gut. Wie es aussieht, durchschauen die Amerikaner seine Tarnung nicht und haben keinen Verdacht geschöpft, daß die Entdeckung des Maulwurfs, also meines Cousins Lorenzo, auf ihn zurückgeht. Ansonsten kauft er Antiquitäten und hat seinen Aufenthalt in Venedig offiziell um vierzehn Tage verlängert. Natürlich wird er nicht mehr in die Vereinigten Staaten zurückkehren. Doch ich wollte mit Ihnen über etwas sprechen, das mir am Herzen liegt...«, fügte Alimante hinzu.

»Mein Beileid zum Tod Ihres Cousins«, sagte Ogden.

»Reden Sie bitte keinen Unsinn. Ich habe ihn selbst töten lassen...«

Ogden zuckte mit den Schultern. »Ich weiß. Doch das ändert ja nichts daran, daß er gestorben ist.«

»So ist es«, räumte Alimante ein. »Aber lassen Sie uns doch mit diesem Geplänkel aufhören. Ich habe Sie hergebeten, um mit Ihnen über einen Plan zu sprechen.«

Ogden bemerkte das leichte Zögern in Alimantes Stimme. Er schien sonderbarerweise nervös.

»Betrifft es die Operation?« fragte er, obwohl er sich sicher war, daß dies nicht zutraf.

Und tatsächlich schüttelte Alimante den Kopf. »Nein, es ist eine Idee, die mich seit diesem unerfreulichen Zwischenfall mit Hibbing nicht mehr losläßt...« Dann sah er ihm direkt in die Augen und wechselte das Thema.

»Sie haben vor Jahren mit Craig zusammengearbeitet, nicht wahr?«

Ogden nickte, sagte aber nichts weiter.

»Wenn ich nicht irre, waren Sie mit einer sehr heiklen Affäre befaßt, nämlich der mutmaßlichen Verwicklung einiger prominenter Persönlichkeiten in eine Angelegenheit, die mit seltsamen Riten und Kindsmißbrauch zu tun hatte...«, sagte er und ließ den Satz so stehen, ohne ihn zu beenden. Doch Ogden biß nicht an und beschränkte sich darauf, noch einmal zu nicken.

»Nun gut, Sie wissen, daß Craig eliminiert worden ist, weil er zuviel über den Handel der Regierung mit Drogen, den wahren Grund für den Vietnamkrieg, und viele, sehr viele andere Dinge wußte. Wir haben ihn ausgeschaltet und dieses Märchen vom Unfall mit dem Kanu in die Welt gesetzt...« Alimante verzog die Lippen zu einem Lächeln. »Und wenn man bedenkt, daß ein gewiefter Surfer heute alles, was Craig damals hätte sagen können, im Internet finden kann... Doch wir haben uns von ihm befreit, weil er durch seine Enthüllungen eine ganze Reihe von unantastbaren, mächtigen Männern hätte stürzen können. Viele Nachrichten, einschließlich der über den 11. September, sind für jedermann zugänglich, der sich wirklich dafür interessiert. Aber die Leute reagieren nicht, forschen nicht nach, protestieren nicht, schlucken alle Lügen, mit denen wir sie vollstopfen. Sie sind inzwischen wie erstarrt. Wir haben unsere Arbeit gut gemacht, das kann man nicht anders sagen…«

Ogden schwieg noch immer und wartete, daß Alimante zum Schluß käme.

»Doch Craig hatte, als er mit Ihnen an dieser Sache arbeitete, nicht nur etwas über die Machenschaften von Pädophilen und Sexbesessenen herausgefunden. Nein, dahinter steckte und steckt noch etwas anderes. Einer der vielen Gründe für die Spaltung der Elite.«

Der Agent begann zu verstehen, worauf Alimante hinauswollte. Bei dem Job, den er vor Jahren zusammen mit Walter Craig, dem Exdirektor der CIA, erledigt hatte, war es um einige Sekten gegangen, die verdächtigt wurden, Menschenopfer zu bringen, wozu jedoch die Beweise fehlten. Doch was Craig ihm damals gesagt und dabei gleichzeitig abgeraten hatte, die Untersuchungen fortzuführen, sowie seine Eliminierung waren die besten Beweise dafür, daß sie die Wahrheit herausgefunden hatten.

»Und weiter?« fragte er nur.

»Sie wissen vielleicht, daß die sogenannte Feier des Sonnenaufgangs für die Elite eine der wichtigsten Zeremonien ist. Und daß jener Schwur, den ihre Mitglieder der Bruderschaft der Schlange und der überall auf der Welt verehrten Göttin Isis leisten, über jedem Eid steht, der auf die eigene Nation geschworen wird. Es kann also nicht verwundern, wenn unsere Anhänger im Namen dieses Rituals vor nichts haltmachen. Verstehen Sie, was ich meine?«

»Nein«, lautete Ogdens knappe Antwort. Er hatte sehr

wohl verstanden, worauf sich der Italiener bezog, doch er wollte ihn dazu zwingen, es auszusprechen.

»Ich sehe, Sie wollen, daß ich weiter aushole«, meinte Alimante mit einem schmallippigen Lächeln. »Nun gut. Wir von der europäischen Elite haben diese sinnlosen Ungeheuerlichkeiten sowieso schon vor langer Zeit hinter uns gelassen, deshalb habe ich keine Probleme, darüber zu sprechen.«

»Ich habe den Eindruck, Sie haben weder Probleme, darüber zu sprechen, noch, es zu tun«, bemerkte Ogden, der sich nicht mehr zurückhalten konnte.

Alimante schüttelte den Kopf. »Nein, dem ist nicht so. Jedenfalls bei uns Europäern nicht. Ich habe es Ihnen schon beim ersten Mal, als wir uns getroffen haben, zu erklären versucht, aber ich sehe, daß Sie mir nicht glauben ...«, murmelte er.

»Warum sorgen Sie sich so sehr darum, was ich denke? Ich sehe keinen Grund dafür.«

Alimante schien ihn nicht gehört zu haben. »Sie sind letztlich einer der Unseren, wie Stuart.«

»Jetzt hören Sie mit diesem Unsinn auf!«

Der Italiener schüttelte den Kopf. »Ob es Ihnen gefällt oder nicht, ich könnte Ihnen Stammbäume der Familie Ihrer Mutter und der Ihres Vaters vorlegen, die bis in graue Vorzeiten zurückreichen. Was glauben Sie, aus welchem Grund Casparius Sie und Stuart ausgesucht hat? Weil Sie zwei so kluge Jungs waren? Stellen Sie sich doch bitte nicht dumm! Jetzt, wo Sie wissen, wie die Dinge wirklich liegen, hat es keinen Sinn zu leugnen, was offensichtlich ist.«

»Ich scheiße auf Ihre Stammbäume, und ich scheiße auch

auf die Gründe, warum Casparius mich ausgesucht hat«, sagte Ogden seelenruhig.

Doch Alimante war entschlossen, bis zum Ende zu gehen, und fuhr fort: »Seit Jahrhunderten bedient sich die Elite aller möglichen Mittel, Personen an der Macht zu halten, die zu ihrer – zur höheren – Rasse gehören. Dafür hat sie sich auch Leihmütter gesucht, um ihre nicht offiziellen Kinder auf die Welt zu bringen. Häufig sind Familien zur Aufzucht gebraucht worden, in denen Frauen die Kinder der Elite geboren haben, oder man hat sie Kinder aufziehen lassen, die nicht ihre eigenen waren, als wären sie ihr Fleisch und Blut. Die Kinder wurden oft vertauscht und Adoptiveltern anvertraut. Millionenfach wurden solche Täuschungen durchgeführt, damit sich unser Blut auf der Welt verbreitete, ohne daß es auffiel, wenn diese Kinder, nachdem sie herangewachsen waren, wichtige Positionen einnahmen, daß sie alle zur selben Blutlinie gehörten. Dies hat es der Elite über Jahrhunderte ermöglicht, sie in Machtstellungen im politischen, finanziellen, wirtschaftlichen, journalistischen und militärischen Bereich zu bringen, ohne daß in der öffentlichen Meinung je ein Verdacht laut geworden wäre, ein Protest wegen des Umstands, daß es immer die gleichen Familien oder ihre Angehörigen waren, welche die Macht innehatten. Amüsant, finden Sie nicht? In einer Stadt, die – was für ein Zufall! – den gleichen Namen trägt wie Sie, Ogden, wird ein komplettes Verzeichnis der Angehörigen unserer Rasse verwahrt, das bis in die Zeit vor Julius Cäsar zurückgeht.«

»Wirklich amüsant …«, war der einzige Kommentar des Agenten.

»Es war leicht für die Elite, die Welt in Unwissenheit zu

halten, indem sie über Jahrhunderte die Beweise für ihre totalitäre Macht verbarg und eine Deutung der Wirklichkeit verbreitete, die nicht der Wirklichkeit entspricht. Und nun sind die ahnungslosen Bewohner dieses Planeten der Realität so entfremdet, daß sie, auch wenn man ihnen die Wahrheit darüber sagt, wer sie tatsächlich regiert, über die Hypothese, daß es eine Elite gibt, die alles unter Kontrolle hat und sie wie Sklaven beherrscht, nur lachen können. ›So etwas ist einfach nicht möglich!‹« imitierte Alimante eine empörte und gleichzeitig verängstigte Stimme. »Das bekommen die wenigen Mutigen zur Antwort, die ihre Nase in unsere Angelegenheiten gesteckt und in einigen Fällen Bruchstücke der Wahrheit entdeckt haben. Und die Elite übt wie immer ungestört eine globale Herrschaft aus, während die Mehrheit der Menschen nichts davon wissen will…«

Alimante trank einen Schluck Martini. »Verflixt, er ist schon warm!« rief er verärgert aus und läutete die Glocke. Der Butler kam mit einem Shaker und zwei beschlagenen Gläsern ins Zimmer geeilt, goß seinem Herrn und dem Gast einen neuen Drink ein und verschwand wieder.

»Worüber beklagen Sie sich dann? Es sieht doch so aus, als erfüllten sich Ihre allerschönsten Erwartungen«, sagte Ogden.

Alimante nahm mit großer Befriedigung einen Schluck eiskalten Martini, stellte das Glas aufs Tablett und sah ihn an.

»Nein, wenn es so wäre, würden wir uns nicht gegenseitig abschlachten. *Divide et impera* – auf lange Sicht führt das in den Untergang. Sicher, es ist immer unsere siegreiche

Strategie gewesen, doch heute wendet sie sich wegen dieser Fanatiker gegen uns. Deshalb muß die amerikanische Elite verschwinden oder Vernunft annehmen und sich erneut mit uns vereinigen, denn wir sind die Gründerväter. Wir haben Wichtigeres zu tun, als uns gegenseitig zu bekämpfen ...«

Ogden dachte an das, was er über die beiden Eliten im Bericht des Dienstes gelesen hatte. An ihre Rituale, die auf das alte Babylonien zurückgingen, und an ihre Symbole: Fackeln, Pyramiden, Obelisken, Drudenfüße, von einem Kreis umgebene Kreuze und anderes. Auch das Symbol der Sonne tauchte mehr oder weniger verdeckt überall auf. Gold war das Metall der Götter und stellte die Sonne dar. Und wenn auch stilisiert, fand man die Sonne im Logo vieler multinationaler Unternehmen wieder. Wer über ein Minimum an esoterischem Wissen verfügte, erkannte diese Symbole und konnte sich vorstellen, warum einige Monumente eher an bestimmten Orten als woanders und eher auf eine gewisse Art als auf eine andere errichtet worden waren.

»Und doch«, fuhr Alimante fort und lenkte Ogden von seinen Überlegungen ab, »es ist irgend etwas im Gange, und das ›Vieh‹ scheint zu erwachen. Aber die amerikanische Fraktion wird diese Gefahr sicherlich nicht mit der Strategie des Terrors bannen, eher... Doch ich will Sie nicht mit politischen Erörterungen langweilen. Ich habe Sie zu mir gebeten, um mit Ihnen über einen Plan zu sprechen ...«

Ogden lächelte kühl. »Sie wollen die magisch-esoterischen Schweinereien Ihrer Gegner aufdecken?« unterbrach er ihn.

»Woher wissen Sie das?« rief Alimante aus, ohne seine Verwunderung verbergen zu können.

»Das war für einen Ihrer Rasse doch nicht so schwer zu verstehen, oder?« erwiderte er, diesmal ohne Ironie – ihm war plötzlich eine Idee gekommen: Warum sollte er sich die Überzeugungen dieser Wahnsinnigen nicht zunutze machen?

»Gewiß nicht«, sagte Alimante nachdenklich. »Wollen Sie mir vielleicht sagen, daß Sie mit einem Mal Ihre Herkunft nicht mehr verachten?«

Der Italiener war nicht dumm, und Gerüchten zufolge verfügte er sogar über telepathische Kräfte. Er würde besser daran tun, die Sache langsam angehen zu lassen, sagte sich Ogden.

»Ich gehöre zur Rasse der Pragmatiker«, bemerkte er gleichgültig. »Sie haben die Macht, und das ist für mich mehr als ausreichend. Es wäre dumm von mir, dies nicht zu berücksichtigen.«

Alimante sah ihn sich an. Dieser Mann gefiel ihm. Er wußte alles über ihn, seine Fähigkeiten und seine sprichwörtliche Kälte. Was er gesagt hatte, paßte perfekt zu seinem psychologischen Profil. Aus diesem Grunde hatte er ihm die Aufgabe anvertraut, die Lanze zu beschaffen. Tatsächlich hatte er für die beiden Leiter des Dienstes noch andere Projekte in petto, die Lanze sollte nur der Anfang einer langen Zusammenarbeit sein. Sie müßten sich jedoch als absolut verläßlich erweisen. An diesem Abend würde er einen von ihnen auf die Probe stellen, ihm einen Film der geheimen Zeremonie zeigen und seine Reaktion auf die sicherlich grauenhaften Szenen, die sie zu sehen bekommen würden, studieren.

»Ich möchte, daß Sie sich heute abend mit mir zusammen einen Film ansehen, der mir live übermittelt wird. Es handelt sich um eine Zeremonie…«

»Was für eine Zeremonie?«

»Ein uraltes Ritual, mit dem die amerikanische Elite sich die Göttin Isis geneigt machen will. Es wird nur wenige Meter von dem Bunker, wo die Lanze verwahrt wird, vollzogen«, sagte er, nahm ein Blatt aus einer Mappe und hielt es ihm hin.

Ogden nahm es. Es war ein Plan, ähnlich dem, den er zusammen mit Cummings studiert hatte, doch insbesondere zwei Punkte waren rot hervorgehoben.

Der Agent hatte Kenntnis von einigen der magischen Sitten und Gebräuche der Elite. Einer der wichtigsten Riten wurde offenbar von den höchsten Priestern zelebriert, um die überirdischen Kräfte zu katalysieren, damit sie Energie spendeten und den Erfolg eines Projekts garantierten. Häufig beschränkten sich diese Riten nicht auf das Symbolische, sondern gingen bis zu einem echten Menschenopfer. Wie jenes Ritual, das er auf der DVD, die Todd ihm gegeben hatte, vermutete, auch wenn viele Szenen, und zwar die grausamsten, nicht klar zu erkennen waren. Schon Craig und er waren bei ihrer damaligen Zusammenarbeit auf Ritualmorde gestoßen. Er erinnerte sich insbesondere an die Leiche eines aus einem Waisenhaus verschwundenen Kindes, das man ohne Herz aufgefunden hatte. Dies war nicht der einzige Fall gewesen, und inzwischen hatte man überall auf der Welt sonderbar verstümmelte Leichen von Jugendlichen und Kindern entdeckt. Aber die Ermittler stießen fast immer auf eine Mauer des Schweigens, und wenn dann doch einmal ein Schuldiger in den Maschen des Gesetzes hängenblieb, war es mit Sicherheit niemand, der ganz allein für sich gehandelt hatte. Für Ogden war inzwischen offensichtlich, was die meisten der Opfer durchgemacht hatten und welche Auftraggeber dahinterstanden.

»Könnten Sie sich ein wenig klarer ausdrücken?« fragte er und versuchte die Wut zu kontrollieren, die in ihm hochkam.

Alimante nickte. »Ich bitte Sie, mit mir live einen Ritus anzusehen, der die Göttin versöhnlich stimmen soll. Ich glaube nicht, daß es ein angenehmes Schauspiel sein wird, doch ich habe vor, mich des Films zu bedienen, um einen Skandal auszulösen, wie Sie es ja intuitiv erkannt haben.«

»Wofür muß sie denn versöhnlich gestimmt werden?« fragte Ogden, der fürchtete, sich zu weit vorgewagt zu haben.

Doch Alimante antwortete: »Das wissen wir nicht, aber da gibt es eigentlich nur die Qual der Wahl, meinen Sie nicht? Die amerikanische Elite bedient sich immer noch dieser abergläubischen Praktiken, weil sie meint, daß sie ihre Erfolgsaussichten erhöhen. Aus diesem Grund habe ich Sie gebeten, die Lanze des Longinus zu beschaffen, an deren Macht sie blind glauben. Ihr Verlust wird ein ungemein harter Schlag für sie sein.«

»Und wo soll diese Zeremonie stattfinden?«

»In dem Raum, der auf dem Plan, den ich Ihnen gegeben habe, rot eingezeichnet ist, gleich neben dem Bunker, im Kellergeschoß auf halbem Weg zwischen dem Octagon House und dem Weißen Haus. Den Film zu sehen wird für Sie als Ergänzung der Lagepläne, die Sie zur Verfügung haben, nützlich sein. Willington und Brown werden an der

Zeremonie teilnehmen. Sie sind davon überzeugt, daß die Macht der Lanze die Kraft des Rituals verstärkt. Es sind Fanatiker. Wie dem auch sei, wir werden ein Satellitensystem benutzen, und die verschlüsselten Bilder erreichen uns über ein Satellitentelefon, das sie meinem Computer übermittelt, der seinerseits mit einem abgeschirmten Satellitenreceiver verbunden ist. Praktisch – aber diese Dinge wissen Sie besser als ich – kann niemand herausfinden, wer der Empfänger der Übertragung ist, selbst wenn die Kameras entdeckt werden.«

Ogden nickte. »Wer hat den Job für Sie gemacht?«

Alimante lächelte. »Nicht nur der Dienst arbeitet für uns …«, sagte er geheimnisvoll.

Ogden erwiderte das Lächeln. »Natürlich. Sie haben fünfzig Prozent aller verdammten Spione auf der Welt, die für Sie arbeiten, und die anderen Brüder haben die weiteren fünfzig Prozent. Das ist irgendwie langweilig …«

»Es wird nichts Langweiliges an dem sein, was Sie heute abend zu sehen bekommen, das kann ich Ihnen versichern«, antwortete Alimante und ignorierte die Ironie.

»Ich habe schon einen Film dieser Art gesehen. Vielleicht war es ein Ritual für den Mond statt für die Sonne, aber das spielt keine Rolle. Jedenfalls handelte es sich um eine Ihrer widerwärtigen Vorstellungen. Ich glaube, daß der arme Kerl auf dem Altar einen entsetzlichen Tod gestorben ist. Doch da sich der Ritus unter dem Octagon House vollziehen soll, ist die Angelegenheit für mich von professionellem Interesse. Wenn es nicht so wäre, hätte ich die Einladung abgelehnt. Und wenn es Ihnen nichts ausmacht, behalte ich diesen Plan«, sagte Ogden, faltete das

Blatt zusammen, das Alimante ihm gegeben hatte, und steckte es in die Tasche.

»Natürlich, behalten Sie ihn nur. Aber wer hat Ihnen denn jenen Film gegeben?« fragte er besorgt.

Ogden verzog keine Miene. »Wie Sie sehen, haben Sie nicht das Weltmonopol auf Information«, sagte er gleichmütig.

Die beiden fixierten sich ein paar Sekunden lang. Ogden meinte, die Gedanken Alimantes lesen zu können. Der Italiener fragte sich, wie es dem Dienst gelungen war, diesen Film in die Hände zu bekommen, und wer die Elite verraten haben könnte. *Divide et impera*, dachte er mit einer gewissen Befriedigung. Jetzt waren sie einmal an der Reihe.

Schließlich lächelte Alimante. Im Grunde war es ja wegen der Tüchtigkeit, die seine Agenten auszeichnete, daß er den Dienst in die Geheimnisse der Elite eingeweiht hatte.

»Und warum haben Sie mir nichts davon erzählt?« fragte er.

»Ich hätte es heute getan«, log Ogden. »Als Sie mich angerufen haben, wollte ich Ihnen gerade vorschlagen, den Film zu benutzen, um einen Skandal auszulösen. Doch die Personen, die heute abend dabeisein werden, sind viel wichtiger als jene, die auf der DVD in meinem Besitz verewigt sind. Sie sind mir also zuvorgekommen, aber wir hatten die gleiche Idee«, fügte er hinzu und tat so, als sei er geschmeichelt.

»So scheint es«, räumte Alimante nachdenklich ein. »Dann gibt es jetzt nichts weiter zu besprechen. Später werden Sie im Hotel den Computer erhalten, und ich komme dann um zehn in Ihre Suite. Die Zeremonie beginnt um elf, doch ich suche Sie früher auf, um die letzten Neuigkeiten über die Beschaffung der Lanze zu erfahren. Wenn sich vorher etwas ereignet, wählen Sie bitte die übliche Handynummer.«

In diesem Augenblick kam der Butler ins Zimmer; man hätte wirklich meinen können, daß zwischen Alimante und ihm eine mentale Verbindung bestand.

»Antonio, bring den Herrn zur Tür.«

Ogden verließ das Haus und ging den kurzen Weg zu seinem Hotel zurück. Als er in der Suite war, schaltete er – obwohl der Raum gesäubert worden war – zur größeren Sicherheit den Scrambler ein, so daß auf keinen Fall zu verstehen war, was er sagte. Dann rief er Franz im *safe house* an.

»Es gibt eine Programmänderung«, teilte er ihm mit. »Ruf Cummings an und sag ihm, er soll sofort kommen. Ich bin in einer Viertelstunde bei euch.«

22

Richard Willington, der Berater des Präsidenten, ging durch den großen Garten seines Hauses in Georgetown. Er war seit vielen Jahren Witwer, und keine Frau hatte seine Ehefrau ersetzt. Eine Heirat hätte die Suche nach einer Person seiner Abstammung erfordert, die auch noch nach seinem Geschmack sein müßte, doch er war inzwischen zu alt dafür, in dieser Richtung Energien zu verschwenden.

Außerdem war eine Frau an seiner Seite nicht unbedingt nötig. Sein Leben war das eines Asketen, er war ein Mann, den die Öffentlichkeit und auch der Präsident selbst für ausgesprochen religiös hielten. Und sicherlich war er das, doch nicht in bezug auf den Gott, den der Rest der Welt anbetete.

Der Präsident, ein gutgläubiger Hampelmann, den man schon im zartesten Alter einer Gehirnwäsche unterzogen hatte, Mitglied einer der wichtigsten Familien des Landes, hatte blindes Vertrauen zu ihm. Aus dynastischen Gründen in das höchste Amt des Staates katapultiert, hatte er die Stelle seines Bruders eingenommen, der bei einem Autounfall ums Leben gekommen war, kurz bevor er bei den Wahlen kandidieren wollte. Die Elite hatte damals auf den jüngeren Bruder zurückgreifen müssen, der weder die Intelligenz noch das Charisma des verunglückten Kandidaten hatte. Die Wahlkampagne war wie ein Krieg geführt worden und hatte ihn schließlich zum Sieger gemacht. Daß er kein großer Denker war, war kein Problem, darum hatte sich sein Stab gekümmert, der zu neunzig Prozent aus Männern und Frauen der Elite bestand. Der Rest war Geschichte, und dieser Mann war ihnen sehr nützlich, vielleicht mehr, als es sein Bruder gewesen wäre.

Willington erwartete mit Ungeduld die Nacht, in der die Zeremonie stattfinden sollte. Es würde ein sehr mächtiges Ritual sein, durch das die okkulte Welt ihre Kräfte mobilisieren und ihnen helfen sollte, immer mehr Macht zu erlangen. Die Lanze würde nicht wenig dazu beitragen, die große Energie des Ritus zu verstärken. Um das Ergebnis noch zu verbessern, hatte Willington beschlossen, daß sie im Kellergeschoß unter dem Octagon House stattfinden sollte, nicht weit von dem Bunker, in dem das heilige Objekt verwahrt wurde, und er selbst würde in seiner Eigenschaft als Hohepriester das Ritual zelebrieren. Das Octagon House, ganz in der Nähe des Weißen Hauses gelegen und nach Bauplänen errichtet, die auf die babylonischen Meister zurückgingen, war der geeignetste Ort, um die Energie der Lanze zu verstärken und eine außergewöhnliche Entfaltung okkulter Kräfte zu gewährleisten.

Willington grüßte mit einem Winken den Gärtner, der gerade dabei war, die Rosen zu schneiden, die seine Frau vor mehr als zwanzig Jahren gepflanzt hatte, und ging weiter auf das große schneeweiße Haus zu, das mit seinen hohen Säulen am Eingang wie ein Landsitz in den Südstaaten aussah.

Bis zum letzten Moment würde niemand wissen, daß er und Brown an der Zeremonie teilnehmen wollten. Die anderen zwölf Teilnehmer kamen aus unterschiedlichen Bereichen, einige aus der Politik, andere aus der Finanzwelt, der Kunst oder dem Showbusiness. Er hatte sie mit großer Sorgfalt ausgewählt, und die Ehre, die ihnen zukam, hatte nichts mit ihrer sozialen Stellung zu tun, sondern mit dem Rang, den sie innerhalb der Bruderschaft der Schlange einnahmen. Die Hohepriesterin, die mit ihm zusammen das Ritual zelebrieren würde, war eine in der ganzen Welt berühmte Diva. Früher war sie eine unbekannte Pornodarstellerin gewesen, doch die Elite hatte dafür gesorgt, daß sie Filmgeschichte gemacht hatte, wie es seit Stummfilmzeiten mit vielen kleinen Sternchen geschehen war. Das gleiche konnte man über den Rocksänger sagen, dem Idol der Kids, dessen CDs von unterschwelligen Botschaften übersät waren, die darauf abzielten, die Jugend immer manipulierbarer zu machen – in Erwartung des Mikrochips, der nach Ausbruch der Pandemie der Bevölkerung über Massenimpfungen eingesetzt werden sollte. Sicher, Jimmy Mendoza hatte weder den Stil noch das Genie von Robert Hibbing; doch wen kümmerte so etwas heute schon noch?

Willington lächelte in sich hinein, während er sein Arbeitszimmer betrat und sich an den Computer setzte. In dieser Nacht würden die Sternenkonstellationen besonders günstig sein. Aus astrologischer Sicht könnten die von den Planetenbewegungen und den Sonnen- und Mondzyklen erzeugten Energien aufs beste dazu genutzt werden, die Wirkung des Rituals zu verstärken. Es gab Tage und Nächte, die den wichtigsten Zeremonien vorbehalten waren, und die Nacht vom 21. auf den 22. Juni würde mit der Sommersonnenwende zusammenfallen. Ein perfektes Datum. Der Ritus würde Energie erzeugen, die sich durch die Kraft der Lanze des Longinus verstärken sollte. Außerdem hätten sie Vollmond, mehr konnte man nicht verlangen. Diese Art des Rituals sollte an einem Knotenpunkt des terrestrischen Energiestroms stattfinden, im Kellergeschoß des Octagon House eben, so daß Angst und Schrecken des Opfers auf die globale Energie einwirken und das Magnetfeld des Planeten beeinflussen würden. Vibrationen einer solchen Negativität waren in der Lage, die normalerweise günstige Schwingungsfrequenz abzuschwächen und Gefühle und Gedanken der Menschen hochgradig zu konditionieren. Deshalb brachten sie seit Jahrhunderten an strategischen Punkten der Erde Opfer, damit die dabei entfesselte Energie sich auf die ahnungslosen Angehörigen der niederen Rasse auswirkte und sie schwächte. Das Ritual, das zu zelebrieren sie sich anschickten, würde also nicht nur einem Zweck dienen, sondern sich energetisch mit all jenen Riten und Zeremonien verbinden, die Adepten der Elite gleichzeitig in der übrigen Welt durchführten. Die Nacht eignete sich dafür am besten, weil das Magnetfeld dann stabiler war. Tagsüber nämlich konnten die elektrisch aufgeladenen Teilchen des Sonnenwinds Turbulenzen verursachen und die Verbindung mit der okkulten Welt erschweren.

Willington war sehr zufrieden, er würde zwei Fliegen mit einer Klappe schlagen. Auch der gerade beendete Krieg war – wie alle, die ihm vorausgegangen waren – ein großes rituelles Blutbad gewesen, in dem sehr viel mehr Menschen getötet worden waren als in den Medien gemeldet und der den Planeten mit einer ungewöhnlichen Menge negativer Energie überflutet hatte, die die Elite auszunutzen wußte. Die Rituale der Bruderschaft waren die moderne Variante der Opfer des alten Babyloniens und all der anderen Völker, in welche die Bruderschaft sich eingeschlichen hatte: Sumerer, Phönizier, Hethiter, Ägypter, Kanaaniter und Akkader. Es war ein Prozeß, der die gesamte bekannte Geschichte der Menschheit umfaßte und von dem die Wissenschaftler praktisch nichts wußten. Und diejenigen, die verstanden hatten, hüteten sich, ihre Erkenntnisse schwarz auf weiß festzuhalten.

Willington nahm das Krypto-Handy und tippte eine Nummer ein. Kurz darauf meldete sich der Adept, der auch die Aufgabe hatte, das Opfer zu besorgen.

»Ist alles fertig?« fragte Willington.

»Ja. Wir haben auch die Frau.«

»Gut. Richte es so ein, daß die Eingeladenen um exakt zehn Uhr an dem vereinbarten Ort sind.«

Nachdem er aufgelegt hatte, lächelte er. Alles war für den Ritus bereit, der für das Projekt Pandemie günstig stimmen sollte und dank dessen sie sich auch von der europäischen Elite befreien würden. Verräter, die verschwinden mußten, zusammen mit weiteren Millionen nutzloser Individuen. Nur so würde die Welt endlich zu dem Garten Eden werden, der ihrer Rasse würdig war.

23

Verena landete, nur wenige Stunden nachdem sie mit Anne telefoniert hatte, auf dem Londoner Flughafen. Sie mochte ihre Freundin wirklich gern und war sehr besorgt um sie. Doch sie fühlte sich nicht besonders altruistisch, denn ihr war bewußt, daß sie sich jedesmal, wenn es in ihrem Leben Schwierigkeiten gab, eine Aufgabe suchte, in die sie sich Hals über Kopf stürzen konnte. Indem sie sich um andere kümmerte, gelang es ihr tatsächlich, ihre Angst im Zaum zu halten.

Anne lebte in Hampstead, und es kostete Verena ein Vermögen, vom Flughafen Heathrow aus den eleganten und grünen Bezirk Londons zu erreichen, wo seit jeher ein guter Teil der Künstler, Schriftsteller und Politiker der Hauptstadt lebte. Für einen Wissenschaftler vom Rang Donalds und seine Frau, eine Amateurmalerin, war es die ideale Wohngegend.

Als das Taxi vor dem Haus der Redcliffs in Keats Grove hielt, erinnerte sich Verena daran, daß auch George Orwell in Hampstead gewohnt hatte. Der Schriftsteller, desillusionierter als Keats, hatte keine *Ode an eine Nachtigall* verfaßt, sondern in seinem berühmten *1984* eine globale Diktatur beschrieben, die jener sehr ähnlich war, auf die Ogden bei ihrem letzten Treffen angespielt hatte.

Ein Schauder lief ihr den Rücken hinunter. Das fängt ja gut an, dachte sie und versuchte sich zusammenzureißen. Sie war hier, um einer Freundin zu helfen, und ließ sich von den nebulösen Reden eines Spions beeinflussen, der ihr vielleicht etwas vorgelogen hatte, nur um sich von ihr zu befreien. Allerdings war der Mann, der dies gesagt hatte, keiner, der überall Verschwörungen witterte, sondern einer, dem man vertrauen konnte, jedenfalls was solche Dinge anging.

Sie verscheuchte diese Gedanken und klingelte an der Tür. Nach einigen Sekunden, als sie schon erneut läuten wollte, öffnete eine ältere Frau und lächelte sie an.

»Mrs. Mathis, nehme ich an.«

»Ja. Und Sie müssen Helen sein …«

Die Frau nickte. »Kommen Sie doch bitte herein«, sagte sie und nahm ihre Reisetasche.

Das Entree machte einen freundlichen Eindruck, an den Wänden hingen einige Gemälde von Anne. Ihr Pinselstrich und die Komposition der Farben waren sehr viel besser geworden, dachte Verena, während sie der Haushälterin die Treppe hinauf folgte.

»Ich zeige Ihnen Ihr Zimmer«, sagte die Frau. »Mrs. Redcliff hat den ganzen Tag im Bett gelegen, doch vor kurzem ist sie aufgestanden und erwartet sie jetzt. Der Arzt war eben da und wollte ihr eine Beruhigungsspritze geben, aber sie hat es abgelehnt, um bei Ihrer Ankunft nicht benommen zu sein.«

Als sie im Gästezimmer waren, sah Verena Helen an.

»Sagen Sie mir: Wie geht es Mrs. Redcliff?«

Die Frau schüttelte den Kopf. »Sehr schlecht. Aber das

ist ja kein Wunder. Seit zwei Tagen haben wir keine Nachricht vom Professor, und die Polizei kann ihn nicht finden. Es ist, als hätte er sich in Luft aufgelöst.«

»Bringen Sie mich zu ihr, Helen, und dann gehen Sie nach Hause. Sie müssen sehr müde sein.«

Die Frau nickte, und ihre Augen begannen zu schimmern. »Ich gehe nur, um mich diese Nacht auszuruhen, und weil mein Mann zu Hause auf mich wartet. Doch morgen früh komme ich zurück, ich kann Mrs. Redcliff in einem solchen Augenblick nicht allein lassen.«

»Danke, Helen, auch im Namen von Mrs. Redcliff.«

Die Frau stellte die Tasche auf einen kleinen Cretonne-Diwan unter dem Fenster und bat Verena dann, ihr zu folgen.

Sie traten auf den Gang, von dem einige Türen abgingen. Das Haus war groß und recht elegant, wenn auch wie ein Cottage eingerichtet. Doch Annes Geschmack war in vielen Details wie etwa der pastellfarbenen Tapete von Valentino und den gewachsten Möbeln aus dunklem Holz zu erkennen.

Helen blieb vor einer Tür am Ende des Korridors stehen und klopfte. Von innen bat eine klägliche Stimme sie herein. Als die Haushälterin öffnete, um sich dann diskret zurückzuziehen, sah Verena, daß ihre Freundin in Kleidern auf dem Bett lag. Sie war ungeschminkt, hatte dunkle Augenschatten und zerzaustes Haar. Doch trotzdem, auch trotz der Sorge, die sie quälen mußte, machte sie auf Verena einen reizvolleren Eindruck als früher.

Sie ging zum Bett, setzte sich neben ihre Freundin und umarmte sie.

»Danke, daß du gekommen bist«, flüsterte Anne ihr mit tränenerstickter Stimme ins Ohr. »Ich werde langsam verrückt, Verena, ich weiß nicht, wie lange ich das noch aushalte...«, fügte sie leise hinzu.

Verena fragte sich, warum sie solche Dinge sagte, doch sie ging zunächst nicht weiter darauf ein. Sie hauchte einen Kuß auf ihr Haar, schob sie dann ein Stück von sich weg und sah ihr in die Augen.

»Du wirst nicht verrückt, meine Liebe. Alles kommt wieder in Ordnung, du wirst schon sehen«, sagte sie und empfand Unbehagen, weil diese Worte so nutzlos waren. »Auf jeden Fall werde ich nicht zulassen, daß du Schaden nimmst. Du mußt etwas unternehmen«, fügte sie hinzu und fühlte sich erst recht mies.

Doch Anne nickte. »Ich weiß, du hast recht«, sagte sie, immer noch im Flüsterton. »Aber sie werden nicht zulassen, daß ich Donald überlebe.«

Verena glaubte, sich verhört zu haben. »Was?«

Anne wiederholte den Satz, dann drückte sie Verenas Hände und sah ihr in die Augen. »Sprich leise, ich fürchte, es gibt hier Mikrophone.«

Verena spürte, wie sich ihr der Magen zusammenzog, und sie verstand, daß ihre Freundin nicht nur um das Leben ihres Mannes, sondern auch um ihr eigenes fürchtete.

Sie sah sie mit fragender Miene an. Anne öffnete wieder den Mund, um zu sprechen, doch Verena legte ihr zwei Finger auf die Lippen, um ihr zu zeigen, daß sie schweigen sollte. Als Anne klar wurde, daß ihre Freundin sie nicht für verrückt hielt, leuchteten ihre Augen vor Dankbarkeit auf. Sie nickte und schwieg, beobachtete Verena, die vom Bett aufgestanden war und sich auf der Suche nach einer Stereoanlage oder einem Radio umsah.

Sie entdeckte den CD-Spieler auf einer Truhe neben dem Toilettentisch, nahm irgendeine CD aus dem Ständer daneben und legte sie auf. Die Musik setzte ein, Verena drehte lauter und winkte Anne gleichzeitig zu sich. Als die Freundin bei ihr war, machte sie ihr ein Zeichen fortzufahren, während die Melodie eines der berühmtesten Lieder von Robert Hibbing den Raum zu erfüllen begann.

»Diese Leute, die Donald entführt und wohl auch getötet haben, werden das gleiche mit mir tun«, flüsterte Anne.

»Aber warum denn?« fragte Verena.

Sie schüttelte den Kopf. »Es ist besser, du weißt nichts«, antwortete Anne und sah sie aus ihren dunklen, vor Angst weit offenen Augen an.

Verena versuchte ruhig zu bleiben und nachzudenken. Es war offensichtlich, daß ihre Freundin dabei war, die Kontrolle zu verlieren, doch es war auch nicht zu leugnen, daß der Name Donald Redcliff in Ogdens Computer aufgetaucht war, und das hatte etwas zu bedeuten. Wer wollte Donalds Tod? Und warum? Ogden war sicherlich über das Verschwinden des Wissenschaftlers auf dem laufenden. Sollte sie ihn anrufen?

Anne klammerte sich an ihren Arm. »Sie sind überall und wissen alles. Donald war über viele Dinge informiert, deshalb haben sie ihn entführt. Wahrscheinlich ist er schon tot…«, fügte sie so nüchtern hinzu, daß es Verena schauderte.

»Hast du Beweise dafür, daß diese Leute es auf euch abgesehen haben?«

Anne nickte. »Ja, aber ich kann nicht darüber sprechen. Ich habe dir doch schon gesagt, daß du dann ebenfalls in Gefahr geraten würdest. Das Telefon wird auch abgehört. Glaubst du, daß ich verrückt bin?«

»Red keinen Unsinn!« beruhigte Verena sie. »Wenn du das sagst, heißt es, daß du gute Grunde dafür hast. Aber du kannst dich nur dadurch schützen, daß du alles, was du weißt, der Polizei erzählst.«

Anne schüttelte entschieden den Kopf. »Das ist zu gefährlich. Sie sind überall, wir können niemandem trauen.«

Anne nahm ein Kleenex und einen Lippenstift vom Toilettentisch, schrieb ein paar Worte und gab das Kleenex dann Verena.

»Hoffentlich glauben sie, ich wüßte nichs«, stand darauf. Als Verena es gelesen hatte, riß Anne ihr das Kleenex aus der Hand, nahm ein Feuerzeug vom Toilettentisch, zündete es an und warf es in den Aschenbecher.

»Hör zu, laß uns rausgehen und einen kleinen Spaziergang machen, vielleicht können wir dann ruhiger reden«, sagte Verena, auch wenn sie wußte, daß ihre Gespräche von Richtmikrophonen aus beträchtlicher Entfernung aufgenommen werden könnten. Einen Scrambler, das war es, was sie brauchten. Sie könnte Stuart anrufen und ihn bitten, ihr durch jemanden aus der Londoner Sektion einen zukommen zu lassen. Oder sie müßte wirklich mit Ogden telefonieren; sie besaß immer noch das abhörsichere Handy, das er ihr zu Beginn ihrer Beziehung für den Notfall gegeben hatte.

Es klopfte an der Zimmertür. Die beiden Freundinnen zuckten zusammen und sahen sich erschrocken an.

»Das muß Helen sein. Sie will nach Hause gehen«, sagte Verena und wandte sich zur Tür.

Die Haushälterin kam ausgehfertig ins Zimmer.

»Ich bin dann soweit, Mrs. Redcliff«, sagte sie zu Anne.

»In Ordnung, Helen, danke für alles. Wir sehen uns morgen früh.«

»Wenn Sie irgend etwas brauchen, zögern Sie bitte keinen Moment und rufen Sie mich an, ich bitte Sie... Eigentlich würde ich lieber dableiben, aber mein Mann kann sich nicht einmal ein Spiegelei machen, Sie wissen ja...«

»Mach dir keine Sorgen, Helen, du hast schon viel zuviel getan. Mrs. Mathis ist jetzt hier bei mir.«

»Dann also bis morgen. Gute Nacht«, sagte die Haushälterin und verabschiedete sich mit einem Winken von den beiden Freundinnen.

»Ich komme mit Ihnen nach unten, ich schließe dann die Tür ab«, sagte Verena und folgte ihr.

Als sie am Eingang waren, legte Verena eine Hand auf den Arm der Frau.

»Sagen Sie mir, Helen, was halten Sie von dieser Geschichte?« fragte sie auf sehr unenglische Weise ohne Umschweife.

Doch die Haushälterin schien nur darauf gewartet zu haben, endlich ihr Herz ausschütten zu können. »Schon seit einer ganzen Weile stimmt irgend etwas nicht in diesem Haus. Der arme Professor war in letzter Zeit sehr gereizt. Nicht wegen seiner Frau, das bestimmt nicht. Einmal habe ich, ohne es zu wollen, gehört, wie sie sich im Arbeitszimmer unterhielten. Die Tür stand offen, und ich war gerade dabei, das Silber in der Küche zu putzen. Er war außer sich und bestand darauf, daß seine Frau für eine Weile aus London weggehen sollte.« Helen schüttelte den Kopf. »Das alles hat vor vielleicht zehn Tagen angefangen, als ihn zwei Männer besuchten.«

»Was für Männer?«

»Das weiß ich nicht. Zwei elegante Typen, mit eisigen Mienen, jünger als der Professor und angezogen wie Totengräber. Sie sind eine halbe Stunde im Arbeitszimmer geblieben, und als sie gegangen sind, habe ich ihn fluchen hören. Das hatte er noch nie getan. Also, das ist alles. Glauben Sie, daß Professor Redcliff tot ist?«

Verena schüttelte den Kopf. »Ich weiß es nicht, Helen. Aber sicher ist es seltsam, daß er sich nicht gemeldet hat.«

In diesem Moment klingelte – wie als Antwort auf ihre Worte – das Telefon. Die beiden Frauen fuhren zusammen. Helen griff nach Verenas Arm.

»Gehen Sie bitte dran! Ich habe Angst, es sind schlechte Nachrichten«, sagte die Haushälterin und zeigte auf das Telefon, das auf einer Etagere stand.

Verena nickte und nahm ab.

»Mrs. Redcliff?« fragte eine Männerstimme.

»Nein, ich bin eine Freundin von Mrs. Redcliff. Wer spricht da?«

Der Anrufer hängte ein. Verena spürte, wie sich ihr Magen zusammenkrampfte, und ließ ganz langsam den Hörer sinken. Die Haushälterin sah sie aus aufgerissenen Augen an.

»Aufgelegt«, sagte Verena, mehr zu sich selbst als zu ihr.

»Das passiert nicht zum ersten Mal«, bemerkte die Haushälterin.

»Haben Sie das der Polizei erzählt?«

Helen zuckte die Schultern und verzog das Gesicht. »Sicher, aber es sieht so aus, als würden sie die Sache nicht ernst nehmen.«

Verena lächelte sie an und versuchte ruhig zu wirken. »Gehen Sie nur, Helen, sonst wird es spät«, ermahnte sie die Haushälterin und brachte sie zur Tür.

»Gute Nacht, Mrs. Mathis«, sagte diese. »Und rufen Sie mich bitte an, wenn Sie mich brauchen!«

»Natürlich, Helen, danke.«

Verena schloß die Tür hinter ihr, lehnte sich dagegen und dachte nach. Im Grunde wußte sie nicht, was sie tun sollte. Donald Redcliff war seit zwei Tagen verschwunden, und der Polizei war es noch nicht gelungen, ihn zu finden. Es handelte sich nicht um eine normale Entführung, denn niemand hatte Lösegeld gefordert. Ganz offensichtlich hatte sein Verschwinden etwas mit seinem Beruf und mit dem Besuch der beiden Männer zu tun. Sie mußte versuchen, mehr über diese Geschichte zu erfahren, von Anne, aber nicht nur von ihr.

Sie rieb sich nervös die Hände, eilte dann die Treppe hinauf und ging in ihr Zimmer, um Zigaretten zu holen. Sie mußte jetzt unbedingt eine rauchen, das half ihr beim Nachdenken. Dann ging sie zurück in Annes Zimmer.

Ihre Freundin saß auf dem Rand des Bettes und starrte vor sich hin.

»Hat das Haus eine Alarmanlage?« fragte Verena.

Anne drehte sich mit einem resignierten Lächeln um. »Sie ist noch nicht installiert. Donald hatte vor ein paar Tagen beschlossen, eine einbauen zu lassen.«

Auch das noch, dachte Verena gereizt. Sie ging zu Anne und legte ihr eine Hand auf die Schulter.

»Hör zu, wir könnten doch irgendwo etwas essen gehen. Das würde dich ablenken, was meinst du?« fragte sie und berührte Mund und Ohr, um auf mögliche Wanzen im Haus anzuspielen.

Anne verstand, was sie meinte, und nickte. »In Ordnung«, antwortete sie, »vielleicht tut mir das gut. Ich brauche fünf Minuten, um mich umzuziehen«, sagte sie und stand auf, um ins Badezimmer zu gehen.

»Anne«, hielt Verena sie zurück, denn ihr war ein Gedanke gekommen. »Hast du einen Internetanschluß, den ich benutzen könnte? Als ich hergekommen bin, habe ich einiges unerledigt gelassen, und ich müßte eine E-Mail schreiben«, log sie.

Anne drehte sich um und machte ihr ein Zeichen, ihr zu folgen. Sie gingen den Gang hinunter und betraten ihr Arbeitszimmer, einen halbrunden Raum voller Leinwände und mit einer großen Staffelei in der Mitte, auf der ein Bild stand, an dem sie gerade arbeitete, eine von Schatten umgebene Figur, einigermaßen verstörend. Auf dem Schreibtisch stand ein betriebsbereiter Mac.

»Kannst du damit umgehen?« fragte Anne.

»Ja, ich habe den gleichen. Danke, ich brauche nur einen Moment. Sag mir Bescheid, wenn du fertig bist.«

Anne verließ das Zimmer, und Verena setzte sich an den Computer. Sie ging gleich ins Internet und suchte eine amerikanische Gegenkultur-Seite, die sie oft konsultierte, dann gab sie Donalds Namen ein und klickte auf *search*. Die Seite enttäuschte sie nicht. Sie erfuhr, daß innerhalb von sieben

Monaten fünfzehn Mikrobiologen unter – gelinde gesagt – mysteriösen Umständen ums Leben gekommen waren. Seit wenigen Tagen stand auch Donalds Name auf der Liste, und ein sehr bekannter investigativer Journalist fragte sich, ob er das gleiche Ende genommen habe wie seine Kollegen. Nach Ansicht des Journalisten stellte diese Reihe von Todesfällen eine extreme und praktisch unmögliche Folge von Zufällen dar, die nur einen furchtbaren Grund haben konnten. Auch Donald war Mikrobiologe, wie all die anderen. Der Journalist spielte auf die Möglichkeit an, daß die toten Wissenschaftler Kenntnis über die wahre Ursache der Epidemie gehabt hätten, die Asien heimgesucht hatte. Weiter behauptete der Schreiber des Artikels, das Virus gehöre vermutlich zu einem Projekt des *Ausdünnens der Menschheit*, das irgend jemand betreibe. Und dieser Jemand habe wahrscheinlich noch mehr und noch schlimmere Viren in petto, die eine weltweite Pandemie auslösen könnten. Die fraglichen Wissenschaftler, fuhr der Journalist fort, seien vielleicht eliminiert worden, weil sie direkt oder indirekt an aktuellen oder zukünftigen Viren und Bakterien gearbeitet hätten, die für diese Projekte geeignet waren, und den Gebrauch, den man davon machen wollte, geahnt hätten. Schließlich wandte sich der Schreiber direkt an seine Leser: »Wenn Sie soweit wären, einen biologischen Krieg auszulösen, der auf gar keinen Fall der Welt als solcher erscheinen darf, was würden Sie dann mit Wissenschaftlern tun, die Bescheid wissen?« Ein guter Teil der Forscher waren Amerikaner, Briten und Israelis. Für wen konnten sie arbeiten? Hatte man sie vielleicht auch getötet, weil sie das Projekt der weltweiten Ausdünnung hätten verhindern können, indem sie Behandlungsmöglichkeiten und Impfungen entwickelten? Alle Wissenschaftler waren auf DNA-Sequenzierung spezialisiert, sie wären in der Lage gewesen, das Coronavirus, das für die asiatische Epidemie verantwortlich war, genetisch zu manipulieren. Des weiteren, fuhr der Artikel fort, war bei einigen der in Europa in letzter Zeit abgestürzten Flugzeuge wenigstens ein Mikrobiologe an Bord, wenn nicht mehr. Das ins Schwarze Meer gestürzte Flugzeug, von Israel nach Novosibirsk unterwegs und aus Versehen von einer einhundert Kilometer vom Kurs abgekommenen ukrainischen Rakete getroffen, hatte fünf Mikrobiologen an Bord. Außerdem, fuhr der unerbittliche Journalist fort, behaupteten russische Wissenschaftler der Medizinischen Akademie, die asiatische Epidemie sei in Wirklichkeit eine bakteriologische Waffe, geschaffen im Laboratorium. Und die Basis für diese Behauptung sei, daß das Virus aus einem Cocktail genetischen Materials verschiedener Virustypen bestehe, die sich auf keine natürliche Art hätten mischen können. Doch wirklich besorgniserregend wäre, fuhr der Artikel fort, und auch dies sei schon geschehen, wenn es sich um eine bisher auf Tiere beschränkte Krankheit handeln sollte, die mutiert auf Menschen übertragen worden war. Denn dies sei die beste Art, den Verdacht zu entkräften, man habe die Viren im Labor erzeugt.

Verena ging auf eine andere Seite und fand weitere Nachrichten. Dort wurde die Sache direkter abgehandelt. Man sprach von biochemischem Krieg mit dem Ziel, die Wirtschaft eines bestimmten Landes zu schwächen. Die asiatische Wirtschaft war tatsächlich gefährlich ins Taumeln geraten. Man vermutete auch, daß die Krankheit eine Warnung für Länder gewesen sei, die wie Kanada – das vom Virus am zweitschlimmsten betroffene Land – gegen den Krieg im Irak gewesen waren. Jetzt, zu Beginn des Sommers, schien die Krankheit mit der ersten Hitze gestoppt zu sein. Aber hatte sich nicht auch die furchtbare Spanische Grippe so verhalten, die die Weltbevölkerung in den Jahren des Ersten Weltkriegs dezimiert hatte? Zu dieser alarmierenden Frage stellte der Artikel einige Hypothesen auf. Da das Virus bei Temperaturen über sechsundzwanzig Grad geschwächt werde und dieser Sommer der heißeste der letzten einhundertfünfzig Jahre zu werden versprach, hätten die Wissenschaftler – inzwischen dank der Haarp-Technologie in der Lage, das Klima zu verändern – vielleicht einen brütend heißen Sommer provoziert, um es zu vernichten. Doch sie hätten noch andere, ebenfalls tödliche und anpassungsfähigere Viren als dieses auf Lager, von dem nicht nur die Wirtschaft der betroffenen Länder, sondern die gesamte Weltwirtschaft in die Knie gezwungen werden könnte.

Verena surfte weiter und fand noch andere Seiten, die mehr oder weniger die gleichen Hypothesen formulierten. Vielleicht war es alles politische Phantasterei, dachte sie, aber die Worte Ogdens, das Verschwinden von Donald Redcliff und sein Name auf der Liste des Agenten machten das, was sie las, wenn nicht wahrscheinlich, so doch möglich. Und hatten nicht die USA vor Jahren gegen zwei UN-Resolutionen gestimmt – eine davon bekräftigte die Genfer Konvention von 1925 über bakteriologische Waffen, die andere das Verbot der Nutzung des Weltraums für militärische Zwecke. Jeder Vorwand schien willkommen, um neue Kriege zu entfesseln; eine zweckdienliche Epidemie, die man vielleicht den üblichen Schurkenstaaten zur Last legen könnte, wäre für die Kriegstreiber nützlich gewesen. Eine weitere Website hielt folgendes Szenarium für möglich, das gar nicht einmal so sehr nach politischer Science-fiction klang: Nach dem Ende des Kriegs gegen den Irak und da man im Land keine Massenvernichtungswaffen gefunden hatte, könnte jemand auch ein Virus oder Bakterium verbreitet haben, um dann zu gegebener Zeit zu entdecken, daß der Giftmischer eines der Länder auf der schwarzen Liste war. Eine Variante zu den nie entdeckten irakischen Waffen, dem erfundenen Zwischenfall im Golf von Tonkin und einer langen Reihe fabrizierter Kriegsgründe seit den Zeiten der Explosion auf dem US-Schlachtschiff Maine zu Beginn des spanisch-amerikanischen Kriegs von 1898. Szenarien, die benutzt wurden, um Militäraktionen gegenüber der Öffentlichkeit zu rechtfertigen. Zum Schluß wünschte sich der Verfasser jedenfalls, daß die asiatische Epidemie statt des Anfangs der Operation »Ausdünnung der Menschheit« *nur* ein kleine Attacke im biochemischen Krieg sei.

Verena lächelte bitter, dann schaltete sie den Computer aus. Sie hatte genug: All diese erschreckenden Spekulationen würden ihr nicht helfen, Anne aus ihren Schwierigkeiten zu befreien oder gar ihren Mann nach Hause zu bringen.

Sie ging zurück in ihr Zimmer und holte das abhörsichere Handy Ogdens aus ihrer Tasche, sah es einen Augenblick an, unsicher, ob sie ihn anrufen sollte, beschloß dann aber, noch zu warten. Zunächst würde sie versuchen, von Anne etwas mehr zu erfahren.

24

Im *safe house*, nicht weit vom Octagon House, bereiteten die Männer des Dienstes die Aktion vor: Ogden hatte nach seiner Rückkehr von dem Gespräch mit Alimante beschlossen, sie noch in derselben Nacht durchzuführen.

Franz machte sich Sorgen. Die Idee, in das Kellergeschoß des Octagon House während eines Rituals dieser Hurensöhne einzudringen, gefiel ihm ganz und gar nicht. Natürlich würden sie bei dieser neu gewichteten Mission auch gleich die Lanze an sich nehmen – das unterirdische Gewölbe, wo die Zeremonie stattfinden sollte, war nur wenige Meter vom Bunker entfernt, die beiden Räume grenzten praktisch aneinander und waren durch einen der vielen Tunnel verbunden, die aus dem Untergrund dieses Teils der Stadt eine Art Schweizer Käse machten. Es war nicht die um einen Tag vorverlegte Beschaffung der Lanze, die Franz Sorgen machte, dieser Plan war in jedem Detail perfekt; das, was vorher geschehen sollte, beunruhigte ihn. Ogdens Vorhaben schien ihm verrückt, und auch wenn sein Chef sich noch nie geirrt und das Leben seiner Männer ohne Grund aufs Spiel gesetzt hatte, fürchtete er, daß sie es diesmal nicht schaffen würden.

Außer ihnen beiden gehörten vier Agenten des Dienstes

zur Gruppe: George, Frederik, Mark und Lionel, alles erstklassige Leute mit viel Erfahrung. Zusätzlich war auch David Cummings ins *safe house* beordert worden, einer der Verantwortlichen für die Sicherheit des Präsidenten und wichtigster Verbindungsmann der europäischen Elite auf feindlichem Territorium. Cummings schien von der Programmänderung noch weniger begeistert als er.

Ogdens Stimme riß Franz aus seinen Gedanken.

»Komm bitte einmal her, ich muß mit dir reden«, sagte er und gab ihm ein Zeichen, ihm zu folgen.

Sie verließen den Technikraum, wo die Männer die Computer und alle für die Operation notwendigen elektronischen Geräte installiert hatten, und gingen in eines der Schlafzimmer. Ogden schloß die Tür hinter ihnen und sah Franz an.

»Machst du dir über irgend etwas Sorgen?«

Franz räusperte sich verlegen. »Warum zum Teufel willst du, daß wir uns bei einer ihrer widerwärtigen schwarzen Messen einschmuggeln? Wenn es Cummings nicht gelingt, heute einen Blackout für das Kellergeschoß vom Weißen Haus hinzubekommen und die Alarmanlagen für die nötige Zeit abzuschalten, werden wir da unten eingeschlossen. Ich würde nur ungern das gleiche Ende nehmen wie der arme Kerl, den sie heute Nacht opfern wollen.«

Ogden schüttelte den Kopf, doch er schien über den Einwand seines engsten Mitarbeiters nicht verärgert.

»Der Blackout wird klappen, mach dir keine Sorgen. Aber versetze dich mal in das Opfer und beantworte mir eine Frage: Wärst du nicht auch froh, wenn dich jemand retten würde, bevor ein Verrückter dich vierteilt?«

Franz schwieg verlegen. Doch Ogden ließ nicht locker.
»Antworte!« befahl er ihm.
»Natürlich wäre ich froh…«
»Also kannst du eine gute Tat tun, was ja nicht oft vorkommt. Das ist der erbauliche Teil der Angelegenheit. Doch damit du nicht glaubst, das sei mein einziger Beweggrund, will ich dir sagen, warum ich beschlossen habe, die Aktion auf heute nacht vorzuziehen: Ich brauche eine Vorführung für Alimante, der unseren Einsatz live mitverfolgen wird.«

Ogden erklärte noch einmal und mit mehr Einzelheiten, was der Italiener organisiert hatte und welchen Gebrauch er von diesem Film machen wollte.

»Aber Alimante ist nicht über deine Absichten unterrichtet. Du hast gesagt, er erwartet dich heute abend im Willard… Und außerdem: Wenn wir bei dem Opfer dazwischenkommen, wird er nicht wissen, was er mit den Aufnahmen anfangen soll!« wandte Franz ein.

»Todd hat mir schon ähnliches Material übergeben. Wir können es immer noch manipulieren und die heute nacht aufgenommenen Bilder von Willington und Brown einfügen, bevor wir auf den Plan treten. Ich habe mir all das so ausgedacht, um Alimante von meiner Treue zur europäischen Elite zu überzeugen. Ich will mehr über die Operation Pandemie erfahren, und Alimante, falls er überhaupt irgend etwas darüber weiß, ist die einzige Karte, auf die wir setzen können. Die amerikanische Elite hat einen furchtbaren Plan, und wenn sie ihn ausführen, bleiben nicht mehr viele Menschen auf diesem Planeten übrig. Deshalb müssen wir mit vollem Einsatz spielen. Wenn ich Alimante richtig einschätze, wird die Inszenierung von heute abend zu etwas gut sein. Außerdem ist mir nichts Besseres eingefallen. Ist jetzt alles klar?«

»Operation Pandemie?« wiederholte Franz besorgt. »Willst du damit sagen, daß –«

Ogden unterbrach ihn mit einer Geste. »Ich will genau das sagen, was du verstanden hast.«

»O Gott!«

»Genau. Jetzt gehen wir zu den anderen zurück und geben Cummings zu verstehen, daß wir ihn bei der amerikanischen Elite als Verräter bloßstellen werden, wenn er heute nacht nicht sein Bestes gibt. Du wirst sehen, er hat sicher nichts einzuwenden, er ist immer noch ein Agent des Dienstes, auf diese Feststellung hat er Wert gelegt. Jedenfalls wird er heute nacht mit uns kommen«, schloß Ogden.

»Aber wer soll die Alarmanlagen im Weißen Haus ausschalten, die mit dem Bunker der Lanze verbunden sind?« fragte Franz.

»Alles läuft genau so, wie es organisiert worden ist. Zwei Männer von Cummings tun es an seiner Stelle. Er hat sie in der Hand.«

»Doch sie könnten ihn und damit auch uns verraten ...«, wandte Franz ein.

Ogden nickte. »Das ist möglich, aber ich halte es für unwahrscheinlich.«

»Wenn Alimante bemerkt, daß Cummings ihn nicht über deine Absichten informiert hat, macht er ihn fertig.«

Ogden zuckte die Achseln. »Ich werde Alimante sagen, ich hätte ihn gezwungen. Ihm bleibt auch keine andere Wahl, er wird bis heute nacht, wenn wir in Aktion treten, nicht mehr aus diesem Haus herauskommen. Auf meine Veranlassung hin hat er die beiden Männer im Weißen Haus schon informiert, sie stehen zum Einsatz bereit, da sollte es keine Überraschungen geben. Die Alarmanlage zum Schutz des Raums, wo die Zeremonie stattfindet, ist veraltet, technisch auf sehr viel niedrigerem Stand als die im Bunker mit der Lanze; sie wird sich wie die anderen ausschalten, wenn der Blackout eintritt. Auch die beiden Männer zur Bewachung der Lanze sind leicht zu überwältigen, weil wir Willington zwingen werden, mit uns in den Bunker zu gehen und uns öffnen zu lassen. Todd hat gesagt, daß dieser Fanatiker die beiden Wächter persönlich ausgesucht hat. Wenn sie uns mit dem Präsidentenberater ankommen sehen, werden sie keinen Verdacht schöpfen.«

Ogden warf einen Blick auf die Uhr. »Es ist fast fünf. Laß uns wieder rübergehen, es ist noch viel zu tun. Hast du vorbereitet, was ich dir gesagt habe?«

Franz nickte. »Ja, es ist alles fertig.«

»Du mußt die Sache entschlossen durchziehen. Ich will, daß der Job gut gemacht wird.«

»Es wird alles reibungslos ablaufen«, antwortete Franz.

»Daran zweifle ich nicht«, sagte Ogden und klopfte ihm auf die Schulter.

25

Verena ging in Annes Zimmer zurück, doch ihre Freundin war noch im Bad. Sie sah sich um, das Zimmer war sehr schlicht eingerichtet, neben dem Doppelbett gab es nur eine große Nußbaumkommode, einen Sessel und einen kleinen Toilettentisch vor einem der Fenster. Der Boden war mit einem blauen Teppichboden aus bester Wolle ausgelegt, die Vorhänge schwer und von guter Qualität.

Verena brauchte noch ihre Tasche. Auf dem Weg zurück in ihr Zimmer hörte sie ein Geräusch aus dem Erdgeschoß. Sie blieb stehen, ohne es zu wagen, an das Treppengeländer zu treten. Das Geräusch wiederholte sich, schwächer, wie das leise Klacken eines Schlosses. Verena war dankbar für den Teppichboden. Sie bewegte sich langsam und bereute es, nie auf Ogdens Rat gehört und sich eine Waffe besorgt zu haben.

In diesem Augenblick öffnete sich die Badezimmertür, und Anne erschien. Verena gab ihr ein Zeichen, sich nicht zu bewegen, deutete dann auf das Erdgeschoß. Die Freundin wurde blaß und hielt sich am Türrahmen fest. Verena fürchtete, daß sie fallen könnte, ging zu ihr hin und stützte sie.

»Komm, wir müssen in mein Zimmer gehen, ich brauche mein Handy«, flüsterte sie ihr ins Ohr. Anne nickte, doch bevor sie sich in Bewegung setzte, faßte sie Verena am Arm.

»Warte, ich will dir etwas geben...«, murmelte sie und zog einen Brief aus der Jackentasche. »Ich habe ihn gerade im Bad geschrieben, deshalb hat es so lange gedauert...«, fügte sie hinzu und versuchte ein Lächeln. »Wenn mir etwas passieren sollte – hier steht die Wahrheit. Du mußt jemanden finden, dem du vertrauen kannst. Das wird nicht leicht sein, die Elite ist überall und zu allem fähig. Du mußt sehr vorsichtig sein...«

Verena nahm den Umschlag und schob ihn in den Ausschnitt ihres Chenille-Pullovers, der zum Glück nicht sehr eng war.

»Los, laß uns gehen, schnell«, sagte sie und schob Anne auf das Gästezimmer zu.

Als sie drinnen waren, schloß sie die Tür ab und sah sich um: Sie würde das Fenster zum Balkon und den Eingang verbarrikadieren müssen. Sie ließ Annes Hand los und machte sich daran, den Schreibtisch zur Tür zu schieben. Es war kein schweres Möbelstück, und es würde sie nicht besonders schützen, doch vielleicht könnte es dazu dienen, ihr die Zeit zu geben, die Polizei zu rufen. Sie wandte sich erneut Anne zu, die reglos in der Mitte des Zimmers stand und sie erschrocken beobachtete. Verena wollte sie gerade auffordern, ihr zu helfen, als die Balkontür aufgestoßen wurde und zwei Männer hereinkamen. Sie waren um die Dreißig, schwarz gekleidet und sahen aus wie Berufskiller.

»Hilfe, sie wollen uns umbringen!« rief Anne so laut sie konnte. Doch die Ohrfeige eines der Männer warf sie zu Boden und ließ sie verstummen.

Verena lief zu ihrer Freundin und kauerte sich neben sie. Annes Oberlippe war aufgeplatzt und blutete.

»Elender Hurensohn, du hast sie verletzt!« schrie Verena und spürte einen furchtbaren Haß in sich aufsteigen.

Das regungslose Gesicht Annes und der gleichgültige Ausdruck des Mannes, der sie geschlagen hatte, waren die letzten Dinge, die sie sah. Der andere, der hinter sie getreten war, schlug sie mit einem Knüppel auf den Kopf, und sie verlor das Bewußtsein.

Nach einer ganzen Weile wurde sie wieder wach: Sie hatte stechende Kopfschmerzen, und ihr war übel. Nur mühsam gelang es ihr, sich aufzusetzen, und als sie realisierte, wo sie sich befand, erkannte sie, daß das Zimmer leer war und der Schreibtisch, den sie in dem rührenden Versuch, die Angreifer aufzuhalten, verschoben hatte, wieder an seinem Platz stand. Von Anne und den beiden Männern fehlte jedoch jede Spur.

Sie versuchte, auf die Beine zu kommen, doch es dauerte eine ihr endlos scheinende Zeit, bis es ihr gelang. Ihre Uhr zeigte Mitternacht, sie war eine Ewigkeit ohnmächtig gewesen. Sie hatte einen unangenehmen Geschmack im Mund und begriff, daß die Männer sich nicht damit zufriedengegeben hatten, sie niederzuschlagen, sondern sie auch noch mit irgendeinem üblen Zeug betäubt hatten.

Als sie sich endlich wieder aufgerappelt hatte, drehte sich alles in ihrem Kopf. Sie tastete sich an den Wänden entlang, und nur langsam gelang es ihr, das Bett zu erreichen, wo der Inhalt ihrer Handtasche über die Decke verstreut lag. Sie setzte sich hin und kontrollierte alles, es schien nichts zu fehlen. Mit zitternden Händen nahm sie das abgeschirmte

Handy und tippte Ogdens Nummer ein, doch er meldete sich nicht.

In Gefahrensituationen wie dieser war Verena angewiesen, wenn Ogden nicht antwortete, sofort beim Sitz des Dienstes anzurufen und mit Stuart zu reden. Nach all dem, was Anne ihr gesagt hatte, hätte es sowieso keinen Sinn gehabt, die Polizei zu alarmieren, bevor sie den Rat der beiden Agenten eingeholt hatte.

Sie wählte die Nummer, und nach wenigen Augenblikken war der Chef des Dienstes am Telefon. Verena erklärte ihm schnell, was geschehen war, und erwähnte auch die Befürchtungen, die Anne ihr gegenüber geäußert hatte. Als sie fertig war, seufzte sie erleichtert auf, sie fühlte sich schon besser.

»Gib mir die Adresse des Hauses«, sagte Stuart.

Sie tat, was er sagte, und in diesem Moment erinnerte sie sich an den Brief, den Anne ihr gegeben hatte. Sie legte eine Hand auf ihr Herz und spürte das Knistern des Papiers unter der Chenille. Doch sie sagte Stuart nichts.

Sie hörte, wie der Chef des Dienstes irgend jemandem Anweisungen gab, und wartete. Nach wenigen Augenblikken setzte Stuart das Gespräch fort.

»In zehn Minuten holt dich ein Agent unseres Londoner Büros ab. Wenn sie dich am Leben gelassen haben, heißt das, daß sie kein Interesse an dir haben, also werden sie nicht zurückkommen. Auf jeden Fall ist Douglas – das ist der Name unseres Mannes – schon unterwegs.«

»Danke. Aber ich kann mich wohl nicht einer Zeugenaussage bei der Londoner Polizei entziehen. Annes Haushälterin weiß, daß ich heute abend mit ihr hier im Haus war.«

»Darum kümmern wir uns später. Wie geht es dir?«

»Ich habe schreckliches Kopfweh. Hoffentlich ist es keine Gehirnerschütterung. Doch was ist jetzt mit Anne? Wo haben sie die Arme wohl hingebracht?«

Stuart antwortete nicht gleich, und Verena befiel eine bodenlose Angst.

»Glaubst du, sie werden sie töten?«

»Ich weiß es nicht, Verena«, log er und versuchte glaubhaft zu wirken. In Wirklichkeit fürchtete er, daß die Frau schon tot war. »Jetzt beruhige dich, Douglas wird bald bei dir sein und dich in ein Krankenhaus bringen. Dort wird man sich erst einmal um dich kümmern.«

»Wo ist Ogden?« fragte sie.

»In einer Mission unterwegs. Doch darüber sprechen wir, wenn du in Sicherheit bist. Willst du, daß wir in der Leitung bleiben, bis Douglas angekommen ist?«

»Wenn es dir nichts ausmacht...«, sagte Verena, die erst in diesem Moment bemerkt hatte, daß sie zitterte wie Espenlaub.

26

Alimante war um Punkt zehn Uhr im Willard Hotel. In der Suite des Agenten traf er George an, einen Mann des Dienstes, der eine Nachricht von Ogden für ihn hatte. Darin teilte dieser ihm mit, daß er leider nicht anwesend sein könne. Doch der Computer sei bereit, und der ausführende Agent werde ihm beim Empfang behilflich sein.

Der Italiener war wütend: Niemand hatte sich je erlaubt, seinen Befehlen nicht peinlich genau Folge zu leisten. Ausgerechnet der Agent eines Söldnerdienstes nahm sich das nun heraus. Er griff zu seinem Handy und rief in Berlin an, um von Stuart eine Erklärung zu verlangen. Doch der Chef des Dienstes war nicht zu erreichen, und so blieb ihm nur, sich in einen Sessel vor den Computer zu setzen und zu warten.

Ogden hatte George nicht nur wegen seiner Ausbildung in der psychologischen Abteilung des Dienstes zur Washingtoner Mannschaft hinzugenommen; auch seine Vergangenheit hatte dabei eine Rolle gespielt – und daß er ein gutaussehender Mann war. Denn der bisexuelle Alimante hatte mit seinen mehr als sechzig Jahren noch ein aktives Sexualleben und gab dabei Männern den Vorzug. Dies würde sich als nützlich herausstellen können.

Alles, was ein Mensch über die beiden Eliten wissen konnte, war in dem Bericht enthalten, den Ogden von Stuart zur Lektüre erhalten hatte, und noch etwas mehr hatte der Dienst in den letzten Tagen entdeckt. Etwa daß bei den Zeremonien der Adrenalinspiegel der Teilnehmer in die Höhe schoß. Dieser Aspekt war Ogden aufgefallen, und er hoffte, daß bei Alimante allein durch das Ansehen des Films etwas Ähnliches ausgelöst würde. Obwohl die europäische Elite behauptete, die blutigen Gewohnheiten der Amerikaner mit Distanz und Mißbilligung zu betrachten, blieb doch die Tatsache, daß sie über Jahrhunderte die gleichen entsetzlichen Rituale durchgeführt hatten. Wenn man bedachte, daß sie sich als genetisch überlegen betrachteten und in der Überzeugung erzogen worden waren, das menschliche Geschlecht sei Schlachtfleisch, konnte man davon ausgehen, daß Alimante entsprechend reagieren würde. Die Zugabe zu dem Schauspiel, die Ogden ihm aus dem Kellergeschoß des Octagon House bieten würde, sollte dem Italiener zeigen, daß er nicht nur der Elite diente, sondern auch ihre Ursprünge akzeptierte. Dies in der Hoffnung, seine Gunst zu erlangen und herauszufinden, ob die europäische Elite Kenntnis von dem Projekt Pandemie hatte.

George war eine zusätzliche Karte im Spiel, eine unbekannte Größe, die sich als nützlich oder sogar gewinnbringend herausstellen könnte. Der Agent, einer der besten des Dienstes, hatte schlimme Zeiten durchlebt. Aufgewachsen in einem Pariser Waisenhaus, war er von klein auf Gewalt und mentalen Konditionierungen jeder Art ausgesetzt gewesen. George hatte, wie Tausende von Kindern in der Welt, Traumata erlitten, die zu einer Verstärkung des Spaltungspotentials führten und eine sogenannte »multiple Persönlichkeitsstörung« hervorriefen. Diese Spaltung gehörte zu dem Programm hochtechnologischer Bewußtseinskontrolle, durchgeführt in Einrichtungen und Kliniken der Regierung, die in der Hand der Elite waren. Doch was den Techniken zugrunde lag, mit denen die Elite ihre zahllosen Opfer manipulierte und zu Sklaven machte, war vereinfachend als »Satanismus« zu bezeichnen, nichts anderes als die moderne Version der ältesten und reinsten sumerisch-akkadisch-babylonischen Mysterienreligion. George war in ihren Händen geblieben, bis er eines Tages einen Politiker, der sich in seinem Schloß an der Loire an ihm vergehen wollte, mit Messerstichen getötet hatte. Der Skandal war vertuscht worden, und den Jungen, der sich wegen seiner mentalen Programmierung an nichts erinnerte, hatte man ohne jede Anklage ins Waisenhaus zurückgeschickt. Dort hatten sie ihn endlich in Ruhe gelassen. Später war er als außergewöhnlich intelligent aufgefallen, und während die anderen Jungen mit Mühe das Gymnasium beendeten, hatte man ihm ein Studium ermöglicht. An diesem Punkt war – noch zu Zeiten von Casparius – der Dienst auf den Plan getreten, hatte ihn einer Deprogrammierungstherapie unterzogen und ihn zu einem seiner besten Agenten ausgebildet.

Wie die anderen Agenten der Mannschaft wußte auch George inzwischen, daß der Dienst unter Kontrolle der Elite stand. Für die anderen Agenten war diese Enthüllung ein schwerer Schlag gewesen war, doch für George bedeutete sie eine Chance, und als Ogden der Mannschaft seinen neuen Plan erläutert hatte, hatte er sich gemeldet, um sich Alimante vorzunehmen.

»Ich weiß genau, was diesen Hurensöhnen gefällt«, hatte George erklärt. »Sie haben keine Gefühle, sondern sind Sklaven der bei einem sexuellen Akt entfesselten Energie, besonders wenn dieser Akt mit Gewalt verbunden ist. Sie sind immer danach auf der Jagd, es ist für sie wie eine Droge. Der Italiener behauptet, die europäische Elite sei anders als die amerikanische? Nun gut, wir werden ja sehen …«, hatte er mit einem Lächeln, daß es einen schauderte, hinzugefügt.

»Ist dir denn danach?« hatte Ogden zweifelnd gefragt. »Du mußt dich nicht exponieren, unsere kleine Show und die Beschaffung der Lanze werden genügen.«

George hatte ihn mit einer neuen Härte in den Augen gesehen. »Ich könnte mich endlich revanchieren«, hatte er gesagt. »Diese Dreckskerle haben im Grunde eine Operettenmentalität. Ich habe eine ausgezeichnete Idee, Chef, denn Alimante wird von der Aktion heute nacht sehr beeindruckt sein, vor allem, weil er sie nicht erwartet. Wenn es mir dann noch gelingt, das Ganze mit ein bißchen Erotik zu würzen – um so besser. Glauben Sie mir, ich kenne diese Typen …«

Daran gab es keinen Zweifel. Doch Ogden, voller Skrupel, ihn mit seiner Vergangenheit zu konfrontieren, hatte ihn nachdenklich angesehen. »Bei dieser Mission ist kein Platz für Rache, wenigstens im Moment nicht«, hatte er klargestellt, weil er fürchtete, daß George durch seinen Groll den Kopf verlieren könnte. »Vielleicht ist es besser, darauf zu verzichten …«

George hatte ganz ruhig gelächelt. »Ich kann auf mich selbst achtgeben, und seien Sie ganz beruhigt, ich krümme

Alimante kein Haar. Ich werde ihn glauben machen, daß ich mich zu ihm hingezogen fühle, was nicht schwierig sein dürfte, weil sie sich für unwiderstehlich halten. Es tut mir nur leid, daß ich nicht mit den anderen hinunter in dieses Gewölbe kann. Doch ich werde das Schauspiel aus der ersten Reihe genießen...«

»In Ordnung«, Ogden hatte nachgegeben. »Aber vergiß nicht, ich will, daß Alimante aufgewühlt ist, aber nicht tot. Und auch nicht mißtrauisch.«

George sah auf die Uhr: In diesem Augenblick waren Ogden und die anderen wahrscheinlich gerade dabei, in das Kellergeschoß des Octagon House hinunterzusteigen. Ihm blieb nur eine halbe Stunde, um zu handeln, bevor die Zeremonie begann. Das war nicht viel, doch immerhin beobachtete Alimante ihn seit ein paar Minuten mit wachsender Aufmerksamkeit.

In der Tat war das Interesse des Italieners geweckt worden, als er eine gewisse Ähnlichkeit des Agenten mit einer Kuros-Statue festgestellt hatte, die er im Jahr zuvor erworben hatte. Er fand ihn sehr attraktiv und konnte kaum den Blick von ihm wenden.

Es war erst kurz nach zehn Uhr, und Alimante wußte nicht recht, was er tun sollte, bis die Zeremonie um elf endlich anfangen würde.

»Möchten Sie etwas trinken?« fragte George ihn höflich.

»Einen Whisky, danke.«

Der Agent ging zum Servierwagen, goß den Whisky ein und wandte Alimante dabei den Rücken zu. Als er zwei

Eiswürfel ins Glas gab, fügte er zwei kleine Pillen hinzu, die er von Franz bekommen hatte. Ein Aufputschmittel, das den Italiener auf Touren bringen würde.

Alimante betrachtete wohlgefällig den gut proportionierten Körper des Agenten. Er war schlank, doch muskulös, hatte die richtige Größe und aschblondes Haar, das fast bis zur Schulter ging. Die Augen mit ihrem wirklich außergewöhnlichen Blau waren ihm schon aufgefallen. Auch die Hände, mit das erste, was er bei einem Mann bemerkte, hätten die eines Pianisten oder Chirurgen sein können. Er stellte sie sich vor, wie sie eine Waffe hielten.

»Woher kommen Sie?« fragte er George, als dieser wieder zu ihm trat und ihm ein Glas reichte.

»Aus Frankreich.«

Alimante sah ihn interessiert an. »Sie sprechen ein vollkommen akzentfreies Englisch. Kompliment.«

George neigte den Kopf. »Das ist das mindeste für einen Agenten des Dienstes.«

»Aus welcher Gegend Frankreichs?«

»Aus Aquitanien.«

Alimantes Interesse wuchs. Er hätte gern den Nachnamen des Mannes gewußt. Von seinem Äußeren her war es möglich, daß sich in seiner DNA genetische Spuren ihrer Rasse fanden.

»Wie lautet Ihr Familienname?« fragte er.

»Ich dürfte ihn eigentlich nicht verraten...«, sagte George und tat so, als sei er ein wenig in Verlegenheit. »Doch bei Ihnen werde ich eine Ausnahme machen. Er lautet Calvet.«

»Interessant...«, murmelte Alimante mit einem Nicken.

»Sind Sie vielleicht mit der berühmten Emma Calvet verwandt?«

George nickte. »Sie war meine Ururgroßmutter.«

Die Herkunft des Agenten schien für Überraschungen gut, und Alimante nahm sich vor, später mal seinen Stammbaum zu studieren. Dann sah er wieder auf die Uhr.

»Nun, George, dann schalten Sie einmal den Computer ein...«

Der Agent gehorchte, wandte sich dann dem Italiener zu. »Es ist noch früh...«

»Ja, ich weiß. Wird Ogden denn sehr viel später kommen?«

»Ich weiß es nicht. Ich bin ausführender Agent, man informiert mich nicht darüber, was mein Vorgesetzter tut, außer wenn ich in Aktion treten soll. Leider kann ich Ihnen nichts sagen, was Sie nicht schon wüßten«, fügte er mit bedauernder Miene hinzu.

»Arbeiten Sie schon lange für den Dienst?«

»Einige Jahre. Ich bin von Casparius rekrutiert worden.«

Alimante lächelte. »Der alte Haudegen!« rief er anerkennend aus. »Ein außergewöhnlicher Mann und würdiger Vertreter der Elite. Auch Sie werden ja inzwischen darüber informiert sein, daß der Dienst uns gehört.«

George nickte, ohne etwas dazu zu bemerken. Und nun ließ sich der Italiener, da er nicht gezwungen war, die Rolle zu spielen, die den Unwissenden vorbehalten war, gehen und schlug ein Rad wie ein Pfau. Die Mitglieder der Elite lebten auf zwei unterschiedlichen Ebenen: Auf der einen nahmen sie die für die Öffentlichkeit vorbehaltene Rolle ein, als Herren von Politik, Finanzwesen und Geistesleben;

doch untereinander legten sie die Masken ab. Auch die verworfensten Perversionen wurden, wenn man nicht fürchten mußte, demaskiert zu werden, zum Teil auf offensivste Art zum Ausdruck gebracht. Dazu gehörte die Eliminierung von Feinden durch symbolträchtige Prozeduren, die nur ihresgleichen zu interpretieren wußten. Wie im Falle jenes italienischen Bankiers, der erhängt an der Londoner Blackfriars Bridge gefunden wurde, getötet nach einem Ritual, das sich nur den Adepten der Elite erschloß. Weil er es am eigenen Leib erfahren hatte, war George bekannt, daß sie eine Sitte pflegten, die »Tempelopfer« genannt wurde und durch die man in einer Art demonstrativer Huldigung seine Treue zur Bruderschaft bezeugte. Diese »Geschenke« waren immer von strengster Symbolik. Es geschah häufig, daß ein Exponent der Elite einem anderen den Tod eines Feindes widmete, der an einem ganz bestimmten Ort, zu einer ganz bestimmten Zeit und nach ganz bestimmten Ritualen eliminiert wurde. Natürlich blieb der wahre Grund, aus dem diese Morde geschahen, dem gemeinen Volk vollkommen verborgen. Je unerwarteter eine solche Hommage dargebracht wurde, um so größeren Wert hatte sie. Deshalb hatte sich Ogden entschlossen, in dieser Nacht zu handeln, während des Opferrituals, an dem die beiden erbittertsten Feinde der europäischen Elite teilnehmen würden, der Berater des Präsidenten und der Verteidigungsminister, und Alimante diese außerordentliche Performance zu widmen.

Diese Überlegungen gingen George durch den Kopf, während er auf die Fragen des Italieners antwortete und versuchte, den Eindruck zu erwecken, gleichzeitig eingeschüchtert und geehrt zu sein, sich in seiner Gegenwart zu befinden. Doch er mußte noch irgend etwas tun, die Zeit verging, und in zwanzig Minuten würde das Schauspiel seinen Anfang nehmen.

»Ich könnte einen Kaffee gebrauchen. Stört es Sie, wenn ich mir einen mache?« fragte er.

Alimante setzte ein großzügiges Lächeln auf. »Aber mein lieber Junge, Sie können sich soviel Kaffee machen, wie Sie wollen, das wäre ja noch schöner ... Bedienen Sie sich, in diesen Hotels gibt es auf dem Servierwagen immer einen elektrischen Kocher und löslichen Kaffee. Nehmen Sie Mineralwasser, hier in Washington ist das Leitungswasser ekelhaft, ganz zu schweigen davon, daß diese Fanatiker kiloweise Fluor hineinmischen«, sagte er und lächelte immer noch.

Das Programm der Fluorisierung des Wassers, über das George Bescheid wußte, wurde in Amerika seit Jahren vorangetrieben. Unter dem Vorwand, die Zähne der Bevölkerung zu schützen, schädigte die amerikanische Elite die Gesundheit der Bürger und sorgte dafür, daß sie immer mehr abstumpften.

George füllte den Kocher mit Wasser, schaltete ihn ein und wartete ein paar Augenblicke, bevor er ein wenig löslichen Kaffee in eine große Tasse gab, Wasser dazugoß und umrührte.

»Er ist noch zu heiß«, sagte er. Dann machte er, wobei er Alimante weiterhin den Rücken zuwandte, damit dieser seine Hände nicht sehen konnte, eine ungeschickte Bewegung und goß den Kaffee über sein Hemd. Er war wirklich kochend heiß, und so fiel es ihm nicht schwer, Schmerz und Ärger vorzuspielen.

»Verdammt!« schrie er, stellte die Tasse hin und tupfte sich das Hemd mit einer Serviette ab. Doch er hatte den Schaden gut hinbekommen, das Hemd war vorne vollkommen durchnäßt.

»Haben Sie sich verbrannt?« fragte Alimante besorgt.

»Ja, und ich habe mir das Hemd ruiniert...«

»Ziehen Sie es aus und nehmen Sie eins von Ihrem Chef.«

»Entschuldigen Sie bitte, es dauert nur eine Minute«, sagte George und drehte sich um, während er das Hemd auszog.

Alimante betrachtete ihn, bewunderte die gut trainierten Brustmuskeln und bemerkte auch wohlgefällig die leichte Bräune, die diesen halbnackten Mann noch anziehender machte.

»Aber Sie haben sich ja verbrüht!« rief Alimante aus, erhob sich aus dem Sessel und ging zur Bar. »Da braucht man Eis...«

George blieb regungslos mitten im Zimmer stehen und tat so, als sei er verlegen und fühle sich unbehaglich. Als Alimante sich ihm zuwandte, hatte er zwei Eiswürfel in der Hand.

»Ihr jungen Leute kennt diese alten Hausmittel nicht mehr«, sagte er und fing an, mit einem Würfel die keineswegs gerötete Brust des Agenten abzureiben. George, der den Italiener um einen ganzen Kopf überragte, rührte sich nicht. Nur ein kaltes Lächeln erschien auf seinen Lippen, während das Eis in Alimantes Händen langsam zu schmelzen begann.

27

Farah, eine junge Frau mit langem schwarzen Haar, ging eilig die New York Avenue hinunter. Sie sah auf die Uhr: Es war drei. Sie hatte vor dem Smithsonian eine Verabredung mit Alina, die sie zum Zahnarzt begleiten sollte. Am Morgen hatte Miss Ackers, die Sprechstundenhilfe von Dr. Gilford, sie angerufen, um sie an die Kontrolluntersuchung zu erinnern. Sie hatte den Termin tatsächlich vergessen – eigentlich hätte sie sogar geschworen, daß er erst nächste Woche war. Doch sie führte keinen Terminkalender, und daher war sie, als Miss Ackers darauf beharrte, daß der Termin am Nachmittag sei, zu dem Schluß gekommen, ihn schlicht vergessen zu haben. Sie war schon als kleines Mädchen zu Dr. Gilford gegangen. Die Zähne waren ihre Schwachstelle. Der Doktor sagte, der Grund dafür sei ein Kalziummangel, der bei ihnen in der Familie lag. Und tatsächlich waren die Zähne ihrer Mutter, obwohl sie noch jung war, in einem schlimmen Zustand. Doch zu ihrer Zeit schickten eben die armen Familien im Iran ihre Kinder nicht zum Zahnarzt.

Sie dagegen war in den Vereinigten Staaten geboren, war amerikanische Staatsbürgerin und hatte ausgesprochen gepflegte Zähne.

Sie entdeckte Alina und winkte ihr zu, ging zu ihr hin und umarmte sie zur Begrüßung.

»Also, kommst du mit? Es dauert nur zwanzig Minuten. Dann gehen wir irgendwo was trinken.«

»Okay, wo ist denn dieser Zahnarzt?«

»Ganz in der Nähe. Na los, sei nicht so faul, wenn du keinen Schritt zu Fuß gehst, nimmst du nie ab…«

Alina war tatsächlich übergewichtig, doch sie kümmerte sich nicht darum, weil ihr Gesicht, ein wenig exotisch und sehr schön, trotzdem Eindruck auf die jungen Männer machte.

Die beiden Freundinnen brauchten kaum mehr als fünf Minuten bis zu Dr. Gilfords Praxis. Die Sprechstundenhilfe bat sie, im Wartezimmer Platz nehmen.

»Der Doktor hat gleich Zeit für Sie. Bitte setzen Sie sich«, sagte sie und blieb hinter ihrem Schreibtisch. In diesem Moment klingelte das Telefon, und sie nahm ab.

»Einen Moment, ich verbinde Sie sofort.« Sie drückte auf eine Taste und leitete den Anruf ins Sprechzimmer weiter.

Gilford meldete sich. Es war das Telefonat, auf das er gewartet hatte.

»Das Mädchen ist da«, sagte er.

»Gut. Dann machen Sie sich an die Arbeit.« Die Stimme am anderen Ende war kalt und unpersönlich.

Gilford legte auf und drückte die Taste der Sprechanlage. »Bringen Sie Miss Farah herein«, sagte er zur Sprechstundenhilfe.

Als das Mädchen ins Sprechzimmer trat, ging der Zahnarzt ihr entgegen und drückte ihr herzlich die Hand. »Grüß dich, Farah, du siehst blendend aus! Wollen wir die übliche Kontrolle machen?«

»Ja, sicher«, sagte das Mädchen und lächelte. »Ich will nicht mit so schlechten Zähnen herumlaufen wie meine Mutter. Deshalb komme ich ja zu Ihnen...«, sagte sie und setzte sich auf den Behandlungsstuhl.

Gilford lächelte ihr zu und schaltete die Lampe ein. »Dann mach einmal den Mund auf, und wir sehen uns an, ob alles in Ordnung ist.«

Die junge Frau gehorchte, und er begann mit der Untersuchung. Farah hatte seit ihrer Kindheit an einem Vorsorgeprogramm zur Zahngesundheit teilgenommen, mit dem vor ungefähr zwanzig Jahren begonnen worden war, um die weniger begüterten Schichten zu unterstützen. Die Auswahl war an einigen Grundschulen durchgeführt worden, wo man eine gewisse Anzahl von Kindern ausgesucht hatte, um eine Antikariestherapie auf Fluorbasis zu erproben. Dafür konnten sie während der Kindheit und Jugend kostenlose zahnärztliche Behandlung in Anspruch nehmen. Danach hatten einige von ihnen, zu denen auch Farah gehörte, weiterhin gratis die Praxis des Zahnarztes aufgesucht, um die Wirksamkeit der Vorsorgemaßnahmen auch im Erwachsenenalter zu kontrollieren.

Dies war die offizielle Version. In Wirklichkeit gehörte diese Gruppe der inzwischen herangewachsenen Kinder zu einer kleinen geheimen Armee, deren Bewußtsein im Schlaf manipuliert worden war und die bereitstanden, jederzeit nach den Erfordernissen der Elite reaktiviert zu werden. Über Jahre hinweg waren sie, nicht nur bei den zahnärztlichen Sitzungen, Techniken der mentalen Manipulation unterworfen worden, die den Einsatz von Drogen und Hypnose beinhalteten. Bei einigen elternlosen Kindern hatte man ein psychisches Trauma induziert, das zur Ausbildung einer multiplen Persönlichkeit führte. Diese Technik der mentalen Konditionierung war ein Ergebnis des Projekts MK-Ultra und wurde Projekt Monarch genannt. In beiden Fällen wußten die Betroffenen weder, was mit ihnen gemacht wurde, noch konnten sie sich daran erinnern.

Gilford tat so, als untersuche er einen Backenzahn besonders eingehend, zog dann das Instrument aus dem Mund des Mädchens und sah sie mit einem Lächeln an.

»Da ist ein kleines Loch am vorderen Backenzahn rechts. Im Augenblick ist es noch winzig, aber es wäre besser, den Zahn zu behandeln. Ich muß dir dafür nicht einmal eine Spritze geben. Hast du jetzt Zeit, oder willst du lieber ein andermal wiederkommen?«

Die Frage war überflüssig. Farah hatte im Rahmen des Vorsorgeprogramms das Recht auf einen Kontrollbesuch im Monat. Wenn sie zu einem anderen Termin wiedergekommen wäre, hätte sie zahlen müssen. Gilford wußte, daß sie es gleich machen lassen würde.

»Wie lange wird es dauern? Eine Freundin von mir wartet draußen auf mich.«

»Fünf Minuten, höchstens zehn«, beruhigte Gilford sie.

»Dann los, Doktor, nichts wie weg damit«, sagte das Mädchen und machte ein drolliges Gesicht.

»Sehr gut. Dann öffne noch einmal den Mund, wir erledigen das im Handumdrehen.«

»Wenn es weh tut, hebe ich eine Hand. Okay?«

»Du wirst nichts spüren, die Karies hat kaum das Dentin angegriffen.«

Farah machte den Mund auf, und Gilford begann in den

vollkommen gesunden Backenzahn ein kleines Loch zu bohren, das groß genug war, einen winzigen Mikrochip aufzunehmen. Dann fügte er ihn ein und verschloß den Zahn mit Amalgam.

»Das war's schon«, sagte er und zog sich die Handschuhe aus. »Hast du irgend etwas gespürt?«

»Absolut nichts«, sagte Farah und stand rasch vom Behandlungsstuhl auf. »Sie sind wirklich ein Zauberer, Doktor!«

»Ach du lieber Himmel, wegen einer solchen Kleinigkeit!« wehrte Gilford ab. »Bist du eigentlich immer noch so ein großer Musikfan?«

»Natürlich, Doktor! Warum fragen Sie?«

Gilford lächelte, was seine joviale Ausstrahlung noch verstärkte. Er hatte blaue Augen und graumeliertes Haar, die rosige Gesichtsfarbe verlieh ihm das Aussehen eines guten, kerngesunden Familienvaters. Ein Mann, dem man vertrauen konnte. In Wirklichkeit war er einer der unbarmherzigsten Manipulatoren der Elite und hatte außer Farah noch viele andere Kinder programmiert.

»Wie es der Zufall so will, habe ich vier Karten für das Konzert des großen Robert Hibbing, das morgen abend stattfindet, geschenkt bekommen. Ich kann nicht hingehen, ich habe ein wichtiges Essen. Du kennst Hibbing, oder?«

Farah riß die Augen auf. »Machen Sie Witze, Doktor? Natürlich kenne ich ihn. Eminem und solches Zeug sagt mir nichts, aber Hibbing ist genial!«

»Dann nimm die Karten und geh mit ein paar Freunden hin«, sagte er, holte die Tickets aus der Schreibtischschublade und gab sie dem Mädchen.

Farah machte einen kleinen Luftsprung vor Freude, nahm die Karten und sah sie an. »Wow! Es sind Plätze ganz weit vorne, das ist ja phantastisch! Danke, Doktor!«

Sie stellte sich auf die Zehenspitzen und drückte ihm einen Kuß auf die Wange. »Meine Freunde werden es nicht glauben!«

»Amüsier dich gut, Farah«, sagte Gilford, setzte sich hinter den Schreibtisch und verabschiedete sich mit einem Winken von ihr.

»Auf Wiedersehen, Dr. Gilford, ich erzähle Ihnen dann beim nächstenmal von dem Konzert«, sagte Farah und verließ glücklich das Sprechzimmer.

Als sie und Alina wieder auf der Straße waren, zog sie die Karten aus der Tasche. »Siehst du, wenn ich nicht hingegangen wäre, wäre das Loch größer geworden. Aber jetzt ist es weg, sogar ohne Spritze. Und außerdem ...«, sagte sie und wedelte ihrer Freundin mit den Eintrittskarten vor der Nase herum, »sieh mal, was Dr. Gilford mir geschenkt hat: Karten für das Robert-Hibbing-Konzert morgen abend. Ist das nicht phantastisch? Wir können mit David und Beshir hingehen.«

Alina sah sich die Karten an. Das Konzert würde in der Constitution Hall stattfinden, einem prächtigen Theater. Es waren die besten Plätze; sie mußten ein Vermögen gekostet haben.

»Wieso ist der Doktor denn so großzügig?« fragte sie mißtrauisch.

»Er kennt mich von klein auf, er ist fast so was wie ein Onkel für mich. Er war immer wahnsinnig nett. Jetzt mach doch nicht so ein Gesicht, wenn er irgendwelche Hintergedanken hätte, dann würde er mich einladen, mit ihm zusammen hinzugehen, glaubst du nicht? Aber wir gehen mit unseren Freunden, und es wird bestimmt ganz toll. Wir machen uns richtig schick, was meinst du?«

Alina nickte, angesteckt von der Begeisterung ihrer Freundin. Im Grunde hatte Farah recht, sie mußte damit aufhören, immer mißtrauisch zu sein, und die schönen Dinge genießen, die das Leben bot.

Später in dieser Nacht wurde aus einem Top-secret-Labor in Maryland, einer von der amerikanischen Elite hochgradig infiltrierten Abteilung der NSA, die Fernkontrolle von Farahs Gehirn in Gang gesetzt.

Mikrochips wie jener, der in den Backenzahn des Mädchens eingesetzt worden war, funktionierten über Niederfrequenzradiowellen, und die fragliche Person konnte via Satellit überall geortet werden. Außerdem wurden ihre Gehirnfunktionen permanent überwacht, und man konnte sie dazu veranlassen, Befehle auszuführen, die sie von der Operationsbasis erhielt.

Das Reaktivieren der Konditionierung des Mädchens würde mittels Stimulation der elektromagnetischen Felder (EMF) geschehen; eine hochentwickelte Technik, die mit dem MK-Ultra-Projekt zur Kontrolle des Bewußtseins von Individuen Anfang der fünfziger Jahre entstanden war und sich ungeahnt erfolgreich entwickelt hatte. Diese außergewöhnliche Biotechnologie stand unter höchster Geheimhaltung. Sie war in den National Security Archives als radioaktive Spionage katalogisiert und darüber hinaus auch als Technik zur Informationsgewinnung durch nicht wissentlich ausgesandte Magnetwellen definiert. Seit damals existierten internationale Abmachungen zwischen den Geheimdiensten der Regierungen, die darauf abzielten, diese Technologie vor der offiziellen Forschung und der ganzen Welt verborgen zu halten.

In dieser Nacht schickten die Agenten, die Farah kontrollierten, ihrem Gehirn durch den Mikrochip, den Gilford ihr in den Backenzahn eingesetzt hatte, während der REM-Phase des Schlafes Impulse und Befehle. Diese würden ihre mentale Programmierung reaktivieren und ihr Verhalten am nächsten Tag bestimmen. Beim Erwachen sollte Farah von einer fixen Idee besessen sein, die sie quälen und ihr keine Ruhe geben würde, bis sie die unterschwelligen Befehle ausgeführt hätte, die sie unablässig erhielt.

28

Das Octagon House an der Ecke der 18th Street und der New York Avenue lag gerade einmal zwei Blökke vom Weißen Haus entfernt und war ein dreistöckiges rotes Backsteingebäude, das man auf einem Grundstück mit unregelmäßigem Grundriß erbaut hatte. Es wies weder die typischen Merkmale der Häuser aus der späten Phase der *georgian architecture* noch die der Bauten aus der ersten Phase der *federal architecture* auf, stellte aber dennoch das bedeutendste Beispiel dieser letztgenannten Periode in den Vereinigten Staaten dar.

Sein bizarrer Grundriß, um dessen esoterische Bedeutung Ogden inzwischen wußte, bestand aus einem Kreis, zwei Rechtecken und einem Dreieck und war somit einzigartig im Panorama der amerikanischen Architektur. Lange Zeit hatte es als Sitz des *American Institute of Architects* gedient, das es in den letzten Jahren, wiewohl weiterhin Eigentümer, in ein Museum umgewandelt hatte und selbst in ein modernes Gebäude gezogen war.

Ogden und seine Männer drangen gegen zehn Uhr am Abend in das Haus ein. Lionel hatte ohne Probleme die Alarmanlage des Museums lahmgelegt und die Hintertür aufgebrochen. So waren sie in die Nebenhalle gelangt, aus der eine Treppe in die beiden oberen Stockwerke führte.

Das Haus verfügte über zahlreiche elegant eingerichtete und kostbar mit neoklassizistischen Stuckverzierungen ausgeschmückte Räume, zu denen auch jenes ovale Büro gehörte, wo Präsident Madison den Vertrag mit den Engländern unterzeichnet hatte.

Doch was die Männer des Dienstes interessierte, befand sich im Kellergeschoß des Octagon House: Dort zweigte ein Tunnel ab, der mit den unterirdischen Gängen des Weißen Hauses verbunden war und sie zum rituellen Opfersaal und dann zu dem Bunker bringen sollte, wo die Lanze des Longinus verwahrt wurde.

Ogden ließ das Lichtbündel seiner Stablampe rasch über die elegante Treppe gleiten, die sich bis ins Dachgeschoß hinaufwand. Der Lichtstrahl traf auf die Geländer im ersten und im zweiten Stock, wanderte dann schnell wieder hinunter ins Erdgeschoß und leuchtete dabei jene Leere aus, in welche die beiden jungen Töchter von Colonel John Tayloe einst gestürzt sein mußten, als sie genau dorthin fielen, wo Ogden jetzt stand.

Ogden schüttelte den Kopf und ging auf die Tür zu, die in den Keller führte, gefolgt von Franz, Lionel, Mark und Cummings. Frederik, der fünfte Agent, war im *safe house* geblieben und hielt über ein Funksprechgerät Kontakt mit ihnen.

Unten angekommen, wandten sie sich dem Raum zu, der einmal der Weinkeller gewesen war und der jetzt nur noch leere Fässer enthielt. Die vor einigen Jahren beendete letzte Restaurierung des Hauses hatte die alte Pracht des Gebäudes wiedererstehen lassen, und auch im Kellergeschoß waren die Räume renoviert worden.

Aus den Angaben der Pläne, die er sich genau angesehen hatte, wußte Ogden, daß es im Weinkeller hinter einem Regal eine alte gepanzerte Tür gab, die durch keine Alarmanlage gesichert war. Und tatsächlich fanden sie, als sie das Regal beiseite schoben, diese Tür, verrostet und mit einem einfachen Vorhängeschloß versehen. Lionel knackte es mit einem Bolzenschneider.

Durch die Tür gelangten sie in einen zementierten Gang, der schmutzig und voller Spinnweben und offensichtlich seit langer Zeit unbenutzt war. Nach ungefähr fünfzig Metern erreichten sie eine Gabelung. Da er den Plan Alimantes sorgfältig studiert hatte, wußte Ogden genau, wo der Raum lag, in welchem die Zeremonie stattfinden sollte. Der Tunnel rechts führte zum Bunker mit der Lanze. Er war durch das mit dem Weißen Haus verbundene Sicherheitssystem geschützt, das aber die beiden Männer Cummings' mittels eines Blackouts außer Funktion setzen würden. Links hingegen lag der Gang, über den sie den Zeremoniensaal erreichen würden. Allerdings war auch dieser Raum, wie jeder Zugang zu den Tunneln, die in die Gänge unter dem Weißen Haus führten, durch eine mit dem Sicherheitssystem verbundene Tür geschützt, die sie erst öffnen könnten, wenn Cummings' Männer den Blackout bewerkstelligt hätten.

Ogden sah auf die Uhr, es war halb elf. Er gab den Männern mit einer Handbewegung zu verstehen, daß sie in den linken Tunnel gehen sollten. Nachdem sie ungefähr zwanzig Meter weit eingedrungen waren, erreichten sie die eiserne Tür. Lionel ging näher heran und untersuchte das Schloß, wandte sich dann Ogden mit einem Gesichtsausdruck zu, der deutlich machte, daß es sich um ein Kinderspiel handle. Von der Seite des Octagon House her waren die Sicherheitsmaßnahmen, genauso wie Cummings es gesagt hatte, auf niedrigstem Niveau.

In diesem Moment signalisierte Cummings, der in Funkkontakt mit seinen Männern im Weißen Haus stand, daß der Blackout eingesetzt hatte.

Ogden gab Lionel das Zeichen anzufangen, und dieser holte einen Dietrich aus der Tasche, mit dem er das Schloß öffnete. Sie gelangten in einen weiteren Gang, an dessen Ende ein schwaches Licht zu erkennen war.

Schnell und vollkommen lautlos schlichen die Männer sich an. Nun wußten sie nicht mehr, was sie erwartete.

Das Licht, das sie von weitem gesehen hatten, drang durch einen geschlossenen Vorhang. Ogden schob ihn ein klein wenig beiseite. Dahinter war ein rechteckiger Raum zu erkennen, ungefähr vier mal sechs Meter groß, an den Wänden schwere Vorhänge aus rotem Samt, erhellt von zahlreichen vielarmigen Leuchtern. Neun Männer und eine Frau, gekleidet in lange scharlachfarbene Gewänder, umstanden eine Art Altar, auf dem ein sehr junges, splitternacktes Mädchen lag, an Händen und Füßen gefesselt. Es schien bewußtlos zu sein, auch wenn es von Zeit zu Zeit einen Klagelaut ausstieß.

Durch eine Tür in der Wand gegenüber betraten Willington und Brown den Raum. Der Verteidigungsminister stellte sich zu den anderen, in den Kreis um den Altar, während Willington sich dem Mädchen näherte und ihr einen Wattebausch unter die Nase hielt. Er mußte mit etwas getränkt sein, denn die Ärmste warf sich hin und her und erwachte aus ihrer Benommenheit.

Als sie wach war und sich über ihre Lage klar wurde, begann sie zu schreien und versuchte verzweifelt, sich zu befreien. Doch das Erstaunlichste war der Ausdruck auf den Gesichtern Willingtons und der anderen. Ogden hatte den Eindruck, daß in ihren Pupillen ein rötliches Licht aufgeflammt sei, später schrieb er es vorzugsweise dem Widerschein der Kerzen und des karminroten Samts zu.

Willington griff unter sein Gewand und zog einen Dolch mit einer schmalen, wenigstens zwanzig Zentimeter langen Klinge hervor. Gleichzeitig warf einer der anderen etwas in ein Kohlebecken, aus dem daraufhin so viel Dampf aufstieg, daß man im Raum fast keine Luft mehr bekam.

Ogden beschloß, von diesem Zustand der Vernebelung zu profitieren und gab seinen Männern ein Zeichen: Mit lautem Kampfgeschrei fielen sie in den Raum ein. Genauso hatten sie es geplant, um den Überraschungseffekt auszunutzen.

Als er dieses bewaffnete Kommando auf sie zustürzen und sie umzingeln sah, hob Willington den Kopf und fletschte die Zähne wie ein tollwütiger Hund, der bereit ist zuzubeißen. Die anderen elf Adepten, einschließlich Browns, hingegen rührten sich nicht, waren wie versteinert vor Schreck. Dies vereinfachte die Dinge, weil sich alle, abgesehen von Willington, der einen Versuch machte, mit dem Opferdolch auf Ogden loszugehen, widerstandslos Handschellen anlegen ließen.

Sie mußten sich in einer Reihe aufstellen. Mark befreite das Opfer, brachte es vom Altar weg und kümmerte sich um das Mädchen.

Während die Agenten alle mit ihren Waffen in Schach hielten, blieb Ogden eine Weile schweigend vor ihnen stehen und konzentrierte seine Aufmerksamkeit auf die beiden Politiker, fixierte den einen und dann den anderen, doch der erste, der die Fassung verlor, war der junge Musiker.

»Laßt mich gehen«, wimmerte er, »ich habe nichts damit zu tun, sie haben mich gezwungen ...«

Ogden verzog die Lippen zu einem Lächeln, daß Franz das Blut in den Adern stockte. »Sei du still, du drittklassiger Schlagersänger ...«, sagte er, ohne ihn auch nur eines Blickes zu würdigen.

Er ging weiter auf und ab, wie ein Offizier, der die Truppe inspiziert, und besah sich einen nach dem anderen. Es schien ihn zu amüsieren, zu beobachten, daß ihre Augen sich mit jedem Augenblick, der verging, mit größerem Schrecken füllten. Nur Willington und die Frau schienen kaltes Blut zu bewahren.

In Wirklichkeit war Ogden, obwohl sein Gesicht einen zufriedenen, grausamen Ausdruck zeigte, angewidert. Er hätte sie am liebsten alle eliminiert, doch er wollte Alimante ein unvergeßliches Schauspiel bieten.

Er hatte in der Frau eine berühmte Schauspielerin erkannt, die im Jahr zuvor einen Oscar gewonnen hatte. Sie mußte eine wichtige Stellung einnehmen, denn ihre Kutte war wie die Willingtons mit dem Zeichen einer großen goldenen Schlange geschmückt.

Unter den Adepten in Handschellen erkannte er einen berühmten Industriemagnaten und einen Botschafter. Doch er nahm sich Zeit und kümmerte sich nicht darum zu erfahren, wer die anderen waren; ihre Gesichter waren sowieso schon in dem Film verewigt, den Alimante sich im Willard ansah.

Er trat zu Willington. »Jetzt kommst du mit uns in den Bunker, und du wirst dich so verhalten, daß die Wachen keinen Verdacht schöpfen«, sagte er zu ihm.

»Vergiß es, verdammter Mistkerl!« zischte Willington und hielt seinem Blick stand.

Ogden schüttelte mit bedauernder Miene den Kopf. »Schade, denn wenn du es nicht tust, reiße ich dir ohne Betäubung das Herz aus dem Leib. Das hattet ihr doch mit dem Mädchen vor, nicht wahr?«

Der Präsidentenberater erbleichte, sagte aber kein Wort. Ogden gab Franz und Cummings ein Zeichen: Sie packten ihn unter den Armen und schleppten ihn zum Altar, während Lionel die übrigen Versammelten mit der Waffe in Schach hielt.

Als er dort ausgestreckt und regungslos auf dem Altar lag, trat Ogden mit dem Dolch, den er ihm abgenommen hatte, näher und strich über die schmale Klinge.

»Zieht ihn aus«, befahl er. Franz und Cummings fingen an, das Gewand vorne aufzuschlitzen. Willington sagte kein Wort, auch wenn er sich zu winden begann.

»Ich werde meinen Spaß daran haben zuzusehen, wie sie dich vierteilen ...«, flüsterte Ogden ihm ins Ohr.

Inzwischen hatten die beiden Agenten ihm das Gewand ausgezogen, unter dem Willington vollständig bekleidet war.

»Was für eine Enttäuschung!« rief Ogden aus und betastete den Anzug aus feinster Schurwolle. »Ich hatte gehofft, dich in all deiner Schönheit zu sehen und nicht in einem Zweireiher von Savile Row. Feiert ihr diese kleinen Feste normalerweise nicht splitterfasernackt?« fragte er.

Dann gab er Franz ein Zeichen, und dieser öffnete das

Jackett des Präsidentenberaters, knöpfte sein Hemd auf und machte seine Brust frei.

»So ist es besser«, sagte Ogden und ritzte mit der Spitze des Dolchs die Haut leicht auf. Dann wandte er sich an Cummings. »Bring die Schauspielerin her«, sagte er und zeigte auf die Frau, »ich möchte nicht, daß sie sich von der Vorstellung ausgeschlossen fühlt.«

Als die Frau vor ihm stand, betrachtete er sie. Sie war sehr schön, eine Kaskade tizianroten Haars ergoß sich auf ihren Rücken, und in ihrem fein geschnittenen, makellosen Gesicht leuchteten große grüne Augen. Es schien unglaublich, daß eine solche Frau eine so verkommene Seele haben konnte, wenn sie überhaupt eine Seele hatte, sagte sich Ogden. Mit dem Dolch schlitzte er das Gewand der Schauspielerin an der Vorderseite auf. Es fiel ihr zu Füßen, darunter war sie vollkommen nackt, nur ein schmales Silberband, das eine Schlange darstellte, umgürtete ihre Hüften.

»Dann bist du also die Hohepriesterin!« rief er aus und tat so, als freue er sich über ihre Demaskierung. »Du hättest das Mädchen getötet, ist es nicht so?«

Die Frau ertrug seinen Blick, antwortete jedoch nicht.

»Sehr gut«, fuhr Ogden fort und versuchte, den Widerwillen, den er empfand, hinter einer Miene satanischen Vergnügens zu verbergen. »Dann fangen wir bei ihr an...«, sagte er zu Franz.

Franz holte eine Tasche, aus der er einen winzigen Sauerstoffbrenner und einen Gegenstand aus Metall hervorzog, der wie eine kleine Harke aussah. Er ging mit der Flamme des Brenners ein paarmal darüber, bis dieser Gegenstand glühte, und näherte sich dann der Frau.

Die Schauspielerin, die von seinen Bewegungen wie hypnotisiert schien, versuchte zu fliehen, als sie sah, daß er auf sie zukam, doch Cummings hielt sie fest.

»Mach weiter«, befahl Ogden.

Mit entnervender Langsamkeit näherte Franz den glühenden Stempel der Stirn der Frau, die nun ihr Entsetzen nicht mehr verbergen konnte. Und während sie schrie und verzweifelt versuchte, sich zu entwinden, preßte er das Brandzeichen auf ihre Stirn.

Die Aktion dauert nur wenige Sekunden. Als Franz sich von ihr abwandte, sahen alle das in ihre Haut eingebrannte Wort: *slayer* – Mörder.

Die Frau kauerte sich zusammen, ohne einen Klagelaut von sich zu geben, und Ogden wandte seine Aufmerksamkeit Willington zu.

»Wir bringen euch alle um, wenn du nicht tust, was ich dir sage. Und es wird kein schneller Tod sein. Wenn wir uns genug amüsiert haben, schießen wir euch in den Kopf und zermatschen euer Hirn zu Brei. Auf die Art kann eure verdammte Seele nicht mehr wandern. An so was glaubt ihr doch, oder?« höhnte er.

Angesichts dieser Drohung gab Willington auf. »Bindet mich los.«

Nachdem sie Willington wieder hergerichtet hatten, gingen Ogden und Franz mit ihm hinaus und bogen in den Tunnel ab, der zum Bunker mit der Lanze führte. An dessen gepanzerter Tür waren die beiden Wachen postiert.

Diese Männer erhielten ihre Befehle nur von Willington, dessen Autorität, jedenfalls was die Lanze anging, nur hinter der des Präsidenten zurückstand.

Und wirklich, trotz der Anwesenheit der beiden Agenten, gehorchten sie, als Willington sie anwies zu öffnen. Willington trat als erster ein, gefolgt von Ogden. Kaum daß der Präsidentenberater die Schwelle überschritten hatte, schaltete Franz eine der beiden Wachen mit einem Stromstoß aus, während Ogden sich umdrehte und im selben Moment das gleiche mit dem zweiten Mann tat. Die beiden Wachen sanken ohnmächtig zusammen, der Starkstromstoß würde sie für wenigstens eine Stunde außer Gefecht setzen.

Ogden stieß Willington in den Bunker. »Los«, befahl er ihm, während Franz als Wache an der Tür blieb.

Es war ein kleiner, kreisrunder Raum. In der Mitte befand sich auf einem Sockel in einem Glasbehälter das für die Mitglieder der Elite so kostbare Objekt.

Ogden trat näher, zerschlug den Kasten mit dem Schaft seiner Pistole, und das Glas ging zu Bruch. Er packte die Spitze der Lanze – alles, was von der berühmten Lanze des Longinus übriggeblieben war – und steckte sie in ein Lederetui.

»Komm schon«, sagte er zu Willington und schob ihn wieder aus dem Raum. »Laß uns zu deinen Freunden zurückkehren ...«

Als sie draußen waren, zog Franz die beiden Wachen in den Bunker und schloß die Tür.

Sie brachten ihren Gefangenen durch den Tunnel zurück in den Ritualraum. Dort waren die Dinge inzwischen schon weit fortgeschritten. Denn während der Abwesenheit von Ogden und Franz hatten Mark, Lionel und Cummings das Schauspiel für Alimante fortgesetzt, indem sie die Adepten zuerst mit dem Zeichen brandmarkten und dann mit einer

Injektion betäubten. Jetzt lagen sie alle auf dem Boden, wie die Opfer eines Massenselbstmords.

Als Willington dieses Bild sah, verlor er schließlich doch die Fassung. »Ihr habt sie alle getötet!« rief er aus und ging Ogden an die Kehle. »Verdammter Mistkerl, du kannst deinen Auftraggebern sagen, daß sie nicht ungeschoren davonkommen. Unsere Rache wird furchtbar sein!« brüllte er, nun vollkommen außer sich.

Der Agent schüttelte ihn ab. »Schluß damit, du Arschloch! Bring mir das Werkzeug, Franz.«

Franz gehorchte und gab Ogden das Brandeisen, das Cummings in der Zwischenzeit wieder zum Glühen gebracht hatte. Ogden drückte es dem Präsidentenberater, der von Mark und Lionel festgehalten wurde, auf die Stirn. Der schlug um sich wie ein Wahnsinniger und hörte nicht mehr auf zu brüllen. Der Spion jedoch brannte ihm das Wort *slayer* nicht nur auf die Stirn, sondern auch auf Wangen und Handrücken.

»Eine Weile kannst du dich nicht in der Öffentlichkeit sehen lassen ...«, sagte er. Dann überließ er ihn Franz, der seinen Arm frei machte und ihm das Betäubungsmittel injizierte.

Ogden sah auf die Uhr: Sie hatten ihren Zeitplan genauestens eingehalten und würden es schaffen, ins Octagon House zurückzukehren, bevor die beiden Männer Cummings' den Strom wieder einschalteten.

29

Robert Hibbing saß im Restaurant des Hotel Washington an einem Tisch auf der Terrasse. Das in Downtown gelegene Hotel, vielleicht das älteste und eleganteste von Washington D. C., bot einen wundervollen Blick auf die nächtlich erleuchtete Stadt.

Die Ereignisse der letzten Tage hatten ihn in einen unruhigen Gemütszustand versetzt. Ständig überkamen ihn schmerzliche Erinnerungen an Episoden aus seinem Leben.

Seine Flucht vor der Elite hatte dreißig Jahre gedauert, doch dieses letzte Attentat war wie eine Befreiung gewesen, die Angst, die ihn über weite Strecken seines Lebens begleitet hatte, war dahingeschmolzen wie Schnee in der Sonne. Vielleicht war es ihm gleichgültig geworden, ob er lebte oder tot war. Immerhin: Sein Name war nicht der langen Liste von Rockmusikern hinzugefügt worden, die unter verdächtigen Umständen ums Leben gekommen waren. Er erinnerte sich daran, wie er einmal einem Journalisten, der ihn gefragt hatte, was seine normale Stimmung sei, zu dessen Verblüffung geantwortet hatte: ein ständiges Gefühl von Angst. Der Journalist hatte geglaubt, er mache Witze oder wolle sich ein interessanteres Image als leidender Künstler geben, ohne auch nur im geringsten zu vermuten, daß diese Worte das Geständnis eines gehetzten Menschen waren.

Kurze Zeit darauf war John Lennon von einem Täter, den die Elite mental manipuliert hatte, ermordet worden, und er hatte die Mitglieder seiner Gruppe angewiesen, schußsichere Westen zu tragen. Es war ihm gleichgültig gewesen, ob sie ihn für einen Paranoiker hielten.

Hibbing zuckte mit den Achseln. Er war noch am Leben, das zählte. Seine *never ending tour* dauerte nun schon dreißig Jahre, und solange er die Kraft dazu hatte, auf Tournee zu gehen, und das Publikum ihn hören wollte, würde er weiter auf den Straßen der Welt unterwegs sein. Das ständige Umherreisen war im Grunde nichts anderes als ein Einsiedlerdasein: Die Isolation war die gleiche, da gab es keinen Unterschied.

Es ist schön, zu Lebzeiten geschätzt zu werden, dachte er. Auch dies war ein Satz, den er oft sagte, doch niemand vermochte seine wirkliche Bedeutung zu erfassen.

Er sah sich um: Es war spät, im Restaurant hielten sich nur noch einige Paare auf, die ihn um Autogramme gebeten hatten, außerdem eine Gruppe von Geschäftsleuten, die irgend etwas feierten. Einer von ihnen ähnelte seinem alten Manager, inzwischen tot und begraben, dem Mann der Elite, der ihn erfolgreich gemacht, aber auch jahrelang ausgeplündert hatte. Etwas, was danach niemandem mehr gelungen war, denn inzwischen hatte er gelernt, sein beträchtliches Vermögen sehr umsichtig zu verwalten.

Er dachte an Spikes Haus in Montagnola. Als Tom und er nach ihrem Besuch in Begleitung der Männer des Dienstes aufbrechen wollten, war der Gärtner zu ihnen getreten.

»Das Haus steht zum Verkauf, Mr. Hibbing«, hatte er gesagt. »Vielleicht könnten Sie es kaufen, das hätte Mr. Spike sicher gefreut. Wer weiß, wem es sonst in die Hände fällt«, hatte er verlegen hinzugefügt.

Auf dem Rückflug in die Vereinigten Staaten hatte er über diese Möglichkeit nachgedacht und war zu dem Schluß gekommen, daß es keine schlechte Idee sei. Der Preis war hoch, und er verfügte über viel Geld, von dem er nicht wußte, wie er es anlegen sollte. Also hatte er seine Anwälte angewiesen, den Kauf in die Wege zu leiten. Er besaß viele Häuser überall auf der Welt, doch vielleicht würde er, wenn er sich einmal aus dem Showbusiness zurückzog, in dieses kleine Schweizer Dorf ziehen, weit weg von seinem durchgedrehten Land, nur in Gesellschaft von Spikes Geist.

Er betrachtete das Washington Monument, den angestrahlten weißen Obelisken, der wie ein Keil in den Himmel ragte. Und er erinnerte sich an den Marsch auf Washington, die zweihundertfünfzigtausend Menschen vor dem Lincoln Memorial, die für die Bürgerrechte demonstrierten, seine Freundin, die ihn tags zuvor verlassen hatte, seinen Erfolg, der orkanartig anschwoll, die Protestsongs, die er einen nach dem anderen schrieb und die zu Hymnen einer Generation und anderer Generationen danach werden sollten.

Die Stadt, die dort unten in der Nacht lag, wirkte ruhig und traurig. Der weiße Obelisk kam ihm wie das letzte Symbol der Unschuld vor, die sein Land und die ganze Welt verloren hatten. Der große Woody Guthrie drehte sich wahrscheinlich im Grab um. Die Zeiten hatten sich wirklich geändert, doch nur Gott wußte, was aus ihnen allen werden würde.

In diesem Augenblick wurde die Stadt von der Nacht verschluckt. Eine paar Sekunden lang fürchteten alle einen zweiten 11. September. Dann brachten die Kellner Kerzen und Lampen und erklärten, daß ein guter Teil von Nordamerika einen totalen Blackout erlebe.

Die Dunkelheit hüllte auch Ogden und seine Männer ein, die gerade das Octagon House verließen, nachdem sie die Mitglieder der Elite betäubt im Bunker zurückgelassen hatten. Während sie die 18th Street hinunterliefen, gingen die Lichter aus, und nur dank der Nachtsichtgeräte, die sie in die unterirdischen Gänge mitgenommen hatten, gelang es ihnen, ihre Autos wiederzufinden.

Die Agenten kehrten ins *safe house* zurück und nahmen das gerettete Mädchen mit, während Ogden den BMW auf der Pennsylvania Avenue bis vor das Willard Hotel lenkte. Die Leuchtreklame des Hotels war erloschen, doch in einigen Fenstern brannte Licht. Offensichtlich verfügte das Hotel über ein Notstromaggregat.

Er überließ seinen Wagen dem Hoteldiener und betrat die Halle. Es herrschte einige Verwirrung, und der Hoteldirektor versuchte die Aufmerksamkeit auf sich zu ziehen, indem er in die Hände klatschte. Schließlich schenkte man ihm Gehör. Mit lauter Stimme beruhigte er die Gäste: Im Radio war soeben gemeldet worden, daß es sich nicht um einen Angriff auf das Land handle, sondern um einen banalen Stromausfall aus technischen Gründen. Diese Nachricht erleichterte die Menschen, und es breitete sich eine Art Solidarität unter den Anwesenden aus; man hörte auch ein paar Witze und Gelächter. Es schien, daß alle, nun, da das Gespenst eines neuen Anschlags gebannt war, die Sache mit Gleichmut nahmen. Alle bis auf jene, die im Aufzug steckengeblieben waren.

Ogdens Suite lag im dritten Stock. Der Agent stieg, immer zwei Stufen auf einmal nehmend, auf den von einer schwachen Notbeleuchtung erhellten Treppen die drei Stockwerke hoch. Auch auf den Gängen standen überall Menschen, die wissen wollten, was den plötzlichen Stromausfall ausgelöst hatte. Ogden bahnte sich einen Weg durch die Menge und klopfte an die Tür seiner Suite. George öffnete, und als er Ogden sah, nickte er fast unmerklich und zwinkerte ihm zu, was bedeutete, daß Alimante in einer zugänglichen Stimmung war.

Der Italiener stand am Fenster und schaute hinaus auf die in Dunkelheit getauchte Stadt. Er drehte sich zu Ogden um und ging ihm entgegen.

»Mein Kompliment«, sagte er. »Aber es war nicht das, was wir vereinbart hatten ...«

Ogden reichte ihm das Lederetui, das die Lanze enthielt. »Aber dies hier wollten Sie vom Dienst ...«

In Wirklichkeit hatte die überraschende Aktion Alimante in beste Laune versetzt. Eigeninitiative gefiel ihm generell – vor allem, wenn sie zu so hervorragenden Resultaten führte wie in diesem Fall. Und die Vorstellung, die ihm von Ogden geboten worden war, hatte ihn geradezu entzückt und ihm große Freude gemacht. Die Erniedrigung und Qual von Brown und Willington direkt mit ansehen zu können war für ihn erregend gewesen. Vielleicht würde Ogdens Aktion ein paar unangenehme Folgen haben, doch das war vollkommen unwichtig, verglichen mit dem Schlag, den die amerikanische Elite erlitten hatte. Er nahm das Etui aus Ogdens Händen, öffnete es jedoch nicht.

»Ich glaube, daß Brown morgen nicht den englischen Premierminister empfangen kann ...«, sagte er zufrieden.

»Auf welcher Seite steht der Engländer, auf der europäischen oder der amerikanischen?« fragte Ogden.

Alimante schüttelte den Kopf. »Was für eine Frage! Dies ergibt sich doch klar aus der Position, zu der er sein Land im Krieg gegen den Irak gezwungen hat! Nur der englische Adel und ein kleiner Teil der Regierung gehören noch zur europäischen Elite.«

»Jedenfalls haben Sie recht«, fuhr Ogden fort, »Brown und Willington können sich eine Weile nicht in der Öffentlichkeit blicken lassen.«

Alimante lächelte und wandte sich George zu. »Bring deinem Chef und mir bitte ein Glas Whisky.«

Ogden fiel der liebenswürdige Ton auf, in dem der Italiener George ansprach, und er hatte das Gefühl, daß es für den Agenten nicht leicht werden dürfte, seinen Aufmerksamkeiten zu entgehen. Er nahm sich vor, ihn baldmöglichst nach Berlin zurückzuschicken.

»Ich muß zugeben, daß ich die Vorstellung genossen habe«, sagte Alimante zufrieden. »Ein bißchen grausam vielleicht ...«

»Sie wäre noch viel grausamer gewesen, wenn wir diesen Hurensöhnen nicht das Mädchen weggenommen hätten, meinen Sie nicht?«

»Gewiß, gewiß. Wie sind Sie denn auf die Idee gekommen, die beiden Männer des Präsidenten auf diese Art zu brandmarken?«

Ogden lächelte kalt. »Es hat mir Spaß gemacht, sie zu demütigen. Und außerdem wollte ich Sie beeindrucken ...«, fügte er hinzu und tat so, als mache er einen Witz. Doch beide wußten sie, daß es die Wahrheit war.

»Das ist Ihnen sehr gut gelungen. In den Reihen der amerikanischen Elite wird es einen ganz schönen Aufruhr geben. Diesen abergläubischen Fanatikern wird der Verlust ihres Glücksbringers keine Ruhe lassen«, sagte Alimante, stellte sein Glas auf den Tisch und öffnete das Lederetui. Ogden reckte sich, um das Objekt zu betrachten, dem er, als er es einsteckte, nur einen kurzen Blick geschenkt hatte. Die noch immer scharfe, im Laufe der Zeit geschwärzte Klinge lief vorne spitz zu und wurde nach unten hin breiter; längs der Mittellinie befand sich ein schmiedeeiserner Nagel, gehalten von einem dünnen, über die Klinge gesteckten Goldblech und Drähten aus Kupfer, Silber und Gold. In den unteren Teil waren kleine goldene Kreuze getrieben worden. Es war eine sehr alte, doch einfache Handarbeit, und man hatte Mühe, sich vorzustellen, daß ihr irgendeine Macht innewohnen sollte. Und doch waren jene beiden Gruppen, die die Welt beherrschten, bereit, alles zu tun, um in den Besitz dieser Lanze zu kommen. Man sollte sie ihm wieder wegnehmen, dachte Ogden, als er den Ausdruck auf Alimantes Gesicht betrachtete, während er das Objekt in seinen Händen ansah. Er behauptete zwar, daß die europäische Elite den Glauben der amerikanischen nicht teilte, aber seine zufriedene Miene und das gierige Leuchten in seinen Augen verrieten etwas anderes. Der Italiener wandte seinen Blick wieder Ogden zu.

»Noch einmal: mein Kompliment. Doch ich glaube, Sie haben mir dieses zusätzliche Schauspiel geboten, um mir etwas mitzuteilen. Oder irre ich mich?«

»Sie haben recht«, räumte Ogden ein. »Auch wenn mich das Gerede über Blut und Abstammung nicht interessiert, habe ich doch beschlossen, meine Zugehörigkeit zu akzeptieren, denn wie ich Ihnen schon gesagt habe, bin ich gern auf der Seite der Sieger. Wenn mir dieser Platz dann außerdem noch von Rechts wegen zusteht, wie Sie behaupten, warum sollte ich mich dann zieren?«

Ogden hatte seine Antwort abgewogen. Es wäre dumm gewesen, eine plötzliche Konversion zur Elite vorzuspielen. Besser, er stand einfach nur als Opportunist da.

»Denkt Stuart darüber genauso wie Sie?«

»Sie können sich vergewissern und ihn anrufen«, log Ogden.

»Haben Sie diese Show gemeinsam organisiert?«

»Natürlich«, log Ogden weiter.

Alimante nickte. »Ich erinnere mich, daß Casparius vor Jahren, als er mir von einigen Ihrer Extratouren erzählte, Sie einmal – sozusagen mit Zuneigung – *unseren Parzival* genannt hat. Offen gesagt fällt es mir schwer zu glauben, daß ein Mann wie Sie, der sich so etwas wie eine Moral leistet, wenn auch eine sehr persönliche, plötzlich seine Meinung geändert hat. Können Sie mir dazu etwas sagen, das mich überzeugt?«

Ogden seufzte. »Nein. Ich bin nicht Parzival, auch wenn ich die Lanze wiederbeschafft habe, und ich suche nicht den Gral. Denn ich bin mir sicher, daß Sie ihn, wenn er existieren würde, irgendwo versteckt hätten. Und der alte Casparius, er möge für immer in der Hölle braten, hatte auch nichts mit dem weisen Gurnemanz gemein. Was Sie Moral nennen, ist nur ein ästhetischer Kanon, mit dem ich der Vulgarität meiner Mitmenschen zu entfliehen versuche. Doch ich kann nicht verlangen, daß Sie mich verstehen, auch wenn mich keiner so gut verstehen könnte wie Sie. Während Ihre Verwandten Leute niedermetzeln und Kinder mißbrauchen, sammeln Sie Kunstgegenstände und bekämpfen die amerikanische Elite. Was das angeht, sind wir der gleichen Ansicht…«

Alimante lachte herzlich. »Wenn es so ist: Ich bin auch nicht der Fischerkönig. Doch es stimmt, der Zweck eint uns.«

»Und er heiligt die Mittel«, ergänzte Ogden.

Alimante betrachtete nachdenklich die Lanze, hob dann den Blick wieder und sah Ogden an.

»Wir haben alles getan, um euren Geist zu trüben und das Wissen um die alten mystischen Schulen auszulöschen, damit ihr euch immer mehr in den Materialismus, die Naturwissenschaften und die Technologie flüchtet, während wir euch jeden Zugang zur geistigen Welt versperren. Wir haben es so eingerichtet, daß eure Begabungen für Hellsicht und Intuition, mit denen ihr uns leicht durchschaut hättet, verfinstert und lahmgelegt worden sind. Und wir fahren damit fort, dies dank der Technologie immer mehr zu perfektionieren. Die Elite hat seit grauer Vorzeit jede Religion, Sekte, Mysterienschule infiltriert und die heiligen Bücher vernichtet, damit ihr keinen Gebrauch von dem alten Wissen machen könnt. Wir haben uns der neuen spirituellen Bewegungen bemächtigt, darunter auch dieser jämmerlichen New-Age- oder Next-Age-Gruppen. In Wirklichkeit haben wir sie geschaffen, um ein paar Millionen getäuschte Marionetten zu haben, die wir nach Belieben konditionieren können. Schon von jeher manipulieren wir eure verzweifelte Sehnsucht nach der Spiritualität, die wir euch genommen haben. Ihr seid Sklaven, und wir haben euch dazu gemacht. Immer noch zu haben für den Kampf auf seiten der Elite, Mr. Ogden, und sei es auch nur der europäischen?«

Der Agent tat alles, seine Wut zu unterdrücken. Er wollte nicht, daß dieser heimtückische Mann erfaßte, was wirklich in ihm vorging. Er lächelte bitter, dann zuckte er mit den Schultern und hielt dem Blick Alimantes stand. »Haben Sie vielleicht irgendeine Alternative, die Sie mir und den anderen Sklaven empfehlen können?«

Der Italiener machte eine unduldsame Geste mit der Hand. »Hören Sie auf damit, sich mit dem Rest der Menschheit auf eine Stufe zu stellen! Sie und Stuart sind keine Sklaven. Wenn es so wäre, hätte man keinen von Ihnen beiden für den Dienst ausgesucht.«

»Wirklich tröstlich...«, kommentierte Ogden.

»Hören Sie zu«, sagte Alimante, und sein Ton hatte alles Ironische verloren, »Sie und Stuart gefallen mir, seit Jahren bewundere ich Ihre Intelligenz und Ihre Fähigkeiten, doch es hat Momente gegeben – nach dem Tod von Casparius –, in denen der Große Rat der Bruderschaft beschlossen hatte, Sie zu eliminieren. Warum? Zu frei und zu neugierig. Einige haben sich dem widersetzt, ich als erster, daher haben wir beschlossen, Ihnen die Wahrheit zu enthüllen und eine letzte Chance zu geben. Doch die Zeit wird knapp, bald wird kein Platz mehr für jene sein, die sich nicht auf unsere Seite gestellt haben. Also versuchen Sie, bei dem zu bleiben, was Sie gesagt haben, nehmen Sie den Rat an, den ich Ihnen gebe, und vermitteln Sie dies auch Stuart. Von jetzt an müssen Sie beweisen, daß Sie absolut treu sind. Sonst gibt es keine Rettung für Sie. Ich weiß das Geschenk zu schätzen, das Sie mir heute nacht gemacht haben, doch das genügt nicht. Sie sind ein echter Profi, ich weiß, daß Sie noch mehr können.«

»Hätte ich die Kerle vierteilen sollen?«

»Reden Sie keinen Unsinn!« rief Alimante ihn zur Ordnung. »Sie haben sehr gut verstanden, was ich meine. Und außerdem«, fügte er versöhnlicher hinzu, »mit Hattwood waren Sie sehr schnell...«

Ogden ignorierte die Anspielung auf den Plattenmanager. »Warum haben Sie gesagt, die Zeit wird knapp? Was ist sonst noch im Gange?« fragte er.

»Zur rechten Zeit und am rechten Ort wird man Sie einweihen. Immer vorausgesetzt, die Elite kommt zu dem Schluß, daß man Ihnen vertrauen kann«, antwortete Alimante.

Ogden hätte gerne nachgehakt, um zu erfahren, ob die dunklen Worte des Italieners sich auf die Pandemie bezogen, doch er beschloß, sich nicht allzuweit vorzuwagen, und wechselte das Thema.

»Werden Sie den Film von heute nacht verwenden?«

»Natürlich. Aber nicht sofort. Zunächst werden wir uns an der diplomatischen Krankheit von Willington und Brown ergötzen. Ihr Auftrag ist damit beendet, aber bleiben Sie bis zu einer neuen Anordnung noch mit der Mannschaft in Washington. Ich kann nicht ausschließen, daß wir Sie in den nächsten Tagen noch brauchen. Es war eine beispielhafte Operation«, sagte er und reichte ihm die Hand.

Ogden drückte sie und gab George ein Zeichen. Als er näherkam, lächelte Alimante und gab auch ihm die Hand.

»Ausgezeichneter Mann«, sagte er.

In diesem Augenblick ging das Licht wieder an. Nach einer letzten Geste zum Abschied verließ der Italiener die Suite. Auf dem Gang warteten zwei Bodyguards, um ihn und die kostbare Lanze in Sicherheit zu bringen.

30

Kurz nach Mitternacht erhielt Ogden einen Anruf von Stuart.

»Ich wollte mich gerade bei dir melden. Es ist alles gutgegangen«, sagte er, bevor der Chef des Dienstes sprechen konnte. »Alimante hat in diesem Moment das Zimmer verlassen – mit seiner kostbaren Lanze.«

»Ausgezeichnet. Doch wir haben ein Problem.«

»Nämlich?«

»Es ist etwas Unvorhergesehenes geschehen. Verena ist in unserer Klinik in London. Aber du brauchst dir keine Sorgen zu machen, es ist alles in Ordnung, sie hat nur einen Schock erlitten«, beruhigte ihn Stuart.

»Was ist denn passiert?«

»Sie hatte ein schlimmes Erlebnis mit Anne Redcliff. Du weißt, von wem ich spreche...«

»Natürlich weiß ich das! Aber was hatte sie denn bei ihr zu suchen?«

»Sie war bei ihr in London. Die Frau des Mikrobiologen ist heute nacht entführt worden. Verena ist zum Glück ungeschoren davongekommen und leidet nur unter heftigen Kopfschmerzen. Sie haben sie niedergeschlagen und betäubt, als sie Anne Redcliff holten. Glücklicherweise wußten sie nicht, wer Verena ist, und haben es dabei belassen.

Jetzt geht es ihr gut, der Arzt hat mir versichert, daß sie, wenn sie eine Nacht geschlafen hat, wieder in Ordnung ist. Anne Redcliff hat ihr einen Brief anvertraut, bevor sie entführt wurde. Douglas, unser Mann, der Verena abgeholt hat, hat ihn mir aus der Klinik gefaxt. Der Inhalt dieses Briefes ist der Grund dafür, daß ich jetzt sofort nach Washington komme. Ich treffe morgen sehr früh im *safe house* ein. Es ist etwas im Gange, und wir haben nur sehr wenig Zeit.«

»Geht es um die Pandemie?«

»Genau. Es gibt da Dinge, über die meines Wissens weder Todd noch Alimante auf dem laufenden sind. Irgend jemand aus der amerikanischen Elite hat beschlossen, ein Experiment durchzuführen. Aber ich möchte lieber nicht am Telefon darüber sprechen, egal wie abhörsicher es ist.«

»Einverstanden. Doch bring Verena mit nach Washington.«

»Es ist im Moment nicht die gesündeste Stadt der Welt«, entgegnete Stuart.

Ogden schwieg, er begann sich eine Vorstellung davon zu machen, was geschehen würde und wo.

»Hat Verena den Brief gelesen?« fragte er dann.

»Nein, sie hat ihn Douglas ungeöffnet übergeben.«

»Ich verstehe. Wieviel Zeit haben wir?«

»Um das Vorspiel, das sie sich ausgedacht haben, zu vereiteln: bis zum nächsten Konzert von Robert Hibbing in Washington. Um die Welt zu retten, weiß ich nicht …«

»Großer Gott!« rief Ogden aus. »Das ist morgen!«

»Eben. Laß Verena, wo sie ist, da ist sie sicherer. Ich habe dir vor kurzem ein Dokument gemailt. Es ist die kodierte

Fassung des Briefs, den Anne Redcliff Verena gegeben hat. Das vermittelt dir einen Eindruck, was für eine neue Strategie des Terrors diese Wahnsinnigen ausgeheckt haben. Und das ist erst der Anfang. In dem Brief wird ein gewisser Dr. Gilford erwähnt. Hier in Berlin tragen wir alles zusammen, was wir über ihn finden können. Jetzt muß ich Schluß machen, ich fahre zum Flughafen.«

»Hat Verena ihr Handy eingeschaltet?«

»Natürlich. Sie hat dem Arzt gesagt, daß sie die ganze Nacht über wach bleiben würde, wenn er ihr nicht erlaubt, zuerst mit dir zu sprechen«, sagte Stuart.

»Ich rufe sie sofort an. Bis morgen.«

Als er aufgelegt hatte, wählte er Verenas Nummer. Sie meldete sich mit schläfriger Stimme.

»Entschuldige, ich wollte dich nicht wecken. Doch Stuart hat mir von deinen Drohungen gegen den Doktor erzählt«, sagte Ogden in dem Versuch, witzig zu sein.

Sie bemühte sich zu lachen, doch es kam nur ein leiser, erstickter Ton dabei heraus. Der Kopf tat ihr sehr weh, und sie war noch wie betäubt. »Gut, daß du angerufen hast, ich habe es nicht mehr geschafft, die Augen offenzuhalten«, murmelte sie.

»Es tut mir leid, Verena...« Doch die Empfindungen Ogdens gingen weit darüber hinaus, daß es ihm leid tat, was ihr geschehen war. Sein Gefühl der Ohnmacht angesichts der Situation drohte ihn zu zerreißen.

»Was sollte dir leid tun?« fragte sie und versuchte einen unbefangenen Ton anzuschlagen. »Es ist nicht deine Schuld, daß ich eine Freundin besucht habe, die in Schwierigkeiten ist.«

Sie hatte recht, und doch konnte Ogden es sich nicht verzeihen, sie weggeschickt zu haben. Wenn er sie nicht abgewiesen hätte, wäre sie vielleicht nicht nach London gereist.

»Wie geht es dir?«

»Ich habe gräßliche Kopfschmerzen. Doch der Doktor sagt, es ist keine Gehirnerschütterung und morgen sei alles wieder gut.«

»Ich hatte Stuart gebeten, dich mit nach Washington zu nehmen. Aber es ist nicht klug, in den nächsten Tagen könnte etwas Schlimmes geschehen. Es ist sicherer, wenn du in Europa bleibst. Das verstehst du, nicht wahr? Und vergiß, was ich in Berlin gesagt habe.«

»In Ordnung, ich habe es sowieso nicht wirklich geglaubt. Aber es ist nicht beruhigend, dich in Washington zu wissen.«

»Leider gibt es keine andere Möglichkeit. Warum bist du nach London zu Anne Redcliff gereist?«

»Ich wußte nicht, was ich tun sollte, und hatte keine Lust, mich mit Sigrid ins mondäne Leben zu stürzen, um dich zu vergessen. Anne brauchte mich, und ich brauchte es, nützlich zu sein. Ergreifend, nicht? Beim nächstenmal gehe ich nach Saint-Tropez oder zum Karneval in Rio, um mich zu amüsieren.«

»Ein nächstes Mal wird es nicht geben...«, sagte Ogden.

»Das ist die beste Medizin für meinen Kopf...«

Verena machte eine Pause, unsicher, ob sie ihm eine Frage stellen sollte. Dann entschloß sie sich dazu. »Was steht in Annes Brief? Ich hatte nicht den Mut, ihn zu lesen.«

»Schlechte Nachrichten...«

Verena seufzte. »Ich verstehe. Meinst du, man hat sie getötet? Und ihren Mann?«

»Ich weiß es nicht. Doch denk jetzt nicht darüber nach, du mußt den Schock überwinden und dich ausruhen. Wenn du dich danach fühlst, wird Douglas dich morgen nach Zürich begleiten und dir zur Seite stehen, bis sich der Sturm ein wenig gelegt hat. Du kannst aber auch in der Klinik bleiben. Ich rufe dich morgen an.«

»Einverstanden, ich werde das morgen entscheiden. Jetzt schlafe ich erst einmal«, sagte sie mit immer schwächerer Stimme. »Gute Nacht, und gib auf dich acht, ich könnte es nicht ertragen, wenn dir etwas geschieht. Versprichst du mir das?«

»Ich verspreche es«, sagte Ogden. »Ich küsse dich, gute Nacht.«

»Ich küsse dich auch«, sagte Verena und legte auf.

Ogden ging an den Computer und lud Stuarts E-Mail herunter. Er dechiffrierte die Nachricht und las den Brief, den Redcliffs Frau hinterlassen hatte. Es war ein Testament tödlichen Schreckens.

Er schickte die Datei ins *safe house* und rief Franz an. »Ich bin unterwegs zu euch. Mach die Datei auf, die ich dir geschickt habe, und setz dich mit Berlin und mit Cummings in Verbindung. Ich will noch heute nacht alles über diesen Mann wissen.«

31

Stuart kam um acht Uhr am Morgen im *safe house* an. In den Nachrichten war soeben gemeldet worden, daß die Leichen Donald Redcliffs und seiner Frau Anne im Morgengrauen in einem Wäldchen in der Nähe ihres Hauses entdeckt worden seien. Die erste Rekonstruktion des Geschehens sprach von Doppelselbstmord. Die Ermittler hatten einen Abschiedsbrief gefunden, in dem Redcliff erklärte, sich zusammen mit seiner jungen Frau das Leben nehmen zu wollen.

»Offensichtlich«, sagte Stuart, »haben sie ihn zunächst am Leben gelassen, um ihn dann zu töten und einen doppelten Selbstmord vorzutäuschen. Sie werden auch die Autopsie manipulieren und behaupten, daß seine Frau ihm in den Tod folgen wollte …«

Ogden nickte. »Vorher werden sie ihn aber gehörig ausgequetscht haben, um zu erfahren, ob er irgend jemandem sein Wissen offenbart hat. Wir müssen dafür sorgen, daß die Haushälterin nichts über Verenas Anwesenheit im Haus erzählt.«

»Sie hat heute nacht ein Schweigegeld in beträchtlicher Höhe bekommen. Außerdem läßt unsere Londoner Sektion sie keinen Moment aus den Augen. Mehr konnten wir nicht tun«, sagte Stuart.

Ogden steckte sich eine Zigarette an und ging im Zimmer auf und ab. Schließlich trat er wieder an den Schreibtisch, nahm das Original des Briefes, den Anne Redcliff Verena gegeben hatte, und las ihn noch einmal. Die Schrift war erstaunlich sicher, wenn man sich die Umstände vergegenwärtigte, unter denen diese Zeilen geschrieben worden waren.

Liebe Verena,

entschuldige, wenn ich dich in diese Sache mit hineinziehe, doch ich weiß nicht, an wen ich mich wenden soll. Am 22. Juni wird es bei einem Rockkonzert in Washington einen Anschlag geben. Dabei wird eine bakteriologische Waffe eingesetzt, an der Donald, Gott möge ihm verzeihen, gearbeitet hat. Sie verwenden einen im Labor erzeugten und bisher unbekannten Mikroorganismus, der jeden tötet, der ihn einatmet, aber nicht ansteckend ist. Die biologischen Merkmale an den Leichen werden die Mediziner jedoch an eine neue, hochgradig ansteckende und tödliche Seuche glauben lassen. In der Folge wird man Massenimpfungen durchführen, denn dies ist der Zweck des Anschlags. Ich weiß, daß Donald versucht hat, mit jemandem aus dem amerikanischen Senat zu sprechen, um die Sache anzuzeigen, doch wenige Tage danach ist er verschwunden. Vor seinem Verschwinden hat er mir noch den Namen eines gewissen Dr. Andrew Gilford aus Washington gesagt. Donald nannte ihn den ›Kontrolleur‹ …

An dieser Stelle brach der Brief ab. Ogden schüttelte den Kopf und legte das Blatt auf den Tisch.

»Sie werden eine mental gesteuerte Person einsetzen und an dem bewußten Abend mit der tödlichen Substanz zu dem Konzert von Hibbing schicken. Es gibt in Washington drei Ärzte mit dem Namen Andrew Gilford. Franz und Lionel sind direkt zu ihnen unterwegs.«

Stuart schleuderte das Päckchen Zigaretten auf den Schreibtisch. »Nachdem sie jahrelang monströse Krankheiten geschaffen und ganze Völker in Afrika und anderswo dezimiert haben, haben sie jetzt beschlossen, daß es klüger ist, eine Krankheit zu simulieren, vor allem im eigenen Haus. Was für verdammte Hurensöhne! Ich wünschte, sie würden unter den gleichen furchtbaren Qualen sterben, zu denen sie Tausende, wenn nicht Zehntausende von Menschen in der ganzen Welt verurteilt haben!« brach es voller Wut aus ihm heraus.

»Nach der Erfahrung mit dem Virus, das China heimgesucht hat, müssen sie sich gedacht haben, daß sich, wenigstens im Moment, die Sache so nicht lohnt«, sagte Ogden. »Die Folgen wären auch für sie selbst unkontrollierbar, und die Märkte würden zusammenbrechen. Besser ein vorgetäuschter Anschlag, der die Leute in Schrecken versetzt und sie dazu bringt, alles zu akzeptieren, und seien es ein weiterer Krieg, eine Militärdiktatur, die totale Abschaffung der Grundrechte und wer weiß was sonst noch. Ich bin sicher, daß es ihnen gelingen wird, irgendeinem Schurkenstaat die Schuld an diesem Akt des Bioterrorismus zuzuschieben. Dann werden sie sehr schnell erklären, einen Impfstoff gefunden zu haben, und eine Massenimpfung durchführen, bei der sie der gesamten Bevölkerung der Vereinigten Staaten den berühmten Kontroll-Mikrochip einsetzen. Todd hat genau dies vorausgesagt, und es trifft pünktlich ein. Die wirkliche Pandemie bricht dann erst aus, wenn es ihnen am besten in den Kram paßt. Doch wir können sicher sein, daß dann die Elite und alle, die sie retten wollen, immun sind. Für die anderen: gute Nacht...«

Stuart breitete die Arme aus, er war aufgebracht. »Auch wenn es keine Epidemie ist, in diesem Theater werden sich mehr als dreitausend Personen aufhalten, dreitausendsiebenhundertzwei, um genau zu sein, die im Laufe weniger Stunden und Tage sterben. Wenn es uns nicht gelingt, den ›Kontrolleur‹ zu finden und von ihm die Namen derer zu erfahren, die den Mikroorganismus im Theater verbreiten, müssen wir das Konzert verhindern. Das bedeutet, daß wir unsere Deckung aufgeben müssen und die europäische Elite weiß, was los ist. Einmal angenommen, daß Alimante und seine Leute über den Anschlag und das Projekt Pandemie informiert sind...«

Ogden drückte seine Zigarette im Aschenbecher aus. »Wir haben keine andere Wahl, wir müssen so vorgehen. Es ist klar, daß wir, wenn es so wäre, wie du sagst, nicht auf die Pandemie warten müßten, um ins Jenseits zu kommen, darum würde sich Alimante kümmern.«

In diesem Augenblick läutete Ogdens Handy. Es war Verena aus London.

»Bist du in Washington?« fragte sie ohne weitere Einleitung.

»Ja, sicher. Was ist los?«

»Das frage ich dich. Anne und ihr Mann sind tot...«

»Ich weiß, das tut mir sehr leid...«, sagte Ogden und spürte, wie unzulänglich diese Worte waren.

»Ich bitte dich, sag mir diesmal, was los ist«, rief sie aus.

Verena war zutiefst erschüttert. Sie ahnte, daß Annes Tod etwas mit dem Beruf ihres Mannes zu tun hatte, und bedauerte es, ihren Brief nicht gelesen zu haben, bevor sie ihn Douglas gab.

»Verena, Schatz, versuche die Ruhe zu bewahren. Ich kann dir nicht antworten, und auch wenn ich es täte, würde es zu nichts gut sein«, sagte Ogden.

Verena wurde von einer Wut gepackt, die sie kaum noch kontrollieren konnte. »Was zum Teufel sagst du denn da? Willst du mich für dumm verkaufen? Ich weiß, was Redcliff von Beruf war!«

Ogden antwortete nicht. Es war ihm lieber, daß sie ihrem Ärger Luft machte. Aber dadurch wurde sie noch wütender.

»Was für eine Sorte Mensch seid ihr eigentlich, du und Stuart und euresgleichen? Was habt ihr da, wo andere Gefühle haben? Sägemehl? Was glaubst du, wie ich mich in dieser Scheißklinik für Spione fühle, während du in Washington bist und wahrscheinlich da stirbst, zumindest, wenn es euch nicht gelingt, diese mysteriöse Sache in Ordnung zu bringen?« schrie sie aufgebracht.

Ogden wußte nicht, was er ihr antworten sollte. Die Vorhaltungen Verenas verletzten ihn, doch er antwortete nicht. Im Moment zählte nur eins: sie von Washington fernzuhalten.

»Verena, du mußt unter allem Umständen bleiben, wo du bist, hier ist es gefährlich...«, setzte er an, doch dann hielt er inne. Was sonst sollte er ihr noch sagen? Daß die Weltbevölkerung vermutlich durch eine Seuche dezimiert würde? Wenn sie die Wahrheit wüßte, würde ihr das Leben dadurch nur schwerer.

Ein paar Sekunden lang schwiegen sie beide. Am Ende kapitulierte Verena.

»Na gut«, sagte sie, jetzt wieder ruhiger. »Ich nehme all das zur Kenntnis, auch wenn ich nicht weiß, um was es geht. Daher komme ich mit dem ersten Flug nach Washington. Und versuche nicht, mich noch einmal aus deinem Leben herauszuhalten, denn ich werde es dir nicht erlauben!« sagte sie und legte auf.

Stuart sah ihn an. »Ärger?« fragte er.

Ogden nickte. Er versuchte, Verena zurückzurufen, doch sie hatte das Handy ausgeschaltet. Er wollte schon in der Klinik anrufen, ließ es dann aber sein. Die Vorstellung, die Agenten anzuweisen, sie einzuschließen, widerstrebte ihm, auch wenn es nur zu ihrem Schutz gewesen wäre.

Nach einigen Augenblicken der Unsicherheit, in denen Stuart ihn weiterhin schweigend ansah, faßte Ogden einen Entschluß. Er wählte die Nummer von Douglas, und als der Agent sich meldete, wies er ihn an, sich in den Dienst Verenas zu stellen und sie zu begleiten, wo immer sie hinwollte, einschließlich Washington.

»Aber halten Sie sie von der Constitution Hall fern, und wenn Sie sie an den Stuhl fesseln müssen«, wies er Douglas an, bevor er das Gespräche beendete.

»Das hat uns gerade noch gefehlt…«, bemerkte Stuart.

»Genau. Ich habe es nicht geschafft, sie zur Vernunft zu bringen«, sagte Ogden gelassen.

»Vielleicht ist sie vernünftiger als wir alle«, murmelte Stuart.

Ogden sah ihn überrascht an. »Was meinst du damit?«

»Vielleicht ist Liebe die einzige Medizin, wer weiß? Sieh dir an, wohin uns die unerbittlichen Strategien, die furchtbaren Täuschungen, die diabolischen Listen und der Machthunger, all diese Dinge, mit denen wir uns abgeben, gebracht haben. Wenn nicht ein Wunder geschieht, werden sehr bald ein paar Wahnsinnige die Weltbevölkerung dezimieren. Und da ist es nicht mehr besonders wichtig, ob nun die beiden Eliten, der Leibhaftige oder Außerirdische dafür verantwortlich sind. Es bleibt die Tatsache, daß wir es so weit haben kommen lassen. Aber wie dem auch sei«, fügte er hinzu und kehrte zu seinem gewohnten sachlichen Ton zurück, »wir werden uns darum kümmern, daß Verena auch in Washington beschützt wird. Du brauchst dir keine Sorgen zu machen.«

Ogden nickte und wollte gerade antworten, als Franz, gefolgt von Lionel, in den Technikraum gestürmt kam.

»Wir haben Glück gehabt! Ein Andrew Gilford, Zahnarzt, arbeitet seit Jahren bei einem Hilfsprojekt für Kinder von Minderheiten mit. Das Projekt wurde in den achtziger Jahren ins Leben gerufen und heißt *Blue Children*. Vielleicht ist er unser Mann, in seiner Position wäre er der perfekte Kontrolleur. Von seinen beiden Namensvettern ist der eine ein pensionierter, neunzigjähriger Kardiologe, und der andere hat vor einer Woche einen Autounfall gehabt und liegt im Krankenhaus.«

»Gut, dann laß uns einmal diesen Zahnarzt aufsuchen«, sagte Ogden. »Die Reaktivierung einer mental gesteuerten

Person muß unmittelbar vor der Aktion durchgeführt werden, zu deren Ausführung man sie schickt. Ich glaube nicht, daß der neunzigjährige Kardiologe oder der Gilford im Krankenhaus das bewerkstelligt haben können. Franz, nimm das Notwendige mit, um ihn zum Sprechen zu bringen, diesmal wird der Doktor selbst unter Drogen gesetzt.«

»Ich komme mit euch«, sagte Stuart.

Ogden sah ihn an. »Es ist noch nicht sicher, ob er unser Mann ist ...«

»Es ist die einzige Spur, die wir haben. Wenn er der Kontrolleur sein sollte, will ich ihm ins Gesicht sehen ...«

Ogden warf einen Blick auf die Uhr, es war fast neun. »Einverstanden, gehen wir, es ist nicht weit von hier.«

Als sie bei Gilford ankamen, hatte Miss Ackers, die Sprechstundenhilfe, gerade die Praxis geöffnet, doch der Doktor war noch nicht da.

Während Franz, ohne ein Wort zu sagen und von der Frau mit bestürztem Blick beobachtet, eine schnelle Durchsuchung der Räume vornahm, stellte Ogden sich vor ihren Schreibtisch.

»Wird es noch lange dauern, bis der Doktor kommt?« fragte er mit einem gewinnenden Lächeln.

Sie versuchte ebenfalls zu lächeln. »Haben Sie einen Termin?«

»Nein«, sagte Ogden, zog seine Pistole aus dem Schulterhalfter und richtete sie auf die Sprechstundenhilfe.

Miss Ackers wurde blaß und sah Stuart und Lionel erschrocken an.

»Sie gehören zu mir und werden Ihnen nicht helfen. Doch Sie haben nichts zu befürchten, wenn Sie tun, was ich

Ihnen sage. Ich will die Liste der Teilnehmer des Projekts *Blue Children*. Und zwar schnell!«

Die Frau zog, ohne die erschrockenen Augen von Ogden und seiner Pistole zu wenden, eine Schreibtischschublade auf, nahm einen Schlüssel heraus und zeigte auf einen Karteischrank aus Metall.

»Da ist sie«, sagte sie mit bebender Stimme.

»Dann holen Sie sie raus«, sagte Ogden und wies mit dem Lauf seiner Pistole auf den Schrank.

Miss Ackers tat, was er sagte. Sie ging zu dem Karteischrank, steckte den Schlüssel ins Schloß, zog eine der Gleitschubladen auf und entnahm ihr eine Mappe. Sie drehte sich langsam um und zeigte sie Ogden wie eine Trophäe.

»Gut gemacht«, sagte der Agent. »Jetzt gehen Sie wieder an Ihren Schreibtisch und sagen mir, wer von den Teilnehmern des Projekts in der letzten Woche beim Doktor gewesen ist.«

Die Frau gehorchte und öffnete die Mappe, dann sah sie erneut zu ihm hoch. »Ich brauche mir die Liste nicht anzusehen. In der letzten Woche sind nur Farah Parvizah und Reza Pasargiklian hiergewesen. Sie sind seit langer Zeit Patienten des Doktors …«, sagte sie.

»Sind Sie sicher, daß kein anderer Patient des Projekts *Blue Children* zur Behandlung gekommen ist?«

»Absolut sicher …«

Ogden nickte und gab Franz ein Zeichen. Dieser ließ Miss Ackers vom Schreibtisch aufstehen, packte sie am Arm und brachte sie ins Bad, wo er sie fesselte und knebelte.

»Wenn alles vorbei ist«, flüsterte er ihr ins Ohr, »dürfen Sie zu niemandem ein Wort darüber sagen, was hier passiert ist. Verstanden?«

Die Frau hatte die Augen aufgerissen, und da sie wegen des Klebebands auf ihrem Mund nicht sprechen konnte, beschränkte sie sich auf ein Nicken.

»Gut. Jetzt haben Sie etwas Geduld, es wird nicht lange dauern«, sagte Franz und schloß die Tür zum Bad wieder.

Als er zum Empfang zurückkam, hielten Lionel und Stuart einen korpulenten Mann um die Fünfzig fest, der sich wie ein Wahnsinniger wehrte. Ogden ging zu ihm, versetzte ihm einen Schlag auf den Mund, und seine Lippe platzte auf.

»Bringen wir ihn dort hinein«, sagte er und zeigte auf das Sprechzimmer. »Franz, hol das Notwendige.«

Franz nahm die Arzttasche, in der er seine Instrumente hatte, und folgte den anderen. Gilford wurde auf den Behandlungsstuhl verfrachtet und an Händen und Füßen gefesselt.

»Fang an«, sagte Ogden zu Franz.

Franz bereitete die Spritze vor und machte Gilfords Arm frei.

»Jetzt wirst du uns von Farah und Reza erzählen, und von den Befehlen, die du ihnen gegeben hast«, sagte Ogden zum Doktor.

»Wer seid ihr?« fragte Gilford, zu Tode erschrocken.

Ogden ignorierte die Frage. »Du weißt genau, was wir dir injizieren, du bist ein Experte. Der Input, den ich dir mit den beiden Namen gegeben habe, wird dich, sobald die Droge wirkt, zwingen, auf alle Fragen über sie zu antworten. Was wir dann mit dir machen, soll eine Überraschung bleiben. Vielleicht wirst du ja in der Hölle wach ...«

»Die Europäer schicken euch!« schrie Gilford. »Verdammte Bande, damit kommt ihr nicht durch ...«

»Dumm bist du auch noch ...«, sagte Ogden verächtlich. Dann entfernte er sich, während Franz die Nadel in Gilfords Arm steckte.

32

Als Farah am Morgen wach wurde, spürte sie eine leichte Unruhe. Sie hatte zusammen mit ihrer Mutter und ihrem Bruder gefrühstückt, und nachdem die beiden aufgebrochen waren, wollte sie sich langsam fertigmachen, um zur Arbeit zu gehen. Ihre Schicht als Verkäuferin begann erst am Nachmittag.

Normalerweise genoß sie ihren halben freien Tag, doch diesmal gelang ihr das nicht; sie war nervös und konnte keinen Moment stillsitzen. Statt sich wie sonst einen schönen Vormittag zu machen, zog sie sich schnell und achtlos irgend etwas an und verließ die kleine Wohnung; die Agenten des Dienstes verpaßten sie nur knapp.

Wie in Trance streifte sie eine Zeitlang durch Anacostia, das Viertel, in dem sie wohnte, dann ging sie Richtung Union Station und betrat den Bahnhof durch den beeindruckenden Eingang aus Granit. Doch diesmal bewunderte sie nicht, wie sie es sonst immer tat, wenn sie den Zug nahm, um ihre Tante zu besuchen, die riesige Eingangshalle, sie schaute sich um, ohne irgend etwas zu sehen, trat dann wieder hinaus auf den kreisrunden Platz und stieg in die Old Town Trolley, löste eine Fahrkarte und setzte sich. Die vom Fahrer kommentierte Stadtrundfahrt in der kleinen historischen Straßenbahn war bei Washington-Touristen sehr beliebt. Auf einer Fahrt von ungefähr zwei Stunden kam man an der Library of Congress, dem Weißen Haus, dem Dupont Circle, der National Cathedral, der Embassy Row, dem Kennedy Center, dem Arlington-Friedhof und der Mall vorbei. An jeder Haltestelle konnte man aussteigen und mit der nächsten Tram weiterfahren.

Farah, den Blick starr geradeaus gerichtet, blieb fast während der ganzen Fahrt sitzen, stieg dann an der Mall aus, wartete auf die Tram in die Gegenrichtung, stieg wieder ein und fuhr zurück. Es war schon nach eins, als die Straßenbahn, nachdem sie den Potomac überquert hatte, auf der anderen Seite des Flusses am Arlington-Friedhof hielt. Dort stieg Farah aus und nahm den Hauptweg auf das Friedhofsgelände, ließ das Visitor Center hinter sich, ohne den Bus zu beachten, der den ganzen Friedhof abfuhr, und wandte sich schließlich in Richtung des Grabs von John F. Kennedy. Als sie es erreicht hatte, blieb sie stehen, regungslos, den Blick fest auf die züngelnden Flammen des Feuers geheftet, das dort stets zur Erinnerung an den ermordeten Präsidenten brannte.

Es war eine grausame Ironie der Leute, die Farah programmierten, daß sie ihr das Mittel, mit dem mehr als dreitausend Menschen getötet werden sollten, am Grab des Präsidenten geben würden.

Nach einer Viertelstunde kam ein Bus, aus dem eine Gruppe Touristen ausstieg, um das Grab zu besichtigen. Sie machten ununterbrochen Fotos, sprachen untereinander jedoch im Flüsterton. Ein Mann näherte sich Farah, grüßte sie wie eine Freundin, die man zufällig trifft. Was er sagte, war nicht wichtig, allein sein Anblick genügte, um in Farahs

Kopf ein weiteres Segment der Programmierung zu aktivieren. Sie ließ ihre Tasche fallen, als wäre sie ihr aus der Hand geglitten. Freundlich bückte sich der Mann, um sie aufzuheben, doch bevor er sie ihr zurückgab, steckte er eine Pakkung Parfüm hinein. Farah nahm die Tasche und bedankte sich. Die Parfümschachtel enthielt eine Spraydose, mit der sie das Bakterium in der Constitution Hall verbreiten sollte. Ohne ein weiteres Wort hinzuzufügen, drehte der Mann ihr den Rücken zu, gesellte sich zu den anderen Touristen und begann, ebenfalls Fotos zu machen. Farah ging Richtung Ausgang davon. Der Kontakt mit dem Agenten der Elite hatte nur wenige Sekunden gedauert.

Mehr Glück hatten die Männer des Dienstes mit Reza, dem zweiten Jugendlichen, der für das Attentat am Abend programmiert war. Es gelang ihnen, ihn abzufangen, als er gerade das Haus verlassen wollte, um zum Treffen mit seinem Kontrolleur zu gehen. Reza war vollkommen katatonisch und ließ sich widerstandslos zur nächsten Polizeistation bringen. Dort erklärte Franz den Polizisten, Reza habe versucht, ihn zu bestehlen, und vergewisserte sich, daß sie ihn wenigstens bis zum nächsten Tag auf der Wache behalten würden. Dies war die einzige Möglichkeit, den Satelliten, der den Jungen dank des Mikrochips im *safe house* des Dienstes hätte aufspüren können, in die Irre zu leiten.

Farah hingegen blieb unauffindbar. In Dr. Gilfords Kartei hatten die Agenten ihre Handynummer gefunden. Dadurch hätten sie Farah via Satellit ausfindig machen können. Vom *safe house* aus beauftragte Stuart die Zentrale in

Berlin, die Suche einzuleiten. Doch wie Ogden befürchtet hatte, beinhaltete die Programmierung Farahs, daß sie ihr Handy zu Hause ließ. Die Suche über Satellit ortete ihr Telefon denn auch in der Wohnung in Anacostia, von der die Agenten wußten, daß sie leer war.

Bei diesem Stand der Dinge entschloß sich Ogden, Alimante anzurufen. Durch das Verhör von Dr. Gilford war ihnen klargeworden, daß die Europäer keine Kenntnis vom Projekt Pandemie hatten; die Amerikaner beabsichtigten, sich damit auch von ihnen zu befreien. Wenn Alimante erfuhr, wie die Dinge lagen, würde er mit Sicherheit kooperieren.

Um das Mädchen ausfindig zu machen, würden sie eine Technologie benötigen, über die der Dienst noch nicht, die europäische Elite aber mit Sicherheit verfügte. Es blieb allerdings unklar, ob ihre Einrichtung auch auf amerikanischem Boden einsatzbereit war. Auf der Karteikarte Farahs hatten sie eine Kopie ihres Enzephalogramms gefunden, das die amerikanische Elite benutzen würde, um sie über spezielle Geräte, die Niederfrequenzradiowellen empfangen konnten, unter ständiger Kontrolle zu halten. So könnten die Kryptologen aus der Ferne ihre Gedanken über das Ortungsnetz elektromagnetischer Wellen (EMF) erfassen und kontrollieren. Außer ihre Aktionen zu bestimmen und zu lenken, waren die Supercomputer mit zwanzig Millionen Bit auch in der Lage, Farah zu lokalisieren, wo immer sie sich aufhalten mochte, und zu jedem Zeitpunkt jede ihrer Erfahrungen zu »sehen und zu hören«. Ogden wußte, daß ein fünf Mikromillimeter kleiner Mikrochip, den man in den Sehnerv setzte, Nervenimpulse vom Gehirn aussenden konnte, die dem Computer über Satellit alles übermittelten, was die Person mit dem Implantat sah und empfand. Einmal gesendet und im Computer gespeichert, konnten diese Impulse wieder an das Subjekt zurückgeschickt werden, damit dieses sie erneut erlebte. So vermochte man bei gesunden Personen Halluzinationen oder Stimmen im Kopf zu produzieren. Die Fernstimulierung konnte auch die Gehirnwellen einer Person verändern und eine Muskelaktivität simulieren, die schmerzhafte Krämpfe verursachte, die als Tortur erlebt wurden. Und dies alles war aus der Distanz zu steuern.

Ogden hatte diese neue Technologie eingehend studiert, die bald ein Heer von Menschen mit Hilfe von Mikrochips zu Robotern machen würde. Nach Ansicht eines Forschers war diese Technik bereits im Irak-Krieg getestet worden.

Wenn Alimante einwilligte, ihnen die technischen Einrichtungen der europäischen Elite zur Verfügung zu stellen, würden sie die Spur des Mädchens finden, denn jede Person hatte nur eine einzige bioelektrische Resonanzfrequenz des Gehirns, genauso wie ein Fingerabdruck bei jedem anders war.

Ogden dachte mit Schaudern an die Monstrosität dieses streng geheimen Projekts, das die Menschheit konditionieren konnte. Mit vollkommen von elektromagnetischen Frequenzen dekodierten zerebralen Stimuli konnten Impulse ans Gehirn gesandt werden, die denjenigen, der sie empfing, zu einer Marionette in den Händen seiner Kontrolleure machte. Diese Technologie, inzwischen regulär von der NSA genutzt, stellte den erschreckendsten Aspekt des im verborgenen geführten elektronischen Weltkriegs dar. 1996 hatte die *Washington Post* gemeldet, daß Prinz William von England im Alter von zwölf Jahren ein Mikrochip eingepflanzt worden war. So könnte, falls er entführt werden sollte, eine Radiowelle mit bestimmten Frequenzen direkt auf den Mikrochip gerichtet und das Signal des Mikrochips von einem Satelliten, der mit dem Computer des Hauptquartiers der englischen Polizei verbunden war, erfaßt werden, so daß man ihn immer und überall orten konnte.

Die Massenmedien hatten sich jedoch keine Gedanken darüber gemacht, daß ein Mensch mit einem Mikrochipimplantat für den Rest seines Lebens keine Privatsphäre mehr hatte. Dies aber war genau das, was die beiden Eliten wollten.

Auf diese Weise hatte die streng geheime Gruppe Signal Intelligence der NSA schon vor Zeiten den Cybersoldaten geschaffen, eine perfektionierte Version des Mandschurischen Kandidaten, der auf Distanz überwacht werden konnte. Dies war der stille Krieg, den die Elite durch militärische Organisationen und abweichende Geheimdienste gegen Zivilisten und Militärs führte, ohne daß die Welt etwas davon wußte. 1997 hatte es als Folge einer Initiative des amerikanischen Senators John Glenn Diskussionen über die Gefahren gegeben, die Strahlen mit sich brachten, die von Hubschraubern und Flugzeugen, Satelliten, geparkten Lieferwagen, Nachbarhäusern, Telegraphenmasten, elektrischen Geräten, Mobiltelefonen, Radios, Fernsehen etc. ausgingen und die Zivilbevölkerung trafen. Doch der Elite war es gelungen, die Sache versanden zu lassen, und diese immense Bedrohung der Menschheit hatte sich immer weiter ausgebreitet.

Eine beträchtliche Hilfe dafür, daß diese Supertechnologie ein Staatsgeheimnis geblieben war, bot das renommierte *Diagnostic Statistic Manual IV*, herausgegeben von der American Psychiatric Foundation und in acht Sprachen veröffentlicht. Hochangesehene Psychiater, einige davon im Dienst der amerikanischen Elite, hatten bei der Abfassung dieser Bibel der Psychiatrie mitgewirkt. In diesem Werk war die Beschreibung der Techniken zur Bewußtseinskontrolle zu finden, doch die publizierten Arbeiten ließen deren Symptome als einfache Manifestationen paranoischer Schizophrenie erscheinen. Dies hatte dazu geführt, daß die Opfer mentaler Kontrolle jenen gutgläubigen Ärzten, die nicht zur Elite gehörten, nicht über die Techniken mentaler Manipulation Bescheid wußten und ihre Auswirkungen nicht erkennen konnten, einfach als Geisteskranke erschienen. Wegen dieser medizinischen Desinformation konnten die Ärzte nicht wissen, daß viele Patienten die Wahrheit sagten, wenn sie erzählten, sie seien als Versuchskaninchen für elektronische, chemische und bakteriologische Experimente mißbraucht worden.

Im Falle Farahs jedoch basierte, wenn man den Aussagen Dr. Gilfords Glauben schenken wollte, die Kontrolle des Mädchens im wesentlichen auf dem Mikrochip, den man ihr implantiert hatte, und auf der mentalen Konditionierung, der sie seit Jahren ausgesetzt war, nicht auf der fortgeschritteneren neurologisch-elekromagnetischen Kontrolle auf Distanz. Offensichtlich wurde die Operation Constitution Hall von der Elite als Routineangelegenheit betrachtet.

Als Ogden Alimante am Telefon über das bevorstehende Attentat und das Projekt Pandemie unterrichtete, hatte der Italiener zum ersten Mal in seinem Leben Mühe, seine Ruhe zu bewahren.

»Das heißt, wir haben nur wenige Stunden«, sagte Alimante. »Aber machen Sie sich keine Illusionen, auch wenn Sie das Konzert absagen, wird das Mädchen, da es nun einmal programmiert ist, das Bakterium irgendwo verbreiten, ob in der U-Bahn, in einem Aufzug oder sonstwo. Also brauchen wir das Konzert, jedenfalls solange es sich irgendwie vermeiden läßt, nicht abzusagen. Kommen Sie sofort zu mir, bringen Sie die Unterlagen über den Mikrochip und die neurologischen Aufzeichnungen, die das Mädchen betreffen, mit. Es ist jetzt Mittag, vielleicht gelingt es uns, sie rechtzeitig zu finden. Falls nicht, müssen wir das Konzert absagen.«

Als Stuart, Ogden und George das Haus Alimantes erreichten, stand die Limousine des Italieners vor dem Eingang, und der Chauffeur erwartete sie neben der Wagentür. Die drei Agenten stiegen aus dem BMW, und der Mann kam auf sie zu.

»Bitte, meine Herren, folgen Sie mir. Mr. Alimante erwartet Sie im Wagen.«

Nachdem sie eingestiegen waren, begrüßte Alimante sie und gab dem Chauffeur ein Zeichen loszufahren.

»Einen Moment«, hielt Ogden ihn auf. »Wohin fahren wir?«

»Die anderen haben Fort Mead in Maryland, doch wir verfügen über etwas Ähnliches, nur wenige Kilometer von Washington entfernt«, erklärte Alimante. »Eine unterirdische Basis, ausgestattet mit allem, was man braucht, um das

Mädchen zu finden. Und ein Geheimlabor, das wir schon eine ganze Weile betreiben, um zu verhindern, daß sie ihr Hauptziel erreichen, das stets darin bestanden hat, die europäischen Dienste möglichst auszuschalten. Doch wie es aussieht, ist es ihnen gelungen, auch bei uns eine undichte Stelle zu finden. Und das kann nicht hingenommen werden...«

»Das glaube ich gern!« sagte Ogden ironisch. »Wenn man bedenkt, daß die Amerikaner beschlossen haben, Sie zu liquidieren, zusammen mit dem berühmten ›Vieh‹.«

»So ist es«, kommentierte Alimante eisig. »Jedenfalls werden wir uns von unserer Basis aus mit dem Datenzentrum in Belgien und einer Basis von ENFOPOL, dem europäischen Gegenstück zu Echelon, in Verbindung setzen. Wenn wir von dort aus die Spur des Mädchens aufgenommen haben, werden wir in Echtzeit über ihre Koordinaten verfügen. Unsere Agenten sind schon überall in der Stadt verteilt, sobald wir das Mädchen geortet haben, sollte es kein Problem sein, es aufzuhalten.«

»Sehr optimistisch«, sagte Ogden, öffnete die Tür der Limousine wieder und wandte sich an Alimante. »Der Dienst wird nicht aus der Operation ausgeschlossen, und Ihre Männer werden mit uns zusammenarbeiten. Wenn wir nicht gewesen wären, wüßten Sie nicht einmal, daß die Amerikaner die Absicht haben, Sie auszuschalten. Daher bleibe ich in Washington, um meine Männer zu koordinieren. Hibbing und die dreitausendsiebenhundert Zuschauer heute abend liegen mir am Herzen, und Sie werden es mir sicher nachsehen, daß ich in die Fähigkeiten Ihres Geheimdienstes kein Vertrauen habe...«

Ogden hatte den Entschluß, so vorzugehen, erst in diesem Moment getroffen. Wenn die Welt unter zwei Gruppen aufgeteilt war, dann bestand die einzige Hoffnung, sich ihnen zu widersetzen, darin, mit einer von ihnen zusammenzuarbeiten. In diesem Fall wurde die europäische Elite wie die ganze übrige Welt von der amerikanischen angegriffen, und der Dienst mußte die Gelegenheit wahrnehmen, in die Kommandozentrale zu gelangen.

Er ignorierte den wütenden Blick Alimantes und wandte sich an Stuart. »George bleibt bei dir und fährt die Limousine. Er wird dein Bodyguard bei eurem Aufenthalt in der Basis sein. Ihr Chauffeur hingegen kommt mit mir«, sagte er, wieder an Alimante gewandt, und warf ihm einen Blick zu, der keinen Zweifel daran ließ, daß Stuart nichts geschehen durfte. »Falls ich zu euch kommen müßte, würde ich keine Zeit damit vergeuden, seine Hilfe in Anspruch zu nehmen, den Weg zu finden«, fügte er mit einem kalten Lächeln hinzu.

Alimante beobachtete ihn ein paar Sekunden, unsicher, ob er seinen eigenen Willen durchsetzen oder den Vorschlag des Agenten annehmen sollte. Er entschied sich für die zweite Option. Er war genauso wie sie davon überzeugt, den Anschlag in der Constitution Hall vereiteln zu können. Zudem hatte Ogden recht: Ihr Geheimdienst hatte kläglich versagt, und die Sache war von enormer Bedeutung. Offensichtlich gab es eine undichte Stelle in ihrer Organisation, und in dieser äußersten Notlage wurde die Hilfe des Dienstes unverzichtbar.

»Einverstanden«, sagte er. »Alex, begleite ihn.«

Stuart lächelte Ogden zufrieden an. »Wir bleiben über

Funk in ständigem Kontakt. Wenn wir eine Spur von dem Mädchen haben, laß nur einen Agenten am Computer: Frederik ist am besten dafür geeignet. Hals- und Beinbruch.«

»Gleichfalls«, sagte Ogden und schloß die Wagentür.

33

Robert Hibbing stand noch auf der Bühne der Constitution Hall. Er und Tom Beatty hatten soeben die Proben für den Abend beendet. Hibbing hatte nämlich beschlossen, daß sein Freund Tom als Gast bei seinem Konzert auftreten sollte. Die Bandmitglieder legten gerade ihre Instrumente beiseite, während die Crew die Bühne für den Abend vorbereitete.

Hibbing war sehr zufrieden; es hatte ihm neuen Elan gegeben, wie in alten Zeiten mit Tom zusammen zu spielen. Auch die Band hatte gut mit ihnen harmoniert. Zum letzten Mal waren Tom und er bei einer Veranstaltung anläßlich seines dreißigjährigen Bühnenjubiläums im Madison Square Garden in New York zusammen aufgetreten. Viele Sänger und Musiker waren dort zu einem Konzert zu seinen Ehren zusammengekommen, um seine Lieder zu singen und seine Musik zu spielen, und eine riesige Menschenmenge hatte ihn wie in einer großen Umarmung umfangen. So gefeiert zu werden hatte ihn ein wenig verlegen gemacht, doch alles in allem war die Zuneigung der Kollegen und des Publikums sehr bewegend gewesen. Bei dieser Gelegenheit hatte auch Spike zwei seiner Songs gespielt. Damals wußte er noch nicht, daß er krank war, und schien auf der Höhe seiner Schaffenskraft. Seither waren zehn Jahre vergangen, und Spike war gestorben, doch an diesem Abend würden Tom und er auch zu seinen Ehren spielen, und es sollte ein denkwürdiges Konzert werden.

Hibbing wollte gerade zusammen mit Tom Beatty die Bühne verlassen, als er sah, daß Ogden durch den Mittelgang im Parkett auf sie zukam. Erstaunt lächelte er ihn an. Doch das Erstaunen wandelte sich sehr rasch in Sorge: Wenn der Agent ins Theater gekommen war, gab es vermutlich Schwierigkeiten. Tom, der Ogden noch nie gesehen hatte, warf ihm einen fragenden Blick zu.

Ogden war inzwischen über eine der Seitentreppen, die auf die Bühne führten, heraufgekommen. Der Agent und die beiden Künstler gaben sich die Hand. Hibbing zeigte auf Jeremy und Raymond, die in der ersten Reihe saßen.

»Wie Sie sehen, lassen mich Ihre Schutzengel keinen Moment allein ...«

Ogden nickte. Die Agenten des Dienstes, die er schon über einen möglichen Anschlag in der Constitution Hall informiert hatte, grüßten ihn mit einer Handbewegung.

»Es ist etwas Ernstes geschehen«, sagt Ogden und erklärte den beiden Sängern die Situation. Als er geendet hatte, legte Hibbing sich eine Hand an die Stirn. »Mein Gott, diese Leute werden niemals aufhören. Was soll ich tun?«

»Denken Sie sich eine Entschuldigung aus, um das Konzert im letzten Moment abzusagen, falls es uns nicht gelingt, das Mädchen zu finden. Sie könnten vorgeben, daß Sie sich nicht wohlfühlen, oder etwas in der Art«, schlug er vor.

Hibbing sah auf die Uhr. »Es ist drei. Wenn man diese junge Frau bis jetzt nicht gefunden hat, ist die Wahrscheinlichkeit hoch, daß der Plan gelingt ...«

»Nein, wir tun gerade alles, um es ihr zu erschweren, sich dem Netz der Satellitenkontrolle zu entziehen. Aber Sie müssen sich trotzdem darauf einstellen, Ihre Fans gegebenenfalls zu enttäuschen.«

»Und jetzt? Was soll ich jetzt tun?« fragte Hibbing besorgt nach.

»Nichts. Verhalten Sie sich wie immer vor einem Konzert.«

Tom Beatty legte ihm eine Hand auf die Schulter. »Nur Mut, wir proben noch ein wenig länger. Das hilft uns, nicht daran zu denken.«

Hibbing sah seinen Freund an. »Ich will dich nicht mit in diesen Schlamassel hineinziehen, die Sache kann sehr gefährlich werden. Ich nehme es dir nicht übel, wenn du dich entscheidest, nicht mit mir aufzutreten.«

Tom lächelte auf diese ganz besondere Art, für die er berühmt war, und schüttelte den Kopf. »Das kommt gar nicht in Frage. Und außerdem bin ich mir sicher, daß deine Schutzengel das Mädchen rechtzeitig finden. Wir werden ein ausgezeichnetes Konzert geben!«

Hibbing nickte. »Danke, Tom.« Dann sah er Ogden an und zog das Handy aus der Tasche, das der Agent ihm in Venedig gegeben hatte. »Ich habe es immer bei mir gehabt, das ist sonst gar nicht meine Gewohnheit…«

Ogden lächelte. »Versuchen Sie, die Ruhe zu bewahren, wahrscheinlich wird alles gutgehen, und dann gibt es keine Notwendigkeit, das Konzert abzusagen. Ich rufe Sie an, sobald ich mehr weiß. Auf Wiedersehen.«

Die beiden Sänger verabschiedeten sich von ihm und gingen wieder zur Band.

»Noch mal von vorn, Jungs«, sagte Beatty und griff zur Gitarre. Doch Hibbing wandte sich mit dem Instrument in der Hand noch einmal zu Ogden um und rief ihn zurück.

»Was werden Sie mit ihr machen?« fragte er.

Der Agent bemerkte den ängstlichen Blick des Sängers, aus dem das Mitleid sprach, das er für ein weiteres der vielen Opfer der Elite empfand, mit dem er sich offensichtlich identifizierte.

Hibbing wußte, was es bedeutete, der Elite vollkommen ausgeliefert zu sein. Doch die Situation des Mädchens war noch viel schlimmer als seine eigene, weil diese Verbrecher ihr Gehirn manipuliert und sie zu einem Zombie gemacht hatten. Er fürchtete, die Agenten könnten sich gezwungen sehen, sie zu töten, und diese Vorstellung war ihm unerträglich. Er dachte wieder an seine Frau, die man fast vergewaltigt hatte, um ihn in Schach zu halten, an seine Kinder, um die er immer Angst gehabt hatte. Er hatte das Leben eines Sklaven geführt, sagte er sich, und es schnürte ihm die Kehle zu.

Ogden ahnte, was Hibbing durch den Kopf ging. Er stieg erneut auf die Bühne und ging noch einmal zu ihm. »Ich werde alles tun, was ich kann, damit ihr nichts geschieht«, versicherte er ihm.

»Wie heißt das Mädchen?« fragte Hibbing.

Ogden, dem diese Frage ungelegen kam, zögerte zu antworten. Doch dann sagte er sich, daß er Hibbing ohne weiteres ihren Namen nennen könnte: »Farah. Sie ist gerade einmal zwanzig Jahre alt.«

»So hieß auch die Frau des Schahs von Persien. Ich erinnere mich noch gut daran. Sie war eine wunderschöne Frau und gefiel mir sehr, als ich ein Junge war«, murmelte der Sänger gedankenverloren. Dann hob er mit einem Ruck den Kopf. »Sie ist also Iranerin!«

Ogden nickte. »Bei der Elite geschieht nie etwas zufällig, das wissen Sie ja...«

»Allerdings. Ich bitte Sie, versuchen Sie das Mädchen zu retten«, brachte er mit dünner Stimme heraus.

»Ich verspreche es Ihnen.«

Hibbing schien erleichtert. »Jetzt proben wir noch ein wenig. Dann gehe ich zurück ins Hotel und warte, bis Sie mir Nachricht geben, was ich tun soll.«

»Einverstanden, bis später.«

Während die Musik die riesige Constitution Hall erfüllte, ging Ogden zu seinen Männern, um ihnen die letzten Anweisungen zu geben.

Farah war stundenlang in einem Kino gewesen, das nur wenige Schritte von der 18th Street entfernt lag, und hatte damit die Anweisung ihrer aktivierten Programmierung ausgeführt. Bei dem Kinosaal handelte es sich um einen gegen Satellitenüberwachung abgeschirmten Bunker der amerikanischen Elite, der einige Jahre zuvor bei einer Restaurierung des Gebäudes eingerichtet worden war. Bei dieser Gelegenheit hatte man die Wände und die Decke mit einem speziellen Isoliermaterial gefüllt, das für von Mikrochips ausgesandte Radiowellen ebenso undurchlässig war wie für auf ein eventuelles Ziel gerichtete elektromagnetische Impulse. In diesem Kino war Farah nicht einmal für ihre Kontrolleure zu orten, doch diese wußten ja ohnehin, wo sie sich aufhielt; ebenso unauffindbar war sie allerdings für die Satelliten der europäischen Elite, die seit Stunden ergebnislos versuchten, das Signal ihres Mikrochips aufzufangen.

Farah wußte, daß sie bis kurz vor Beginn des Konzerts in diesem Kino bleiben sollte. Gleich nachdem sie es betreten hatte, war sie auf die Toilette gegangen, wo sie ein Päckchen fand mit einer Uniform, wie sie das Personal der Constitution Hall trug. Wenn sie mit ihrer Eintrittskarte erst im Theater wäre, würde sie diese Uniform dort auf der Toilette anziehen. Auf diese Weise könnte sie überall herumgehen, ohne aufzufallen. Die Programmierung sah vor, daß sie nach einem bestimmten Song Hibbings den Mikroorganismus dadurch freisetzen sollte, daß sie den Inhalt der Spraydose in ihrer Tasche versprühte. Wenige Sekunden würden genügen, um die tödliche Substanz über die Klimaanlage im gesamten Theater zu verbreiten.

Um zwanzig nach acht stand Farah aus ihrem Kinosessel auf. Nach einem letzten leeren Blick auf die Leinwand, über die die Bilder des Films JFK von Oliver Stone flimmerten, wandte sie sich dem Ausgang zu.

Wenige Minuten später empfing der Agent des Dienstes im *safe house* das Signal ihrer Position, gesendet von der unterirdischen Basis, wo sich Stuart und Alimante aufhielten. Frederik, der am Computer saß, übermittelte die Koordinaten des Mädchens sofort an die überall in der Stadt verteilten Agenten.

Ogden war zusammen mit Lionel und Mark an der Constitution Hall postiert. Jeder von ihnen hatte sich die Gesichtszüge Farahs fest eingeprägt, doch sie konnten nicht wissen, ob das Mädchen sich tarnen würde.

Als sie Farah hinter einer der acht ionischen Säulen auftauchen sahen, die das Tympanon des Theaters stützten, und beobachteten, wie sie sich dem pompösen neoklassizistischen Eingang näherte, stießen sie einen erleichterten Seufzer aus. Farahs schönes Gesicht, umrahmt von dem hellbraunen Haar, das ihr bis auf die Schultern ging, zeigte sich ihnen in all seiner Jugendlichkeit und ohne eine Spur von Schminke.

Ogden und Lionel traten auf sie zu, als sie die Türen des Theaters erreicht hatte; Mark folgte ihnen und gab ihnen Deckung, bereit einzugreifen, falls irgend jemand dazwischentreten sollte. Einen Augenblick bevor Farah ins Theater gehen konnte, legte Ogden ihr eine Hand auf die Schulter.

»FBI, folgen Sie uns bitte«, sagte er und zeigte ihr einen Ausweis.

Farah sah ihn an und lächelte. »Was ist los?« fragte sie ruhig. Ihre mentale Spaltung war so programmiert, daß ihr Gehirn im Notfall dissoziativ reagieren konnte.

»Nur eine Routinekontrolle. Bitte kommen Sie mit uns«, sagte Ogden und bemerkte das Päckchen, das sie, zusammen mit der Umhängetasche, eng an sich preßte. Er nahm es ihr ab und riß das Papier auf. Das Päckchen enthielt eine blaue Uniform mit goldenem Besatz. Farah versuchte, es ihm aus den Händen zu winden, sie schien plötzlich erschrocken, und er gab es ihr zurück, damit sie sich beruhigte.

In diesem Moment traten zwei Agenten Alimantes dazu, und die Gruppe entfernte sich Richtung C Street, eine schmale Straße, die in die 18th Street mündete, wo sie ihre Wagen geparkt hatten.

Doch kaum waren sie um die Ecke gebogen, sahen sie drei Männer auf sich zukommen, während zwei weitere auf der anderen Seite der Straße standen. Lionel ließ das Mädchen los und zog die Pistole, Mark und Ogden folgten seinem Beispiel, wobei Ogden jedoch das Mädchen am Arm festhielt.

Die Männer auf dem Bürgersteig gegenüber gaben Schüsse mit Schalldämpfern ab und trafen die Agenten Alimantes. Ogden zog das Mädchen zu Boden, schoß seinerseits und verletzte einen der Angreifer, während auch Lionel und Mark das Feuer erwiderten.

Sie saßen in der Falle. Vor und hinter ihnen hatte man die Straße mit zwei Polizeiwagen blockiert, damit niemand hineingelangte und die Männer der Elite sie ohne Zeugen liquidieren könnten.

Farah stand auf und rannte auf die Killer zu. Für den Bruchteil einer Sekunde stellte Ogden das Feuer ein, aus Angst, sie zu treffen. Dies erwies sich als Fehler, denn auf der anderen Seite nutzten sie ihren Vorteil, schossen hemmungslos und trafen sowohl Ogden als auch Lionel und Mark.

Ogden spürte einen schrecklichen Schmerz im Oberkörper, er fiel zu Boden und verlor das Bewußtsein. Als er wieder zu sich kam, waren die Killer verschwunden. Er stellte fest, daß er einen Streifschuß an der Schulter abbekommen hatte. Die kugelsichere Weste hatte das Schlimmste verhindert, doch durch den Aufprall der Kugeln, die ihn getroffen hatten, war er für einige Minuten außer Gefecht gesetzt worden.

Er versuchte gerade, wieder auf die Beine zu kommen, als

Franz zusammen mit weiteren Männern Alimantes an der Ecke 18th Street und C Street auftauchte. Franz sah, was passiert war, rannte zu Ogden hin und half ihm.

»Geht es, Chef?«

Ogden nickte und ging zu Mark und Lionel. Lionel atmete noch, doch für Mark kam jede Hilfe zu spät: Eine Kugel hatte ihn im Hals getroffen; er war auf der Stelle tot gewesen. Auch die beiden Männer der Elite waren tot.

»Hurensöhne«, preßte Franz zwischen den Zähnen hervor, als er seinen erschossenen Kollegen sah. »Wir haben einen Blackout gehabt«, fuhr er fort, »in dieser verdammten Basis von Alimante setzten die Signale aus, gleich nachdem das Mädchen geortet war, und die Kopfhörer funktionierten auch nicht mehr. Sie müssen irgendwas von ihrer verfluchten Technik aktiviert haben – bis vor ein paar Sekunden wußten wir nicht mal, wo ihr seid ...«, sagte er atemlos.

»Habt ihr das Konzert abgesagt?«

»Nein.«

»Was?« schrie Ogden. »Willst du mir sagen, daß Hibbing und mehr als dreitausend Menschen jetzt da drinnen in der Halle sind?«

Franz nickte. »Als der Kontakt unterbrochen wurde, wollte Stuart die Polizei anrufen und das Theater räumen lassen, doch Alimante hat ihn daran gehindert. Weil ihr das Mädchen hattet, war er sich sicher, daß trotz Blackout keine Gefahr mehr bestand.«

»Verdammter Idiot!« knurrte Ogden und beugte sich über Lionel, der gerade die Augen wieder aufschlug.

»Wie geht's dir?« fragte er.

»Na ja«, antwortete der Agent. »Der Aufprall der Schüsse auf der Weste hat mich umgehauen. Ich hatte das Gefühl, das ganze Theater kracht über mir zusammen.«

»Kannst du aufstehen?«

»Ja, das schaffe ich...«

»Und das Mädchen?« fragte Franz.

»Weg. Wir spät ist es?«

»Halb neun. Hibbing ist schon im Theater und das Konzert fängt gerade an...«

Ogden war außer sich. »Los, wir müssen versuchen, das Mädchen aufzuhalten.«

Die Agenten des Dienstes und die drei Männer der Elite rannten Richtung 18th Street und Constitution Hall. In diesem Augenblick hörte Ogden Stuarts Stimme in seinem Kopfhörer, der inzwischen wieder funktionierte.

»Bist du heil und wohlauf?«

»Mehr oder weniger«, antwortete Ogden.

»Alimante und ich sind in unmittelbarer Nähe der 18th Street, doch der Verkehr ist blockiert. Wie geht es dir?«

»Wie einem, der bald dreitausend Tote auf dem Gewissen hat.«

»Rede keinen Unsinn, du hast getan, was du konntest. Da ist ein Satellit gegen den anderen eingesetzt worden, und sie haben es geschafft, uns abzuschirmen. Wo bist du im Moment?«

»Auf dem Weg ins Theater.«

»Bist du verrückt geworden? Sieh zu, daß du da wegkommst!«

»Nicht im Traum. Ich muß Schluß machen, ich habe zu tun«, sagte Ogden und beendete die Verbindung.

Als sie die Constitution Hall erreicht hatten, durchquerten die Agenten die weitläufige Halle und betraten den Konzertsaal, einen riesigen Raum, der ganz in Weiß und Blau gehalten war; weiß war der neoklassizistische Stuck, leuchtend blau der Vorhang und die Bestuhlung. Das Theater war ausverkauft, alle dreitausendsiebenhundert Plätze waren besetzt. Farah zu finden kam der Suche nach einer Nadel im Heuhaufen gleich.

Ogden sah sich um. Alarm auszulösen hatte keinen Sinn: Farah hätte das Bakterium trotzdem freisetzen können. Vielleicht hatte sie es ja schon getan, und das letzte Stündlein hatte bereits für sie alle geschlagen.

Das Theater war nicht vollkommen dunkel, das helle Licht der Bühne fiel fast bis in die Mitte des riesigen Zuschauerraums hinein. Ogden betete, daß Farah sich nahe der Bühne aufhielt.

Inzwischen hatte Franz bemerkt, daß Alimantes Männer verschwunden waren. »Die Ratten verlassen das sinkende Schiff...«, kommentierte er verächtlich.

»Dann sind wir jetzt also zu dritt«, sagte Ogden und schaute sich um, während er eine Hand auf seine Schulter preßte, wo die Jacke von Blut getränkt war. Die Wunde hatte aufgehört zu bluten, als er ein Taschentuch darauf gedrückt hatte, doch sie pulsierte schmerzhaft.

»Franz, Lionel...«, sagte Ogden und suchte dabei weiter mit Blicken den Saal ab, »in Kürze wird das Mädchen irgendeine tödliche Substanz freisetzen – wenn das nicht schon geschehen ist. Und in wenigen Sekunden werde ich ›Feuer‹ schreien. Geht, bevor hier das Chaos ausbricht...«

Franz zögerte keinen Moment. »Wir bleiben«, sagte er lapidar und warf Lionel einen Blick zu. Dieser nickte.

Ogden lächelte. Er wußte, daß er nichts dagegen tun konnte. Dann sah er ein Mädchen in einer blauen Uniform mit goldenen Besätzen. Sie hatte schulterlanges offenes Haar, wie Farah.

»Kommt!« sagte er und rannte in ihre Richtung los.

Das Mädchen ging auf die rechte Seite des Parketts zu. Sie erreichte den Gang, der einen Teil des Zuschauerraums vom benachbarten trennte, während die letzten Töne des ersten Lieds verklangen und ein stürmischer Applaus losbrach. Ogden und die Agenten liefen im selben Moment vor der Bühne vorbei, als sich Hibbing, der sich gerade eine andere Gitarre umgehängt hatte, erneut dem Publikum zuwandte.

Dank der Scheinwerfer bemerkte der Sänger Ogden und erkannte einen der Agenten wieder, den er in Venedig kennengelernt hatte. Er sah die blutbefleckte Jacke Ogdens und ahnte, was sich abspielte.

Da tat er etwas, das er in seiner ganzen Karriere noch nie getan hatte. Er beugte sich mit dem Mikrophon über den Rand der Bühne und sprach Ogden an, als er vorbeikam.

»Hallo, mein Freund! Welchen Song soll ich heute abend für dich spielen?«

Das Publikum, voller Begeisterung über dieses für den Rockstar so ungewöhnliche Verhalten, applaudierte frenetisch.

Ogden blieb stehen und sah zu Hibbing hoch, während Franz und Lionel weiter dem Mädchen folgten.

Als ihre Blicke sich trafen, verstand Hibbing, daß die Situation äußerst ernst und seine Befürchtungen begründet waren. Er riß die Augen auf und schluckte mühsam, eine

Frage stand ihm ins Gesicht geschrieben. Der Agent antwortete ihm mit einem Nicken, doch bevor er weiterging, raunte er ihm einige Worte zu, die nur wenige hörten.

»Wenn du kannst, Robert, sing etwas, was sie vielleicht aufhält. Gott sei uns gnädig…«

Das Mädchen drehte sich um, und endlich erhellte das Licht der Scheinwerfer ihr Gesicht: Es war Farah. Nur noch wenige Schritte, und die drei Männer hätten sie erreicht.

In diesem Augenblick schlug Hibbing den ersten Akkord eines Songs an, den er noch nie live gespielt hatte. Es war ein berühmtes Stück, und es trug als Titel den Namen einer Frau, die er einmal sehr geliebt hatte: Lara.

Nach den ersten Akkorden schien die Band, verunsichert durch die Wahl eines Stücks, das sie nicht im Programm hatten, ins Schleudern zu kommen. Doch Tom Beatty, der diesen Song in jungen Jahren, als er davon träumte, Musiker zu werden, unzählige Male gespielt hatte, rettete die Situation und schaffte es, die Band wieder zusammenzubringen. Das Publikum raste jetzt regelrecht vor Begeisterung, und der ganze Saal erhob sich. Jedes Konzert von Hibbing war einzigartig, denn je nach Stimmung konnte der Sänger seine Lieder in unterschiedlichen Arrangements interpretieren. Aus diesem Grund gab es von jedem seiner Auftritte Bootlegs, die bei Sammlern begehrt waren. Daß er an diesem Abend ein nie zuvor live gesungenes Stück spielte, machte aus dem Konzert in der Constitution Hall ein denkwürdiges Ereignis für die Musikwelt. Und dieses Ereignis wurde noch außergewöhnlicher, als Hibbing den Frauennamen im Titel änderte und ihn durch Farah ersetzte. Das Publikum geriet in Verzückung und alle fingen an, mit ihm zu singen und diesen Namen zu rufen, so daß er im riesigen Saal der Constitution Hall donnernd widerhallte – genau in dem Moment, als Ogden das Mädchen erreichte.

Farah, die hingerissen auf diesen schmächtigen Mann starrte, der für sie sang, hatte mit einem Mal das Gefühl, ihr müsse der Kopf platzen; ihr war, als drängten sich alle Erinnerungen der Welt in ihrem armen verwirrten Geist zusammen. Ein stechender Schmerz durchzuckte sie, während sie versuchte, sich zu entsinnen, wer sie war und was sie tun sollte. Sie ließ die Schachtel mit dem Parfüm fallen und preßte die Hände an die Schläfen, um sich den Kopf zu halten, der den Druck nicht mehr zu ertragen schien.

Auf der Bühne sang Hibbing, wie er seit Jahren nicht gesungen hatte, seine Stimme hatte ihre volle einstige Kraft wiedergefunden, während er zwischen den Strophen verzweifelt diesen Namen einfügte und ein neues Lied schuf, begleitet vom ganzen Theater, das mit ihm zusammen sang.

Farah taumelte, ihre Augen waren aufgerissen. Ogden hielt sie, damit sie nicht fiel, während Lionel die Spraydose an sich nahm. Hibbing, der den Agenten nie aus den Augen gelassen hatte, holte tief Luft, als er sah, daß er das Mädchen in den Armen hatte, spielte einen langen Akkord auf der Gitarre und brachte das Lied zu Ende. Im Theater folgte eine regelrechte Explosion aus Beifall und Ovationen, und in diesem Chaos trugen Ogden und die beiden Agenten Farah zum Ausgang.

Niemand hielt sie auf. Draußefn empfing sie ein ganzer Trupp schwerbewaffneter Agenten der europäischen Elite, und sie wurden zu der gepanzerten Limousine gebracht, wo Stuart und Alimante sie erwarteten.

34

Hibbing hatte die von ihm inzwischen gekaufte Villa Spikes in Montagnola dem Dienst zur Verfügung gestellt, um Farah während der komplizierten Therapie der Deprogrammierung dort zu verstecken. Die Berühmtheit des neuen Besitzers war wie zu Zeiten Spikes eine Garantie dafür, vollkommen ungestört zu bleiben, und ließ eine bewaffnete Security normal und akzeptabel erscheinen. Niemand konnte sich dem Haus ohne einen Sonderausweis nähern, und nicht einmal der Bürgermeister von Montagnola vermutete, daß die Männer der Security in Wirklichkeit Geheimagenten waren.

Alimante hatte widerwillig Stuarts und Ogdens Bitte akzeptiert, das Mädchen unter ihren Schutz nehmen zu dürfen. Zum Schluß hatte er wohl deshalb nachgegeben, weil er sich bewußt war, daß der Anschlag in der Constitution Hall ohne den Dienst nicht hätte vereitelt werden können. Daß ein Blutbad vermieden worden war, hatte dabei keine große Bedeutung für ihn. Was zählte, war die Niederlage seiner Gegner. Dafür hatte Alimante sich erkenntlich gezeigt und zugestimmt, ihnen Farah zu überlassen.

Auch die Brandmale auf der Stirn des Präsidentenberaters und des Verteidigungsministers hatten zur Destabilisierung der amerikanischen Elite beigetragen, die sich wie ein Krebsgeschwür in der aktuellen Administration ausgebreitet hatte. Dem Weißen Haus war nichts anderes übriggeblieben, als den wahren Grund dafür geheimzuhalten, daß zwei seiner bekanntesten Repräsentanten für eine Weile nicht mehr in der Öffentlichkeit auftauchten. Die Europäer hatten den Massenmedien jedoch einige Hinweise zugespielt, und so ging in Washington das Gerücht, die beiden Politiker seien in eine schändliche Sache verwickelt. Tatsächlich durchlebte die amerikanische Elite nicht gerade ihre beste Zeit. Die Europäer hatten einen dreifachen Sieg errungen: Sie hatten den Anschlag vereitelt, Willington und Brown gebrandmarkt und die Lanze des Longinus geraubt – insgesamt eine unerträgliche, schwere Niederlage für die Amerikaner. Das Verschwinden der Lanze war zudem, wie Alimante gehofft hatte, von den am stärksten esoterisch geprägten Teilen der Bruderschaft als ernstes Zeichen von Unheil und Niedergang aufgenommen worden. In den Augen Alimantes ein weiterer Pluspunkt, der auf das Konto des Dienstes ging.

Ogden verließ das Zimmer, wo sich das Mädchen, unterstützt von Verena, nach einer der anstrengenden Deprogrammierungssitzungen ausruhte.

Als Verena von Farahs Geschichte gehört hatte, war sie so erschüttert gewesen, daß sie Ogden und Stuart bat, der jungen Frau bei ihrer Genesung zur Seite stehen zu dürfen. Die Versuche, ihr dieses Ansinnen auszureden, hatten nichts gefruchtet. Verena war unnachgiebig geblieben und hatte argumentiert, daß schließlich auch Hibbing nicht zum Dienst gehörte und trotzdem dabei war. Warum dann nicht auch sie? Angesichts dieses Einwands hatten sich Ogden und Stuart gezwungen gesehen nachzugeben. Verena war gleich in die Villa in Montagnola eingezogen. Im Laufe der Zeit hatte ihre Mitarbeit sich als wertvoll herausgestellt, und die Ärzte betrachteten ihre Anwesenheit als förderlich für die Therapie. Farah schien tatsächlich nur ihr und Hibbing zu vertrauen.

Ogden betrat das Eßzimmer, wo Stuart und der Sänger auf ihn warteten. Hibbing, der nach Ende der sommerlichen Konzertsaison eine Pause eingelegt hatte, war für unbestimmte Zeit nach Montagnola gekommen. Und dank seiner Anwesenheit war der imposante Sicherheitsapparat gegenüber den Einwohnern des Dorfs noch besser zu rechtfertigen.

»Wie geht es dem Mädchen?« fragte Stuart, als Ogden sich an den Tisch setzte.

»Recht gut. Doch es wird eine schwierige Sache: Ihre Programmierung geht auf die früheste Kindheit zurück.«

Stuart nickte. »Ich weiß.« Sie hatten inzwischen erfahren, wie die Dinge abgelaufen waren. Farah war nach langer Vorbereitung programmiert und allen denkbaren Formen des Mißbrauchs ausgesetzt worden, deren Zeichen sie noch heute am Körper trug. Man hatte auf einer der vielen Topsecret-Basen, die über die entsprechenden technischen Einrichtungen verfügten, ihre multiple Persönlichkeitsstörung herausgebildet, indem man die Programmierungsmethoden des Projekts Monarch anwandte. Diese Techniken wurden bei Kindern im zartesten Alter eingesetzt, bevor sich die Grundzüge ihres Charakters verfestigt hatten. Natürlich erforderte all dies ein weitverzweigtes Netz aus Komplizenschaft und Duldung in jeder sozialen Schicht, von korrupten hohen Regierungskreisen bis hinunter zu den schäbigsten Handlangern, die sich an die Elite verkauften. Farah war ohne Vater aufgewachsen und hatte ihre Kindheit in Heimen verbracht. Danach war sie in besondere Schulen geschickt worden, in Sommercamps, Sportzentren und an andere unverdächtige Orte, wo man über Jahre hinweg ihre Programmierung fortgeführt hatte. Gilford war ihr letzter Peiniger in einer langen Reihe. Von dem, was sie erlitten hatte, behielt Farah nichts in Erinnerung, sie wußte es nicht einmal, wenn sie, statt den Tag in der Schule verbracht zu haben, wie sie glaubte, irgendwo anders gewesen war, um weiter programmiert zu werden. Die Störung der multiplen Persönlichkeit schützte sie vor einem Trauma, das zu grauenvoll war, als daß man es bewußt hätte ertragen können. Die Psyche setzte praktisch einen hochkomplizierten Mechanismus in Gang, der das Gehirn in Abschnitte unterteilte, in denen die Erinnerung an den Mißbrauch verschlossen wurde, so daß der Geist ansonsten weiter ›normal‹ funktionierte. Hatte man das Syndrom der dissoziativen Identität erst einmal provoziert, so entstand ein Mensch mit kontrolliertem Bewußtsein. All dies wurde durch neuronale Manipulation flankiert, erzeugt mittels hochtechnologischer Verfahren, die sich, wie im Falle Farahs, Mikrochips und Mitteln verschiedenster Art bedienten, die *harmonics* genannt wurden.

Ogden goß sich eine Tasse Kaffee ein. »Sie nennen es ›Formel globaler Erziehung‹. Die Kinder, die keine Waisen sind, kommen fast immer aus Familien, in denen sie Inzest und Gewalt ausgesetzt waren. Die Elite wählt sie aus, weil sie in solchen Milieus Kinder findet, die psychisch schon so erschüttert sind, daß sie leicht zu Opfern gemacht werden können. Oft sind die Eltern, die ihre Kinder an die Elite verkaufen, selbst Mißbrauchsopfer gewesen. Es ist die Hölle auf Erden, da braucht man keine im Jenseits mehr… Wie wir bei Farah gesehen haben, sind Menschen, die einer Gehirnwäsche ausgesetzt waren, perfekte Killer und Terroristen; ein einziges Wort reicht, um eine der Programmierungen, mit denen ihr Hirn vollgestopft ist, in Gang zu setzen. Sie müssen bereits eine ganze Reihe von Personen mit kontrolliertem Bewußtsein benutzt haben, um diejenigen zu eliminieren, die ihre Pläne störten. Alimante hat mir verraten, daß schon eine Armee aus mental gesteuerten Marionetten bereitsteht, um Recht und Gesetz in der Neuen Weltordnung militärisch durchzusetzen.«

Hibbing, der bis zu diesem Moment geschwiegen hatte, faßte sich mit einer Hand an die Stirn, als bekomme er von all dem, was er gehört hatte, Kopfschmerzen.

»*Marionettes* ist der Titel von Spikes letzter Platte. Er wußte, wie die Dinge liegen. Außerdem ist die Welt der Musik eines der Reservoirs, aus dem sie schöpfen; eine beeindruckende Zahl von Sängern und Musikern hat sich umgebracht oder ist getötet worden, wahrscheinlich, weil ihre entsetzlichen Erinnerungen wieder hochkamen. Die Liste der Rocksänger, die ein schlimmes Ende genommen haben, ist lang, einige von ihnen habe ich gekannt, sie waren Opfer wie Farah. Doch welche Position nimmt die europäische Elite dazu ein?«

Stuart hob den Kopf. »Natürlich haben sie von der fortgeschrittenen Technologie der Bewußtseinskontrolle genauso profitiert wie die anderen. Alimante behauptet jedoch – und ich weiß nicht, ob wir ihm glauben sollen –, daß der rituelle und satanistische Aspekt der von der amerikanischen Elite durchgeführten mentalen Programmierung der europäischen vollkommen fremd sei. Wie gesagt, ich weiß nicht, ob wir ihm glauben sollen…«, wiederholte Stuart. »Er erklärt, daß sie keine mentale Kontrolle über zivile Personen ausüben, weil sie dieses Verfahren, obschon hoch entwickelt und effizient, für wenig sicher halten. Auf jeden Fall benutzen auch sie seit einer Weile die berühmten *harmonics* des MK-Ultra-Projekts. Das Projekt Monarch mit seinen mißbrauchten Sklaven ist nach ihren Angaben eher ein amerikanisches Phänomen, verquickt mit dem Fanatismus der unglaublich vielen religiösen und satanischen Sekten in den USA, der von der Elite in großem Stil ausgenutzt wird.«

»Aber kann sie denn keiner stoppen?« fragte Hibbing.

Ogden zuckte mit den Schultern. »Wer diesen Mißbrauch anprangert, wird lächerlich gemacht und diskreditiert oder aus dem Weg geräumt. Im allgemeinen werden die mental kontrollierten Personen, wenn sie um die Dreißig sind, als ›erschöpft‹ betrachtet und getötet. Farah hätte das gleiche Ende genommen. Und auch wenn es ein Mensch nach der Gehirnwäsche schafft, ihnen zu entkommen, so findet er leider keine sozialen Einrichtungen, die darauf vorbereitet wären, ihm zu helfen, die Kontrolle über sein Bewußtsein wiederzuerlangen, oder aber, sie stecken mit der Elite unter einer Decke. Das Projekt MK-Ultra ist ein Staatsgeheimnis, jeder, der es in Gefahr bringt, verletzt die nationale Sicherheit. Außerdem scheint es mir, bei dem Wind, der gerade in den Vereinigten Staaten weht, nicht sehr wahrscheinlich, daß es von den wenigen integren Leuten, die es noch in der Regierung gibt, verraten werden könnte. Es würde der Elite einen Strich durch die Rechnung machen und ihren verbrecherischen Zeitplan durchkreuzen. Diese schmutzige Angelegenheit hat nach dem Ende des Zweiten Weltkriegs ihren Anfang genommen, als einige der brillantesten Naziwissenschaftler dank des berüchtigten Projekts Paperclip der CIA mit den Nürnberger Prozessen verschont blieben und in die USA gelangen konnten. In der Folge leisteten sie einen wesentlichen Beitrag zur Erzeugung des perfekten Soldaten und des perfekten Spions. Es wird nicht leicht für die Menschen sein, sich davon zu befreien.«

Ogden sah Hibbing an. Der Sänger hatte sich, nachdem er dem Anschlag entkommen war, angeboten, Farah zu helfen, und sich ganz dieser Aufgabe verschrieben.

»Durch Sie haben wir eine exzellente Tarnung aufbauen können«, fuhr Ogden fort. »Das Mädchen verdankt Ihnen viel, und wir ebenfalls. Kein Ort wäre sicherer als dieser. Fällt es Ihnen denn nicht schwer, Ihre Arbeit so lange zu vernachlässigen?«

Hibbing lächelte. »Seit Jahrzehnten bin ich ständig auf Tour, ich habe viele Häuser, doch ich bewohne keins, praktisch lebe ich in Hotels und im Tourbus. Es wurde Zeit, einmal irgendwo zu bleiben. Außerdem kann ich arbeiten, wo ich will, es genügt, daß ich eine Gitarre habe. Sie haben ja gesehen, daß ich mir hier schon ein Aufnahmestudio eingerichtet habe, und in ein paar Tagen kommt Tom Beatty mich besuchen. Wir planen, zusammen eine neue Platte zu machen.«

Stuart lächelte ebenfalls. »Wie in alten Zeiten…«, sagte er und spielte damit auf die Phase an, in der Hibbing sich, nach seinem Unfall, für ein Jahr in dem Haus im Topanga Canyon zurückgezogen hatte. In dieser Zeit hatten ihn einige befreundete Musiker besucht, um mit ihm zu arbeiten. Da sie auf dem Dachboden gespielt hatten, waren die Aufnahmen von damals als die berühmten *Loft Tapes* in die Musikgeschichte eingegangen.

»Doch niemand hat Sie gezwungen, eine solche Verantwortung auf sich zu nehmen«, betonte Ogden noch einmal und meinte wieder das Mädchen.

Hibbing schaute aus dem großen Fenster, das auf den Park hinausging. Das Sonnenlicht drang durch das Blattwerk einer mächtigen Eiche und fiel auf das Parkett im Zimmer. Er bewunderte ein paar Sekunden lang die Licht- und Schattenbilder auf dem Fußboden und sah dann wieder zu den anderen hoch.

»Mein ganzes Leben lang bin ich eines ihrer Opfer gewesen, wenn ich auch mehr Glück hatte als andere. Viele Jahre habe ich ständig auf Reisen gelebt, ohne je irgendwo zu bleiben, praktisch war ich überall und nirgendwo. Und wissen Sie, warum? Ich fürchtete, daß ich meine Kinder in Gefahr bringen könnte. Dadurch daß ich ihnen fernblieb, hoffte ich, diese Bastarde von der Elite davon zu überzeugen, daß ich mir nicht viel aus ihnen machte, so daß sie sich nicht an ihnen vergriffen, um mich zu treffen. Die Zeitungen haben immer geschrieben, ich sei ein Künstler, ein Mann mit einem seltsamen Charakter, der keine Bindungen eingehen könne und nur seine Musik liebe«, murmelte Hibbing bitter. »Es ist mir gelungen, sie das glauben zu machen, und leider haben es auch meine Kinder geglaubt. Doch dieses Opfer hat sie womöglich vor der Rache der Elite geschützt.«

Hibbing unterbrach sich, er schien nur mit Mühe weitersprechen zu können. Die Rührung schnürte ihm die Kehle zu. Er holte tief Luft und schüttelte den Kopf.

»Trotz meiner Abwesenheit sind die Kinder gut groß geworden. Jetzt sind sie erwachsen und führen ihr eigenes Leben. Doch Farah wird kein eigenes Leben haben, wenn wir es nicht schaffen, daß sie wieder in Ordnung kommt ...« Hibbing unterbrach sich noch einmal. Ihm war ein Gedanke gekommen, doch er fand nicht die richtigen Worte. Schließlich entschloß er sich, es geradeheraus zu sagen. »Heute nacht habe ich darüber nachgedacht: Was mit Farah geschehen ist, hätte auch mit meinen Kindern geschehen können. Deshalb muß ich etwas tun, um ihr eine Zukunft zu sichern. Vielleicht könnte ich sie adoptieren. Was meinen Sie?«

Stuart und Ogden sahen sich verwundert an. Schließlich antwortete Stuart.

»Das könnte eine gute Idee sein«, gab er zu. »Doch Sie müssen bedenken, daß die Elite, wenn jemand es schafft, sich von ihr zu befreien, alles daransetzt, dieser Person ein normales Leben unmöglich zu machen. Sie versuchen einen solchen Menschen zu zerstören, ihn als verrückt hinzustellen, so daß jede seiner Aussagen das Ergebnis eines kranken Geistes scheint. Wer deprogrammiert worden ist, erinnert sich an die Befehle, die er erhalten hat, also ist er gefährlich. Wenn Sie sich entscheiden sollten, Farah zu adoptieren, müssen Sie der ganzen Welt erzählen, daß Ihre Adoptivtochter ein ehemaliges Opfer mentaler Kontrolle ist, und es so einrichten, daß die Medien lange darüber berichten. Nur dann wird man darauf verzichten, Farah zu töten – aus Angst, daß ihre Eliminierung das bestätigt, was sie sagt. Sie müssen auch immer wieder betonen, daß die gesamte Deprogrammierung Farahs dokumentiert ist und daß sie, wenn dem Mädchen oder Ihnen etwas passieren sollte, veröffentlicht wird. Dank Ihrer Bekanntheit dürfte dies nicht schwierig für Sie sein. Wenn Sie sich so verhalten, besteht eine hohe Wahrscheinlichkeit, daß die Elite sich nicht mehr für das Mädchen interessiert. Doch sicher können Sie nie sein …«

Hibbing lächelte. »Leider gibt es keine Sicherheiten mehr für den, der weiß, wie die Dinge wirklich liegen. Deshalb werde ich dieses Risiko eingehen. Wie hat doch mein Nachbar, der berühmte Hermann Hesse, es gleich ausgedrückt …

Es muß das Herz bei jedem Lebensrufe
Bereit zum Abschied sein und Neubeginne,
Um sich in Tapferkeit und ohne Trauern
In andre, neue Bindungen zu geben.

… und die beiden Eliten können mich mal!« fügte er hinzu, und seine legendären blauen Augen lachten.

35

Es regnete in Venedig, und die Stadt zeigte sich in grauer Herbststimmung, auch wenn es eigentlich noch Sommer war. Ogden und Stuart waren im Kajütboot Alimantes zum Palazzo am Canal Grande unterwegs. Die Wellen schlugen gegen das Boot, und ein paar Möwen folgten ihm, ließen sich vom Wind tragen.

Als sie an der Anlegestelle festmachten, kam ihnen ein Mann entgegen und brachte sie in den Palazzo, der Lorenzo Badoer gehört hatte. Man führte sie in einen weitläufigen Salon mit kostbaren Gobelins und Gemälden an den Wänden, leuchtend gelb bezogenen Rokokomöbeln und Kristallspiegeln, die das Licht der Lüster aus Muranoglas reflektierten.

»Eine deprimierende Einrichtung«, sagte Alimante, als er eintrat. »Ich habe nicht den gleichen Geschmack wie der arme Lorenzo, in Kürze wird dieser ganze Plunder verschwinden.«

Er gab den beiden Agenten die Hand und bat sie, Platz zu nehmen, dann setzte er sich selbst.

»Es wird Zeit, die Lanze an einen sicheren Ort zu bringen, bevor die Amerikaner beschließen, sie sich zurückzuholen – aber im Moment sind sie ja mit anderen Problemen beschäftigt …«, sagte er mit einem höhnischen Grinsen.

»Die heilige Lanze befindet sich im Tresor einer Bank, doch nun sind die Vorbereitungen an dem von der Bruderschaft ausgewählten Ort abgeschlossen, und Sie beide sollen die Lanze dort hinbringen. Die europäische Elite ist sehr zufrieden mit dem Dienst, und ich hoffe, daß auch Sie Ihre zögerliche Haltung überwunden haben«, fügte er hinzu, ohne einen leichten Anflug von Sarkasmus zu verhehlen. Er wußte, daß es keine Alternativen gab, weder für den Dienst noch für den Rest der Welt: entweder mit ihnen oder mit den Amerikanern. Doch als Gentleman alter Schule stellte er gern seine exzellenten Manieren zur Schau und demonstrierte eine wohlwollende Großzügigkeit, wie nur alter Adel sie darzustellen vermag.

Ogden hatte sich seine Ausführungen mit aufmerksamer Miene angehört. Er und Stuart hatten sich während der Tage in Montagnola beraten, wie sie sich innerhalb der europäischen Elite in Zukunft verhalten wollten.

»Wenn du sie nicht bekämpfen kannst, verbünde dich mit ihnen, oder tu jedenfalls so …«, hatte Stuart gesagt und das Gesicht voller Widerwillen verzogen. »Außerdem haben wir ja gar keine Wahl. Deine Inszenierung bei der Wiederbeschaffung der Lanze hat genau den beabsichtigten Effekt erzielt. Alimante ist begeistert von dir, also auch vom Dienst. Jedenfalls genießen wir bei diesen Scheißkerlen ein hohes Ansehen, und vielleicht verschafft uns das ein Minimum an Autonomie.«

Ogden war der gleichen Meinung gewesen. »Im Augenblick ist das Projekt Pandemie zurückgestellt worden, doch wir wissen nicht, für wie lange. In Wirklichkeit müßten wir sie alle umbringen, aber wir würden es nicht einmal schaffen, zehn von ihnen auszuschalten, und sie hätten uns schon wie Schweine abgeschlachtet. Wir müssen uns wie der Kukkuck verhalten, der in einem fremden Nest sitzt; von innen heraus handeln, ihr Vertrauen erwerben und versuchen, soviel wie möglich über ihre Pläne zu erfahren. Doch es wird auf jeden Fall sehr schwierig werden, ihnen Knüppel zwischen die Beine zu werfen, ohne selbst dabei draufzugehen...«

Stuart hatte ihm zugestimmt, doch er schien weniger pessimistisch. »Jetzt überlegen wir zunächst einmal, welche Komödie wir Alimante vorspielen: Du bist der neue Adept der Elite, froh darüber, in den Kreis der Mächtigen aufgestiegen zu sein, während ich den Skeptiker spiele, der mehr Zeit braucht, um überzeugt zu werden. Du bist durch das Brandmarken der beiden Amerikaner auf ihre wahnwitzigen Sitten und Gebräuche eingegangen, was Alimante offenbar in Verzückung versetzt. Jedenfalls hat er auf Farah verzichtet, obwohl er uns einen der Deprogrammierer der Elite aufgedrängt hat, um die Methoden der Bewußtseinskontrolle seiner Gegner zu studieren. Doch das ist nebensächlich, wichtig ist, daß er dein Geschenk erwidert hat. Ich habe langsam das Gefühl, er hat für dich die gleiche Schwäche wie für George...«, fügte Stuart mit einem ironischen Lächeln hinzu.

Auch Ogden grinste. »Mag sein, aber das heißt, er muß sich mit einer Liebe auf Distanz zufriedengeben. Tatsache ist, daß wir, obwohl wir sehr viel besser gerüstet sind als die anderen Bewohner des Planeten, im selben Boot sitzen und diesen Verbrechern auf Gedeih und Verderb ausgeliefert sind.«

»Das stimmt«, hatte Stuart geantwortet, »doch ich würde es nicht unterbewerten, daß wir gerüstet sind. Im Grunde gibt es noch integre Persönlichkeiten in den verschiedenen Regierungen; wir müssen uns mit ihnen verbünden und weiter das Doppelspiel mit der europäischen Elite spielen. Weißt du noch, wie du zu mir, als du die Dossiers gelesen hattest, gesagt hast, der Kampf zwischen den beiden Eliten erinnere dich an etwas?« Ogden nickte. »Nun gut, von jetzt an werden wir die dritte Partei sein und Nutzen aus dem Krieg der beiden Eliten ziehen. Die anständigen Politiker in den verschiedenen Regierungen sollen den besten Geheimdienst der Welt zu ihrer Verfügung haben. Wir kehren den Spieß um: Wir werden das tun, was sie bisher getan haben. Sie haben alle umgebracht, die ihnen bei ihren Plänen im Weg standen? Nun gut, wir werden das gleiche tun und immer, wenn sich die Gelegenheit bietet, die Köpfe der Hydra abschlagen, sie töten, wie sie es verdienen, denn uns hindert nichts und niemand, genausowenig wie sie. Wir wollen die Strategie der europäischen und der amerikanischen Elite destabilisieren, wo immer es möglich ist. Unsere Stärke wird darin bestehen – wenigstens solange wir nicht enttarnt werden –, von innen heraus zu arbeiten, denn wenn wir unsere Karten gut ausspielen, können wir von ihren Plänen erfahren, bevor sie sie umsetzen. Es wird eine neue Widerstandsbewegung gegen diese berüchtigte Neue Weltordnung der Versklavung sein, die sie schaffen wollen. Wenn uns dies auch nur in Ansätzen gelingt, können wir vielleicht einen neuen 11. September verhindern. Wir haben das Geld, die Organisation, die Technologie und die Leute, es wäre Wahnsinn, es nicht zu versuchen ...«

Ogden hatte sich überrascht gezeigt. »Ich wußte nicht, daß dir so viel an Gerechtigkeit liegt...«

Stuart hatte mit den Schultern gezuckt. »Es geht nicht um Gerechtigkeit, sondern ums Überleben. Entweder sie oder wir.«

Ogden hatte also angefangen, die Rolle des neuen, überzeugten Adepten der europäischen Elite zu studieren, und sich darauf vorbereitet, sie Alimante vorzuspielen. In Venedig bewies er nun, daß er darin sehr glaubhaft wirkte.

Während der Italiener Champagner bringen ließ, um die Rückkehr der Lanze des Longinus in den Besitz der Europäer zu feiern, begann Ogden damit, seine Rolle zu spielen. Als der Diener das Zimmer verlassen hatte, räusperte er sich und tat so, als sei er verlegen.

»Ich hätte eine Frage...«, fing er unsicher an.

Alimante setzte ein großzügiges Lächeln auf. »Bitte, ich höre...«

»Sie haben Stuart und mich immer als zwei Erben einer besonderen Blutlinie bezeichnet. Ich möchte mehr darüber erfahren, wenn das möglich ist...«

Stuart verdrehte die Augen zum Himmel, sagte aber nichts.

»Aber gewiß!« rief Alimante voller Zufriedenheit aus. »Nichts leichter als das. Ich freue mich, daß Sie anfangen, diese Neugierde zu entwickeln. Wir sind eine sehr alte und vornehme Rasse, und Sie beide gehören in jeder Hinsicht zu uns. Auch wenn die Angelegenheit für Ihren Kollegen offenbar nicht die gleiche Bedeutung hat...«, fügte er hinzu und bedachte Stuart mit einem strengen Blick.

»Wie dem auch sei«, fuhr er fort, erneut an Ogden gewandt. »Sie stammen von Andrew Michael Ramsay ab, der 1737 eine an die Freimaurer von Paris gerichtete Ansprache hielt, die als ›Rede Ramsays‹ berühmt geworden ist. Dieser Chevalier de St. Lazare erinnerte die Mitglieder der Loge daran, daß sie von den Kreuzrittern abstammten. In Wirklichkeit bezog er sich auf die Templer. Er mußte diese unklare Ausdrucksweise wählen, weil die Templer in der französischen Gesellschaft noch geächtet waren. Doch all diese Dinge werden Sie leicht in einem guten Buch finden. Ihre Wurzeln reichen in jedem Fall noch weiter zurück, bis ins alte Ägypten; die Dokumente verwahren wir in unseren Archiven. Angesichts Ihres Interesses werde ich Ihnen eine Kopie der Akte zukommen lassen«, schloß er. Es war deutlich zu erkennen, daß er über die Kapitulation des Agenten hoch erfreut war. Ogden hatte an diesem Tag einen weiteren Pluspunkt bei ihm erzielt.

»Doch nun wollen wir zu der Angelegenheit kommen, wegen der ich Sie zu mir gebeten habe«, sagte Alimante, stand auf und trat an einen Schreibtisch. »Hier ist die Wegbeschreibung zu dem Ort, wo die Lanze verwahrt werden soll«, sagte er, setzte sich wieder hin und reichte Stuart die Unterlagen.

Der Chef des Dienstes öffnete die Akte, sah sich die Papiere kurz an und schaute dann wieder auf.

»Ich hätte niemals vermutet, daß die Elite in einem einsamen Dörfchen an der italienisch-schweizerischen Grenze einen Bunker im Gebirge hat, der die amerikanischen Basen in New Mexico in den Schatten stellt.«

Alimante lachte. »Die Schweizer Berge sind überall von Tunneln durchzogen. Die wurden vor Jahrzehnten gegraben, aus Angst vor einem Atomkrieg. Auch wir Europäer haben unsere unterirdischen Städte, wie die Amerikaner, und zwar schon seit längerer Zeit...«

Stuart gab die Akte an Ogden weiter, der sie ebenfalls studierte. Dann sah er wieder zu Alimante.

»Gut, ich glaube, wir können es in Angriff nehmen. Ich vermute, daß uns Ihre Männer begleiten...«

Alimante nickte. »Mein Jet wird Sie, zusammen mit meinen Agenten, zum Flughafen Agno im Tessin bringen. Von dort fliegen Sie mit einem Hubschrauber zum Zielort. Jetzt werde ich Ihnen die Lanze übergeben«, sagte er, stand auf und ging zu einem Gemälde an der Wand, hinter dem sich ein Safe verbarg. Er öffnete ihn, nahm das Lederetui heraus und wandte sich wieder den beiden Agenten zu.

»Ich übergebe Ihnen persönlich die Lanze, um Ihnen zu zeigen, daß ich trotz Ihrer Vorbehalte großes Vertrauen zum Dienst habe.« Er reichte Stuart das Lederetui und sah ihn eindringlich an. Alle drei wußten, daß die beiden Agenten es mit ihrem Leben bezahlen würden, falls die Aktion durch ihr Verschulden mißlingen sollte.

Ogden verstand in diesem Moment die Zweckmäßigkeit der ungewohnt sportlichen Kleidung, die Stuart für diesen Tag gewählt hatte. Die große Jacke, die er trug, verfügte vorne über zwei geräumige Taschen, und in eine davon steckte er nun das Lederetui.

»Sie können unbesorgt sein«, sagte Stuart und erwiderte Alimantes Blick mit der gleichen Intensität. »Der Auftrag wird mit der gewohnten Professionalität, die der Dienst seinen Klienten bietet, zu Ende geführt.«

»Daran zweifle ich nicht«, antwortete Alimante und begleitete sie zur Tür. »Mein Jet erwartet Sie am Flughafen Marco Polo, Sie werden in einer Stunde starten. Gute Reise.«

Die beiden Agenten verließen das Zimmer. Auf dem Gang wartete der Mann auf sie, der sie in den Palazzo geführt hatte.

»Bitte folgen Sie mir«, sagte er und begleitete sie zur Tür, die auf den Canal Grande hinausging.

Draußen hatte die Sonne die Wolken durchbrochen, die der Wind jetzt weit weg an den Horizont trieb. Venedig war erneut in Licht und Luft getaucht, und es roch noch nach Regen und Salz.

Als sie auf dem schmalen Landungssteg des Palazzo standen und darauf warteten, daß Alimantes Kajütboot vom Kai lossfuhr, um sich der Brücke zu nähern, sahen sie, wie ein kleiner, mit zu vielen Personen besetzter Außenborder mit hoher Geschwindigkeit auf sie zuschoß. Ein Mädchen hielt sich an einem Tau im Bug fest und winkte mit weit ausholenden Gesten. Der Außenborder überholte Alimantes Kajütboot, und erst als er der Landungsbrücke gefährlich nahe war, versuchte der junge Mann das Steuer herumzureißen, und wild aufsprühendes Wasser spritzte die beiden Agenten naß. Es war offensichtlich, daß es sich bei ihm um keinen erfahrenen Seemann handelte, denn als es ihm endlich gelang, das Gas wegzunehmen, war es zu spät für das Boot: Es schlug, wenn auch nur sanft, gegen die Planken der Anlegestelle. Das Mädchen, noch immer aufrecht im Bug, landete in Stuarts Armen, und dieser fing sie auf, damit sie nicht ins Wasser fiel, während der junge Mann am Steuer, der endlich den Motor abgestellt hatte, auf den

Landungssteg sprang und sich mit lauter Stimme auf italienisch entschuldigte. Es war kein Schaden entstanden, Stuart lächelte, wechselte ein paar Worte mit ihm und half dem Mädchen, zurück an Bord zu klettern. Während das Kajütboot Alimantes anlegte, raste der kleine Außenborder davon und entfernte sich mit schnellen Sprüngen Richtung Punta della Dogana del Mar.

»Was war da los?« knurrte einer der Männer Alimantes und sah mißtrauisch hinter dem Boot her, das inzwischen in weiter Ferne war.

»Nichts, das waren nur ein paar leicht angesäuselte junge Leute...«, sagte Stuart belustigt.

Der Mann warf einen letzten Blick auf den unterdessen zwischen den anderen Booten kaum noch auszumachenden Außenborder und forderte dann mit einer knappen Geste die beiden Agenten auf, an Bord zu gehen.

Als sie sich vom Palazzo Badoer entfernten, ließ die Sonne, die inzwischen hoch über Venedig stand, die Goldkuppeln jenseits des Beckens von San Marco erstrahlen.

Die Männer Alimantes, einer am Steuer des Kajütboots, der andere im Heck, behielten die beiden Agenten und ihre kostbare Fracht im Blick. Auch wenn Alimante die Lanze Stuart anvertraut hatte, war es doch offensichtlich, daß er seinen Leuten Order gegeben hatte, sie nicht aus den Augen zu lassen.

Ogden genoß die Sonne, bis der Wind ihm unangenehm wurde. Dann ging er hinunter in die Kabine, gefolgt von Stuart. Er war müde und machte sich Sorgen um die Zukunft. Vielleicht würde es ihnen gelingen, ein Doppelspiel zu treiben, doch für wie lange? Auf jeden Fall gab es keine

Alternativen. Er lehnte sich auf der schmalen weichen Lederbank zurück und schloß die Augen. Während die Sonne durch die Scheiben sein Gesicht wärmte, durchfuhr ihn ein Gedanke, bei dem er lächeln mußte, so unwahrscheinlich war er.

»Warum lächelst du?« fragte Stuart.

Ogden schlug die Augen wieder auf. Alimantes Mann konnte sie von draußen durch die Scheiben zwar sehen, aber wegen des Windes und der geschlossenen Kabinentüren nicht hören.

»Eine Idee, die eher in die alten Zeiten paßt als zu unserer aktuellen Lage«, antwortete er. Dann wurde seine Stimme ganz leise, und Stuart mußte sich zu ihm hinunterbeugen, um zu verstehen, was er sagte. »Es wäre nicht schlecht, im Besitz dieser Lanze zu bleiben. Vielleicht hat sie ja wirklich magische Kräfte, wer kann das wissen ...«

Stuart, der sich gerade eine Zigarette anzündete, sah vom Feuerzeug hoch, nahm einen langen Zug und schaute ihn an. Er hatte diesen seltenen, sehr seltenen Blick, der ihn wieder so jung scheinen ließ wie zu der Zeit, als Ogden und er sich kennengelernt hatten. Dann zwinkerte er ihm zu, ohne ein Wort zu sagen. Da verstand Ogden, wozu die angetrunkenen jungen Leute in dem kleinen Außenborder gut gewesen waren.

»Nicht zu glauben!« entfuhr es ihm. Und die Zukunft erschien ihm auf einmal gar nicht mehr so ungewiß wie zuvor.

Liaty Pisani im Diogenes Verlag

Der Spion und der Analytiker

Roman. Aus dem Italienischen von Linde Birk

Gefährlich, wenn ein Psychoanalytiker die Standesregeln verletzt und zu sehr ins Leben seiner Patienten eindringt. Den Wiener Analytiker Guthrie läßt es jedenfalls nicht kalt, als die schöne Alma Lasko ihn versetzt und er erfährt, daß ihr plötzliches Verschwinden mit dem seltsamen Tod ihres Mannes zu tun haben muß. Fatal auch, wenn ein internationaler Spitzenagent unter einem Kindheitstrauma leidet, das im falschen Moment aufbricht. So geht es dem Agenten Ogden, der sich mit Guthrie zusammentut, um Alma Lasko ausfindig zu machen. 007 auf der Couch, und ein Psychoanalytiker, der zum Spion wird: die beiden geraten in eine aufregende Verfolgungsjagd, die Wien, Zürich, Genf und Mailand zum Schauplatz hat.

»›Der dritte Mann‹, erneuert und korrigiert an einer apokalyptisch gezeichneten Jahrhundertwende.«
Epoca, Mailand

Der Spion und der Dichter

Roman. Deutsch von Ulrich Hartmann

Juni 1980. Ein italienisches Zivilflugzeug mit 81 Insassen stürzt auf dem Weg von Bologna nach Palermo ins Meer. Offensichtlich abgeschossen. Wer steckt dahinter? Die NATO? Libyen? Liaty Pisanis Thriller basiert auf einem düsteren Kapitel der italienischen Nachkriegszeit, der bisher unaufgeklärten Affäre Ustica. Was Ogden dabei herausfindet, ist haarsträubend. Lediglich Fiktion oder brutalste politische Realität?

»Ein Volltreffer. Ein Roman, der einem die Haare zu Berge stehen läßt. Ich habe das Buch gefressen, mit allen Krimi-Symptomen wie Herzrasen und feuchten Händen.« *Süddeutscher Rundfunk, Stuttgart*

»Mit erzählerischer Bravour und vergnüglicher Ironie verwandelt Liaty Pisani den traditionellen Kriminalroman in ein Schauermärchen – vor dem Hintergrund einer realen Tragödie.« *Der Spiegel, Hamburg*

Der Spion und der Bankier

Roman. Deutsch von Ulrich Hartmann

Der Schweizer Bankier, der zuviel wußte, wird ermordet. Es geht um viel Geld: um nachrichtenlose Vermögen. Agent Ogden soll den Sohn des Toten aufstöbern, der mit Beweismaterial von Zürich nach Südfrankreich, aber auch aus der Gegenwart in die Vergangenheit geflohen ist – ins Reich der Katharer. Dieses Volk von Häretikern wurde im Mittelalter bekämpft – wie auch damals schon die Juden – und in den Albigenser-Kriegen vernichtet. Mit der erforderlichen Sensibilität nähert sich Liaty Pisani dem Thema Völkermord, ohne dabei auf einen spannenden Plot zu verzichten.

»Die Italienerin Liaty Pisani räumt gleich mit zwei Vorurteilen auf: daß Spionage-Thriller eine Männerdomäne sind und daß nach dem Ende des kalten Krieges die guten Stoffe fehlen. Über Ogden, den sympathischen Grübler, dem die Moral mehr bedeutet als seine Mission, wollen wir mehr lesen!«
Brigitte, Hamburg

Der Spion und der Schauspieler
Schweigen ist Silber

Roman. Deutsch von Ulrich Hartmann

Ogden wollte zwar aus dem Geheimdienst aussteigen, doch sein Freund, der Berliner Schauspieler Stephan Lange, kommt in Bedrängnis – seit Präsidentschaftskandidat George Kenneally vor der amerikanischen

Ostküste abgestürzt ist, wird er verfolgt. Er soll dafür büßen, daß er das Gerücht des Mordes in Umlauf gesetzt hat. Was bleibt Gentleman Ogden anderes übrig, als ihm zu helfen? Die Flucht führt sie von den Kykladen über Bern und Monte Carlo nach Berlin, der heimlichen Hauptstadt aller Spionagedienste.

»Zart, aber hart: Liaty Pisani belebt mit ihren Büchern den Geheimagentenroman neu. Gestern war Bond, heute ist Ogden.« *Juliane Lutz/Focus, München*

Die Nacht der Macht

Der Spion und der Präsident

Roman. Deutsch von Ulrich Hartmann

New York, August 2001. Oligarch Borowski wird nervös: Seine Wahrsagerin hat ihn verlassen. Kurz bevor ein Anschlag auf den russischen Präsidenten stattfinden soll. Solange sie ihre Visionen hatte, fühlte er sich sicher. Nun plagen ihn Alpträume. Was hat sie gesehen? Eins ist sicher: Sie weiß viel. Für Agent Ogden und seinen Dienst Grund genug, sich um sie zu kümmern. Denn Ogden hat von höchster Stelle den Auftrag erhalten, den russischen Präsidenten zu schützen und seine Feinde auszuschalten. Wäre da nur Borowski, der Auftrag wäre schnell erledigt. Aber das Netzwerk gegen den Präsidenten spannt sich über die ganze Welt: von Afghanistan über Tschetschenien bis in die USA. Auch in Europa wird am Staatsstreich gearbeitet. Mafiaboss Kachalow ist kurz davor zuzuschlagen. Zu dumm, daß Borowski so unberechenbar geworden ist. Mit seiner Nervosität gefährdet er die ganze Aktion. Kachalow zitiert ihn nach Paris, doch die Situation ist bereits aus dem Ruder gelaufen.

»Mit Ogden hat Liaty Pisani einen Helden geschaffen, der Gefühl und Verstand in eine zerbrechliche Balance bringt. Sie erweist sich als Meisterin des Agententhrillers.« *Volker Hage/Der Spiegel, Hamburg*

Brian Moore im Diogenes Verlag

»So unterschiedlich die Handlungsorte und -zeiten seiner Bücher sind, immer beschreibt Moore den Einbruch des Unheimlichen ins Alltagsleben. Mal ist es der Terror der IRA, mal die Konfrontation mit Wertvorstellungen einer ganz anderen Kultur, mal ein Traum, der plötzlich Realität wird. Dafür stand Borges Pate, den Moore zu seinen wichtigsten Einflüssen zählt. Wie bei Borges scheint auch Moores Schreiben die Frage ›Was wäre wenn?‹ zugrunde zu liegen, die klassische Frage des wissenschaftlichen Experiments.«
Denis Scheck /Deutschlandfunk, Köln

Katholiken
Roman. Aus dem Englischen von Elisabeth Schnack

Die Große Viktorianische Sammlung
Roman. Deutsch von Helga und Alexander Schmitz

Schwarzrock – Black Robe
Roman. Deutsch von Otto Bayer

Die einsame Passion der Judith Hearne
Roman. Deutsch von Hermann Stiehl

Die Farbe des Blutes
Roman. Deutsch von Otto Bayer

Ich bin Mary Dunne
Roman. Deutsch von Hermann Stiehl

Dillon
Roman. Deutsch von Otto Bayer

Die Frau des Arztes
Roman. Deutsch von Jürgen Abel

Kalter Himmel
Roman. Deutsch von Otto Bayer

Ginger Coffey sucht sein Glück
Roman. Deutsch von Gur Bland

Es gibt kein anderes Leben
Roman. Deutsch von Otto Bayer

Die Versuchung der Eileen Hughes
Roman. Deutsch von Nikolaus Stingl

Saturnischer Tanz
Roman. Deutsch von Malte Krutzsch

Der Eiscremekönig
Roman. Deutsch von Bernhard Robben

Strandgeburtstag
Roman. Deutsch von Bernhard Robben

Hetzjagd
Roman. Deutsch von Bernhard Robben

Die Frau des Zauberers
Roman. Deutsch von Bernhard Robben

Mangans Vermächtnis
Roman. Deutsch von Bernhard Robben

Magdalen Nabb im Diogenes Verlag

»Wie man Italophilie, Krimi und psychologisches Einfühlungsvermögen zwischen zwei Buchdeckel bekommt, ist bei der Engländerin Magdalen Nabb nachzulesen. Die Reihe um einen einfachen, klugen sizilianischen Wachtmeister, der seinen Dienst in Florenz versieht, ist ein Kleinod der Krimikultur.«
Alex Coutts / Ultimo, Bielefeld

Tod im Frühling
Roman. Aus dem Englischen von Matthias Müller. Mit einem Vorwort von Georges Simenon

Tod im Herbst
Roman. Deutsch von Matthias Fienbork

Tod eines Engländers
Roman. Deutsch von Matthias Fienbork

Tod eines Holländers
Roman. Deutsch von Matthias Fienbork

Tod in Florenz
Roman. Deutsch von Monika Elwenspoek

Tod einer Queen
Roman. Deutsch von Matthias Fienbork

Tod im Palazzo
Roman. Deutsch von Matthias Fienbork

Tod einer Verrückten
Roman. Deutsch von Irene Rumler

Das Ungeheuer von Florenz
Roman. Deutsch von Silvia Morawetz

Geburtstag in Florenz
Roman. Deutsch von Christa E. Seibicke

Alta moda
Roman. Deutsch von Christa E. Seibicke

Nachtblüten
Roman. Deutsch von Christa E. Seibicke

Cosimo
Roman. Deutsch von Ursula Kösters-Roth

Magdalen Nabb & Paolo Vagheggi:

Terror
Roman. Deutsch von Bernd Samland

Jugendbücher:

Ein neuer Anfang
Roman. Deutsch von Ursula Kösters-Roth

Das Zauberpferd
Roman. Deutsch von Sybil Gräfin Schönfeldt

Kinderbücher:

Finchen im Winter

Finchen im Sommer

Finchen im Herbst

Finchen im Frühling
Mit Bildern von Karen Donnelly. Deutsch von Ursula Kösters-Roth

Leon de Winter im Diogenes Verlag

Hoffmans Hunger

Roman. Aus dem Niederländischen von Sibylle Mulot

Durch eine spannende Spionage-Geschichte werden die Schicksale dreier Männer miteinander verwoben: Felix Hoffman, niederländischer Botschafter in Prag, der seinen leiblichen und metaphysischen Hunger mit Essen und Spinoza stillt, Freddy Mancini, Zeuge einer Entführung in Prag, John Marks, amerikanischer Ostblockspezialist. Zugleich die Geschichte von Europa 1989, das sich eint und berauscht im Konsum. Ein Rausch, der nur in einem Kater enden kann.

»Ein brillanter Roman in einer fabelhaften deutschen Übersetzung. Leon de Winter bringt etwas zustande, was die deutschsprachige Literatur seit Jahrzehnten verlernt zu haben scheint: eine helle, klare, sarkastische Erzählung von aktueller Welthaftigkeit zu schreiben.«
Wolfram Knorr / Die Weltwoche, Zürich

»*Hoffmans Hunger* ist unvergeßlich.«
Süddeutsche Zeitung, München

1993 mit Elliott Gould und Jacqueline Bisset verfilmt.

SuperTex

Roman. Deutsch von Sibylle Mulot

»Was macht ein Jude am Schabbesmorgen in einem Porsche!« – bekommt Max Breslauer zu hören, als er mit knapp hundert Sachen durch die Amsterdamer Innenstadt gerast ist und einen chassidischen Jungen auf dem Weg zur Synagoge angefahren hat. Eine Frage, die andere Fragen auslöst: »Was bin ich eigentlich? Ein Jude? Ein Goj? Worum dreht sich mein Leben?« Max, 36 Jahre alt und 90 Kilo schwer, Erbe eines Textilimperiums namens SuperTex, landet auf der Couch einer Analytikerin, der er sein Leben erzählt.

»In direkter Nachbarschaft von Italo Svevos *Zeno Cosini*, erzählt mit großem dramaturgischem Geschick, raffiniert eingesetzten Blenden und effektvoll inszenierten Episoden. Das ist große europäische Literatur.« *Martin Lüdke / Die Zeit, Hamburg*

Serenade

Roman. Deutsch von Hanni Ehlers

Anneke Weiss, Mitte Siebzig, seit langem Witwe, hat ihre Lebenslust und ihren Elan, sich munter in das Leben ihres Sohnes Bennie, eines verhinderten Komponisten, einzumischen, gerade erst richtig wiederentdeckt. Da diagnostizieren die Ärzte bei ihr ein Karzinom. Bennie drängt darauf, daß man seiner Mutter ihre tödliche Krankheit verschweigt. Das Leben scheint ganz normal weiterzugehen – Anneke verliebt sich sogar in den 77jährigen Fred Bachmann –, doch alles gerät aus den Fugen: Die alte Dame ist spurlos verschwunden, und Bennie und Fred machen sich auf die Suche. Nur vordergründig witzig und leichtfüßig erzählt dieser Roman von einem Trauma, das jeden Tag neu aufzubrechen vermag.

»*Serenade* ist ein Abschiedsgesang, die Liebeserklärung eines Sohnes an die Mutter und ein Buch über unser finsteres Jahrhundert. Leon de Winter nimmt den weiten Bogen mit großer erzählerischer Leichtigkeit. Als handelte der Roman nicht von der kompliziertesten aller Beziehungen.«
Nina Toepfer / Die Weltwoche, Zürich

Zionoco

Roman. Deutsch von Hanni Ehlers

Als Sol Mayer in Boston in der Boeing 737 auf die Starterlaubnis nach New York wartet, weiß er noch nicht, daß dieser Flug sein Leben verändern wird: Der Starprediger von Temple Yaakov, der großen Synagoge an der Fifth Avenue, verliebt sich verzweifelt in seine Sitznachbarin, Sängerin einer kleinen Band. Damit bekommt seine ohnehin nicht ganz intakte Gegenwart noch mehr Risse. Die Ehekrise mit Naomi, Erbin eines Millionenvermögens, läßt sich nicht länger verdrängen. Und beruflich hat sich der liberale Rabbiner mit öffentlichen Angriffen gegen orthodoxe Chassiden gerade mächtige Feinde geschaffen. Vor allem aber wird seine Vergangenheit wieder virulent, die Zeit, in der Sol als Lebemann und Taugenichts gegen den übermächtigen Vater rebellierte. Eine Reihe aufwühlender Ereignisse zwingt ihn schließlich zu einer halluzinatorischen Reise, wunderlicher, als er sich je hätte träumen lassen.

»Leon de Winter katapultiert seine Leser furios in die New Yorker Schickeria, in der Sol Mayer zwischen den Regeln des Talmud und seinen sexuellen Obsessionen hin und her schwankt. Ein hinreißend komisches und zugleich anrührendes Buch.«
Martina Gollhardt / Welt am Sonntag, Hamburg

Der Himmel von Hollywood

Roman. Deutsch von Hanni Ehlers

Als der einst vielversprechende Schauspieler Tom Green nach Verbüßen einer Haftstrafe nach Hollywood zurückkehrt, hat er noch knapp zweihundert Dollar in der Tasche und kaum eine Perspektive. Zufällig trifft er auf zwei Schauspielerkollegen, die wie er schon bessere Tage gesehen haben: den sechzigjährigen Jimmy Kage und den siebzigjährigen Oscar-Preisträger Floyd Benson, der sein Brot jetzt als Installateur von Alarmanlagen verdient. Bei einer nächtlichen Sauftour stoßen die drei am Hollywood Sign auf einen übel zugerichteten Toten, der einem von ihnen kein Unbekannter ist: Floyd Benson vermutet, daß der Tod des kleinen Gangsters Tino mit einer Riesensumme Geld und mafiosen Machenschaften in Zusammenhang steht. Die drei sympathischen Loser planen den Coup ihres Lebens ...

»Raffiniert, unterhaltsam, komödiantisch – immer wieder zum Erstaunen und zur Verzückung des Lesers.« *Volker Hage / Der Spiegel, Hamburg*

Sokolows Universum

Roman. Deutsch von Sibylle Mulot

Ein Straßenkehrer in Tel Aviv wird Zeuge eines Mordes. Der Mann zweifelt an seinem Verstand, denn er glaubt, in dem Mörder einen alten Freund erkannt zu haben. Und dies würde in der Tat alle Regeln der Wahrscheinlichkeit außer Kraft setzen. Denn Sascha Sokolow ist kein gewöhnlicher Straßenkehrer. Noch vor kurzem war der emigrierte Russe einer der angesehensten Raumfahrtforscher seines Landes.

»In wunderbaren Rückblenden und intelligent-witzigen Dialogen gelingt De Winter nicht nur ein spannender Krimi, sondern ein Kaleidoskop der Welt, das von Liebe und Angst, Enttäuschungen und Leidenschaft, von Verrat und Hoffnung geprägt ist, ein Roman voller Überraschungen und phantastischer Wendungen.«
Joachim Knuth / Norddeutscher Rundfunk, Hamburg

Leo Kaplan

Roman. Deutsch von Hanni Ehlers

Der Schriftsteller Leo Kaplan, fast vierzig, fast Millionär, ist ein Virtuose des Ehebruchs. Bis es seiner Ehefrau Hannah zu bunt wird. Kaplan muß erkennen, daß er durch seine Liebeseskapaden nicht nur seine Ehe, sondern auch seine Kreativität verspielt hat. Erst als er überraschend seine große Jugendliebe wiedertrifft, beginnt er zu verstehen, wie er zu dem wurde, der er heute ist. Ein bewegender Roman über die Sehnsucht und die Suche nach den eigenen Wurzeln.

»Dem Leser schlägt in *Leo Kaplan* eine ungezügelte Phantasie und erzählerische Vitalität entgegen, die so unterhaltsam wie verblüffend ist.«
Volker Isfort / Abendzeitung, München

Malibu

Roman. Deutsch von Hanni Ehlers

Kurz bevor sie ihren 17. Geburtstag feiern kann, kommt Mirjam bei einem Verkehrsunfall ums Leben. Ihrem Vater, Joop Koopman, ist es nicht vergönnt, sich seiner Trauer hinzugeben. Sein Freund Philip verwickelt ihn in einen Spionagefall für den israelischen Geheimdienst, seine Cousine Linda in ihre buddhistische Wiedergeburtstheorie. Tragödie, Politspionage und metaphysischer Thriller in einem – Leon de Winters kühnster Roman.

»Nach diesem Roman steht fest, daß Leon de Winter auf einem außerordentlich hohen Niveau schreiben kann. *Malibu* hat mich von A bis Z gebannt – ein hervorragendes Buch, das man in einem Rutsch durchliest und bei dem man sich auf der letzten Seite wünscht: Mehr!«
Max Pam / HP/DE TIJD, Amsterdam